啄木鸟·红色侦探系列

“投名状”之谜

东方明 魏迟婴 著

群众出版社
·北京·

目　录

1949年春，刚刚解放半年的济南发生了一起三命疑案，三个半夜在饭馆里喝酒的食客惨遭杀害，还都被割去了右耳。警方介入调查，却发现这个案子有点儿无厘头，仇杀、财杀的可能性均被排除。一筹莫展之际，专案组突然接到上级命令，此案由刑事案件升格为政治案件！其时，国民党刚刚在淮海战役中遭到惨败，解放大军节节胜利，不过山东全境并未全部解放，部分地区如青岛还在国民党的统治之下。济南作为华东地区首个解放的省会城市，对敌斗争异常尖锐复杂，国民党残余势力蠢蠢欲动……这起三命疑案的背后，究竟隐藏着什么玄机?

1950 年 10 月，南京市一位小有名气的当铺朝奉兼古董鉴定专家十七岁的小女儿于订婚前三天被人一刀捅进心脏，香消玉殒。死者虽是有钱人家的小姐，但初中还没毕业，社会关系简单，从不与人结怨，因何惨遭毒手？死者遇害前，曾连续七天收到诡异的明信片，留言处空无一字，却分别盖着七种颜色的生肖鼠印章。这些明信片与凶手有无关系？

1950 年初，解放军奉命进剿川西匪帮，在新都县石板滩附近的一场战斗中，一支运送伤员的队伍共十二名军民一夜间全部离奇死亡，经军医检验，是食用了一种俗称“致命天使”的剧毒蘑菇所致。此案引起军方的重视，成都警方随即介入调查，确认下毒者系逃亡中的“还乡团”骨干分子王成禅。让专案组始料不及的是，“保密局”潜伏特务竟然也在寻找此人的踪迹。为迅速破获“致命天使”疑案，专案组民警和潜伏特务组织展开了一场赛跑……

一枪二命，这种情况在战场上时有发生，但在刑事案件中极为少见。1950 年 5 月，刚刚解放一年多的无锡市就发生了这样一桩奇案。“大福客栈”的后院客房因十余年间接连曝出客人死亡事件，坊间称其为凶宅。在一个风雨之夜，凶宅又出人命，两个不明身份的男子遭枪击身亡，而且死于同一颗子弹。警方怀疑是江湖黑道所为，可两个受害者身份不明，现场又找不到目击者，这桩一枪二命疑案悬而未决……

“投名状”之谜

一、一案三命

1949 年 3 月 15 日晚，解放半年的济南特别市发生了一起三命疑案。

这起案件的现场，在一家名唤“祥元馆”的饭馆里。祥元馆位于旧时被济南人称为“四大马路”之一的经四路上，是一家只有一个门面、店堂仅能容纳八副四人座头的小饭馆。不过，这家小饭馆的年头儿可不短了，早在清朝道光年间就已开张。道光皇帝在位三十年，即 1820 年至 1850 年，就算祥元馆是在道光挂掉的那一年开张的，到本案发生时，提一提脚跟就能跻身百年老字号的行列了。

祥元馆的老板姓史，名春悦，饭馆传到他手里已经是第四代了。史春悦深得祖辈真传，一手鲁菜炒得别具一格。“别”在哪里？史家祖传厨艺的特点是擅用廉价代用品，市面上哪样食材价高，就会以其他相对价低的食材替代。史家的规矩是“店不欺客”，在店堂张贴了告示，跟食客讲明某几道菜肴是使用了代用品的，所以价格便宜。奇的是，寻常食客品尝下来，使用代用品的菜肴跟使用真食材的并无两样。名声由此传播开，加之价格公道，以及人们天生的好奇心，生意一向很好。

本案发生时段，由于战事，史春悦执掌的祥元馆也进入了低谷。解放以来的头两个月，饭馆勉强保本，直到 1948 年 12 月 1 日徐州解放后，人心渐稳，新政权又采取了一些措施促进经济，人们的收入增加了，这才逐渐开始好转。这种由时局变化导致的生意起落，史春悦并不在意——从清朝道光年间至今，中国本是多事之秋，鸦片战争、太平天国、庚子之乱，祖辈都撑过来了，史春悦本人则亲历过辛亥革命、北洋及抗战时期的动荡，照旧做他的生意，祥元馆的所有规矩一成不变。之所以说到“规矩”，是因为其中有一条跟本案有关——

祥元馆自打开张以来，即宣布“夜不驱客”，也就是晚市（不是夜市）没有规定的打烊时间，食客来用晚餐，坐下后点了酒菜，随便你吃到何时，半夜离去也可，待到天明也罢。由于馆子小，食客有限，祥元馆向来都是由史老板亲自掌厨，另雇两个族亲一个学徒帮厨、跑堂、杂务兼带结账。人手少，一天活儿干下来自是辛劳，遇到吃饭时间长的食客，老板伙计也不陪着他们，食客申明不再添置酒菜后，即结账会钞，然后锁上后堂包括伙房的门，留下店门的挂锁，关照食客尽兴后自行离去，只要把店门锁上即可。这种做法，就像上面所说的使用替代品食材一样，只有祥元馆敢想敢做，别说济南，就是山东全省只怕也无第二家仿效。

“夜不驱客”是祥元馆生意稳定的另一保障。而本文中的三个被害人，就是因祥元馆“夜不驱客”的规矩，让凶手钻了空子，落得“三命呜呼”的。

据祥元馆东伙称，三个遇害的食客系祥元馆的熟客，每月总要来祥元馆一两回，都是晚市光临，几乎每次都要把挂锁留给他们代为锁门。这几个人很君子，每次走前都会把用过的碗碟杯筷等收拾在一起，凳子放入桌下，然后才关灯锁门离开。这天也是这样，三位约齐了来祥元馆喝酒，海阔天空聊得甚是投机，晚上八时许，史老板和伙计准备下班时，这三人还没有结束的意思。于是，照例在结账后把挂锁往旁边桌上一放，道声客官慢用，咱们先走了，回头麻烦把店门给锁上，明儿见！

其实这哥儿仨并不是天天光顾祥元馆的，所谓“明儿见”不过是客套话。哪知，次日天还没亮，史老板东伙几个还真跟这哥儿仨见面了。不过，这时看到的已是三具僵硬的尸体，更吓人的是，他们的右耳朵竟然都不翼而飞！

最早发现祥元馆出事的是一个姓马的中年男子，此公是中学体育老师。马老师教体育，自是非常注重自身锻炼，每天早上出门跑步，顺带遛狗。他养的是一条纯种日本军犬，那是抗战胜利时从侵华日军在济南这边的一个军犬训练基地弄出来的，给起了个颇具时代特色的名字，曰“倭败”。当时这条狗不过七八个月，如今已经五岁了。祥元馆店堂里三具躺卧血泊中的尸体，就是这条狼狗发现的。

这天早上，马老师带着“倭败”，照例沿着固定路线晨跑。狼狗已经训练得能跟主人绝对配合，不必语言指令，只要吹声口哨，它就能明白马老师的意思。所以，跑步时通常都是将其项圈上的皮带解下来的，它会在主人旁边亦步亦趋。可这天却是例外，“倭败”经过祥元馆时，突然从马路窜向人行道，直奔饭馆紧闭着的门前，稍稍一嗅，吠叫不止。马老师不知何故，但相信狼狗不会无故乱吠，估计祥元馆里面有啥蹊跷，便过去查看。

饭馆大门紧闭，铁栓鼻子上扣着那把大挂锁，里面灯火全无，一片漆黑，即使凑近店门两侧外装铁栅栏的窗户往里看也看不出什么。马老师出身武人家庭，其祖上数代都是久走江湖的镖师，到他这一代，保镖不行了，但武术还是传承下来，一并学到的还有江湖经验。当下，他把皮带扣上狼狗的项圈，牵着继续跑步。不过，目标改了，没回家，而是去了附近的济南特别市公安局第六分局向警方报告。

接待马老师的夜班警员老朱是个留用人员，当时正准备下班，对这种类似道听途说的情况反映不以为然。不过，他不敢表现出来。一是解放后新政权公安机关纪律严明，二是这马老师的拳术在泉城颇有名气，社会上凡是跟江湖搭得上界的人士，不管白道黑道，对其都比较客气。所以，老朱向马老师表示感谢，当着马老师的面往管段派出所打了个电话，请他们派人到祥元馆看看。马老师也重返祥元馆——因为是他反映的情况，他要了解究竟。

马老师是和接到电话后赶来的两个派出所警员同时到达现场的。这回狼狗也不嗅门缝了，直接上前用爪子挠大门，边挠边叫。警员一看便知情况有异，二话不说，从路旁捡了半块砖头，抬手就把窗玻璃拍碎了。顿时，一股浓烈的血腥气扑面而来！这时天色已明，凑近窗口向里面张望，三具尸体赫然在目！

一案三命！派出所警员哪敢处置？也处置不了。其中一个连忙截了一辆路人的自行车，疾赴六分局报告。

六分局的值班领导是分局长陈昌奉。陈昌奉是 1929 年参加红军的老革命，曾担任毛泽东的警卫员七年，新中国成立后撰写过一本影响颇大的畅销书《跟随毛主席长征》。延安时期，他出任过陕北公安处警卫员训练班主任、延安公安局科长、公安分局局长等职，是一位资深保卫工作者。

陈昌奉首先给市局打电话报告案情，放下电话，即带领值班警员赶赴现场。在等候市局刑技人员过来时，先向闻讯出门看热闹的邻里了解情况，得知祥元馆店主史春悦就住在附近，便命派出所警员前往传唤。史老板慌慌张张赶到时，市局刑技人员已经在进行勘查了。

当天午前，济南特别市公安局局长李士英决定，由市局第二科和六分局刑警队共同组建专案组，负责侦查这起恶性刑案。专案组正副组长由吴冰琨、杜志坚分任，五名组员石守相、张大庸、衣景新、钱尚礼、齐宝乐都是从市局第二科和六分局抽调的。李士英指定市局二科副科长郭宜春、六分局局长陈昌奉对专案组的侦查工作进行督导。郭宜春系山东潍坊人氏，1936 年参加革命，1938 年参与组建成立八路军鲁东抗日游击队第七支队第二大队，曾任指导员、沂水县第四区区委书记、县公安局长、中共鲁中南区公安处处长，济南解放后，担任济南特别市公安局二科（稍后升格为处）分管刑侦的副科长。

下午，专案组举行首次会议，郭宜春、陈昌奉到场，听取专案组长吴冰琨汇总现场勘查及被害人的一应情况。

从清晨到现在，专案组长吴冰琨一直在忙碌。现场勘查结束后，他走访了三个死者的家人，然后回市局向刑技人员了解现场勘查情况，午后，又去找法医了解尸体解剖情况。

老吴是江苏松江人氏，十三岁随父母移居上海。父母是天主教徒，他上的是教会中学。三年下来，文化成绩一般，有两样倒是出类拔萃，一是英语，二是体育。他的英语口语水平，已经可以去外滩跟任何一个操英语的洋人流畅对话；体育方面，他是上海市中学生运动会中短跑、跳高奖牌获得者，公共租界举办的拳击大赛青年二组亚军、摔跤季军。初中毕业后，学校见他对继续读书似乎不感兴趣，正好公共租界工部局警务处来学校招收巡捕，就将其推荐了。租界警务处的英国官员跟他一番交谈下来，又让随行的巡捕与其小试了几下拳击摔跤，也不折腾什么初试复试了，当场拍板录用。

吴冰琨在巡捕房刑事部干了五年，对侦查刑案颇有心得。又因故跳槽去法租界待了一年多，太平洋战争爆发后离开上海，前往南京。除了当侦探，他别无其他特长，经人介绍进了日伪南京市警察局做了一名刑警。1944 年初，他开始跟中共地下党接触，为党组织提供情报，利用刑警身份掩护、营救地下同志，为运送根据地紧缺物资提供便利条件。由于表现突出，一年后他被吸收入党。抗战胜利后，其中共党员身份暴露，组织上紧急将其调往山东根据地从事公安工作。济南解放后，其被调至市公安局第二科下辖的刑警队任职。

以老吴的这番经历所形成的思路，今天上午这么一个圈子兜下来，心里已对现场作了一番模拟推演，他的情况汇总显得别具一格，不但完整，而且还原了案子发生的过程——

昨天傍晚六点多，三个被害人来到每月都会光顾的祥元馆用餐。跑堂根据他们平时的习惯，将其安排在店堂中间右侧一副座头上。跑堂对这三位老食客的口味了如指掌，询问并无变化之后，照例招呼在厨房掌勺的店主史春悦："来了双金（指三人中有两个姓金）三位老客，外甥打灯笼——照旧（舅）哎！"史老板于是吩咐帮厨宰鱼杀鸡烹猪蹄，另准备几样热炒菜肴的主料、配料，自己动手切了一盘熟牛肉，配上细盐、蒜泥，连同两斤散舀高粱酒让跑堂先端上去。

这三位老食客把两斤高粱酒喝去一半时，店堂里的食客只剩他们一副座头了。待跑堂把其他桌上的残羹冷菜收拾干净，墙上那口老式挂钟正好敲响八点。这时，三人起身，一声“账来”，跑堂便奉上账单。他们随即掏钱会钞，但并不告辞。跑堂手脚麻利地把店堂里侧那两副靠墙座头移至正中，并成一副座头，然后把原先那副座头上的剩菜端至临时拼成的座头上。几乎与此同时，史春悦从厨房端出一个硕大的紫铜火锅，放在双拼桌子中间，招呼跑堂送上一应火锅食材、蘸料，学徒则把一盘馒头、两个灌满开水的热水瓶、三个瓷杯、茶叶罐以及店门的大挂锁放在旁边一副空座头上。

史春悦冲三人抱拳作揖：“三位先生，敝号老规矩，兄弟失陪了。恕罪！”

三人还礼：“史老板请便！”

根据刑技人员在饭馆门闩上提取到的指纹推断，史老板东伙离开后，跑堂所喊的“双金”之一金大吕即把店门上了闩，然后，三人继续喝酒吃菜。

据向死者家人了解，这三个老食客以往在祥元馆聚餐，一般都会在十点钟前结束，偶尔因为兴致高，或者需要商量的生意上的事情比较复杂，一时难以达成一致意见，也会延迟些，午夜回家也是有的。有一次干脆都没有回家——实在太晚了，三人把店堂里取暖的火炉加煤捅旺，趴在桌上打盹儿，至天明方才离去。

法医根据死者胃内的食物残渣推断，三人一直待到十点过后还没有停止吃喝，桌上遗留的火锅食材、蘸料和高粱酒还有不少，说明饭局尚未结束，也许还会持续一两个小时。这个判断跟死者家属的说法相符，三人中的“双金”是一对嫡亲兄弟，都已成家，当天傍晚他们离家出门时都曾对家人说过，今晚商量的事情比较重要，是一笔大生意，估计回来得晚些。

十点过后，凶手来了。不过，四邻八舍都说未曾听见有人敲响祥元馆的店门，也没听见过高门大嗓呼喊开门的声音。所以，凶手很有可能是通过轻叩窗玻璃的方式引起三个食客的注意。三个食客做出了反应，被害人之一解仲逵（那副双拼座头和餐具上留下的指纹表明，他所坐的位置离门口最近）便去窗口查看，然后，就开了店门——根据指纹留在门闩上的不同位置，可判断出是上门闩还是开门闩。

其时已是夜深，有人来叩窗户，解仲逵能够把大门打开让来人入内，说明他们（至少其中一个）应该是跟来人熟识的。那么，会不会是预先约好对方会在这个时间过来谈事儿的呢？这个，吴冰琨认为不太可能。如果是这样的话，他们会在祥元馆东伙离开之前，要求提供来人的餐具，可能还会增加两样菜肴。但他们并未这样做，所以，来人应该是不速之客。

三个食客都是背部挨刀殒命，现场没有发现挣扎、搏斗的痕迹，甚至根本没有站起来，就坐在座位上被凶手一刀夺命。由此判断，三人的右耳是死后被割下来的。尽管凶手作案时戴着手套，离开时用饭馆的拖把一路倒退着拭去了脚印，但从上述“刀创都在背后、无挣扎搏斗痕迹、都是坐在座位上被一刀夺命”的情形判断，凶手应该不少于三人，因为三个食客不可能老老实实心甘情愿坐在座位上挨刀子。

说到这里，需要交代三个死者的基本情况了——

三人中的“双金”是一对嫡亲兄弟，年龄分别是三十岁、二十八岁，名字分别叫金黄钟、金大吕。兄弟俩的名字连起来是一个成语，本意是形容音乐的庄严、和谐。从这两个名字上看，“双金”该是出身于喜爱音乐的家庭。确实，他们的父亲是早年留学德国的海归，一个虔诚的天主教徒，主业是贸易，音乐是其业余爱好。他有一副好嗓子，男高音，曾在教堂担任唱诗班领唱。老金在抗战后期因“涉嫌反日”被日寇杀害。当时，黄钟、大吕两个儿子已被老爸带出道，子承父业，干的也是贸易——西药批发商。

三个食客中还有一位，名叫解仲逵，三十七岁，西药经纪人。解在老金在世时是老金的长期合作者，曾为老金介绍过不少上下家生意。老金被日寇杀害后，当时已经在经营一家西药房的“双金”也上了日军宪兵队的黑名单，是解仲逵把他们悄悄送出城躲到郊区乡下的。人是安全了，西药房却给宪兵队查封了。一段时间后，宪兵队长换人了，“双金”这才回城。西药房自然没法儿再经营了，就在解仲逵的帮助下做起了西药批发生意。

按说，有这种人生经历的解仲逵和“双金”，夜晚是不会贸然让人进入店堂的。估计外面叩窗之后，解仲逵之所以肯开门，很有可能当时在窗外露面的只有那个他们熟识的家伙，其他凶手则隐在视线死角。店门开启后，一伙凶手涌入，三人本该做出反应。“双金”学过西洋拳击，解仲逵也是练过武的，而且自幼顽劣，久经街头斗殴战阵，据家属反映，上周还在酒后跟人干过一架，以一敌二完胜。可是从现场桌椅来看，他们根本没有任何反抗，“双金”两个站都没站起来。由此推断，解仲逵去开门后，直接就被来人逼回原位，乖乖坐下了。因此，吴冰琨认为来人不但持刀，而且手里有枪。

然后，凶手就下手了。现场痕迹以及死者的倒地姿势表明，三个被害人均未做出反应。这就不能用“持枪威逼”的理由来解释了。三人未被捆绑、四肢能活动、嘴巴可以呼喊，眼见得性命不保，哪怕仅仅是条件反射，也要挣扎一下的。之所以连挣扎都没有，应该是另一个原因造成的——欺骗！

结合三人随身钱包、怀表、钢笔不翼而飞的情形来看，凶手在杀害他们前对其实施了抢劫。这种抢劫应该是比较“温和”的，老吴推断大致上是这样一幕——凶手用枪逼住三个目标，喝令他们把身上财物掏出来放在桌上。三人照办后，为首案犯称怀疑他们有隐瞒，让同伙搜身。于是，其余案犯持刀分别站在三被害人背后。说时迟那时快，随着为首案犯一个暗号，尖刀直捅三人背部。

法医解剖认定，三人均死于从背后刺入心、肺、肝脏器的刀伤。“双金”兄弟一个挨三刀，一个挨两刀；解仲逵挨了四刀。对创口的检验表明，凶手使用的刀具并不相同，有的是双刃匕首，有的是单刃匕首，还有无护手的小攮子以及弹簧水果刀，一共有四五种之多。这也印证了老吴之前对凶手人数的判断。创口有深有浅，这不仅仅是刀具的长短不同导致的，还有用刀手法的差异。看得出，其中至少有两人出刀不够果断，有拖泥带水的痕迹。

案犯劫财的收获并不如何可观。吴冰琨向死者家属了解到的情况是，“双金”和解仲逵昨晚的聚餐，不是正式谈生意，而是为了一桩即将进行的西药交易聊一个基本构想，不必下定金什么的，所以三人随身携带的钱钞有限。初步匡算，三人身上的现金（北海币）折合银洋，合计不过二十多元；即使加上“双金”的手表、钢笔和解仲逵的那块怀表，总计也就一百多银洋。对此，吴冰琨感到有些不解，如果案犯事先得到消息，专为劫财而来，就这点儿收获，却要背上三条人命，似乎太不值当了。

还有一个细节也使他困惑。解仲逵平时一直使用一块西铁城老式怀表，但这天除了怀表，左腕上还戴着一块手表。解仲逵已故的父亲早年是钟表修理匠，他少年时一度对修钟表产生过相当的热情。其父有心栽培，教得很上心。解仲逵学了两年多，已经能够轻松修理寻常钟表，如果让他在街头摆一个钟表修理摊，自食其力肯定没问题。但后来他的兴趣转移到其他方面去了，也就很少折腾钟表了。不过，老父传授的技艺是忘不了的。再者，正式踏上社会后，他发现这门手艺可以帮他结交朋友、化解矛盾，成为西药掮客后，他一直帮助朋友、客户义务修理钟表，花在这方面的时间比谈生意少不了多少。

案发这天，他出门前刚刚帮一个朋友更换了一块手表的发条。按照修表的规矩，往下应该测试走时是否准确，他就随手把这块表戴在手腕上了。按说，案犯若是为劫财而来，应该把这块手表也劫走才对，可不知怎么的，人家竟然没下手。

因此，吴冰琨认为，案犯的作案动机不是抢劫，而是本案中最残忍血腥也最令人发指的情节——割耳！

二、动机难寻

吴冰琨的这个判断，得到了在场大多数刑警的认同，但也有几个刑警有不同意见，其中包括两个经验丰富、在泉城小有名气的老刑警。他们说抗战前济南黑道作案比较邪门，有一伙匪徒作案后——特别是劫财杀人案件，为转移警方侦查视线，灭口后偏偏要挖眼睛、割耳鼻或者砍去手脚，弄得跟仇杀似的。抗战爆发济南沦陷后，这伙匪徒不知去向，再没任何消息。一晃十余年，这次的祥元馆凶案，会不会是这个团伙又冒出来了？

到场主持案情分析的陈昌奉、郭宜春交换了意见，说咱们这是案情分析会，既然是分析，就要考虑到各种可能性，请大家不要拘束，踊跃发言，想到啥说啥。

讨论一展开，一干刑警又发现了更多疑点——

如果案犯是盯着正在祥元馆喝酒议事的“双金”和解仲逵的财物下手的，那很难说他们是一伙专业劫匪，甚至对于抢劫作案很是生疏，在“物色抢劫目标”这一最初环节上都没做好，连及格分都够不上。

他们选中的目标虽说是商人老板，而且从事的是当时紧俏的西药批发和中介工作，但三个受害人那天随身所携财物有限，事后分赃，估计个个都会有一种“此番折腾不值”的感叹。这一点，之前吴冰琨已经想到。再加上实施抢劫时竟然漏掉了解仲逵的手表，更是让人大跌眼镜。

现场相关痕迹显示，案犯中那个叩窗招呼解仲逵开门的家伙，显见系解仲逵的熟人，跟解的关系可能还不错，因为解仲逵对其不设防，叩窗一招呼就为他开了门。如此作为，似与一伙有枪有刀有胆量的强徒的作案风格不合。通常说来，既然匪徒认识解仲逵，那为什么不干脆上解仲逵家去下手呢？解仲逵家里就夫妇两口子，十七岁的女儿年前已经出嫁。据吴冰琨等向解妻了解，解仲逵虽然只是一个无店面无执照闲云野鹤般的西药中介，但这一行收入颇丰，其家财积累已达数千银洋。这一点，料想那个叩窗熟友不可能不知道。因此，专案组倾向于排除这伙案犯的劫财动机。

继续往下捋，那就是害命了。掠去三个被害人的随身财物，不过是顺手牵羊之举。按照之前吴冰琨的推断，案犯极有可能以刀枪威逼，让受害人把身上财物取出后放在桌上，这应该是事先策划好的用来蒙蔽受害人以防其反抗（一旦反抗就会闹出动静，惊动邻里）的作案手法。待到趁被害人猝不及防下手后，就顺手把桌上的财物一并掠入囊中了。案犯这样做，可能也有转移公安机关侦查视线的用意。

再往下讨论，侦查员面临的问题就是：案犯为什么对每个受害人都连捅数刀，而且可能除了那个持枪者，每个案犯都下了手？这一点，再加上割耳，一干刑警就把作案动机跟仇杀联系起来了。

吴冰琨走访死者家属时了解到，死者之一解仲逵的已故父亲、钟表匠出身的“解记钟表店”老板解宏祥，系济南有名的“尚武济天道”的三大谋士之一，江湖上将其排名第二。老解长期为该帮与其他帮会的械斗争利出谋划策，跟多起针对帮会对手的暗杀、纵火、绑架案件有关。江湖人士的一致看法是，如果后来解宏祥不是死于日本宪兵队之手，也活不到现在，肯定会被对手干掉。

解妻告诉刑警，其公公死于日本宪兵队之后，亲族操办丧事时，就曾有几拨黑道人士登门，当众声称，“解钟表”（这是解宏祥未发迹前坊间对其的称谓）人死了，但跟咱们的事儿尚未了结，当初他为“尚武济天道”出谋划策危及吾等家眷亲族友人，按照道上规矩，咱们少不得也要照样奉还。但他此次命丧日本人之手，咱们都是中国人，也就不趁机落井下石，给汝一干家眷亲族雪上加霜，待日后再作计较！

专案组刑警认为，很有可能是时隔五年之后，那话头发作了。当年那几个黑道角色或者其后人，因局势变化或将离开济南，所以想把这笔账给了结了，便纠集起来策划实施了这宗命案。至于连“双金”一并杀害，可能是出于灭口之需。

根据上述分析，专案组形成了侦查思路：从帮会关系入手，调查解仲逵亡父以前的江湖恩怨，重点是曾经得罪过的帮会对手，此为其一。其二，把解宏祥死后办丧事时上门威胁的那些黑道家伙挖一下，作为涉案嫌疑人予以调查。第三，那个叩窗招呼解仲逵开门的案犯，应该是解仲逵的熟人，不但熟谙解氏的日常活动轨迹，而且在业已起更的深夜轻而易举就能使解仲逵放松警惕，把门打开放其入内，足见解对其非常信任。对于解仲逵这种活跃在济南西药业生意圈里的经纪人来说，能跟人建立起这份信任，应该有比较密切的交往，这种交往也应该能落在旁人眼里，留下印象。因此，有必要将此作为一个突破口。第四，对赃物、凶器进行布控。

专案组七名刑警分为三拨，分别负责第一至第三方面的调查，第四方面对赃物、凶器的调查，专案组已经无人可派，就以市局名义向全市七十一个派出所下达协查指令，由派出所安排警员在各自管段内进行布控查摸。

前三个需要调查的方面，重点是第二个，即 1944 年解家办丧事时那几个登门威胁要实施报复的家伙。根据分工，这方面的调查由专案组长吴冰琨率领刑警衣景新、齐宝乐负责。案情分析会上，包括对专案组进行督导的陈昌奉、郭宜春在内，大家都认为这是一个比较容易获得突破的口子。

之前吴冰琨走访解家了解基本情况时，曾问过解妻冯氏，那几个发出威胁的家伙是哪个会道门的。冯氏是个无业家庭妇女，妇人之间聊家长里短能够高谈阔论，但对男人世界的江湖恩怨却是一片空白。眼下吴冰琨、衣景新、齐宝乐二度登门，解家又出现了当年的一幕。一干亲朋好友闻知噩耗，纷纷从四面八方赶来，协助布置灵堂，操办丧事。在刑警看来，这是他们了解冯氏回答不了的那个问题的一个机会——此番前来吊唁或协助办理后事的那些人中，肯定有一部分也参加过“解钟表”的丧事。他们中不乏老江湖，应该说得清这个问题。

下午三点多，吴冰琨等三刑警前往解宅。这时，其他两拨刑警已经出发了。吴冰琨三个之所以走得晚些，是在翻阅那本吴冰琨从市局社会科借来的《济南概况》，了解济南会道门的基本情况。

这是济南解放前几个月，中共济南地下市委遵照华东局的指令收集整理的一本介绍本地社会情况的册子，尽管制作简陋，但对于接管济南旧警察系统的我方军代表来说，却是一本颇受欢迎的资料汇编。该册子内容详尽，对济南三教九流的介绍准确到位，受到了山东省委社会部的好评。吴冰琨是资深刑警，但在济南不过工作了半年，对当地情况只能说是一知半解。跟他一拨的那二位情况也差不多，都是老区来的接管同志，以前从事过公安工作，但对济南的了解基本是一张白纸。因此，老吴说咱们先临阵磨下刀，把济南会道门的情况快速熟悉一下，哪怕是囫囵吞枣呢，好歹跟别人打交道时接得上话。

三人做了个把钟头的准备工作，弄清了死者老爸解宏祥所任谋士的那个帮会“尚武济天道”的底细。

这个组织在济南地面上也算是老字号，是清朝同治年间创办的，其创始人穆湘人系太子太保、山东巡抚丁宝桢的戈什哈。同治八年，慈禧太后的宠宦安德海违反祖制，在未带任何公文的情况下擅出宫禁并借机敛财。八月初二，安德海行至泰安境内，被丁大人派出的由亲信戈什哈穆湘人督率的骑兵逮捕，押解济南，于八月初七将安德海就地正法。安氏长期倚仗慈禧太后作威作福，民愤颇大，百姓拍手称快，“丁宝桢诛安德海”遂成为一段佳话。后来，丁宝桢调任四川总督，穆湘人未曾跟随，留在济南以经商谋生。穆湘人武艺高强，喜欢习研技击，就组织了一个团体，名曰“尚武济天道”。

“尚武济天道”在穆湘人及之后三代执掌之下，纯是研习武术的帮会。韩复榘出任山东省主席后，安置其手枪旅一彭姓军官担任该帮会掌门，自此，帮会的性质就变了，经常参与各会道门之间的争斗，引起了那些老理事、老会众的反对。彭掌门大怒，拔枪拍在桌上——若论徒手较量，即便单打独斗，他也绝对不是眼前这些人中任何一个的对手。事情发展到这一步，脸皮彻底撕破，那就无可挽回了。次日，多数老理事、老会众在报纸上刊登启事，声明集体退出，跟“尚武济天道”再无瓜葛。

“尚武济天道”自此大换血，解仲逵的老爸就是在这当口儿被朋友拉进来的。因他工于心计，被理事会视为智囊。不久，抗战爆发，韩复榘率军逃跑，济南失守，稍后，韩被蒋介石在武汉枪决。韩军逃离时，彭掌门宣布退出军界，留在泉城，一心研习国术，不再过问其他。不过也有人说，他是奉韩复榘密令留在济南从事情报工作的，不知真假。反正日军占领济南后，没听说彭掌门跟日伪方面有什么来往，但也不曾研习国术，依旧热衷于跟其他帮会争财夺利。

由于靠山老韩已倒，原先那些武功了得的老会徒也已离开，“尚武济天道”实力不再，只好搞些由解宏祥等谋士策划的歪门邪道。老解在智囊中虽然排名第二，但实际上，几乎所有点子都是他出的。那些吃了亏的对手自然对老解恨之入骨，但一时也奈何不了他。最后，估计是有高人幕后策划，借日本宪兵队之手除掉了解宏祥。抗战胜利后，原本就已在走下坡路的“尚武济天道”别说“济天”了，自顾也没法儿周全，省警察厅为完成取缔“日伪余孽”的指标，随便加了个罪名，就把他们给端了。

当下，三刑警到了解宅。解仲逵的遗体已由亲友雇了一辆大车接回，搁在灵堂正中。解妻冯氏认出为首这位就是上午来过的吴同志，就把夫家亲族中一位年岁不到五十但辈分颇高的男子向他介绍了，说这是咱家大爷，从郊区赶来主持丧事的，上次我公公出事，也是大爷主持的。

此公不卑不亢向吴冰琨行礼，语速不紧不慢，口齿清晰，说在下姓解，名翼翔。说着此公已经拿出三张名片，礼数周到地向三位刑警一一奉上。一看便知，这是熟谙套路的老江湖。吴冰琨跟他聊下来，方知这位解翼翔是青帮中人，五年前解宏祥丧事上那两拨登门威胁的会道门人士就是他接待并劝退的。解翼翔记忆力惊人，时隔五年，他跟那些人素不相识，就打过那么一回照面，竟然把对方的姓名绰号、外貌体形、嗓音腔调以及帮会身份记得清清楚楚，当下一一道来。

于是，刑警就掌握了那两拨对象的基本情况——

第一拨来了两个，是“一贯道”的，一个名叫储济庭，江湖绰号

"储老祖"，是"一贯道"的点传师，据说装神弄鬼有一手；另一个名叫牟云天，绰号有点儿冷门，唤作"闷声不响"。据解翼翔回忆，此人有一张白净脸，戴着一副金丝框眼镜，目光阴沉，一看便知是个肚子里做功夫的角色。

第二拨来了三个，是"天运金船圣会"的会徒，为首那个名叫史九斤，江湖绰号"一声吼"，据说嗓门儿甚大，曾有在人耳边狂吼一声使人家的听力基本丧失的纪录；另外两个是其徒弟，分别叫庄银富、刘林涛，出道不久，尚未闯出什么名头，所以还没有绰号。

至于其他情况，解翼翔就不清楚了，只是说那些主儿事后没再来聒噪过，他在外面也没听说过跟这话头相关的传闻。三刑警又向解翼翔问明了当年操办解宏祥丧事时有哪些江湖朋友前来吊唁，得知一共有十七人。这十七人跟解宏祥还真是真正的哥们儿，这次老友之子遭遇不测，他们在闻知噩耗后立即作出了反应，此刻在场的共有十三位，那四个没到场的，两个已经病殁，两个早已举家离开泉城，自此断了音信。

在解宅前空地上用油布临时搭起的帐篷内，刑警把到场的那十三位聚合起来开了个座谈会。与会者很健谈，人人发言，聊了不少，但只有江湖和会道门的信息，并无任何跟破案有关的直接线索。

之后，吴冰琨三刑警花了整整两天的时间对上述两拨对象进行了调查——

经与《济南概况》中所载帮会内容核对，这五人中只有那个"一贯道"点传师"储老祖"储济庭榜上有名，其余四个没能进入奉命收集相关情况的我方地下情报人员的视线，估计在江湖上都属无名鼠辈，不值一谈。正常说来，这种小角色的信息即使有人提供，在汇总情报时也会被删除。否则，那本《济南概况》得印多厚？不过，专案组侦查员却觉得，越是这种无名鼠辈，涉案的可能就越大。

据解宅座谈会上所获得的信息，当年那两拨人闯入丧事现场向解家发出威胁之事，乃是泉城江湖上的一桩新闻，引起了黑道热议。黑道“主流”已经对该行为有了基本统一的看法：不管干这桩事的人属于哪个会道门，都不能代表其所在堂口的立场，只是其个人行为，哪怕他们打着各自堂口的旗号也不例外。

据座谈会的出席者之一、十三人中年龄最大的原“尚武济天道”账房先生周锦清回忆说，解宏祥为本门策划的所有行动，并没有针对“天运金船圣会”和“一贯道”的。如果说闯丧事现场的那几个人确实与解宏祥有什么过节，也只是他们的个人私利因“尚武济天道”的什么行动受到了损害，也就是说，纯属私人恩怨。而且这些人都是无名鼠辈，受到损害的程度也不一定怎么严重——“尚武济天道”虽然江河日下，毕竟是江湖老字号，其对手也都不是寻常之辈，没必要自降身份对这些没名没号的小角色下狠手，至少没涉及纵火、强奸、凶杀这三类恶性案由，否则江湖上早就传开了。

所以，周老先生觉得，上述几人涉案“尚欠理由”。老先生的观点得到了其他与会者的赞同。但刑警不能因为这种推测就放弃对这条线索的调查，正副组长吴冰琨、杜志坚交换意见后，决定先把那两拨人在案发当晚的活动情况逐个捋一遍，看他们是否有作案时间。

刑警先是根据《济南概况》上的记载，去了“天运金船圣会”总部，那里原是一座破旧祠堂，抗战胜利后，被该会施展强横手段以很低的价格半抢半买地盘了下来。不过好景不长，济南一解放，新政权命令“所有会道门一律停止活动”，该会因而立刻消停（后来死灰复燃出现大动作，被我警方扑灭，列入大案名录，官方史籍有载）。总部只留下一个日夜驻守的老头儿，听力似有问题，不知是不是被那个“一声吼”史九斤弄的。刑警问了一阵，不得要领，只好去了管片派出所，从一个留用老警员那里打听到史九斤的下落。

可是，按图索骥找上门去，一见面刑警心里便凉了半截！怎么呢？史九斤已经中风八个多月，半身不遂，言语不清，早已不是当年的“一声吼”了。这等模样，料想跟案子没有关系，但刑警还是要问一问当年他闯入解家丧事现场的原因。不料，这家伙脑子也不大好使了，听着只是摇头。向家人打听，都说不清楚那事儿。再问另外两个闯丧事现场的徒弟庄银富、刘林涛，倒是答得上的，说那两个原是郊区陈家庄的农民，是一对姨表兄弟，拜了史九斤为师加入帮会后才进的城。解放后，帮会停止活动，两人已经回乡种庄稼去了。

吴冰琨、衣景新、齐宝乐三人随即前往陈家庄，顺利找到了庄、刘。两人确实已经还原为农民，一副庄稼把势模样。问他们最近在干什么，都说打自去年 10 月中旬从城里回来后，一直在种庄稼。那么，前天晚上离开过村庄吗？两人说就在村里待着呢，晚上玩牌，玩到半夜，外面下的夹大仙（黄鼠狼）的套子夹着了一条狗。于是牌也不打了，几个人一起动手剥皮开膛，弄来两瓶烧酒，吃喝到鸡鸣时分方才各自回家。

刑警让民兵队长把另外两个打牌的青年唤来一问，证实庄、刘所言不谬。又查看了那张剥下来的狗皮，终于确认这二人与本案无涉，只好无功而返。当然，没忘记顺口问一下当年闯丧事现场的用意，对方的回答使刑警哭笑不得——史九斤听说“一贯道”的“储老祖”去解宅如此这般威胁了一通，迅速被人誉为“明大义，讲江湖”，寻思何不仿效，也可为自己扬个小名气，就叫上两个徒弟前往了。

三、案件升级

上述调查，耗去了整整一天时间。次日，吴冰琨三人启动了对第二个目标即“一贯道”点传师“储老祖”储济庭的调查。

“一贯道”的历史不长，但在旧中国的影响颇大，其组织遍布多个省份，其成员数量惊人，而且其中有为数不少的旧政权党政军警特等机构的官员或者眷属，有的还被特务机构掌控，成为特务机构的外围组织。其时新中国尚未成立，对“一贯道”这类组织没有明确定性，已解放地区如何对待该类组织也没有统一的规定。不过，像济南这样的中心城市，且是“一贯道”活动的重点区域，我方是比较重视的。虽然没有公开宣布“一贯道”组织属于反动会道门，也没有取缔或告诫其停止活动，但要求“一贯道”骨干分子须向公安局登记。本案侦查期间，“一贯道”还在民间进行活动，不过，“储老祖”却好像已经消停了。

上午，三刑警赶到储济庭担任点传师的“一贯道”坛口——位于铜元局后街的一个资本家遗孀段氏的花园洋房寓所，发现有二十来个徒众在聚会。听说刑警是来找“储老祖”的，一干人露出惊讶的神情，面面相觑，但没人吭声。吴冰琨把段氏唤到一旁，问这是怎么回事。段氏用一种怀疑的眼光打量着专案组长，吞吞吐吐地问：“您三位真是公安局的同志吗？”

吴冰琨暗忖，他们三个虽然穿着便衣，但并非化装侦查，即使寻常老百姓也能一眼看出他们是公家人，这婆子为啥有此疑惑呢？看来，只是口头上申明公安身份还不够，于是，就亮出了证件。段氏有初中文化，看来也有些社会经验，当下伸手接过证件，翻来覆去查看一番，这才双手奉还，然后揭晓谜底——

储济庭早在半月之前就已经被公安局抓去了，就是在段氏这里被带走的。那天，段氏正在和人打牌，储济庭突然登门，说有点儿私事要说一下。落座后，段氏刚给他倒上咖啡，便衣就闯进来了，问明储济庭的身份，当即就把他铐走了。段氏追出门去，问他们是哪里来的，为什么要抓人。便衣答称是市局的，至于为什么抓人，你不必知道！

刑警终于明白这一干“一贯道”徒众刚才为何用怀疑的眼光看着他们了。半月之前，市局来人逮捕了点传师储济庭，吴冰琨是市局第二科社会股（刑警队）领导，如果储是刑警队抓捕的，他肯定知道。但是，他对此一无所知，那料想必是市局督察室抓的——济南作为华东地区首个解放的省会城市，我方接管旧警局后建立的一应科室的称谓与现时的意义不同，比如督察室，现在是管警纪的，那时的职能却是政治保卫。

吴冰琨寻思，这里既然是储济庭所在“一贯道”分支的堂口，是否知道跟储济庭一起闯解家丧事现场的那个绰号比较冷门的家伙——“闷声不响”牟云天呢？继续询问段氏，三刑警都有一种感叹：这个堂口看来真是“藏龙卧虎”之地啊！不但有被政保部门逮捕的“储老祖”，竟还有日本特务牟云天！

这个“闷声不响”牟云天是地地道道的日本人，长期在济南潜伏。1943 年，他奉命混入“一贯道”。由于赞助了一笔不菲的金钱，一加入就被点传师储济庭拉在身边，不便安排“一贯道”的例行职务，就给了个“助理”的头衔。抗战胜利后，牟云天不露声色，继续待在“一贯道”。但不知怎么，让“军统”山东站侦知了其底细，逮捕后押解南京了。这是 1946 年 1 月间的事儿，至于押解南京之后如何，段氏这干徒众就不清楚了。

三刑警随即去了市局，吴冰琨先向二科领导郭宜春报告了调查情况，要求跟督察室联系向已捕人犯储济庭外调。公安局内部的活儿，隔部门如隔山，即使一个部门通常也互不知晓对方在侦办哪个案子。所以，这就不是由郭宜春打个电话或者写一纸条子就办得了的事。按照规定，需要第二科向市局领导递交书面报告，领导批准后再跟督察室联系，经督察室领导批准后，方可去市局看守所提审储济庭。

有刑警提出，这一拨就储、牟两个目标，都已有着落，可以认定没有作案时间，是否不必提审储济庭了？吴冰琨说既然已经找到储的下落了，还是去看守所走一趟吧。

储济庭是个颏下留着一绺焦黄色山羊胡子的小老头儿，江湖绰号虽是“老祖”，却并无半点儿道骨仙风之形，一眼看去还稍显萎靡，不过，说话声音倒中气十足。他告诉刑警，其被捕并非因为他是“一贯道”骨干分子，而是跟抗战期间混入“一贯道”的日本特务中村有关，这个中村，也就是牟云天。

抗战胜利后，“军统”将中村逮捕，押解南京，后来听说并未法办，而是摇身一变成为“军统”改组的“国防部保密局”特工。济南解放后没几天，那主儿化装潜入泉城，半夜登门找储济庭聊了一阵，聊的都是济南解放那几天的情况——储济庭当着“一贯道”点传师，每天去段氏那边的本门堂口待上半天，跟一干徒众接触，社会上的情况知道的比较多。

那天晚上，他跟中村说的就是这些情况。天明后，中村就走了，自此再也没见过面，也没听说过有关他的任何消息。直到这次市局便衣把他请进局子，他方才知道中村其实是奉命前来建立外围特工组织的，而储济庭已经被任命为该组织的首领，国民党“保密局”已经为此专门建立了档案。然后，储济庭就开始叫冤。刑警说你先别扯这个，当初“尚武济天道”的解宏祥死于日本宪兵队之手，你带着牟云天闯丧事现场威胁家属，究竟是怎么回事？

这一问，储济庭马上又叫起了撞天冤。原来，解宏祥的被捕是中村捣的鬼。当时储还不知这主儿是日本特务，只觉得这个江湖绰号“闷声不响”的“助理”话语不多，能量却不小，“一贯道”堂口遇到什么问题，只要他去外面转上一圈，总能顺利解决。现在想来，中村应该还受命跟其他几个喜欢闹事的帮会如“红枪会”、“银刀会”、“十三股帮”有接触，因为他曾让储帮他牵线搭桥结识那三个帮会的首领。

一次中村请储济庭去饭馆喝酒，“十三股帮”总舵主李度也到场了。席间，李度说起“尚武济天道”，可能之前曾吃过解宏祥的亏，对其恨之入骨。三天后，解就被宪兵队逮捕，次日即被杀。然后，中村就跟李度做起了结拜兄弟。解宏祥的尸体被家属领回后，是中村向储济庭提议去解宅看看。途中，中村说以“老祖”您的身份，过去总要有个说法吧，否则容易惹人议论。两人商量下来，决定威胁几句。这就是闯丧事现场的由来。

3 月 18 日晚，专案组开会汇总案情。之前定下的四路调查，包括全市十一个公安分局、七十一个派出所对凶器和赃物的布控，均没有任何发现。相比之下，还是吴冰琨、衣景新、齐宝乐这一路调查到的情况算是最有价值的，至少排除了史九斤和储济庭的作案嫌疑。

那么，往下应该如何进行呢？一番讨论后，众侦查员形成一个观点：目前还看不出三命疑案跟江湖黑道仇杀有什么直接关系，不如暂时搁置一旁，先盯着“案犯之一必跟被害人解仲逵熟识”以及“赃物、凶器”这两点查。这两个方面，应以前一个为主，后一个为辅。之所以如此，是因为前一个方面的形成因素已经固定，只要把解仲逵生前那些熟友反复梳理，总有希望发现线索。而后一个方面则存在很大的变数——如果案犯不急着销赃，布控就不会产生效果；而那几种作案凶器又缺乏特点，在民间散布很广，调查起来非常不容易，只能作为一种参考。

于是，专案组对调查分工重新作了安排，五名刑警扑在调查解仲逵生前的社会关系上；两名刑警负责跟全市分局、派出所联系，参与赃物布控和对凶器的查摸。

计议定当，吴冰琨说时间不早了，大伙儿抓紧休息，明天上午按照分工各自行动就是，不必再来集中了。

可计划赶不上变化。次日上午，吴冰琨接到市局领导电话，命其与副组长杜志坚立刻前往市局。

这个电话来得不寻常。按照常规做法，跟专案组联系的应是督导专案工作的市局第二科领导郭宜春。可是，郭宜春没来电话，来电话的是市局副局长凌云。这段时间，由于市局政治保卫部门督察室正副主任唐劲实、张洪范调往徐州市（当时徐州隶属山东省）分任市公安局正副局长，组织上让分管政保的凌云副局长兼任督察室主任。按说，专案组正在侦查的这起大案并非凌副局长分管的，而现在却是凌副局长电召专案组正副组长过去。吴冰琨禁不住心里嘀咕，难道这个案子的性质已经发生了变化？

吴冰琨、杜志坚两人一路把自行车踩得飞快，抵达市局大门口刚下车，门卫室警卫已经迎上来了，说里面打电话通知了，让他们直接去督察室。

情况确实发生了变化，确切地说，应该是组织上获得了一条非常重要的内部情报。

当时，山东省的另一重要城市青岛尚未解放，还在国民党反动派的统治之下。这个重要情报，就是在青岛从事秘密工作的一位同志获取的，只是，这时尚无法知道他的真实姓名。

这位无名英雄的代号是“鲅鱼”，年龄、性别、职业、籍贯等一概不清楚。根据其送出的这条绝密情报的内容推测，“鲅鱼”可能是中共打入“国防部保密局”山东站的内线，或者虽不是内线，但有条件接触到山东站的敌特。这条绝密情报的内容，和专案组眼下要侦破的三命疑案有关——

3月17日，有一个来自济南、不明身份的神秘旅客乘火车抵达青岛（当时解放区和国民党统治区之间的铁路交通依旧维持，但火车的终点站在青岛郊区，旅客下车后须自行解决前往市区的交通问题；从青岛往济南的回程火车也是如此）。搭乘载客马车进入市区后，此人去了市警察局，不知跟接待的警察嘀咕了些什么，稍后就由警察局派了一辆小吉普将其送往“国防部保密局”山东站（山东站原驻济南，去年济南解放前迁往青岛）。

此人向“保密局”山东站递交了一封密函和一件封得严严实实的物品。落款为“暗杀团”的密函称，来人系济南一伙“有识热血志士”自发组建的“鲁济勘乱建国团”派遣的信使，冒死从济南潜赴青岛，求见“国防部保密局”驻青岛机关长官，为的是报告他们成立这个特别团体的情况。

该团体的主要宗旨是，拟在“沦陷区”策划实施以暗杀中共党政军领导为主兼带爆炸、纵火等破坏活动，故又称“鲁济暗杀团”。“暗杀团”已于日前正式成立，目前有十七名成员，均系国民党员、“三青团”员，计划进一步发展扩大。密函要求得到“党国”的支持，希望“国防部保密局”将“鲁济勘乱建国团”正式列入编制，给予经费、武器及相应器材，并指派行动专家对团体成员进行诸般行动技术的培训。当然，若是直接指派资深特工专家担任“暗杀团”的长官，那是再好不过了。

密函还称，眼下国共斗争紧张激烈，组建“暗杀团”非常容易引起误解。按照特工这一行的规矩和防谍反谍之需，“保密局”必然要对他们报告的上述情况予以严格审查。为缩短审查时间，尽快获得“保密局”方面的认可，“暗杀团”决定递交“投名状”。经过精心策划和准备，已于3月15日夜间采取行动，对在济南市经四路老字号饭店祥元馆内喝酒的三名食客（附有姓名、年龄、职业及家庭住址说明）予以“密裁”。分别割下三死者耳朵一枚，作为“投名状”奉上，以向“党国”表示“其志之坚”，云云。

“国防部保密局”山东站对上述情况大感意外，这种事儿抗战时由戴笠执掌的“军统”据说曾遇到过，但抗战胜利“军统”改组为“国防部保密局”后，就再也没听说过。眼下“党国”风雨飘摇岌岌可危，有这种情况冒出来，当然是一桩大好事。但兹事体大，不是山东站能拍板决定的，不可能当场答复这个信使。所以，接待特务与其作了一番谈话后，就将其打发走了。

当天，“保密局”山东站即举行有七名校级特务参加的专题会议研究此事，决定将一应情况上报“保密局”总部，由总部定夺。

“鲅鱼”的这份重要情报是以急电方式向华东局社会部发送的。华东局社会部收到该情报后，连夜传达中共济南特别市市委社会部，自然立刻就惊动了主持山东省委社会部和济南市委社会部工作的李士英和凌云。这两位资深保卫工作专家连夜研究后，认为该情报的真实性不容置疑——祥元馆三命疑案中被害人的一应情况跟情报显示的相关内容完全一致，遂决定立刻组建专案班子进行侦查，要求尽快破获“鲁济暗杀团”，赶在这伙反革命分子再次作案前将其一网打尽。

专案班子包括两个专案组。第一专案组由济南特别市公安局督察室侦查股（当时称为“侦察股”，稍后升格为科）四位从事政治保卫工作的侦查员许嘉新、黄筠、祝希雨、袁力组成，另将之前负责调查祥元馆凶杀案的市局、六分局联合专案组组长吴冰琨调入，担任该组组长；第二专案组由原市局、六分局联合专案组原班人马（除吴冰琨外）组成，原副组长杜志坚担任该组组长。

专案一组驻市局，二组仍驻六分局。一组负责对“鲁济暗杀团”的核心调查，即那个赴青岛主动找“保密局”山东站递交密函和投名状，要求“为党国效力”的信使，须以最快速度查明其人的下落，暂不惊动，严密监视，顺藤摸瓜查明“鲁济暗杀团”的内部情况，一举破获这个反革命团伙；二组负责外围调查，按照之前拟定的调查方案继续进行下去，全力追查那个跟解仲逵熟识的案犯，以及对赃物、凶器的布控查摸。

两个组的工作互相之间不通气，组长吴冰琨、杜志坚直接接受市局副局长兼督察室主任凌云的领导，并按照要求汇报侦查进展情况。

四、兵分两路

往下关于侦查进展情况的交代，就得“花开两朵，各表一枝”了。

当天，专案二组在赃物布控方面获得了突破——

济南市第六区中大槐树街（今中大槐树南街）上，有一家只有半个门面的“薛氏钟表”。店主薛鼎是个腿脚不便的瘸子，四十来岁，济南本地人氏，以前在国民党山东省主席兼第三路军总指挥韩复榘的手枪旅当兵，据说能双手使枪，百发百中。1937 年冬，日军进攻山东，韩军与其进行了当时著名的“血战德州”战斗。薛鼎下肢负伤，自此残疾。伤愈后，为谋生计，发挥自己双手灵巧的特长，自学维修钟表，开了一家钟表修理小铺。

薛鼎以前在手枪旅时，喜欢结交江湖朋友，伤残改行做钟表匠后，自有朋友光顾生意。“薛氏钟表”渐渐就在道上有了些名气，除了维修钟表，还暗中做起了出售新旧钟表的买卖。自然，买进卖出的货色均是来路不明之物。日伪警察局和抗战胜利后的国民党警察局中，有些刑警跟黑道有勾结，或者干脆就是黑道角色，再者，以前人家“薛双枪”在韩大帅的手枪旅效力时，跟警方也经常有来有往，因此，明知薛鼎收赃销赃，也就故意眼开眼闭。济南解放后，薛鼎的钟表小铺还开着，生意也还不错，江湖弟兄黑道朋友依然偷偷前往销赃，只是做得隐蔽些了。

其时薛鼎的社会经验已经修炼得炉火纯青，江湖级别“老”到骨灰级了。新政权的公安机关对赃物布控得很严，经常有留用刑警前往“薛氏钟表”，叮嘱他留意赃物。薛鼎对寻常警员根本不放在眼里，有时管段派出所有着接管干部身份的所长、分局军代表什么的去布置赃物布控方面的工作，他也敢阳奉阴违，警方还拿他没办法——这主儿是老江湖，寻常训诫治他不了。抓他吧，历史反革命算不上，他虽是韩复榘手枪旅的资深枪手，但一直就是一个士兵，连班长也没有当过，论成分撑足也只能算是旧军人。找个茬儿说他包庇小偷拘他？不是不可以，但人家是残疾人，真的进去了人民政府就得养他，还得派其他人犯伺候他。犯得着吗？所以，别说派出所了，就是分局对他也没奈何。

谁也没有想到，这次“鲁济暗杀团”大案侦查工作零的突破，竟然就是这个薛鼎发挥了作用！

这天上午十时许，管段派出所新民警小周骑着自行车经过“薛氏钟表”，忽听一声吆喝：“停车！你过来！”小周不知何人在吆喝，也不知是在叫谁，照旧蹬着。薛鼎大恼：“姓周的小警察，唤你呐！没听见还是怎么的？”

小周这才知道被吆喝的对象是自己，当下掉转车头来到钟表铺前，正要问有啥事儿，薛鼎先开腔了，用的是旧军队长官对士兵发号施令的口吻：“你给你们陈局长捎个话，就说修钟表的薛师傅请他过来一趟，跟他说点儿事。”

这口气有点儿大，小周自然要问是啥事儿。“啥事儿？你这种小警察也配知道？”

小周暗恼，可面对这个难缠的主儿又不好发作，便回所里向所长报告了。所长说这薛瘸子一向很牛的，他要求捎话，咱给他捎到就是。于是，真的就往分局打了电话。

薛瘸子说的陈局长，就是第六分局局长、老红军陈昌奉。当天早些时候，他已经接到市局通知，与原祥元馆三命疑案专案组另一督察领导郭宜春一起听凌云传达了组织上关于调整专案组辖属事宜的指示。此刻，得知薛鼎要见他，估计对方可能有什么线索要提供，当下也不去考虑自己已经不担任该案专案组的督察领导了，立刻叫上一个部属，两人骑上自行车直奔薛鼎的钟表铺。

薛鼎见陈昌奉亲临，那份架子终于收敛了些：“听说政府在布控查赃物，我这里有一块表，局长您有兴趣的话可以拿去瞧瞧。”

陈昌奉一看是块老式西铁城怀表，心里一动：三命疑案布控的赃物中的确有一块这种品牌的怀表，也是六七成新旧。那是死者解仲逵的。记得专案组汇报案情时侦查员提到过，据解仲逵之妻冯氏称，老解前年从旧货摊淘得一块日本西铁城怀表，他是钟表世家出身，识表，知道这块表虽然旧，却是一块好表，这价也开得便宜，遂掏钱买下。拿回家后自己打开怀表后盖，在内面留了一个暗记。

陈昌奉让薛鼎拧开怀表的后盖，一看，果然有一个特殊的暗记！

临末，薛鼎还说了一个小插曲。他收下这块怀表后的次日清晨，从家里过来正要开门营业时，忽然来了一个一看就是小混混儿的小子，称想买一块便宜些的怀表，英纳格、西铁城什么的都可以，式样老些也没关系。薛鼎听见“西铁城”三字，寻思难道昨天收购那块怀表时，正好被这小子从铺子前经过扫溜着了，猜是收赃，现在是来打秋风的？当下便恼了，几声喝骂就把那小子撵跑了。

专案二组接收了这块怀表，也获悉了薛鼎向陈昌奉报告的全部内容。他们当即去老解家核实，终于确认这是本案的一件赃物。这乃是警方自3月16日开展侦查以来获得的第一条实实在在的线索。遗憾的是，当时刑警只顾盯着这块怀表，却忽视了薛鼎最后说的那段小插曲——这是后话。

怀表得到确认后，二组刑警石守相、张大庸受命往下进行调查。陈昌奉拿到这块怀表时，已经向薛鼎询问了来路，得知是一个名叫秦宝德的青年男子拿来的。石守相、张大庸两人便根据卖方留下的地址前往管段派出所了解秦宝德的情况。派出所说管段里有这人，是个私立小学体育老师。秦宝德出身城市平民家庭，其父是自由职业者，母亲无业，小秦在家里排行老三，上面两个姐姐都已出嫁。小秦本人结过婚，其妻是同一小学的同事，济南解放前夕跟人私奔了，不知去向。这人平时比较老实，历史清白，没参加过任何党派组织及会道门，也不善结交朋友，日子过得谨慎太平。

刑警请派出所找个不会引起别人注意也不会惊着他的理由，悄悄把秦宝德传唤来所接受调查。

一会儿，小秦来了，还带着户口本——派出所通知他的理由是，接受他一个多月之前提出的关于注销其私奔妻子户口的申请，让他来办理手续。手续倒还真的给他办了，不过根据民政部门的规定，还须登报声明跟其妻解除婚姻关系。当时新中国尚未成立，新婚姻法还没出台，只能延用解放前的惯例。

秦宝德见这事有实质性进展，非常高兴，一迭声道谢。这时刑警已经在一旁待着了，待他谢过刚要起身告辞，被按住肩膀请他暂缓，说还有事儿要麻烦你一下。说着，刑警把那块怀表放在他面前。

秦宝德交代，前天一个学生的家长送给他一张戏票，说外埠来了个新冒出的角儿，都说唱得不错，有朋友送来几张戏票，给秦老师一张。小秦对看戏不感兴趣，但他还是收了下来，不想去看，寻思去退了吧。傍晚，就去戏院门前把票退给了等票的观众。正要离开，不知从哪里窜出一个十七八岁肤色黝黑的青年，对方从怀里掏出这块怀表，在他眼前飞快地晃了一下，用目光询问，意思是：要吗？

没等小秦反应过来，那青年另一手已经伸出了两个指头。小秦从来不跟这类人打交道，对江湖暗语暗号绝对陌生，不知什么意思，只有怔怔地看着对方。那小子一指路边，两个指头扯着他的衣角将其引至行道树下，悄声道："这是东洋货，便宜点儿卖了，两块大洋，付北海币也行。别看是旧的，您听听这声音，嚓嚓嚓走得多欢！"

小秦是有手表的，瑞士梅花，走得很准，外形也好，因此并不想另置一块。但对方报出的价格实在太吸引人了，暗忖如果收下后转手出售，那不是可以小赚些许？两三块大洋总有的，遂决定买下来。不过，他身边只有一点儿零钱，就让对方随其回家去取。就这样，他把这块猜测必定来路不正的怀表买了下来。昨天中午，他抽空去附近经四路上的"薛氏钟表"一转手，果然赚得折合三块大洋的北海币。

石守相、张大庸两个当场做了一份笔录，让秦宝德签了名，盖了手印。电话请示组长杜志坚后，严令其守口如瓶随传随到，就让秦宝德回家了。

往下，就是找那个在戏院门前销赃的上家黑小子了。杜志坚对留用老刑警钱尚礼说，老钱，我寻思这活儿交给您去做最合适了。

钱尚礼四十岁出头，打自十八岁考入北洋政府山东省会警察局以来就干刑侦，虽然始终是底层警员，也没有过因其发挥的关键作用侦破了哪宗大案的纪录，但他在泉城地面上人脉颇广，手头掌握着若干个铁杆耳目。所以，杜志坚派他查摸那个在戏院门口销赃的贼头狗脑的目标。

果然，老钱头天接任务，次日下午就打探到了消息——那个销赃的主儿名叫陶阿龙，是个扒手。别看只有十八岁，人家可是见过大世面的资深扒窃从业者。

陶阿龙出道确实早，他是自幼就被父母遗弃的苦孩子。父母是何许模样、自己是怎么被遗弃的、小时候住在哪里等等，他一概没有印象。从四五岁记事起，他就跟着一个老叫花（以这个年龄段孩子的认知判断，那叫花子当时估计不会很老，最多中年而已）。十余年后回想起来，他估计那个老叫花很有可能是个职业扒手，为躲避江湖仇家追杀，改名换姓故意沦为乞丐的。

和老叫花一起生活的那十余年里，陶阿龙学到了不少江湖经验，具备职业乞丐的机灵、坚韧以及识别社会上各种人物的眼力。在他十五岁那年，老叫花突然失踪。失踪前半年，老叫花还传授了他一些扒窃手段。老叫花失踪之后，陶阿龙一边行乞一边习练扒窃，如今已是一个独来独往的职业扒手了。如果不是解放后黑道“好景不再”，只怕他在江湖上已经有名号了。

听了钱尚礼上述内容的汇报后，杜志坚考虑到案子的性质已经起了变化，行事就特别谨慎，不敢擅越职权作出决定，遂去市局向凌云当面汇报。其时凌云担任的职务众多——中共山东省委社会部副部长、济南特别市市委委员、市委社会部副部长、市政府委员、市公安局副局长兼督察室主任等，加之处于初解放时那种百废待兴的状态中，其工作忙碌程度可想而知。

杜志坚一直等到晚上八点才有机会向凌云当面汇报上述情况，然后请示是否可以直接“动”陶阿龙。凌云指示：可以“动”，但不是抓捕；最好采用通过可靠的第三方向他了解赃物来源的方式进行调查。同时，二组要安排人员对其进行秘密监视。

五、美女信使

与此同时，专案一组也开始了对“鲁济暗杀团”派赴青岛的那个“信使”的调查。这个信使是怎生一个人物？说破了可能会使人大跌眼镜——

济南市北坦南街住着一户人家，只有一对母女。物质生活水平尚能维持温饱，在众多寻常市民眼里属于小康水平，但在富人眼中，不过是早已风光不再的没落户。女主人是个四十二岁的中年妇女，姓白，名淑华，系旧时济南城一度颇有名气的粮商姜义真的如夫人；其女儿名叫白姜，听这名字就知道是白淑华与姜老板生下的骨肉。

十年前，六十岁的姜老板病殁，临终前当着围集于病榻前的全家成员留下遗嘱，分配财产。如夫人白淑华和庶出的小女儿白姜分得位于北坦南街的一套宅院以及财物若干，此外，还给了她们位于西门外的十多亩土地。当然，白氏获得这笔算得上丰厚的遗产是有一个附加条件的，那就是终生不得再嫁。如若违反，老姜家其他家庭成员有权收回上述财产，将其扫地出门；收回的财产归于女儿白姜名下，在其未成年之前，由姜家三个儿子即白姜的大哥二哥三哥作为监护人代为管理，待其满十六岁时交还妹妹。这年，白姜九岁，正在读小学三年级。

一晃十年过去，白姜已经长成了一个亭亭玉立的大姑娘。白姑娘三年前读完初中，以其成绩，是有把握考入高中甚至日后还有希望更进一步迈入大学校门的，其母长期以来心心念念也正是这么想的。可是，白姑娘自己却对上高中考大学不感兴趣，坚持要尽快参加工作，早日踏上社会。而且，对自己日后的职业也已经有了打算——做一名护士。

旧时护士作为一门职业，是比较体面的，社会上将从业者称为“护士小姐”。白姜的性格得自其母遗传，天生待人温和，颇有耐心，她认为自己做一名护士应该没有问题。长期以来，这对母女相依为命，白淑华对女儿通常都是采取依从态度，在择业问题上也就违心点了头。

白姜在初中阶段的学习成绩，常年保持年级前三十名之内的水平，考卫生学校自无悬念。卫校学制两年，其中半年去当时济南市唯一的公立医院——济南市立医院实习。1948 年 6 月，白姜实习期满，被医院留用，遂成为该院的一名正式护士。同年 9 月，济南获得解放，市军管会接管了这家医院，成立医院管理委员会（1949 年 4 月，济南特别市人民政府卫生局正式接管该院，仍使用济南市立医院的名称）。医院所有权由旧政权变更为新政权，对于白姜的工作并无影响，她仍旧是一名护士，还是待在原来的门诊外科岗位上。可是，她的人生却因一次邂逅发生了巨大变故！

1949 年元旦，白姜轮到上日班。她像往常一样准时到达岗位，刚跟夜班护士办完交接班手续，就来了一个患者。那是一个帅哥，高个头儿，肤色白皙，举止斯文中透着些许富家公子哥儿的傲慢。白姜一看病历卡，上面写着这青年名叫梁成坤，二十一岁，住济南市第四区上新街。梁成坤向医生自诉，最近他喜欢上了晨练，每天清晨都出门跑步。今天刚跑了几分钟，踩上了路面上的薄冰，猝不及防一跤摔翻，手腕条件反射般地撑了一下，腕部一阵剧痛，就动不了了，估计是骨折了。

济南市立医院这个名字听上去有点儿牛，其实就是一家规模普通的综合医院。普通到什么程度？没有骨科，外科医生兼治骨折。如今的年轻人听着估计会不解，但那时全国大多数城市都是这样的，不足为奇。当然，X 光机器是有的，可以检查骨折与否。梁成坤检查下来，没有骨折，但并非无恙，因为放射医生在检查单上写着“骨裂”。所以，可以不打石膏，不过得上夹板。

在当时的医生眼里，像梁成坤这样的伤情属于微乎其微，就把上夹板的活儿交给护士去干了。由于是新护士，白姜颇费了些周折，梁成坤也因此多皱了若干次眉头。就是这次相遇，两个青年男女竟然擦出了火花。

如果白姜知道稍后会发生什么事，只怕打死也不会蹚这洼浑水玩这缕火花的——

梁成坤出身旧军人家庭，其老爸梁兴盛早年曾任北洋军队少将旅长、军法处长。1927 年蒋介石组建南京国民政府后，老梁审时度势退出行伍，回山东掖县老家做了三年寓公。直到韩复榘担任省主席后，方才举家从掖县搬回济南上新街的老寓所，坊间称之为“梁公馆”。一段时间后，发现老韩对前北洋军队的梁少将不感兴趣，并无刁难之意，老梁就大着胆子做起了生意。他从上海批进了五金商品，开了一家批零兼营的商行，后来又开了一家俄罗斯大菜馆。

军人改行经商，若非借助势力，通常都是失败者比成功人士多。但老梁却是一个例外，他在韩复榘统治时期顺利经商、广进财源，日伪时期还是如此，而且并未借助任何势力。抗战胜利后，他压缩经营项目，五金商行关闭，只留那家俄罗斯大菜馆。济南解放前夕，俄罗斯大菜馆也关了。

老梁与妻陆氏生有两男三女五个子女，梁成坤排老三。陆氏是老梁当年跟着张大帅进驻上海时娶的一个江南水乡女子，据说是洋学生。可能是遗传的原因，梁少爷的长相气质酷似来自江南水乡的母亲。老梁认定这个儿子是块文料，非常关注他的学业，1947 年，果然考上了山东大学医学院（抗战胜利后，山东大学在青岛恢复办学，合并了德华高等专门学堂医学学科组建的医学院）。

大一暑假，梁成坤回到济南，发现患上了肺结核。于是休学一年，在家休养。当时，治疗肺结核的特效药盘尼西林（即青霉素）已经推出，但旧中国无法生产，国内医药市场没有供应，只有黑市上有走私货出售，不过价格贵得惊人，有与黄金等价之说。好在老梁家有钱，治疗了一段时间就痊愈了。尽管如此，梁少爷却不能马上回学校——医学院的制度严格，事先说好休学一年就得一年，毛病治好了也得一年，这可能跟学年衔接也有关系。梁成坤只好继续待在家里。老爸请了名中医开方给他调理，中医建议要加强锻炼。于是，从去年入冬开始他就天天晨跑。

手腕受伤后，梁成坤不再跑步。那个老中医建议他习练气功，说对强身健体很有裨益。梁成坤就去找他的表兄刘炎溪。刘炎溪曾拜一个深谙道家养生之术的老道士学过气功，七八年下来，把原先病恹恹的羸弱体质硬是改造成如今的身强力壮气色红润。这对姨表兄弟自幼亲近，二十余年没断过来往，对于表弟的这个要求，刘炎溪自无二话，一口答应。

哪知，梁成坤这一拜师，不但害了他自己，还害了他的初恋白小姐！

比梁成坤大五岁的刘炎溪大学肄业，早在高中时就已参加“三青团”，并担任组织干事，进大学后又加入了国民党。肄业回济南后，走从政道路，通过打点成为一名正式公务员。刘炎溪的性格中颇有自负成分，常发生不逢时的感叹。当然，跟同龄人相比，由于他攻读的专业以及经济富有，有条件接触大量洋文报刊书籍，有高质量的短波收音机收听国际广播，他了解到的时事新闻和国际国内相关专家的时评内容远比周围同学朋友多，甚至不亚于中央社的新闻记者。加之他本人确实是有几分聪明的，他对时政的分析经常让人觉得“很有见地”。不过，后来的事实证明，这些所谓的“见地”都是纸上谈兵，只是当时大家、包括他自己都没有意识到这一点。

中共山东兵团围攻济南时，刘炎溪因患阑尾炎手术住院。城内国民党守军面对着由中共名将许世友指挥的十四万攻城大军惊慌失措，最高长官王耀武下令省会警察局的三千多名警官全部出动，限制交通，实施宵禁。刘炎溪躺在医院病房，连家人送饭都盼不到，别说收听短波阅读时事新闻了。等到他出院，外面已经换了天下。回到家，他立刻打开大功率收音机收听国内外电台的新闻播报和时事评论，最后他得出结论，认为形势还不至于那么悲观，只要美国不放弃力挺国民党的政策，中共是占不了上风的。

类似刘炎溪这种角色，差不多都有刚愎自用的潜在性格，刘炎溪在这方面还比较强烈。他一旦认定了形势走向，就会王八吃秤砣铁心坚持到底，即使见了棺材估计也不会掉泪。中间过程中不管出现什么与其观点相悖的事实，他都会以诡辩式的思维进行分析，予以驳斥，坚持谬论。济南战役中共完胜，之后徐州失守，“徐蚌会战”（国民党方面对淮海战役的称谓）国民党遭到惨败，刘炎溪仍然信心十足，坚信“国军”最终必胜。

正是由于这种思维和立场，刘炎溪忽然发现以前的“生不逢时”之叹已经出现了转机，遂有了“天生我材必有用”的信念，暗忖何不利用这个机会组织起一支力量，在济南地面上给中共暗中添乱，制造麻烦，扰乱社会，影响民心。如此，必能对国民党方面不久之后的“光复”行动有所助力。待“光复”之后，他刘某人就是有功之臣，到那时，他就不是一个小公务员了。

无独有偶，济南城里持这种想法的还另有一位，那就是教书匠、国民党员褚介君。三十挂零的褚介君一眼看去是个老成持重的斯文书生，平时经常手握古卷饮酒长吟，舞文弄墨，还刻了一方“当代李太白”的印章作为其赠人书画的招牌标记。可是，如果真把此人看作一个不问政治只知悠悠怀古的书呆子，那就错了。这人在政治上是很积极的，中学时就参加了“三青团”，抗战爆发济南沦陷后又加入了“汪记”国民党。到了抗战胜利，不知怎么转了组织关系，摇身一变成为“蒋记”国民党成员。刘炎溪跟他就是在某次济南国民党市党部的党员座谈会上相识的，两人惺惺相惜，遂成莫逆之交。

褚介君很欣赏刘炎溪的那套时政分析，两人每月总有几次小聚，一边喝酒一边聊天。他们都自认为是“具有崇高理想的有志之士”，最推崇的就是“蒋总统”，每每喝得酒酣脸红气血上升时，总有“余生也晚”的感叹，否则就赶得上奔赴广州报考黄埔军校，荣幸地成为“蒋校长门生”了。济南解放后，他们没再见过面，因为两人都要“保持气节”，拒不向济南市军管会登记反动身份。褚介君终日缩在其执教的中学闭门不出，连家也不回；刘炎溪担任的伪公职没了，干脆也就不露面了。

如此状况，一直持续到 1949 年 2 月 11 日。那天，刘炎溪突然收到一封未具落款名址的信，一看笔迹便认出系褚老师所写。信函内容很简单，大意是：兄台近况可好？弟比较空闲，懒得出门，若后天有暇，下午来吾处一聚如何？

2 月 13 日下午四时，刘炎溪前往学校赴约。这一聚，便有了一个后来被列入专业史籍的反革命组织“鲁济勘乱建国团”，别称“鲁济暗杀团”。

褚介君、刘炎溪两人按照拟定的方案开始发展“鲁济暗杀团”成员，很快就物色到了一些跟他俩抱有同样想法的青年。到 2 月下旬，这个反革命团伙已经有了十七名成员，都是解放前参加国民党、“三青团”，满脑子反共思想的家伙。只有一人例外，属于无党派人士，那就是刘炎溪的表弟梁成坤。

梁少爷其时刚拜表兄为师习练道家养生功，每天要跟刘炎溪见面。他于政治不感兴趣，淡泊到几无概念，生性又比较怯懦，对表哥从小就钦佩之至，言听计从，凡事只要表哥开腔，他就会习惯性地接受并照着去做。那天，刘炎溪跟他分析时势，说中共执政后对梁少将这样有反动军队高级将领历史的对象，一定不会客气，把表弟吓得瑟瑟作抖，当即向表兄请教该如何应对。刘炎溪道出良方妙策：只要回到解放前，一切照旧，老梁家还是照过以前的舒心日子。所以，要站在“党国”一边，待美国出兵助力蒋总统“光复”，就无后顾之忧了。

把表弟忽悠得差不多了，刘炎溪方才端出“鲁济勘乱救国团”，说人家的入门门槛可是非常高了，哥为你争取到了一个名额。在梁少爷的记忆中，多年来所有出自这个表哥脑袋的主意，实施下来都是对他有帮助的，当下不假思索，立刻点头。刘炎溪趁热打铁，让表弟填了一份油印申请表格。填毕，双方起立，表哥跟表弟郑重握手，祝贺梁少爷“慧眼辨正，迷雾识途”。然后，老大褚介君从隔壁屋里出来，对梁少爷予以热情勉励。

褚介君认为，既然“为信仰而建立组织”，那就要取得“党国”方面的认可，否则，那就是一伙乌合之众，跟大伙儿的“信仰”就合不上拍了。所以，组织也好，团体也好，算是有了，但不宜自封职务。褚介君是暗杀团的首领，刘炎溪则是其军师，相当于参谋长的角色，内部分别自称为“大统领”、“二统领”（手下成员私下则称之为“老大”、“老二”）。一切走正规之路，先得获得“党国”的认可，成为“党国”某个机构——比如“国防部保密局”、“国防部二厅”或者“内调局”（前身即“中统”）——下辖的正式组织，由上级部门给予编制，正式任命职务。

再说，眼下这伙人尽管都胸有大志、腹藏韬略，却没有哪怕半点儿实战经验，真的要搞暗杀、纵火、绑架、爆炸等行动，别说跟专业特工比了，也不敢和江湖响马匪盗站在一条线上，就是寻常街头斗殴的小混混儿只怕也比不上，所以，必须获得“党国”专业特工教官的指点。仅仅有这些还不够，真的要实施行动，还需要配备先进的特工器材，比如武器、毒药、定时炸弹等。因此，当务之急是尽快跟“党国”的相关机构取得联系。如何取得联系呢？人家恐怕不会自己找上门来，要考虑委派信使前往国民党统治区接洽。

另外，“暗杀团”全体成员应马上着手刺探情报，把济南这边的中共党政军首脑以及民主人士中头面人物的日常活动规律，重要机关如市委市政府、公安局、电台报馆以及重要物资储存处、电厂、水厂等的地址、地形等收集起来，有多少算多少，以便“暗杀团”在获得“党国”方面的认可后，可以迅速开始行动，尽快制造影响。

“暗杀团”成员中，有一个褚介君的师范同学，名叫叶学时，毕业后做过两年历史老师，后来隔行跳槽去洋行当了一名管事。这人早在小学时就被人认为少年老成，后来读历史估计就是这个原因。不过据说叶学时的历史读得不咋样，他嫌正统史籍太枯燥，喜欢读不枯燥的野史。这个人的行事有些令人费解，比如上述读历史专业的跳槽去洋行做了一名管事，在宗教信仰上也很随意，佛教、道教都信过，后来又信了耶稣，家里还挂着蒋介石的照片。进洋行后，他一边恶补英语，一边却又直接向国民党市党部递了入党申请书。剑走偏锋有时竟能产生奇效，申请书递上去只一周，就被市党部作为特例批准突击入党，而且组织关系也是挂在市党部的。正因如此，解放后他没去军管会登记国民党员身份，竟然就给混过去了——市党部的档案已经焚毁，除了褚介君自己，别人根本不知道他是国民党员，“暗杀团”案破获后，还是他自己交代出来的。

因为性情古怪，叶学时获得了一个绰号，唤作“老夫子”。褚介君跟叶老夫子私交不错，组建“暗杀团”时，他跟叶聊了聊，发现这位老同学因其任国民党军队副师长的伯父在“徐蚌会战”中“为国捐躯”，对共产党恨之入骨，声称“此仇不报誓不为人”。于是，立刻将其拉进“暗杀团”，而且成为几个核心成员之一。3 月 1 日，褚介君跟叶学时说起准备跟“党国”相关机构进行联系，叶的野史知识发挥了作用，马上提醒：这是需要递交“投名状”的，否则，人家凭什么相信你这个团体不是中共反特部门设计出来的，为的是引诱敌方特工入瓮呢？

就这样，关于“投名状”的研究上了“暗杀团”核心层的紧急议事会，即议即决：策划干一桩刑案，杀两三个具有一定身份但并非政治人物的对象，割下耳朵作为“投名状”，连同“报效党国申请书”，一并向“国防部保密局”山东站当面递交。

以褚介君的本意，是要直接向“国防部保密局”总部递交的，但这时“保密局”总部已经迁往广州，从济南去广州路途遥远，中间还存在变数，只好退而求次。“保密局”山东站原先是在省会济南的，泉城解放前夕迁往青岛了。济南与青岛之间的铁路交通未断，往返相对方便，遂决定向“保密局”山东站递交。

“暗杀团”的三个核心成员褚介君、刘炎溪、叶学时对指派信使赴青岛之事进行了研究。原以为此事比较容易，不就是去青岛跑一趟嘛，权且当作旅游就是了。可一旦讨论到细节上，他们才发现此事不是那么简单。其时，“暗杀团”共有十七名成员，褚介君等人连同自身一个个掰着手指盘点下来，可以说，每个人都适合充任这个信使，但也可以说，每个成员都不适于进行这趟旅游。为什么这么说呢？因为他们必须考虑到各自的实际情况——

像褚介君、叶学时这样有工作的角色，需要离开济南至少三四天——因为不能保证抵达后立刻就找得到“国防部保密局”山东站机关所在地。这类特务机关别说在此刻时局风雨飘摇的当口儿了，就是抗战前南京国民政府的“黄金十年”（1927 年至 1937 年），也向来对外保密，不挂牌子，不公布电话，即使住在旁边的老百姓，也只是心领神会，知道这里有一个什么秘密单位，但不可能知晓具体是什么单位。如若运气差，光是找到山东站的机关所在地，说不定就要花三四天的时间。找到后登门求见，人家也不一定理睬，或者让信使在旅馆里等待通知。如此，这趟“旅游”得做好一个星期的打算。

对于有工作的人来说，处在济南解放没多久的特殊时期，不管是公家还是私人公司，即使同意你请假，只怕背后窃窃私语猜测事由的人也不在少数。况且此行的目的地乃是跟一个敏感词相关的，曰“敌占区”或者“国统区”。如此，只怕就会有人去派出所报告一下了——解放初期这种情况非常常见。因此，光是能够找到一个正当而且事后也不被怀疑的理由就不容易。此外，还有往返旅程中来自国共两方政权的种种意想不到的障碍，这不但需要事先的周详策划、信使本人的机智从容，还需要那么一点点运气。

“暗杀团”也有如刘炎溪这样暂时无业的成员，他们是否适合出这趟特别差使呢？细细算来，也不妥当。这个信使相当于隐蔽工作中的地下交通员，不光是送一封密信和“投名状”，还有可能会被青岛那边“国防部保密局”山东站的特务留下来问长问短。这种问话当然不会是跟你拉家常，肯定都是有用意的。尽管有“投名状”递送过去，但人家这时尚未对所谓三命凶案的真假进行查证，这种问长问短其实就是初查。回答得不妥当，人家就会起疑心，然后，可能就说不准了。运气差些的话，没准儿就真的不当回事，把东西往旁边一扔就不管了。别看是特务机构，官僚那一套发作起来，比寻常衙门还厉害。

尽管刘炎溪很自负，主动提出说他可以承担这桩差使到青岛跑一趟，但被褚介君否定了。褚介君说，咱们谁也不必出这趟差了，为稳妥计，还是另外找人吧。

这话说得刘炎溪、叶学时都是一愣，暗忖“暗杀团”十七人都不称职，难道另外找人来就能称职了？上哪里去找这种称职角色呢？

褚介君说，咱们找一个不明所以但绝对听话而且还可靠的局外人来承担这桩差使。此人最好是年轻女性，涉世未深，没怎么出过远门，给她这样一个免费旅行的机会，她肯定愿意；同时，这样的角色也不容易引人怀疑。至于她到了青岛该如何去打听“国防部保密局”山东站，我想也就不劳她打听了，让她直接去市警察局即可。警察局那伙人再牛，一听是从济南来找“保密局”山东站的，想必不敢把她赶走，更不敢打马虎眼。否则，回头“保密局”山东站知晓一应情况后，肯定要找他们的麻烦。这个机关的地址，他们当然是知道的，一般说来，就会派辆车直接把人送过去了。这是警察局唯一的选择。

“保密局”山东站对此会有什么反应呢？凭那些特务的职业眼力，肯定能够识别得出，来人只是一个“雏儿”，就是被支使过去送信跑腿的。当然，也会问她一些问题。这时，就需要她的绝对听话了。事先我们要跟她反复关照，见了对方，只说自己是受托捎信儿捎东西的，其他一概不知。人家面对着这样一个“雏儿”，知道问长问短没用，又不是抓捕的人犯，自然也不会动刑相逼。那么他们会怎么办呢？我估计，多半是说几句好听的，把人打发走，然后把一应情况电告广州。往下如何处置，就听总部指令了。所以，这趟差使也就到此结束了。

褚介君这么一说，刘、叶都认为言之有理。然后，话题就转到如何物色这么一个角色了。要说刘炎溪还真的是如他声称的“一心要干大事儿”，在褚介君说出上述那一番话的时候，他就已经考虑好前往青岛的合适人选了——其表弟梁成坤的女友白姜。他当即把白姜的情况作了一番介绍，怕那二位不放心，他又补充说：“兄弟对于差遣白小姐出这趟差，自有成竹在胸。首先，咱们的大事我始终叮嘱梁少爷对她守口如瓶，别说相识不久的女友了，便是发妻又如何？桥归桥，路归路，两码事不能并作一码。其次，梁少爷有正当的理由让她去一趟青岛。叶老师您知道，我那表弟原本在青岛上大学，只因痼疾缠身，不得已休学一年回济南来疗养。在青岛上学期间，有一位老教授郭先生对他非常好，经常扯着他的手说他酷似其已去世数年的儿子，待他毕业后，要收其为螟蛉，将其留洋学得的全部医术传授于他。他对郭先生也是视为慈父，感情颇深，正盘算着他老人家六旬寿辰将届，想寄一份礼品过去。这个心思，他跟白小姐也说起过。现在议这事，就是想改寄为送，就说他因肺疾未愈，不便亲往，请白小姐代为送上礼物。然后，请白小姐顺便去市警察局跑一趟，也不让她出面跟人家说要见‘保密局’山东站的人了，只要求把一封密封的信件交给朱督察官即可。放心，密信里说的是生意上的事，套用了些隐喻和典故，就是半道儿上被人拆开，也看不明白什么意思，关键的内容都用密写药水写在上面。据梁少爷说，那位朱督察官是‘保密局’的人，在警察局专门负责学运的，这事青岛各大学的学生差不多都知道。想来朱看了那封密信上的隐喻，马上就会明白是怎么回事了，毕竟他就是干这行的嘛。”

刘炎溪如此这般说了一通，褚介君、叶学时都认为他“虑事周详”，遂决定把这一重任交给白姜。

接下来，刘炎溪去了梁公馆，跟表弟梁成坤说及此事，当然隐瞒了核心机密，只说要跟青岛朋友合伙做生意，想约人家来济南面洽，请白小姐捎信函礼品各一；郭教授的寿礼也已备妥，那是从家里找出的一幅古画，估计人家会喜欢。

梁少爷对这位表哥是百分之百的信任，自是没有二话。刘炎溪又再三关照：关于“鲁济勘乱建国团”之事，绝对不能向白小姐透露一丝一毫！切记切记！

诚如刘炎溪所估料的，白姜此行一切顺利，只在青岛待了两个晚上就回来了。

当时朱督察官一看那封信函的内容，马上开车将白姜送往“保密局”山东站。山东站特务打开密函，发现内文是正常谈生意的内容，而行距留得比寻常信函稍宽，便知是用了密写药水。他们是这方面的行家里手，而密写液是褚介君用学校化学课的试剂配制的，到了专业特务手里，自是迎刃而解。特务阅信后，又拆开密封得严严实实的浸泡在酒精瓶里的“投名状”，对密函内容已经信了大半。

处理信件的同时，出面接待的特务、山东站一个宓姓副站长正跟白小姐喝着咖啡聊天。看似海阔天空漫无边际，其实却是在摸底。白姜自始至终没察觉到什么古怪，甚至连她所到之处是特务机关都不曾意识到——门外不挂牌子，里面人来人往，像是个有点儿规模的公司的办公地点，和梁成坤所谓谈生意的说辞正好对得上。不久，负责处理密函的特务打来电话，宓某借故离开片刻，估计是看密函去了，回来之后又跟白姜聊了一会儿，这才派车把白姜送往郭教授家。

上述一应情况，是专案组后来才知道的。那么，这时候专案组又查到哪一步了呢？

六、扒手阿龙

负责调查那个“暗杀团”信使的专案一组对这桩活儿有点儿憷头，他们手中掌握的线索接近于零，诸如年龄、性别、籍贯、外形、职业等通常查摸目标时必需的条件，一个也没有，只是从“鲅鱼”送出的情报内容推断，这位信使是在祥元馆凶杀案发生后次日即 3 月 16 日上午从济南动身前往青岛的，对其之后在青岛的行踪，除了知道信使去了一趟市警察局，继而被送往“保密局”山东站之外，其他诸如在青岛停留了多久、又去过些什么地方、何时离开、是几时返回济南的，等等，都毫无头绪。

如果类似的调查发生在今天，通过实名制购票就能轻而易举地不断缩小排查范围，直至把目标从茫茫人海中拎出来，但在七十多年前，专案一组五名侦查员唯一的念头就是“埋头苦干”。先是对这个团伙成员的情况进行分析——

“暗杀团”既有派遣信使密赴青岛投效“保密局”之举，那说明这伙反革命分子属于“自干户”。而且，这些人中之前应该无人接触过特工活儿，可能连道听途说也不曾有过。但是，从“鲁济勘乱建国团”的起名、策划以及主动向“保密局”提出“挂靠”的行为来看，这伙人又并非寻常的江洋大盗、地痞流氓——此时的形势，任何人都看得十分清楚，中共胜利在望，而国民党只是垂死挣扎，这当口儿，即便想跟新政权对抗，自己偷偷干就好了，没必要费这么大劲儿跑这么老远冒着这么大风险特地赶到青岛，去跟估计已经着手准备撤离的“保密局”山东站联系“挂靠”。因此，这伙人十有八九是在解放前加入国民党、“三青团”的分子，只有这种对象才会有“组织观念”，知道光靠自己的力量是绝对无法跟强大的中共抗衡的。而从其迫不及待、不惜犯下三命大案作为“投名状”获取信任的手段来看，这伙人明显欠缺社会经验和江湖历练，年龄应该都不大。

根据上述分析，专案一组决定首先从解放后已向市军管会登记的三十五岁以下，参加过国民党、“三青团”的那部分对象中查找嫌疑人。

这项工作说起来似乎容易，做起来却颇麻烦。济南作为山东省会，乃是一个有十一个区的大城市，国民党、“三青团”成员数量众多，仅仅是把全部名单浏览一遍也要费一番工夫。大伙儿研究下来，决定以市局名义把这些工作分解开来，请基层协办。

济南解放伊始，市军管会发布通令要求参加过国民党、“三青团”的对象前往登记，具体实施时并不是真的去市军管会办理这个手续，而是分解到全市十一个区公安分局下辖的七十一个派出所进行。各派出所把登记材料抄录一份留底，正本则上交分局；分局照此办理，最后向军管会公安部亦即市公安局汇总。现在，专案一组要求全市各派出所把那份副本拿出来，把上面三十五岁以下的国民党、“三青团”成员的名址另列出来。这样做，既减少了工作量，也为调查工作加速提供了助力。

当天晚上，就有完成得快的十几个派出所把名单送来了。侦查员连夜审查，圈出了其中一些符合条件的对象。次日，各派出所都已送交名单，专案一组侦查员忙碌了整整一天再搭上一个夜班，总算把认为有涉案可能的对象共二百三十七人梳理出来了。

3 月 22 日，侦查员分头下到相关派出所，对名单上的对象进行核查，一是了解各个对象的政治态度和日常表现，二是询问解放以来这些人的活动情况，三是调查 3 月 15 日祥元馆凶杀案发生那天晚上他们的行踪去向，四是他们在 3 月 16 日至 3 月 19 日期间的活动情况，要求必须有两个以上证明人。这些调查，都是在各个对象本人并不知道的情况下进行的，属于外围查摸。

这一查，又查了两天，发现了十一个可疑对象，但很快就都排除了。后来发现，这次调查效果不佳，“暗杀团”十七名成员中，解放后办过登记手续的有十二人，但最后“入围”十一名可疑对象的只有一人，这一人最后也被排除了——他没有参与祥元馆凶杀案，也没充任信使去过青岛，所以也就不存在有没有作案时间了。至于那个充任信使的女护士白姜，则连“三青团”都没参加过，根本不在排查范围之内。

不过，白小姐还是未能避开专案人员的关注——这天晚上，专案二组的调查有了突破，其所获得的信息直指“一个二十岁左右的俏妞儿”。

这个信息来自已经进入专案二组侦查视线的扒手陶阿龙。3月21日，二组组长杜志坚让老刑警钱尚礼通过耳目探得了陶阿龙的一应情况，向凌云请示是否可以抓捕。凌云指示不必抓捕，以免打草惊蛇，最好是通过第三人跟陶接触，从其嘴里套出他是从哪里弄到这块怀表的。

杜志坚随即落实凌云的指示，专案二组刑警议了议，制订了一个方案：从道上物色一个跟陶阿龙熟识（最好是陶比较信任）的角色，由此人出面，邀几个“同行”一起喝顿酒，事先跟其他人约好，酒桌上闲谈时故意把话题往陶阿龙的扒窃技艺上引。这家伙喝得兴致高涨时难免吹吹牛，估计会把怀表的来路主动说一说。

这桩活儿，自然还是派给老钱，因为他对这种路数比较熟悉。

钱尚礼受命而去。可是，陶阿龙这家伙太难找了。其他几个陪客都已经约好，独独陶阿龙却没法儿找到。这家伙没有家，居无定所。手头钱多时，住旅馆；钱少时，住大车店；再少时，就去澡堂猫一夜；待到两手空空时，车站候车室、桥洞、破庙什么的都能过夜。用他自己的说法是，就像天上的云，河里的鱼，随风而移，随水而流，每个白天他都不知道当晚在哪里过夜。老钱一直找了两天，方才打听到陶阿龙的下落。

这天下午，老钱在馆驿街一座破败道观门口看到这主儿正和两个道士一边晒太阳一边闲聊。老钱不露声色，让跟在他后边的耳目去把那个跟陶阿龙称兄道弟的小混混儿李三儿唤来。半个多小时后，耳目踩着一辆估计是临时撬窃的破自行车，载着李三儿来了。李三儿上前跟陶阿龙见面，约了今晚的饭局。陶阿龙说老兄你算得真准哪，知道兄弟我发了点儿小财，就来说喝酒吃饭了。没问题，今晚兄弟请客，不准其他任何朋友掏钱，谁跟我抢我跟谁急！

诚如事先估料的，陶阿龙一喝酒，话就多了。旁人把话题转向扒窃，他说自己这方面最有发言权，然后就大谈心得。

他是从扒手的等级水平说起的，说这一行的最高等级其实不是亲自动手，也不是带几个徒弟让他们下手给自己抽成，而是“吃佛”。这是一个一度流行于北方地区的黑道切口，指的是技艺高超的扒手不必亲自操作，也不收弟子，只要让扒手同行知晓他的技艺，就会主动把扒窃所得赃款赃物的一部分送上门来请其笑纳。也有的黑势力自己不会扒窃，但靠拳头打服扒手后，也享受这种待遇——不过，这种“吃佛”是为道上所不齿的。据陶阿龙说，他的目标就是第一种“吃佛”。日前外出，正好遇到一个机会，闹着玩儿似的小试一下，竟然就成功了，对方主动奉上一块怀表。

李三儿几个便向陶阿龙敬酒，口吐莲花将其奉承了一番，终于把整个过程弄清楚了——

3 月 16 日清晨，职业扒手陶阿龙一连三四天没出手“作业”了，只觉得手痒难熬，就从入住的小旅馆出门，信步溜达，一逛逛到了附近的火车站。进到候车室，买了包瓜子，在角落里一个位置上落座，嗑着瓜子，脑袋不动，被帽舌阴影遮掩着的一双眼睛却在滴溜溜打转，目光在进进出出的众多旅客或者接送行者脸上和身上扫溜，寻找合适的下手对象。

济南解放以来，由于种种原因，原先几个对陶阿龙比较熟悉且精于反扒的旧警便衣没被新政权留用，让陶阿龙有了一种解脱了无形捆仙绳般的轻松，自我感觉渐渐良好，对于下手目标的档次也提升了，寻常劳动人民已经不屑，专盯着打扮时尚、毫无防范意识的那类纨绔子弟或妖娆小姐。一旦发现有这种目标，他就会跟上去伺机下手。这天，他也是这么打算的。可是，运气似乎不佳，盯了半个小时，竟没一个看起来值得下手的目标。

正要离开，忽见大门方向有个俏丽妞儿款款而来，身穿淡玫红毛哔叽夹风衣，头戴黑色无檐薄呢时装帽，肩上挎着一个与其风衣颜色相匹配的浅粉色鲨鱼皮坤包。以陶阿龙的职业眼光判断，这妞儿应该属于平时极少出门，甚至从没来过火车站的那类小家碧玉，因为她对候车室这样一个火车站最嘈杂混乱的环境显得非常生疏，一边走一边东张西望，一只手掌则按在坤包盖上，纤长的手指直直地往下伸，看似无意，其实是刻意按压在坤包盖下侧贴袋的拉链上。陶阿龙顿时兴奋起来，暗忖她这坤包的贴袋里必有值钱货色！

哪知高兴得太早了，陶阿龙还没来得及起身凑过去，就有人赶在他之前下手了。那是一个三十来岁、旧时跑街先生装束的主儿，但陶阿龙扫了一眼便得出结论，对方是外地来济南“串市”（旧时黑道切口，流窜作案之意）的。

这人还带着两个徒弟，一个十四五岁，另一个十岁上下。小的那个衣衫褴褛，满脸污垢，疑是乞丐，但手里却没打狗棒，也没拿一只豁口破碗。只见那小孩儿像脱锁猢狲似的，连窜带钻从几个旅客之间的夹缝里挤过去，赶到数米之外却又驻步，等那俏妞儿过来，冷不防迎面而上，就像分别多年的儿子见了亲娘，张开双臂猛扑过去。那妞儿大吃一惊，下意识地往旁边躲避。小孩儿一下扑空，略转方向，蓄势正待故技重施，被那个身穿中式对襟衣衫、腋下夹一个黑色公文包宛若大商行推介产品职员的男子从后面喝住。小孩儿佯装恼怒，尖叫着扑向男子，张牙舞爪意欲要泼，被那男子抡起皮包拍倒在地，边哭嚎边打滚儿。

陶阿龙是乞丐出身半路出家做了扒手，这种伎俩见得多了，旁人都盯着这一大一小看戏，只有他知道那妞儿要中招了。他想看看这个男子道行有多深，眼光一直没离开过那个坤包。那妞儿果真是严重缺乏社会经验，面对着眼前的变故，那只始终搭在坤包上的手掌已经无意识地离开了，胳膊上抬，手指抓住了从肩膀上垂下的坤包皮带。说时迟那时快，另外一个大些的孩子假装急着看热闹，从妞儿身旁挤了过去。毕竟学艺尚浅，跟那妞儿擦身而过时，还是有片刻的停留。在场众人中，只有陶阿龙知道这主儿已经得手。然后，那少年就混入人群，转瞬不见了踪影。

尝试“吃佛”的念头，就是这一刻从陶阿龙脑子里冒出来的。他知道，男子和小乞丐演出的双档戏立马就会结束，于是先离开现场，来到门口向一个流动小贩买烟时回头一看，里面果然已经散场。那妞儿没发现自己已经中招（作案者下手后又把拉链扯上了），径往检票口进了站。

三个偷儿分别离开了候车室，之后不到一小时内，接连在站前广场作案三起。然后离开车站，那小叫花去了一个隐蔽角落，很快就换了一套干净整洁的衣服，脸上的污垢也擦去了。三人聚在一处，进了附近一家面馆，要了几样面浇头作为菜肴，竟然喝起酒来了。陶阿龙也跟着入内，在邻近一副座头上坐下。

这时面馆正处于早市刚落午市未起的中间时段，店堂里食客寥寥无儿。陶阿龙点了一碗牛肉面，等候时，见那男子一边喝酒一边朝他打量，便作了个黑道上的手势。男子见之，大吃一惊，下意识一跃而起，冲他拱手：“这位小哥，请了！恭请移座，一起喝几杯。”

陶阿龙没答理，自顾伸了个懒腰，自言自语道：“手艺尚可入眼，只是吃相太难看。拢共个把钟点儿，已经下手四次，难道就不顾本地朋友的衣食来源了吗？久在河边走，哪有不湿鞋？此刻若是有人嚷一嗓子，只怕外面经过的路人就要进来看个究竟了吧？如今是新社会，管闲事的人多着哪！”

那男子没想到陶阿龙这么一个年轻人，竟然深谙江湖之道，而且对扒窃如此内行，把他们三个连作四起案子看得清清楚楚，疑是泉城本地扒窃帮伙专在火车站区域“吃佛”的主儿，心中顿时忐忑。毕竟四起案子的赃物都还在身边，一嗓子招来路人，那真个是人赃俱获了！没办法，只好按道上规矩行事了，遂掏出那块怀表和一个钱包放在桌上，用手帕遮住，再次拱手：“请小哥移座共饮。”

就这样，陶阿龙蹭到了一顿酒食，临末照规矩两样“敬奉”只取之一，就是那块怀表。他沉浸在“吃佛”尝试的成功中，也不作他想，转手就把怀表卖给了小学体育老师秦宝德。

专案二组组长杜志坚是武工队侦察员出身，后从事解放区公安工作，系中共方面派遣的对济南旧政权警察系统进行接管的六百名人员之一。这位同志平时言语不多，虑事比较周详。当下，他听老钱汇报了上述一应情况后，提出了一个问题：这个陶阿龙年纪虽轻，行事倒有点儿老成，看来扒窃实践比较丰富，估计是有些心得的。一般说来，类似这种年轻人，作案频率应该是比较高的。既然如此，他作案所获的赃款赃物是怎么花掉的呢？

这个问题，二组诸刑警都没想过。大伙儿一下子都愣了，目光定定地望着杜志坚，不知他为什么提出这么一个问题，这跟追查怀表的来路有什么关系呢？

杜志坚解释说，照陶阿龙的扒窃情况判断，他应该属于“收入颇丰”的一类人员，但从他的生活状况来看，有时却又穷得连住宿处也没有。这种年龄，又是职业扒手，不可能有积蓄的观念，所以，我想他可能是把赃款赃物耗费在其他方面——多半是贪色吧？如果真是这样，这人背后只怕另有花头。钟表匠薛鼎向陈局长报告一应情况时曾提到过一段小插曲，秦宝德转手销赃后，有一个小混混儿模样的主儿前去求购西铁城怀表，那小混混儿莫非就是陶阿龙？这小子在把怀表卖给秦宝德后，又去“薛氏钟表”想买回，此举是否隐藏着什么猫儿腻？

这么一说，众刑警皆觉组长言之有理，当下你一言他一语讨论了一番，最后达成一致意见：有必要拘拿陶阿龙，讯问其在怀表问题上是否另有隐情。

“动”陶阿龙的权限，就不在专案二组组长手里了，得向领导请示。凌云在听取杜志坚的情况汇报后果断决定：拘拿陶阿龙！

之前，专案二组为寻访陶阿龙的行踪，耗费了不少时间。杜志坚早已关照钱尚礼，这次找到他后，安排专人盯着，免得回头再有什么事儿又要找他时耗时费神。老钱就命两个耳目把陶给盯上了。现在，领导一拍板，刑警轻而易举将陶阿龙拎进了局子。

随即讯问，不问别的，单问那块怀表的事。

陶阿龙对自己的被捕深感不解，对自己这种小角色竟然还要连夜讯问，更让他摸不着头脑。待到听说是那块怀表的事儿，嬉皮笑脸说那是咱跟人家开玩笑的，再说，让他们知道咱泉城地面上有技艺超过他们的角色，他们就会知难而退，早早离开，那不就相当于减少了咱这边的发案，使群众少受损失，让你们这些警察也省力一些，是不是？

刑警不想跟他斗嘴，说你犯的事儿可大可小，那块怀表现在就在我们手里，你可以看看——就是这块，没错吧？我们只想知道有关这块怀表的事，你实话实说也行，编故事也行，反正我们肯定能查清楚你说的是真是假，对你的处理也就可大可小。

陶阿龙不笨，刑警的话外音他自然听得懂，于是交代了这块怀表的来龙去脉。前半段刑警已经知道，就说后半段——

诚如专案组所估料的，陶阿龙的扒窃收入不少，但他挥霍得也厉害，一是请客吃饭，二就是贪色。别看他小小年纪，却对这一门兴趣不小。而且，他对目标选择是有要求的，并非“扯到篮里都是菜”，什么烟花女子、美貌寡妇、妙龄暗娼，于其他贪色的黑道主儿来说求之不得，他却是不屑一顾。他对目标的要求是：黄花闺女、清丽俊俏、涉世不深、天真可爱，以及寻常百姓家庭背景，官员富户家庭的一律不碰，免得引火烧身惹来麻烦。

那么，他凭什么去勾引人家呢？很简单，一凭钱财，二凭贫嘴。据他说，凭这两样条件，通常用不了多长时间就能把人家勾引入港，得手之后……就分手了。说到这里，他见刑警用愕然的目光瞧着自己，便解释说咱是江湖人士，今天不知明天的运，人总不见得一直交好运吧？那又何必跟她们再交往下去，哪天出了事折进局子，那不是害了人家吗？照警局的规矩，如果跟人家保持来往，那你们肯定要去搜查人家宅第的，不但害得人家遭受街坊邻里的议论嘲笑，没准儿还有失主闻讯找上门砸东西拆房子哩！

说了这么多，陶阿龙的“情场原则”跟那块怀表又有什么关系呢？有的！陶阿龙说，他在火车站候车室刚看见那个妞儿时，心思尚在作案上，没往那方面去想。之后，他的脑子里又冒出了“吃佛”的念头，决定把那三个外埠偷儿作为尝试对象。直到蹭着了酒，拿到了怀表，还沉浸在尝试成功的喜悦里。他对这块怀表没有兴趣，次日晚餐后去看戏，就在戏院门前把怀表卖给了秦老师。

“往下呢?”刑警问。

“这个……就没有往下了。”

杜志坚给陶阿龙递过一支香烟，还帮他点上火：“小陶啊，你是贫苦家庭出身，父母双亡，自幼以行乞为生，按解放后的成分来说，你该是无产者，所以尽管你犯了事，但我们还是想对你从宽处理，给你一条出路。没想到，你自己不珍惜……”边说边摇头，接着对身边的刑警小齐说，“去给他扯一纸逮捕证过来。”

陶阿龙吓了个哆嗦，香烟也不抽了：“我怎么不珍惜啊？我不是已经把怀表的事儿讲清楚了?”

“讲清楚了？未必！我问你，你小子为什么想去把怀表赎回来？把销出的赃物赎回来这种做法，不合道上规矩吧？要想得到从宽处理，那就得把一应情况都交代清楚，瞒是瞒不过去的。明白吗?”

陶阿龙叹息：“唉！看来你们共产党的警察比以前的那班家伙聪明。好吧，我服了!”

于是便作了补充交代，这才是专案组此刻最需要的情况——

却说那天晚上戏院散场后陶阿龙去小旅馆过夜，半夜醒来，眼前忽然浮现出昨天上午在火车站遇见的那个妞儿，就此睡不着了。为什么呢？一是那妞儿的相貌符合他选择女朋友的标准，二是他总觉得那妞儿好像在哪里见到过，不过当时注意力都在她的坤包上，相貌没看太仔细，那双丹凤眼倒是比较有特点，还有下巴颏上那颗美人痣……想起来了！不就是市立医院那个小护士吗？年前严小狗跟人打架肩膀挨了一刀，我陪他去医院时，不就是那个小护士从我手里接过病卡票据的吗?

陶阿龙忽然觉得这天是他的黄道吉日，既然这护士妞儿已经入了俺的法眼，又有一个现成条件可以利用，我为何白白放过这个机会呢？

所谓“现成条件”，就是那块“吃佛”而获的怀表。尽管这种表只适宜男人使用，不会受到哪个女子的青睐，但既然被她随身带着，而且像宝贝似的用手掌护着，说明这块表跟她是有一定关系的。没准儿是她的哪个男性亲戚的，没准儿是她男友的，反正是具有一定价值而且不仅仅是纯金钱价值，很可能具有纪念意义，花钱也买不到。这就行了！她丢了这块怀表肯定着急，掉眼泪是少不了的，没准儿回头还准备以头撞墙哩。我如果出其不意给她一个惊喜，这条线准定搭得上。做护士的一个小妞儿，家庭背景应该不会显赫，有钱有势人家的小姐，父母谁舍得让她从事这门职业？

这就是陶阿龙要去“薛氏钟表”把那块怀表赎回来的原因。他自以为道行已经修炼得差不多了，在泉城地面上算得上一个“年轻的老江湖”了，哪知跟人家韩主席手枪旅出身的钟表匠一比，人家连个小指头都没伸直就把他拂开了。陶阿龙只好自认倒霉，放弃算了。可是，当晚他喝了几杯酒后，又有了新的想法：尽管没赎回怀表，但线头还在我手里呀！我可以去医院找她，以火车站那一幕跟她搭讪，她不可能没有任何反应。只要她肯开腔，遇上我这张贫嘴，只怕她想摆脱都没有办法。

陶阿龙估计那护士小姐已经从青岛（也有可能是济南至青岛途中的其他某个地方，比如潍县）回来了，就去市立医院瞅了瞅。那妞儿果然已经上班了，穿着白大褂戴着个口罩在外科门诊忙碌。陶阿龙便去挂了个号，可是等到他去外科时，她却不在了，站在诊室门口的是另一个年岁比那妞儿大些的女护士。目标不在，陶阿龙自然就不准备“看病”了。他问那个女护士：“刚才那位护士小姐怎么不在了？”

对方瞟了他一眼，回答说：“刚才一下子来了三个车祸伤员，外科手术缺人，主任派她去手术室了。你找她有什么事？”

陶阿龙说："她丢了一样东西，我知道下落。你转告她一声，过两天我有空再过来。"

不过，陶阿龙没再去市立医院，因为他搭识了一个漂亮的女学生初某。这家伙本是个朝三暮四之徒，便把热情转移到了初某那里。

七、密查线索

凌云召见专案一组组长吴冰琨，介绍上述情况后，说看来这条线索总算露出来了，你们一组的任务是，秘密查明那个市立医院外科护士的情况。

专案一组随即对如何落实凌云的指示进行研究，决定先核实那个护士的行踪，即"是否有作案时间"、"是否去过青岛"、"是否在那个时段出现在火车站"。在进行上述调查前，可以先派侦查员前往车站派出所了解情况，看是否有那个市立医院外科护士的报案信息。如果有，则上述调查方案中已有结果的内容可以省略。

侦查员许嘉新、袁力两个受命前往车站派出所，车站民警调出报案登记材料，那天上午一共接到七起扒窃报案，其中三起是陶阿龙所说的那三个外地偷儿干的（判断依据是作案手段类似），但那个市立医院的女护士并未报案。侦查员分析下来，认为其原因可能是以下两种：一是她知晓那块怀表的来路，发现怀表不翼而飞后根本不敢报案；二是她当时并未发现，待到发现时，她已经在途中甚至已经抵达青岛了，也就没法儿报案了。

上述两种可能中，以第一种可能居多。以当时人们的生活水平，像这么一块怀表，可以算是家庭财产清单中的重要一项了，即便发现遗失时因在途中无法报案，但返回济南后却是可以向车站派出所报案的，至少也会去询问一下。

与此同时，另三名侦查员吴冰琨、黄筠、祝希雨已在着手对那个市立医院外科护士的外围调查了。

医院考勤记录显示，外科只有一名护士在陶阿龙所说的那天未去医院上班，之后两天也连续调休，侦查员于是确认，调查对象正是这个名叫白姜的护士。正待进一步查下去，医院人事科的一名办事员却告诉刑警，据内勤科员老屠说，20 日上午收到了白小姐留在科室的一封辞职信。

当时济南刚解放半年，很多方面还处于百废待兴的状态，即使像市立医院这样已被政府接管的单位，也还没来得及建立起新的人事制度，医院人事部门的所有做法还是沿袭解放前。旧时地方上的公私单位，除特务机关之处，即使党政机关、警察局，从业人员要辞职也是非常容易的，当面递交或者通过邮寄、别人捎带、“留书”（留条子）一份辞职报告（当时称为“辞表”或“辞帖”）均可，通常不会受到留难，也没有什么“难”可以“留”你的，因为既没有劳动合同，也没有社会保险，说走就走，绝无羁绊。所以，老屠也没把这封信当回事，往旁边一放就是。之后，白姜果然没再来上班，也没来电来函询问结清工资之事。

侦查员留了纸条子，把那封辞职信带走了。不过，这封信对于找到白姜的下落并无多大帮助，因为是直接递交的，并非通过邮寄，信上只有白姜的签名，并无住址之类。旧时寻常单位都是不给员工设立档案的，社会局也没有这种规定。类似白姜的这种辞职信，人事部门知道就是了，看过算数，过几天一扔了之。侦查员当然要问一下这位白姜小姐的家址，人事科却不知道。那么谁知道呢？说是外科护士长应该知道，护士的上班、加班都是由护士长安排的，有时急诊病人多，忙碌起来，医院会夤夜派车把护士从家里接来。侦查员去问了护士长，果然，白姜的家址在她那个小本子上记着哩——北坦南街某号。

三侦查员又去了北坦派出所。一说白姜，所长问遍所有警员，都说没有印象。吴冰琨寻思，看来那个扒手陶阿龙所说不错，那姑娘还真是个没“出世”的小妞儿，连户籍警都不知道。

这时，正好来了一个高个儿老头儿，看似跟所有警员都颇熟悉，打过招呼后，从提着的一个布兜儿里掏出染红了的鸡蛋分发给众人，连三个侦查员也一人塞了一个。所长介绍说这是老罗，原是派出所警龄最长的老警，去年9月下旬济南解放后留用。没隔一个月，他六十岁生日那天，市局忽然来了个干部，说奉命通知老罗，按规定您老已获准退休，今后不用来上班了，工资照发，患病去医院治疗概由政府支付一应费用。说着，跟老罗握手，说您老是全市公安系统留用警员中第一个享受退休待遇的，向您表示祝贺！祝您老健康长寿！当时，不仅仅是老罗本人被惊到了，其他留用警员也都深受感动。老罗退休后，时不时来派出所坐坐，作为辖区的“老土地”，他知道许多别人不清楚的情况。

侦查员听所长这么一介绍，便向老罗打听白姜其人。老罗果然是“老土地”，马上说知道这闺女，那是粮商姜义真姜老板和如夫人白淑华所生的女儿，随母姓，以父姓为名，故叫“白姜”。后来姜老板病殁，母女俩另立门户，住到了本管段内，但母女俩的户口还挂在姜老板的本宅，听说是姜家大儿子的主意，什么原因就不清楚了。

侦查员这才恍然，难怪大伙儿都不知道这姑娘是谁，原来其中还有一段隐情。吴冰琨朝所长使个眼色，后者便招呼侦查员去他办公室坐。出于保密需要，吴冰琨没向对方透露正在调查的“暗杀团”案，只说是在查摸祥元馆命案的线索，这是案发伊始市局就向全市各分局、派出所通报过的。吴冰琨出任该案专案组组长，圈内自然是有传言的，至于后来情况发生了变化，该案从刑警队转隶市局督察室，警方内部就只有相关领导和侦查员知晓了。所以，吴冰琨的说法顺理成章。

派出所长表示将全力配合专案组的调查。目前，专案组急需在不惊动当事人的前提下，查明白姜的下落。跟所长商量了一下，都认为警方不出面为好，可以请保甲长（其时保甲制尚未废除，但新政权已经根据人民群众的反映，对旧保甲长作了较大幅度的调整）协助了解相关情况。

新任保长方某曾是教师，坊间都称其为方先生，解放前因追求民主进步被国民党警察局关押，愤而辞职。解放后被区政府任命为保长，其工作积极性甚高，又是知识分子出身，办法也多，很快就查到了白姜的去向——

三天前（3 月 20 日），白姜随其母离家外出。据其母事先向邻居透露，她在章丘有一个表姐，其子也即她的表外甥娶亲，邀请她们母女参加婚礼。方先生做事比较仔细，追问过那家邻居，该信息是听说还是亲眼所见。邻居说那天她并未亲眼看见白氏母女出门，但头天下午她在门前跟另一邻居刘大爷说话时，遇到白淑华从外面回来，手里提着几件礼品，正要上前搭话询问，对方已经主动告诉说明天要去章丘吃喜酒之事。第二天上午，她从菜场买菜回家，见白宅大门紧闭，寻思都这个时候了（大约七八点钟）还关着大门，料想母女俩已经出门了。

方先生又去找刘大爷核实，刘说确有此事，他是亲眼目睹白淑华提着礼品从外面回来的，也听说了次日母女俩要去章丘的话头。正说着，刘大爷的儿媳妇从外面回来了，听明方先生的来意，说那天早晨她亲眼看见白氏母女穿戴一新，手提礼品出的家门。

吴冰琨听了方保长的汇报，问白宅使用的门锁是司必灵锁还是挂锁。方保长说是司必灵锁。吴冰琨当时没说什么，但总觉得不甚放心，毕竟这是一起要案，容不得半点儿差池。离开派出所返回驻地，专案一组几个侦查员议了议，其他侦查员也跟吴冰琨有同样的担心——别是这对母女听到什么风声跑路了？或者更糟糕，已被同伙灭口，藏尸宅内？还是设法进去看看比较保险。

当天深夜，专案一组悄然前往北坦南路白宅，带了一个从看守所找来的精通开锁的盗窃犯，还特地从承办该犯案子的刑警那里借得了收缴的开锁工具。当时人们的夜生活普遍贫乏，午夜过后大街上已经车马罕见，路人亦几近绝迹。一行人抵达后，那个盗窃犯轻而易举就把白宅大门上的司必灵锁捅开了，还一脸不屑的表情，那意思很明白：这明明是大材小用嘛。

侦查员查看了白宅的客厅、卧室、书房和厨房，没有发现什么异样；又查看了前面的天井和后面的小花园，也未见挖掘掩埋的痕迹，这才放下心来。

这种特殊行动进行一趟不容易，既然来了，还有一位开锁高手，捎带着把这座宅子里上锁的橱柜、抽斗什么的都打开看了看，无论是白淑华的珠宝首饰、黄金银洋，还是白姜的私房钱之类，都在各自的私密空间保存得好好的——这说明她们（特别是专案组所关注的白姜）并未跑路，应该真的是去章丘吃喜酒了。

专案一组把对白姜下落的查访情况汇报上去后，凌云问吴冰琨下一步准备怎么做。吴冰琨说我们研究了两个方案，一个是去章丘查找白氏母女的落脚点；还有一个则是在济南这边做好守株待兔的安排。出于稳妥考虑，凌云倾向于后者，但最终如何定夺，他要向李士英局长请示后再说。

大约半小时后，一组还没等到上级指示，管段派出所来电通报了一个新情况：保长方先生刚才来所报告，说昨晚有人亲眼所见，白姜站在附近的“泰山戏院”门口，像是在等退票或者等人！

吴冰琨立即叫上侦查员许嘉新、祝希雨直奔派出所。方先生已经在那里等候了，旁边还坐着一位慈眉善目的中年女性，她是方先生的妻子李幼仙。

引起重视的这条信息，就是李幼仙提供的。李幼仙早年毕业于女子师范，与方先生是同事。方先生因支持学生上街游行反对国民党发动内战而被捕，后经营救获释。方先生拒绝回校继续执教，李老师随即也公开宣布辞职。夫妇俩自谋出路，声称“劳动最光荣”，发挥自己的特长，妻子做了裁缝，丈夫堂堂大学毕业生，却重新拾起祖传的修鞋手艺做起了皮匠。

这天清晨，李幼仙去菜场买菜，巧遇这一带有名的中式裁缝师傅老潘。在她初做裁缝时，老潘曾对其多有指点，两人便驻步闲聊。片刻，住在附近的戏院画师宣先生路过，宣先生年近八旬的老母穿了一辈子中式服装，自从接触过出自老潘之手的成衣后，从此就只认潘师傅，其他即使是百年老字号的成衣匠制作的衣服也一概不认。因此，宣先生跟老潘关系一向很好，两人每次见面，哪怕再忙，也会聊上几句。

这天也是这样，宣先生跟老潘寒暄过后，又向李幼仙打了招呼。李幼仙正待离去，被宣先生唤住，问方先生出任人民政府的保长后，不知是否还有空做鞋，他想请方先生为老母定做一双软底鞋。接着，话题就由做鞋说到了本街坊剪鞋样的高手白淑华。李幼仙说，听说白女士这两天携女外出去章丘了，待她回来后，宣先生可请她为令堂剪了鞋样送我家来，老方会抽空尽快完成的。哪知，宣先生说白女士可能回来了吧，昨晚我在戏院门前看见她的女儿白小姐了，她还招呼我呢。

专案组访查白姜之事，吴冰琨是叮嘱方保长保密的，李幼仙并不知晓。至于白淑华携女外出之事，她是昨天听到她家里请她做衣服的街坊

（白家的一位邻居）随口说起的，并没当回事。李幼仙回家后，把老潘要为其老母定做一双软底鞋之事说了说，自然也就说到了宣先生在戏院门前遇到白小姐的情节。方保长一听暗惊，赶紧出门前往派出所报告。

当下，吴冰琨、许嘉新、祝希雨去戏院找画师宣先生核实情况，宣先生的陈述跟李幼仙相符。看来邻居所说的白氏母女同去章丘之说有误，至少白姜并没离开济南，但她也没有回家，而是跟另外什么人待在一起。这个“另外什么人”，十有八九就是差遣白姜作为“暗杀团”信使前往青岛的幕后人物。

鉴于情况发生了变化，吴冰琨返回市局后立刻向凌云报告。凌云指示一组分头进行调查，一是在白宅附近设下暗桩，秘密监视；二是以“戏院门口”这条模糊线索作为切入点，设法找到白姜的下落。两路工作同时铺开，人手不够，可以从二组抽调。

吴冰琨回到办公室，立刻作了分工：吴冰琨、袁力、黄筠三人负责调查白姜的下落，许嘉新、祝希雨负责对白宅的监视，暂不抽调二组人员，待侦查工作有了头绪，再调不迟。

两路侦查员随即出动。吴冰琨三个直奔戏院，打算了解一下最近戏院门口都有些什么小混混儿来做市面，昨晚白姜出现在这里，也许这些小混混儿们会留意到（以白姜的外貌、穿着，肯定会受到这些家伙的关注）。刚到戏院门口，戏院门房突然从门卫室里冲出来，没头没脑问了一句：“就是您三位吧？”

侦查员都是一愣，头前的袁力第一个反应过来：“大爷，是有人要我们接听电话吧？”

吴冰琨从门房的神情马上知道袁力问着了，没等门房回话就进了门卫室，一把抓起电话听筒。电话是侦查员祝希雨打来的：白宅出事了！

八、白宅遇窃

3月24日上午，祥元馆命案发生的第十天，专案一组侦查员祝希雨、许嘉新奉命前往北坦南街，秘密监视白淑华、白姜母女的行踪。

两个侦查员先去了管段派出所，和一组组长吴冰琨一样，仍是以调查祥元馆命案为由。派出所长立刻辗转安排非警务人员出面，在白宅斜对面的文具店楼上租了一个临街房间，祝希雨、许嘉新以外埠来济南找工作的名义入住，执行监视任务。

这时是上午十时许，两人躲在低垂着的窗帘后面，透过窗帘的缝隙盯着白宅门口。也就不过十来分钟，随着蹄声笃笃由远渐近，一辆营运出租马车驶至白宅门口停下，从车上下来一个四十来岁的中年妇人。侦查员没见过白淑华，也没有她的照片，但凭感觉认为这应该就是白姜之母了。果然，她掏出钱包取钞票付车费时，有邻居招呼她“白太太”了。

付过车费，白太太从车夫手里接过两件估计是装着章丘土特产的行囊，双手拎着扯开嗓子叫唤女儿开门。几声叫下来没有回应，嘀咕了一句什么，只好放下行囊，从挂在肩膀上的一个墨绿色女式皮包里取出钥匙，开门而入。祝希雨、许嘉新两个正寻思这白姜是睡得太死，还是昨天下半夜根本就没回家（之所以说“下半夜”，是因为午夜时分专案一组曾潜入白宅暗查）时，忽听白宅里传出白淑华的一声惊叫，跟着皮鞋声笃笃，女主人已从宅子里奔出来：“来人啊！我家出事啦！”

此刻，两个侦查员的心情，可以用“震惊”来形容。昨晚明明检查过白宅，啥事儿都没有，从半夜到天明短短几个小时，怎么就出事了（天亮后如果有人——包括白姜——进入宅子，肯定会落在邻居眼里）？

出了啥事儿？看女主人惊慌失措的样子，祝希雨、许嘉新首先想到的是白姜遇害了。不是说有邻居昨晚在戏院遇到这姑娘了吗？难道专案组侦查员前脚离开，后脚这妞儿就带上什么人回家了，接着就让人给干掉了？

四邻八舍听见白太太的呼喊，都过来问长问短。侦查员居高临下细听半晌，方才知道确实是发生了刑事案件，不过不是白姜姑娘挂了，而是白宅遭到了盗窃，家里给翻腾得一片狼藉。祝希雨、许嘉新不由纳闷儿，这桩盗案怎么发生得这么巧？但这时也顾不上想太多，得马上向领导报告，许嘉新赶紧去外面找了部电话机，直接打到戏院传达室，跟专案一组组长吴冰琨通上话。

吴冰琨听了汇报，随即往白宅所在地的公安分局打电话，让分局通知管段派出所出警保护现场，不准任何人（包括女主人白淑华）进入宅子，如果白姜正好回家，就找个理由把她扣下来。接着，吴冰琨又打了第二个电话，是打给市局副局长兼督察室主任凌云的，要求领导指派刑技人员（当时称“鉴识员”）勘查现场。

吴冰琨、黄筠、袁力三侦查员差不多是与市局刑技人员同时抵达白宅的。这时，白淑华已被派出所民警劝至一邻居家里坐着了。吴冰琨三人趁刑技人员勘查现场提取痕迹的当口儿，跟白太太聊了一会儿，白淑华压根儿不知道其女儿充任“暗杀团”的信使前往青岛之事。那么，白姜是否跟她去了章丘呢？

白姜最初是答应随同母亲一起去章丘吃喜酒的，头天还为穿什么衣服征求过母亲的意见。那天晚上她出去过一次，直到十点多才回家，回来后就改了主意，对母亲说她明天另有事儿，不去章丘了。见母亲似乎有些不开心，又说明天早上送妈妈去车站。白淑华原准备在章丘多待几天的，可女儿一个人待在家里她不放心，所以很快就回来了。刚才进门时看到屋里被翻腾得一塌糊涂，一时惊慌失措，现在侦查员问起白姜，她才突然想起女儿。可女儿去哪儿了，白淑华也不知道。

派出所民警过来通知，屋里的痕迹提取完毕，可以进入现场了。侦查员进了白家宅子，刑技人员报告说，每间屋子里都提取到了两男两女的鞋印，根据女性鞋印的尺码，基本可以认定系宅子女主人和其女儿的；两个男性鞋印，应是市面上有售的“双福”和“火炬”两种春秋款式皮鞋，尺码分别是四十码和四十二码。另外，宅子大门外的拉手和宅内每间屋里都提取了指纹，排除了白氏母女的，其他陌生指纹多半也属于上述两个男子。

侦查员昨晚进入过这座宅子，对各间屋子内部的家具陈设及物品摆放位置都有印象，橱柜、抽斗里的物品也都一一检查过，还发现了白淑华卧室床头柜内部暗设的机关，她的珠宝首饰、金银财物等都存放于内。刑技人员说，在床头柜上发现了多枚疑是女主人的新鲜指纹，说明她发现失窃后，曾刻意打开暗设机关，查看财物还在不在，里面的部分珠宝首饰上同样有她的新鲜指纹。另外，白氏在梳妆台台面内侧的小抽斗里放着一些北海币，可能因为数额不大，她还没有来得及查看。小抽斗上没发现她新近留下的指纹，却发现了那两个陌生男子的指纹，看来他们打开过这个小抽斗。

白姜卧室被翻腾的情况，跟其母卧室相比，属于升级版。不但写字台、衣橱、床头柜的抽斗都被扯出来，部分物品散落在地板上，那张一米宽的木床上的被褥也都被扔在地上。客厅被翻腾的程度最轻，可能跟家具摆设一目了然，难以藏匿什么物品有关。厨房也没逃过一劫，碗橱、笼格都一一翻到，灶台上的铁锅也被端下来，几个空锅的盖子都已离位。

侦查员由此认定，侵入白宅的那两个男子，其真正的目的并非盗窃，而是为了寻找某样东西，这件东西多半跟白太太无关，应该在白姜手里。

从现场留下的脚印、指纹判断，白姜是与两个男子一起返回宅子的。刑技人员检查了宅子大门的司必灵锁，未发现撬痕，三人是使用白姜的钥匙开的门。疑问也随之来了，既然是白姜引领那两个男子回家的，而回家的目的看来就是为了寻找某件白姜所有或者由其保管的物品，那进门后为什么要翻箱倒柜大费周章胡乱折腾呢？结论似乎只有一个：白姜拒绝交出这件物品！因此，对方只得采取下策。最后找到了没有呢？目前不得而知。

这么一分析，吴冰琨不由得要为白姜的安全担忧了——已经到了这一步，不管人家是否找到了那件物品，还能容得她好好活着吗？他把这个念头一说，黄筠、袁力顿时一个激灵：对啊！没准儿这姑娘已经遭毒手了吧！

吴冰琨坐不住了，起身往客厅外走："去看看！"

他要看的是客厅外小天井一隅的水井。昨晚侦查员暗查白宅，因为担心白姜的安危，曾揭开井盖查看过水井，吴冰琨亲手取了一根晾衣竹竿伸到井底，没发现有什么异常。现在呢？如果那两个男子要把白姜就地干掉，这口水井就是最隐蔽的藏尸地。

揭开井盖，水面平静。这当然说明不了什么。还是吴冰琨亲手操作，用竹竿往下一探，随即叹了口气："唉，得打电话请法医过来了……"

他先把井盖复原，让派出所民警找个地方把白太太安顿下来，眼下还不能让她知道女儿遇害了。

法医过来时，白姜的尸体已被打捞起来了。遇到这种命案，一般都是把尸体运到市局停尸所或附近有条件的医院进行解剖。但鉴于本案的特殊性，出于不事张扬缩小影响的考虑，吴冰琨决定就地解剖，遗体待深夜再运往附近医院的太平间。

解剖结果认定，白姜之死系他杀，凶手将其击昏后，捆绑手脚，扔入水井溺亡。法医解剖尸体时，吴冰琨待在一旁，手里拿着凶手捆绑白姜的那截绳子，翻来覆去地查看。这是一种侦查员、刑技人员和法医都没见过的棉纱绳，成年人小指头粗细，以红白两种上等棉纱机织而成，尽管在井里浸了好几个小时，还是一眼可以看出乃是从未使用过的新货。绳索一端保留着出厂时的绳头，另一端则有整齐的断口，刑技人员说，很可能是锋利的斧子或者屠夫使用的砍肉刀之类一下子剁断的。

此时白淑华已被派出所民警临时安顿在保长方先生家里，由方太太李幼仙陪着聊天。侦查员把绳子拿去请白淑华辨认，白说自己家里从未有过这样的绳子，印象中也不曾见过这种红白相间的棉纱绳。如此看来，这根绳子是凶手携往白宅的。

凶手杀害白姜，显然跟他们刻意翻寻的那件东西有关。那是一件什么东西，竟然值得凶手如此丧心病狂，不惜冒着掉脑袋的风险行凶杀人？这件东西是否被他们找到了呢？

三位侦查员商议片刻，吴冰琨说，许嘉新、祝希雨还在对面窝着暗桩，干脆过去碰个头，开个案情分析会吧。于是，专案一组五名侦查员就集中在白宅斜对面文具店楼上的秘密监视点研究案情。

一番分析，五人形成了以下一致观点——

白姜的被害应该跟“暗杀团”案件有关，杀害她的凶手就是“暗杀团”成员或受该反革命组织指使的黑道匪帮，前者的可能性更大。杀害白姜的原因，估计是为灭口。

凶手用来捆绑白姜的红白相间的纱绳，很可能有一种寓意，以红白两种颜色代表水和火，以示“暗杀团”跟中共新政权之间“水火不容”的敌对立场。这种绳子可能是“暗杀团”打算专门用于今后作案的消耗品，白姜则是被这种含有特殊寓意的绳子捆绑后处死的第一个对象。否则，很难解释凶手为什么要自带绳索作案，白宅或许没有现成的绳子，但用于捆绑的代用品总是找得到的，实在不行，哪怕撕碎了床单也可以将就。

把白姜带到白宅去杀害的原因，应该是为了获取凶手需要的那件物品。那件物品关系到“暗杀团”的生死存亡，又在白姜手里，肯定和白姜这次青岛之行有关。究竟是什么东西呢？应该不是“保密局”山东站交给白姜的什么信物凭证之类，对于“暗杀团”这种尚待验证的“自干户”，不可能用上这一套。火车票、旅游纪念品之类的可能性也很小，那些东西只能证明白姜去过青岛，不代表她去青岛是跟“保密局”联络，所以，这也算不上机密。这个机密应该是一种非常直观的证据，一旦落到别人手里，一下子就能让人明白是怎么回事。因此，侦查员猜测，很有可能是白姜生前的日记本。

继续往下捋。事先白姜在毫无戒备的情况下，向“暗杀团”方面透露过这个日记本的存在。“暗杀团”起初决定利用白姜充任信使时，可能并未想过要把她灭口，后来由于某种原因——比如要求白姜加入“团体”遭到拒绝，比如发现白姜的存在有可能会导致“暗杀团”暴露，等等，使对方意识到必须下手。虑及她也许将青岛之行记载于日记里，在杀她之前，必须先找到日记。于是，就有了两个男子随同白姜回家之举。

回家之前，白姜多半预感到自己有生命危险，甚至是被“暗杀团”成员挟持回家的，此行的目的就是为了那个日记本。白姜虽然涉世不深，到这当口儿脑子大概也开窍了，意识到自己的性命是跟日记本连在一起的。在日记本未曾找到前，“暗杀团”还不会杀她，因为对方不得不虑及这样一种情况：如若她在藏匿日记本时跟藏主有过约定，一旦自己发生不测，请把日记本怎么怎么处理，那岂不彻底糟糕啦？

所以，绝对不能把日记本交出去。否则，对方没了这方面的担心，她则只有死路一条。但同时她也感觉到对方的凶残，害怕受折磨，不敢拒不吐露日记本藏匿在何处，只好以日记本已被自己毁掉之类的理由搪塞。“暗杀团”自然不会相信这种说法，但如果白姜没把日记本藏匿在自己家里，而是藏于其他地方，比如某个亲戚家或闺蜜处，甚至是她悄悄藏的，人家并不知道。在这种情况下，即使她说出日记本的藏匿点，“暗杀团”也不能直接前往，只能“陪护”着她去人家那里取。有了这份担心，就不能对她严刑逼供——总不见得用担架把她抬着去吧？那还不如直接去局子自首。

那么，如果确实有这么一个日记本存在的话，现在是否已经落入“暗杀团”之手了呢？专案组认为，应该让那两个男子找到了，否则他们不会结果白姜的性命。他们进入白宅进行搜寻时，应该没受到什么打扰（比如弄出响动惊扰邻居），并无危机感，在找到日记本之前，也就不急着把白姜灭口，即便最后没有搜到日记本，仍旧带着白姜离开就是。可是，他们下手杀死了白姜，那只能说明他们已无后顾之忧。

专案组认为，白姜的日记本存在与否及其下落，是目前调查“暗杀团”案件的一条最有价值的线索。

九、另辟蹊径

当下，专案一组作了分工，组长吴冰琨和侦查员许嘉新两人前往方保长家向白淑华了解情况；黄筠、祝希雨、袁力三个则去已经进行过现场勘查的白宅，逐间屋子查看，找到日记本当然已经不指望了，但哪怕能发现白姜生前把日记本藏在哪个旮旯也好，总算是一个验证之前判断的依据。

吴冰琨、许嘉新来到方家，白淑华正在和方保长太太李幼仙一起喝茶闲聊，那副神情看上去比之前轻松多了。刑技人员刚才发现卧室床头柜的暗格上有她留下的新鲜指纹，侦查员估计她回家后打开暗格查看过，知道并无什么钱财损失。再经过方先生夫妇的开导，情绪也就平稳下来了。当然，她不知道白姜遇害，否则眼下没准儿已经去医院里了也难说。

果然，白淑华见两个侦查员忙得额头沁汗，觉得过意不去，起身说我估计遭受的损失不会很大，你们忙了这么长时间，公事上交代得过去了，这就算了吧。我也该回去了，先雇两个人把翻乱的东西清理清理，等我女儿回家后，我们娘儿俩再慢慢收拾。

吴冰琨听对方主动提及白姜，看似随意地问："令嫒没随你外出啊？"

白淑华答称："她说医院这几天比较忙，没法儿调休，我回家后还没见到她呢，应该还在医院吧。"

侦查员于是知道，白姜没把自己辞职离开医院之事告诉其母。然后就聊到了白姜是否有记日记的习惯。白淑华说，白姜原本是不写日记的，去年从卫校毕业后，留在实习的市立医院外科就业。正式上班前一天，她说她已经长大成人踏上社会了，今后要认真过好每一天，还要把每一天是怎么度过的都记录下来，一直记到退休。白淑华自是表示赞同，白姜就拉着母亲上街去选购日记本。白淑华记得那个日记本是在纬三路上的"文轩阁"买的，紫红色皮封面，白姜非常喜欢。第二天正式上班，她就开始记日记了。

白淑华还告诉侦查员，女儿以往做事缺乏长性，容易心血来潮，很多事情都是筹划时兴趣极浓，实施的头几天尚可按计划执行，渐渐就不行了。不过，她倒也不像其他人那样为自己打退堂鼓找理由，而是实话实说，干干脆脆地申明：这件事当初想错了主意，我不想做下去了。

最初，白淑华以为在记日记这件事上也是这样，原本打算给她买一本薄一点儿的日记本。可白姜选中的那个日记本很厚，足有一百多页，尽管做母亲的怀疑她有没有这份毅力，但不想拂了女儿的兴致，也就二话不说掏钱付账。没想到，白姜上班后还真的认真记起了日记，而且每天坚持。有时由于医院排班的缘故，需要她日班连夜班，或者延时下班，她只要事先知道，就会把日记装进坤包带到医院去，说是空闲时可以记两笔。

白淑华和许多母亲一样，喜欢窥探女儿的隐秘——偷看日记。不过，这种状况只持续了三个来月。可能因为通过偷看日记知晓了市立医院外科上班时发生的一些琐事，平时跟女儿闲聊时一不留神露出了口风，被已经“踏上社会”的白姜察觉，觉得自己的尊严受到了侵害，冲母亲狠发了一通火。从此，她只要上班，干脆就把日记本放在皮包里随身带着。

据白淑华说，在她偷看到的那三个来月的日记里，女儿一切正常，除了上班，平时的交际也就不过跟中小学或者卫校的同学互相串串门，偶尔去公园转转，到电影院看场电影。另外，她在图书馆办了一张借书证，空闲时去借小说或者杂志回家阅读。

谈完日记本的事，侦查员又把话题转到3月16日白姜的青岛之行。白淑华闻言一惊：“她去了青岛？这不可能啊！她长这么大，从来没有一个人出过远门，连济南市也没离开过啊！”

侦查员问：“3月16日到3月18日那三天，她是否在家里？”

白淑华的记忆还不赖，拧眉略略一想：“那三天她没回家。”

“去哪儿了？”

“没去哪儿，她在医院加班，还替同事顶班。是她自己告诉我的。”

正说到这儿，在白宅门外警戒的一名派出所警员过来对吴冰琨和许嘉新说，那边请您二位过去一下。吴冰琨马上意识到，可能是在白宅里查看的另三位侦查员有所发现了。

果然，是三位侦查员中的袁力在厨房一侧墙上的木制刀架上发现了异样的痕迹。刀架是固定在墙壁上的，插着几把菜刀。当时，其他两位侦查员正分别检查母女俩的卧室，袁力负责检查客厅，无甚发现，又进了厨房。站在刀架前，其实也并非刻意查看，纯属例行公事，袁力随手抽出一把菜刀。哪知，还端的是“心有灵犀”，一眼看到了刀身上有若干貌似新鲜的锈迹。

这是一把菜刀家族中身量最大也最沉重的厚背剁骨刀，锈迹集中于刀身前端两面。一看便知，应是使用过后没擦干就往刀架上插，刀身上的水渍顺势下漫，最后集中于刀身前端，与空气发生氧化反应，就形成了一层薄薄的锈斑。袁力寻思，按正常情况，通常菜刀使用后都要用清水洗净，再用抹布擦去水渍，考究的人家还会在刀身上涂一层食油防锈。女主人白太太看上去是一个很会操持家务的妇人，应该不会这么邋遢吧？估计这个锈斑不是她造成的，应该另有原因。什么原因呢？莫非跟凶手有关？

这么想着，他把刀凑到鼻子底下闻了闻，隐约有一股淡淡的酒味儿。突然想起厨房屋角有一个容量大约五十斤的酒缸，里面盛着大半缸米酒。女主人说过，她每天三餐都要喝一盅米酒，这是多年养成的习惯。米酒是向附近的“荣盛酱园”订购的，酒缸也是酱园的，喝完了去说一声，酱园会派伙计送一缸来，把空酒缸拿回去。

袁力心下狐疑，难道这把刀昨晚曾在酒缸里泡过一阵儿？一把菜刀有什么必要泡进酒缸？这一泡，这缸米酒还能喝吗？再说，白太太这儿天去章丘，这事肯定不是她干的。

他拿着刀出了厨房，想跟另两位侦查员黄筠、祝希雨合计合计。刚进客厅，看见挂在墙壁钩子上白姜的那个坤包，脑子里忽然灵光闪现：会不会白姜是把日记本放在这个包里随身带着的，而凶手之前压根儿没想到她竟有此举，进门后径入卧室翻寻。白姜趁对方不注意溜进厨房，把日记本从坤包里取出，情急之下瞥见酒缸，便想到了把日记本扔进缸里的主意。担心本子会浮起来，又把剁骨刀夹在本子中间，使其沉到缸底。可惜，她做的这个手脚还是被那两个家伙发现了，具体原因不好推测，总之，她没能逃过此劫。两个凶手把日记本连同剁骨刀一并从酒缸里捞起来，随手插回刀架复位，根本没想到要洗净擦干。

当下，众侦查员听袁力如此这般一分析，皆深以为然。这个重要情节到这时应该算是查明白了，但线索也断了。

值得庆幸的是，由杜志坚主持的专案二组的调查有了新的突破！

这两天，专案二组集中力量调查祥元馆命案受害人之一解仲逵的社会关系。案发当夜，那个在门外叩窗的凶手是认识解仲逵的，因此解才给他开了门，其他人则跟着一拥而入，作案得逞。专案二组认为，跟解仲逵认识的那个凶手，其与解的关系应该并非泛泛的朋友，有可能交情甚笃。只有这类对象，才能轻易骗过老江湖解仲逵，毫无戒心地在深夜时段开启店门，放心大胆地邀请对方入内。可是，一番调查下来，接触了几十名对象，他们都没有作案时间，也没听说过解仲逵最近在跟什么人接触，或者准备做什么项目。

扒手陶阿龙落网后，组长杜志坚果断决定收缩战线，停止对三个受害人社会关系的调查，另外寻找切入点。这个切入点，就是祥元馆东伙。

来自华东社会部的情报表明，祥元馆命案系济南市的一伙反革命

"自干户"组建的"暗杀团"为求挂靠"保密局"山东站呈递的"投名状"。从正常思维考虑，"暗杀团"分子在策划该案时，需要在济南市区某个市民大众耳熟能详的地点下手，这样既能让"保密局"方面在核查该案时容易获取信息，也能够产生轰动效应。为追求轰动效应，他们所作的案子必须是命案，限于技能、装备等条件，目前他们只能选择用刀子杀人（可能有手枪，但不敢真的打响）。因此，就不可能公然在闹市中心的老字号店家制造血案。

这样综合考虑下来，这起具有轰动效应的命案必须具备以下三个条件：一是案发地点必须是大众耳熟能详的场所；二是作案时没有风险，作案后能顺利逃遁；三是事后不被警方追查到破案线索。

综合上述三点，具有全济南唯一"通宵自助营业"优势的百年老字号祥元馆就成为"暗杀团"的首选。确定作案场所和大致行动方案后，"暗杀团"那伙子就需要考虑作案对象了。受作案地点的限制，其对象只能在祥元馆的食客中选择。

专案二组在研究到这个环节的时候，有刑警提出了一个颇有价值的观点：案犯杀人是为向"保密局"递交"投名状"，按照江湖规矩，递交"投名状"不能以乞丐、妇孺、病残、佛道等身份的人头充数，上述这类对象也不可能成为老字号祥元馆的顾客，所以，只要夜深人静还在祥元馆饮酒的对象，皆符合条件。不过，出于不受打扰以及自身安全的考虑，深夜时分还在店内饮酒的食客应该都会把店门下闩落锁，如何赚开店门是个大问题。估计那伙子商量下来，也会认为只有在食客是熟人的情况下方能实施。

这个条件似乎不大容易满足，但对于踌躇满志准备大干一场的这伙反革命"自干户"来说，要做到也不是完全不可能，毕竟某日深夜在祥元馆饮酒谈事的食客正好跟"暗杀团"中的某人是熟人朋友的几率还是存在的。原先专案组刑警的思路也是如此，案犯跟三个被害人解仲逵、金黄钟、金大吕中的某一个熟识，以解仲逵的可能性最大——根据在门闩上提取到的指纹判断，外面的人在叩窗后是解仲逵去开的门，此外，他坐的位置也离门口最近。

现在有人提出不同观点，即一干案犯跟三个被害人都素不相识，有一个人上前叩窗户，把座位离门窗最近的解仲逵引来。那人或许化装成乞丐，或者“暗杀团”那一伙中有女子，由该女子出面叩窗户，以事先设计好的台词跟解仲逵搭腔，佯称遇到什么为难事儿，提出一个值得同情而又能易如反掌予以满足的要求。解仲逵原本是个热心肠，又得帮会人士出身老爸的江湖基因遗传，且已经喝了不少酒，脑子不是特别清楚，就轻信对方开了门……

专案二组讨论下来，认为这种可能性也应予以考虑。“跟被害人熟识”并非这伙反革命“自干户”作案的必要条件，只须知道当晚有人会去祥元馆夜饮即可。那个年代，能够去馆子豪饮的主顾，大多适宜作为“投名状”往青岛呈递。案犯只消事先做好下手准备，在祥元馆晚市开始后去那里跟店主或者伙计稍稍接触，打听当晚有没有食客留下夜饮，如有，就可以行动了。

循着这个思路，专案组刑警决定向祥元馆东伙了解命案发生当晚是否有人去打听过食客的相关情况。

3月25日下午三时，专案二组刑警张大庸、衣景新、钱尚礼三个赶在午市结束后的空当儿前往祥元馆。店主史春悦告诉侦查员，打自春节后，原先因战事而清淡下来的生意有所好转。食客要求延留夜饮的概率跟生意是否兴旺有关，最近这段时间，夜饮的食客有所增加。老解三个出事前大约四五天里，前来打听夜饮可能性的食客明显比平时多，天天有人来问，午市、晚市都有。不过，其中只有一桩生意做成了。

那是出事前大约两三天，有两个男青年，看上去像是先生模样（此处的“先生”，指的是文人、知识分子之类），说一口济南本地话。两人是饭馆刚结束午市营业时来的，进来后就像区公所（即区政府）卫生股人员下来检查卫生一样，店堂、厨房、贮藏室一一都看过，这才询问有哪些拿手菜，听上去似是有些经验的食客，最后又问到了延留夜饮之事。倒是没有追问是否另加费用，史老板给他们介绍菜肴时，两人对价格也没什么反应，看来他们对花钱多少并不在乎。

里里外外看了一番，两人说明天过来。史老板却招呼店员拿来一本登记册，说以前祥元馆曾发生过两桌夜饮客人喝多了酒互殴的恶性事件，碗碟桌椅窗户玻璃损坏不少，自那以后就定下规矩，夜饮只设一副座头，先订先得。您二位要不就订明晚，免得稍后若有其他客人也来订明晚的，我们不好跟人家交代。

登记册上有近几天的预约，那二位翻了翻，小声嘀咕了几句什么，史老板没听清，但看到其中一位的手指点着后两天的两条预约登记。最后，两人决定就订当晚，说也不留签了，咱把饭钱先付了。说着，掏出两枚大洋放在桌上，让照这个价给准备几个荤素菜肴，酒他们自己带来。

三刑警听罢，互相对了对眼神，意思尽在不言中：这两个主儿会不会是来踩点的？

衣景新就把那本预约登记册取过来浏览，注意到解仲逵、金黄钟、金大吕三人的夜饮系事先签定的，上面留的是金大吕的名字，签定时间是 3 月 13 日。也就是说，那两个先生模样的客人看到了他们的预约信息，包括日期（3 月 15 日）、人数等。为了不引起怀疑，他们订了当天晚上的夜饮，也可以顺便熟悉一下店堂里里外外的环境。

祥元馆面积很小，史春悦是在店堂里接待刑警的。当时午市刚刚结束，十五岁的学徒小林正在擦桌子扫地。刑警张大庸留意到，谈话过程中小林不止一次朝他们这张桌子的方向扫视，似有话要说。跟史春悦聊完后，他把小林唤过来："这位小兄弟是……"

小林正在学做跑堂，倒也不腼腆，把自己的身份、经历说了说。张大庸问小林，你大概已经听见了我们刚才跟史老板的谈话内容，你对那天延留夜饮的两个客人是否留有印象？

小林觉得那两个客人很文明，他给他们上菜时，他们哪怕正在谈话，也会停下来轻声道谢。另外，结束营业前，两人还给了他小费——这种现象在解放后已经很少见了。不过，上述内容对于刑警来说似乎并无价值，三人正觉失望，小林随口吐露的一个细节引起了刑警的兴趣：那两个夜饮客人光临祥元馆时，小林正被史老板差遣去给客人买香烟，他看见那两个客人是合骑一辆浅蓝色摩托车过来的。他们把摩托车停在马路对面烟纸店旁边的巷口，穿过马路进入祥元馆。

刑警随即去烟纸店了解情况。店主夫妇说有这么回事，那两个青年请店主帮他们看着摩托车，当场付了相当于三包香烟的钞票。由于烟纸店所处的位置，以前也曾有人要求帮着看摩托车或者自行车，作为交换，不过是买包香烟，像这样直接给钱不要香烟，而且一下子付了三包烟钱的，店主还真没遇到过。因此，店主很上心，不但一直守候到夜里十点多对方夜饮结束，还把摩托车给擦拭了一遍。

善良本分的店主此举为刑警提供了一条线索——车身后面的那块牌照溅上了泥浆，又经阳光照射，结成了硬斑，嵌在阿拉伯数字的缝隙间，他费了老大劲儿方才解决，同时也就记住了牌照号。

刑警马上回市局调查该牌照号码，查到了车主信息：徐卯才，五十二岁，济南"量程汽车修配厂"工程师。

3月26日，刑警顺藤摸瓜查知以下信息：徐卯才于去年8月中风，导致半身不遂，已离开汽修厂回家休养。摩托车卖给了其外甥贾良秋，但至今未办理过户手续，所以牌照资料还是徐卯才的。

当天，上述情况就上报了副局长凌云。

十、白姜之死

贾良秋1919年出生于山东淄博的一个富农家庭，小学三年级时来到济南，过继给伯父贾仕道为子。贾仕道是个粮商，家境优裕。他生有子女各一，之所以要把贾良秋收为螟蛉，主要是看中贾良秋的聪明灵秀却又不失勇猛剽悍，读书既好，习武也能，当时在家乡被誉为“文武神童”。这份天资，贾老板的子女是根本甭想学得的。贾老板断定这小子将来必定出人头地，再三再四反复盯着老弟贾仕鑫把侄子过继给他，还不断差人给老家的族中长辈送钱送物，请他们做贾仕鑫夫妇的思想工作。旧时宗族势力是非常大的，一般只要族中长辈出面说话，一件事的正确和谬误评判就失去了正常标准，皆在他们口中。所以，贾仕鑫夫妇纵有千般不愿，最后也只好点头。

不过，贾老板对于贾良秋的厚望落空了。若以聪明论，这小子确实够得上头挑。但凡事无论如何都不能过头，满则溢。贾良秋聪明得过头了，十八岁上读完初中，以老师的估断，以其智商和努力，再加上他的家境，可以考入上海租界的教会高中，三年后进入大名鼎鼎的洋学堂圣约翰大学是没有问题的。可贾良秋却自有审时度势的一套想法，针对当时的局势，认为中国必亡，日本人将成为华夏的主宰，因而拒绝升学，也不就业，待在家里闷头恶补日语。

半年后，济南沦陷。贾良秋认为时机已到，便求见日军任命的伪“山东省省长兼省保安总司令”马良，被纳入门下，在保安团当了一名见习参谋。贾良秋天生具有投机思维，这类角色最大的弱点是耐不得寂寞，他当汉奸就为做官，见习参谋也是官，但太小了，芝麻绿豆可能都算不上，便四处打点，凭着恶补的日语，关系一直通到驻济日军那里。没想到日军内部也有派系，军官之间也有冤家对头，线刚搭上，就被另一方盯上，日军宪兵队特高课以贪污受贿的罪名将其逮捕，吃了不少苦头，最后侥幸留得一命，奄奄一息，被粮商老爸派来的伙计抬回家。

遭此一劫，贾良秋一蹶不振。保安团自然待不成了，做生意又不甘心，干脆待在家里做寓公，反正贾老板养得起他。不过也因祸得福，抗战胜利后，他没被算作汉奸。在其两个有着国民党地下工作者身份、业已成为官员的老同学的帮助下，伪造履历，将其当初遭日军逮捕的原因说成是“襄助党国从事地下情报工作被叛徒出卖”，并因此加入了国民党，又在“三青团”区团部给安排了一份公职。到济南解放前夕，他已经混上了公务员，在济南市政府社会局分管青年工作，其职位相当于“三青团”区总干事（1947 年 9 月，“三青团”并入国民党）。

专案二组刑警疑得没错，贾良秋确实跟祥元馆命案有涉，他不但参与了这宗三命血案的策划，还是现场“总指挥”。该案发生前两天，他与“暗杀团”二号头目刘炎溪前往祥元馆踩点，当晚又在该饭馆延留夜饮，实地体验现场氛围。隔日，以贾良秋为首的五名“暗杀团”骨干分子正式实施“投名状行动”，将解仲逵、金黄钟、金大吕三个无辜者乱刀刺死，并割下右耳。

贾良秋是被刘炎溪拉入“暗杀团”的，他们两个相识于抗战胜利伊始。前述贾的两位抗战时期曾在济南为国民党从事过地下工作的同学之一夏某是刘炎溪的朋友，经夏某介绍，贾、刘搭上关系。两人都是从事“三青团”工作的，交往甚多，越聊越投机，遂成莫逆。刘炎溪、褚介君决定组建“暗杀团”，刘炎溪的表弟、休学在家养病的大学生梁成坤是首个发展对象，第二个则非贾良秋莫属。贾自幼习武，且有任职日伪保安团参谋的经验，据说他经常下基层跟保安团侦缉队员进行演练，在格斗方面应该是有两下子的。而据其自述，他随日本兵“清乡”时还曾杀过人，理所当然被任命为“鲁济暗杀团直属行动大队大队长”。至于梁成坤，则被内定为“情报室主任”，不过他本人并不知晓，也没有干过收集情报的活儿。

“暗杀团”这时总共才有十七名成员，初创阶段虽像孩童玩游戏那样各有职务，却是有将无卒。作案初期的准备工作，即使是“暗杀团”的领导，也只能勉为其难，比如祥元馆命案的踩点，就是由贾良秋和二头目刘炎溪完成的。

隔天，贾良秋带着几个团伙成员去祥元馆实施“投名状行动”。使专案人员一度迷惑不解的“熟人叩窗”难题，对于这几个杀手来说，竟然轻而易举就得到了解决——

“自干户”中有一个名叫阎清纲的青年，出身济南富家，自幼喜欢戏剧，家里曾出钱请来名师一对一进行传授。这主儿的理想是当个专业演员，但这种家庭的理念是玩票可以，专业唱戏就甭做梦了。阎清纲无奈，只好退而求次。曾掏钱跟广播电台洽谈，化名去电台做过几档节目，也算是过过瘾。

1946年，他的这个愿望终于有了可以实现的机会。是年，王耀武出任第二绥靖区司令长官兼山东省党政军统一指挥部主任、山东省政府主席、省保安司令、山东军管区司令等职，上马管军，下马管民，大权独揽，说一不二。有部下向王耀武建议组建一个专业剧团，王从之，下令剧团由军方管理。阎清纲闻知，即去报名，当场唱一曲老生戏，获得考官的认可，加之有伶界朋友推荐，遂被录取。一纸盖有王耀武亲笔签名章的“应征入伍”通知书送达阎府，阎家老爹以及族中长辈纵然千般不悦万般不愿，也不敢阻拦。就这样，阎清纲当了两年多具有军人身份的专业演员。其间，阎清纲加入了国民党。

由于军队剧团的特殊性，规定每个演员除了唱戏主业之外，另外还必须学一门副业，他学的是化妆。所以，作案那晚三个被害人在店堂里听见叩窗声往外查看时，看到的是一张病恹恹的老者脸孔。解仲逵走到窗前细看，发现是一个衣衫整洁手持文明棍的老先生，口中含糊不清，勉强分辨出其访友回家途中胃疾突发，疼痛难熬，随身携有舶来品特效良药，求索温开水服药。夜饮的三位哪里想得到这竟是这伙反革命“自干户”的圈套，毫无戒心地开了店门，于是，血案就发生了。

下手时，虽然弄到了一些赃款赃物，但二头目刘炎溪要“发扬风格”，自己只取了一块怀表。拂晓时分，刘炎溪悄然前往梁公馆，把浸泡于烈酒中的“投名状”拿给表弟梁成坤，让他连同密函转交信使白姜姑娘，随手把怀表送给了梁，说是请白小姐捎给郭教授作为寿礼。事后专案组查明，刘炎溪对这块怀表的说辞是放在手头“不太平”，作为礼品送给国民党统治区的郭教授倒是比较合适。

梁成坤到案后供称，白姜回济南后，向他说了青岛之行的过程——先是求见青岛市警察局朱督察官，继而由朱驾车送她去“贸易公司”（梁奉表兄之命就是这样说的）向人家递送那件“东西”（即被封得严严实实的密函和“投名状”），也说到了郭教授夫妇对她的热情款待，并托其捎话，对弟子所奉寿礼（梁自己准备的贺礼）表示感谢。当时，梁成坤想当然地认为那块怀表已经送交对方手里。

3 月 19 日下午五点，梁成坤去市立医院接白姜下班，两人去吃西餐。席间，白姜无意间说到在火车站遭遇扒窃一幕，梁成坤闻言顿时一个激灵。白姜没说是哪个火车站，他还心怀侥幸，寻思可能是青岛火车站吧？一问，白姜说是济南火车站。梁成坤像是被人击了一掌似的，手里的刀叉都吓得掉落在桌上！

其时，祥元馆血案已经全城皆知。坊间传言中，连案犯所用凶器、割了左耳右耳、被劫了哪些财物都说得八九不离十。梁成坤不过是个二十一岁的大二学生，当下乱了方寸。他社会经验尚浅，情急之下，便佯称这块怀表是他从小偷手里买下的，事后方才知道“不干净”，但寻思反正捎往青岛去了，不碍事的。哪知它还在济南，只怕要惹出事来！白姜听着也怕了，连问“那怎么办”。梁成坤冒出一个主意：“你赶紧辞职吧！”

白姜这当口儿只想补救，只要保得梁少爷平安，她什么都肯答应。于是立刻草书辞帖，西餐也无心享受了，结账打包，出门叫了一辆出租马车即往医院，把辞帖从门缝底下塞进了人事科办公室。

离开医院，梁成坤又带着白姜连夜去见表哥。刘炎溪一听，让妻子陪着白小姐，自己立马扯上梁成坤去见老大。

褚介君听到这个消息也是一凛，想了想，问梁成坤：“你目前跟那妞儿的关系怎样？”

梁成坤说：“关系不错，她很恋着我的，不过还没到谈婚论嫁的程度。”

“这就好！上次听你说过，白小姐入职时间不长，没跟同事建立起密切关系，也没留过家庭住址。这样一走了之，大约可以躲得过去，毕竟她不过一个纤纤弱弱的小姐，平时又一向胆小怕事，共党侦探再了得，也不可能平白无故怀疑到她头上。梁少爷处置还算得当，不过，最近得多跟她接触，相当于看着她，不能让她跟外界有来往。你跟她说，辞职之事暂时向其母以及所有亲朋好友保密，还是照常像在医院工作那样，上班下班，出门回家。咱先消停一阵，至于以后的工作，不必担心，回头我会请朋友帮她安排，保证轻松体面，而且收入可观。”

说到这儿，梁成坤突然想起一件事："我听她说，明天她要和母亲一起去章丘参加亲戚的婚礼。"

"这可不行，去跟她说，以医院工作忙请不了假为由推辞掉！"

返回表兄住处，梁成坤对白姜一说，后者马上点头。

事情走到这一步，梁成坤、白姜以为总算了结了。哪知，次日褚介君、刘炎溪、叶学时、贾良秋四个商量下来，最终达成一致意见：这妞儿不能留了，把她灭掉。

干这种血腥活儿，非贾良秋莫属。四人随即策划如何下手。叶学时说此事要做得隐蔽，离不开梁少爷的配合；但是，梁少爷年轻，听下来对白小姐用情甚专，所以不能让他知道我们的打算，事后也不能让他产生怀疑，让白小姐"凭空消失"就是。贾良秋说这容易，炎溪兄已跟白小姐见过面，她也知道您是梁少爷的表哥，咱们先设法支开梁少爷，由您通知白小姐，说梁少爷约你去某处，她必不生疑。兄弟约个帮手在那里恭候，应该不会出什么问题。不过，所选地点需要事先踏勘，既要冷僻，又要便于处理尸首。

四人计议定当，贾良秋便去做一应准备。这桩活儿比较简单，只要物色好地点，在"暗杀团"内部叫上一个弟兄，就可行事了。可是，当天下午贾向褚老大禀报说已经准备定当，褚老大正要差人去叫刘炎溪时，刘炎溪却不请自来。

他带来了一个坏消息——

昨晚回家后，刘炎溪夜不成寐，一直在想白姜去青岛时在济南火车站闯的那个祸。按说对此已有决定，把白姜灭口了事，但他总觉得这件事如此办理似乎显得仓促，担心哪里考虑得不周到，会留下后遗症。如此辗转反侧，待到鸡鸣三遍，窗外已是晨曦初露时，方才迷迷糊糊睡过去。

这一觉睡到下午才醒，第一个感觉是饿。赶紧让妻子把饭菜热一下，正吃得香，忽然一个急刹车——他想起梁成坤闲聊时漫不经心提及的白小姐的一个生活习惯：白小姐自参加工作以来，开始记日记。她母亲说她没有长性，日记肯定记不下去的，她为此憋着一口气，非要坚持记不可，一直记到现在……

刘炎溪顿时大惊失色，寻思这妞儿肯定会在那几个相关日子把梁少爷请她去一趟青岛、找谁、办什么事情，等等，都写进日记里了，没准儿把在济南火车站丢了块怀表也给写上了！若是这就冒冒失失把这妞儿干掉了，她那日记本回头落到公安手里，那不是让人家顺藤摸瓜最后来个一锅端吗？

当下，刘炎溪饭也不吃了，赶紧去见褚介君。褚老大也是吓出一身冷汗，一迭声道："快快快！快去找她把日记本拿过来，让她以后……反正她也没有以后啦！老贾今天说好要过来的，灭口方案应该已经制订好了。得跟老贾说清楚，不拿到日记本不能下手，也不可惊动那妞儿，包括梁少爷。"

管白姜要日记，这事当然要梁成坤出面。刘炎溪去了梁公馆，但梁成坤不在。他昨晚受命最近多跟白姜接触，他已对人家有感情了，对此自然非常积极。好在梁公馆是刘炎溪小姨家，他就在后花园表弟的卧室等着，等到晚上八点多，梁成坤方才回来。由于事先密议过，不能惊动梁成坤，刘炎溪说得很婉转。梁成坤是大学生，有点儿书呆子性格，听了之后连连摇头："这事我没法儿开口跟人家说啊，日记是她的隐私，连她妈妈都不让看，我哪里有权让人家交出来？"

刘炎溪是聪明人，见表弟犯了书呆子毛病，知道再往下说的话，不但说不成，可能还会节外生枝弄出些什么意外来，于是打起了哈哈："这是哥的临时动念，也没跟老大他们说过，刚才老弟一说，哥想想也是，这话就当没说。这样，回头咱们哥儿俩再约上白小姐，一起吃个饭，哥做东，好好唠唠闲话。”

3 月 23 日，刘炎溪差人往梁公馆送去两张戏票，捎口信说请梁成坤、白小姐当晚七点在经二纬三路通惠街“北洋大戏院”看戏。梁成坤哪知“暗杀团”已经启动了对白姜的灭口计划，只当表哥在兑现承诺，跟白姜一说，白小姐很开心。

当晚，刘炎溪陪同梁成坤、白姜一起看戏。散场后，刘炎溪又问白小姐是否喜欢跳舞，得到确切回答后，又提议前往附近一家舞厅。从舞厅出来，已经晚上十点多了，三人毫无倦意，还是兴致勃勃，只是觉得腹中空虚，梁成坤提议去他家吃夜宵。刘炎溪赞同，并说回头我干脆就住在梁公馆了，省得回去晚了让你嫂子唠叨。

三人招了一辆出租马车前往梁公馆。白姜还是第一次去梁家，见男友府上这等气派，暗自吃惊之余，也有点儿窃喜。梁公馆的一干主仆都已歇息，梁成坤唤起厨子，让弄几个菜肴，烫一壶好酒，送往后花园他单独居住的小院落。三人边吃喝边聊天，夜宵结束时已是下半夜两点了。梁、刘哥儿俩把白姜送出大门，说如果叫不到车，那就只好委屈白小姐在梁公馆住一宿了。

这是“暗杀团”刻意安排的必杀局，每个环节都是经过精心策划的，压根儿没有“叫不到车”之说。梁公馆外面，“暗杀团”匪徒、以营运马车为业的成效忠（此人原是国民党军队骑兵，伤了腿留下残疾，经人介绍在济南旧警局辖下的警察训练所担任马术教员，解放后干起了营运马车行当）“载客途经此处，不巧车辆发生故障”，正停车修理。车上的“客人”，是成的老婆裴曦娟。

梁成坤上前询问车夫是否可以搭个车，白姜见车上有女乘客，自也放心。成效忠假意不能做主，请示乘客，裴氏点头表示认可。稍停，马车修好了，白姜就上了车，跟梁、刘挥手告别。

这一去，就是走向死亡。要说这姑娘也是命中注定难逃一劫，午夜前后，专案组侦查员刚刚密查过白宅，要是再晚个把小时离开，说不定就跟前来执行灭口使命的“暗杀团”成员贾良秋、阎清纲撞上了，即便撞不上杀手，最不济也能候到从梁公馆归来的白姜，那样的话，不但白姑娘得以保全性命，“暗杀团”一案也就提前侦破了。可惜，就差了那么一步。

马车抵达距白宅数十米处的岔路口，白姜下车，沿着马路漫步走到自家门口，刚刚掏出钥匙开了门，就被预先埋伏在暗处的贾良秋、阎清纲挟持进了屋。接下来的情况，贾、阎二匪到案后是这样交代的——

几个“暗杀团”核心分子策划灭口时，生怕警方发现白姜尸体后，从伤痕上推断出有逼供情节，以致弄巧成拙，因而明确要求贾、阎“只许逼问，不准动手”。有这样一层考虑，二匪对白姜还算客气。白姜起初以为遇到了强盗，待二匪说明要她交出日记的意图，联系到之前受梁成坤、刘炎溪之托赴青岛的情节，以及在青岛的种种见闻，还有得知怀表被窃后梁、刘紧张兮兮的样子，终于意识到自己恐怕卷入了一个大麻烦。

她不敢大喊大叫，生怕对方对自己不利，可又不愿交出日记本。好在贾、阎二匪不但没有对自己动粗，表现得还相当绅士，于是她强装镇定，以主人身份询问对方是要喝茶还是咖啡，趁二人在客厅里东张西望的空当儿，进厨房烧开水去了。

贾良秋、阎清纲绝对没想到日记本其实就在白姜随身带着的那个鲨鱼皮坤包里，端的是“近在咫尺”。因为奉命“和平解决”，在白姜沏上茶水后，他们还一边喝着一边“动员”白小姐交出日记本。白姜当时是否猜到自己有性命之忧，那就是一个永远的谜了。面对逼问，她只是掩面啜泣。贾良秋、阎清纲久未突破，就押着白姜一间间屋子进行搜寻。

诚如侦查员的估断，他们翻遍白宅也没发现日记本，投鼠忌器，也不敢杀害白姜，只得执行第二方案，将其捆绑、堵口后带到事先安排好的某个场所去囚禁，继续逼问日记本的下落。用来捆绑的绳子，则是瘸子马车夫成效忠在济南解放前夕城内一片混乱时从其供职的警察训练所拿回家的。红白相间的棉纱颜色，并非如专案人员之前的猜测，象征“水火不容”，其实什么寓意也没有，警察训练所原本订的就是这种货。

成效忠提供的绳子是整卷的，贾良秋去厨房取菜刀截断绳子，偶然留意到挂在厨房门口一侧也即客厅后墙钩子上白姜的坤包。刚才白姜在厨房里慌慌张张从包内取出日记本时，把里面的东西弄得比较凌乱，还忘记把坤包的拉链拉上。贾良秋据此推测，日记本应是藏匿在厨房里，一番寻找，终于从米酒缸里捞了出来。按照既定方案，已经拿到了日记本，白姜的生命也就走到尽头了。

把白姜灭口后，“暗杀团”头目褚介君、刘炎溪认为隐患已消，眼下要紧的是等候“保密局”方面对他们的审查，所以不能再作任何案子，以免稍有不慎暴露自己。褚介君、刘炎溪分别通知“暗杀团”骨干分子梁成坤、贾良秋、阎清纲、成效忠等人，没事少出门，蛰伏在家，等候召唤。但他们没想到，警方的侦查触角已经悄无声息地伸过来了！

十一、暗中查摸

贾良秋进入专案组的视线，无疑是侦查“暗杀团”案件的一个突破。

3 月 27 日，济南市公安局局长李士英、副局长兼督察室主任凌云召见专案一组、二组两位组长吴冰琨、杜志坚，听取工作情况汇报，对下一步如何顺藤摸瓜，直至将“暗杀团”一干案犯全部缉拿归案进行了研究——

从当时掌握的情况来看，贾良秋其人，从理论上来说，只能算是祥元馆凶杀案的涉案疑犯，不能完全认定其一定是“暗杀团”成员。当然，从贾犯常年习武且当过日伪保安团参谋，参加过日伪组织的“清乡行动”，很有可能亲手杀害过群众甚至我抗日志士的经历判断，他去祥元馆踩点不过是涉案的一个“小方面”，很有可能该犯即是策划、指挥和现场行凶杀人制造三命血案的主犯；而从其政治面貌、反动立场及其对新政权的仇恨来看，这种人正是“暗杀团”招募的主要对象。

关于“暗杀团”，目前我方掌握的情况其实很少，只有华东局社会部转来的那份秘密情报，即“有人从济南潜赴青岛跟‘保密局’山东站秘密接触，递交‘投名状’，请求接纳”。对付这种具有严重危害性和破坏力的反革命团伙，必须做到“稳、准、快”，务必将其一网打尽，不能有遗漏，否则，处于目前的形势下，漏网分子潜伏本地也好，逃往国民党占领区也好，都有可能留下隐患，构成对我新政权的潜在威胁。

因此，尽管眼下已经发现了贾良秋与祥元馆命案有涉的证据，以及对其很可能系“暗杀团”骨干成员的合理推断，但尚不宜对其采取拘捕行动。一旦触动贾犯，势必会惊动“暗杀团”其他同伙，如该反革命团伙具备一定的反侦查能力，甚至像正规特务组织那样，团伙成员单线联系，那么，贾犯的落网就会导致他们像毒蛇冬眠似的蛰伏起来；如该团伙并非那么专业，贾犯的落网则会严重影响其他同伙的安全感，或者作鸟兽散，或者干脆狗急跳墙鱼死网破作一番负隅顽抗，这都是我方不希望出现的情况。

李士英和凌云都认为，现在不宜触动贾良秋，只能对其进行秘密监视，暗中了解该犯跟何人接触，再扩大调查范围，获取更多线索。当然，对于“暗杀团”这样的罕见案例，光靠对一名疑似成员进行暗中监视，可能难以达到“稳”和“快”的目的。最好的方式是派出卧底潜入“暗杀团”，卧底侦查员在取得敌方的信任后，获取内部情报，伺机里应外合。

接下来专案组要做的工作应是以下两个方面：专案一组研究制订卧底方案，待时机成熟果断行动，派遣侦查员潜入“暗杀团”建立内线；专案二组则负责秘密监视贾良秋的一举一动——该项工作铺开后人手肯定紧张，市局会为专案组提供增援力量。另外，贾良秋有摩托车，外出经常以车代步，市局即为专案人员配备小型卡车、摩托车各一辆。跟踪时使用小卡车，这听着有点儿寒碜，但在当时说来，这已经是非常“豪华”的阵容了。须知初解放时，济南市的十一个公安分局，有一辆破汽车的还不到一半，有两个分局甚至连破摩托车都没有，只有几辆旧自行车。

当天，两个专案组即着手进行各自分工的工作。专案二组对贾良秋的秘密监视之前就已经开始，没想到这厮缩在宅子里一连三天不露头。他住的是一个独门独户的小宅院，一字横排的五间平房，平房前有个面积不小的院子。刑警的监视点设在贾宅对面贸易公司的三楼，用望远镜可以居高临下把贾宅内部的情形看个清楚。

贾良秋和妻子住在这里，两个子女是跟爷爷奶奶另过的。看来贾良秋的小日子过得还蛮滋润，他清晨起来，洒扫庭院，然后打拳舞剑，站桩练功。一个多小时结束后，从屋里搬一套茶几椅子坐在正中那间平房的台阶前，沏上一壶茶，点燃香烟，抽着喝着，手持一册线装书阅读。

估计是休闲消遣类的话本小说，因为从望远镜里时不时会看到他脸露笑意，以掌轻拍桌面，摇头晃脑作感叹状。不久，外出买菜的妻子李氏回来了，摆上捎回的早点，两口子共进早餐。

解放后贾良秋无业，但从早餐质量和这副生活景况判断，他似乎并无捉襟见肘之忧。稍后知道，他的日常开支是由其富翁老爸（伯父）提供的，另外，其妻李氏娘家也是殷实人家，每月给女儿一笔对于寻常百姓来说比较可观的贴补。

接下来的上下午两个半天，贾良秋大部分时间待在屋里，干些什么，无从知晓。偶尔则会到院子里侍弄花卉，或者吹着口哨逗逗门前屋檐下挂着的两笼鸟儿，还会擦拭他那辆摩托车。入夜，他都是早早就关门，卧室的灯通常会在八点过后熄灭。刑警在其关门后去其宅子前“溜达”，熄灯前可以隐约听见里面传出广播电台播放的戏曲、评书节目，看来他是以听收音机消磨时间。

贾良秋的这种“沉稳”，让刑警感到不可思议——这厮乃是“暗杀团”的骨干分子，身上挂着几条人命，往下还准备大干一番，怎么这样沉得住气呢？外围调查时获得的信息表明，这主儿长着一个“猢狲屁股”，可是坐不住的角色啊！再说，即便他突然想改变一下生活，过几天平和日子，不外出溜达活动，但现在他已经是“暗杀团”成员，身不由己啦，他想过平和生活，“组织上”允许吗？

如此一琢磨，专案二组刑警遂认为这主儿应该是奉“组织”之命，不要抛头露面外出溜达，乖乖在家待着，现在是非常时期，安全第一。那么，如果“组织上”要跟贾良秋商量什么事儿，那又该怎么联系呢？

刑警循着上面“安全第一”的思路，想到了邮件（贾宅没有电话机）。事先，刑警根据贾良秋的个人情况，考虑到他有可能通过其妻李氏外出买菜等机会传递信息（比如捎带条子、物品），对于李氏倒是有防范的，只要她一出门，后面必有人暗暗尾随，但未曾发现她跟外人有可疑接触，只是没往邮件上想。现在突然想到，组长杜志坚惊出一头冷汗，即与部属细细复盘，临末暗道“侥幸”——自设立暗桩对贾宅秘密监视以来，没有邮差往贾家送过信函、包裹、印刷品等任何邮件；李氏几次外出，也没去过邮局。

3 月 30 日上午，杜志坚请示凌云获得批准后，前往济南市邮电局，跟军代表说了专案组对贾宅邮件实施布控检查的要求，获得支持。

这一步走得非常及时，当天下午，邮局就截获了一封写给贾良秋的挂号信。信封上的收件人是贾良秋，寄信人则是梁成坤的名址。对于读者来说，梁成坤这个名字并不生疏，但于办案刑警而言，却是第一次看到。不过，这个节骨眼儿寄给贾的信件，侦查员自是十分重视，即送市局请刑技人员处理。

刑技人员先提取了信封上的指纹，又用专业手法小心翼翼地拆开了信封，用镊子夹出信笺，也是先提取指纹，两相对照，确定了写信人的指纹。这活儿结束后，刑警给信纸信封都拍摄了照片，又把信笺上的文字一并誊抄下来。然后，把信笺装回信封，恢复原样，送邮局按照正常程序操作。由于中间耽搁了这么一下，所以迟了一个班次，次日上午方才投递到贾宅。

信件正文中没有落款具名，以“知名不具”代替；对贾良秋的称谓是“兄台”；也没有写日期。该函言语不多，大意是：日前邂逅，弟曾冒昧敬询一事，当时因时间、场合关系，兄未曾答复。此事弟较为关心，不知吾兄能否告知。亟盼！

原来，梁成坤对白姜“投井自尽”之说深表怀疑。这个大二学生，年纪轻涉世浅，简直不知江湖为何物，干着“暗杀团”这类要掉脑袋的“大事儿”，心里却始终放不下一个“情”字。这几天在家待命不得外出，闲着无事，愈加不安。

几天前他见到贾良秋时，曾问过贾是否知道白小姐怎么不明不白就“投井自尽”了。这是“违反纪律”之举，但“暗杀团”草草组建，两个头目还没想到要制订保密规章，而且他们对于“隐蔽战线”纯属外行，压根儿没意识到梁成坤的这种打听是非常犯忌讳的，如果这种事发生在抗战时期的“军统”或如今的“保密局”，那立马就会受到“纪律处分”，严重的被“密裁”也不是不可能。贾良秋是干过日伪保安团的，知道厉害，梁成坤敢问，他却不敢答，当时就岔开话题敷衍过去了。哪知，梁成坤却不甘心，现在闲居在家，不能登门相询，干脆就写信来问了。

贾良秋是“暗杀团”成员中年龄最大、江湖经验最丰富的一个，他知道一伙哥们儿“玩票”的风险跟高空走钢丝有一比，稍有不慎准保摔个粉身碎骨。现在梁成坤的这封信马上让他意识到了风险，一时左右为难：不回信吧，没准儿梁成坤就登门拜访来了，那时更不好解释；回信吧，不说这种事儿不可以书面交谈，就是可以，不论怎么回答，梁成坤恐怕都没法儿接受。想来想去，最后决定干脆给老大褚介君写一封信，以隐语报告此事，请“组织上”处理。

贾良秋的这封信，寄的是平信。这倒不是他想到了应该防范警方侦查，而是图个投寄方便。3 月 31 日上午，贾妻李氏出门买菜时，把其夫封好的信封带了出去，在菜场附近一家烟纸店买了邮票贴上，投入了店门口的绿色邮箱。

这封信很快就到了刑技人员的案头，处理起来跟上一封信如出一辙。警方由此知道了褚介君的名址。贾良秋被称为“文武双全”，写得一手好字，遣词造句准确得当，隐晦曲折程度远超大学生梁成坤。褚介君是教书先生，自然能够看懂。

其时，根据指纹比对结果，警方已经确认贾良秋系祥元馆三命凶案的现场案犯之一，也是杀害白姜的两个凶手之一；而梁成坤并未参与祥元馆命案，也并非杀害白姜的凶手。

在外围调查中专案组发现，今年元月，梁因骨裂前往济南市市立医院外科治疗，首次接诊护士正是白姜；之后医院同事两次看见有这么一个青年在医院大门口等白姜下班，两人一起离去。由此，专案组推测，指使白姜充任“暗杀团”信使前往青岛联系挂靠“保密局”一事，梁成坤应该参与了。他给贾良秋写这封信的意思，就是对白姜的死心存疑窦，想问个明白——对白姜的死因，“暗杀团”头目给梁成坤的解释多半是“自杀”。这跟警方出于侦查工作需要，在做通白姜之母白淑华的工作后对外公布的死因是相同的。

回过头来，再说说专案一组的工作情况。

由吴冰琨主持的专案一组侦查员这几天一直埋头于研究制订派员潜入“暗杀团”内部卧底的方案。制订卧底方案应立足于熟悉情况的基础上，所以，首先要根据已掌握的线索进行分析和预判。吴冰琨在墙上贴了一整张“白报纸”（旧时民间对整张报纸大的白纸的称谓），把大伙儿想到的情况一一标在上面。为叙述和阅读方便，这里把后面的研究结论一并写出——

第一，“暗杀团”把密函和“投名状”送达“保密局”之后，通常会如何考虑？

这伙反革命“自干户”行动的目标，自然不可能仅仅是祥元馆命案受害者那样的寻常百姓，其重点应该是我党政军干部甚至是首脑，以及针对我重要机关和重要设施如仓库、电厂、桥梁等实施破坏活动。这些行动若想实施成功，必须依赖“保密局”提供的装备和技术指导。“保密局”提供支持的前提，则是“暗杀团”送往青岛的密函和“投名状”得到“保密局”的认可。因此，这伙人在尚未得到“保密局”方面的回复之前，一般说来不会再采取大的行动，充其量做些收集情报的零星活儿，为日后的行动做准备。

第二，“保密局”方面在收到白姜送去的“投名状”和密函后会作出什么样的反应？

按照特工工作的思路，正常情况下，“保密局”山东站应该指令其控制下的潜伏在济南市的特务组织对“暗杀团”进行秘密核查。但此刻的形势已经不能算是“正常情况”，国民党军队节节败退，“保密局”总部已经撤到了广州，山东站这帮人估计很快也要脚底抹油了。因此，“山东站”在进行权衡后，很可能会采取多一事不如少一事的态度，干脆直接上报局本部——毛人凤接到这个消息，肯定喜出望外，自会派员核查，如果核查下来情况属实，必会下令向“暗杀团”调拨特工器材并派遣专人赴济进行指导。那就是广州总部的事儿了，山东站这帮特务现在自身难保，根本不愿意掺和，不如就此歇菜吧。

第三，“保密局”总部会通过什么方式跟“暗杀团”取得联系？

“保密局”潜伏在济南的特务，一共有三种“组织形式”，分别为市、省和总部。“保密局”总部自然可以调遣山东站或济南市的其他潜伏特务组织与“暗杀团”取得联系，但有一点山东站或济南的其他潜伏特务组织是无法代替总部的，那就是提供活动经费、配发器材装备和特工技能培训。所以，“保密局”总部最终还是需指派特务直接跟“暗杀团”接触。当然，不一定非得从广州派人，也可以从南京、上海或者其他城市抽调能够胜任的特务担任教官。特工教官都是资深特务，军衔应该不低，处在这种形势下，也有可能兼任“暗杀团”主持行动的负责人。

从特务这一行的保密需要判断，这种决定一旦拍板，那就不可能让内部其他特务知晓。无论是采用信函方式还是派人上门跟“暗杀团”取得联系，都应是“保密局”总部直接安排，而不会假手山东站或者济南市的其他潜伏特务组织代劳。

根据上述分析，专案一组侦查员对是否可以从中寻找机会安插我方卧底进行了研判。从“暗杀团”连续制造的两起命案都没有消除作案痕迹，以及充任信使的女护士白姜在济南火车站丢失怀表等情节判断（“暗杀团”如叮嘱其一路应如何防范的注意事项，可能不至于让扒手得逞），这伙反革命分子明显缺乏反侦查经验。白姜去青岛联络之后，最近这段日子他们肯定是翘首企盼“早传佳音”，其间自然也会对“保密局”方面将如何跟他们取得联系进行分析，不过，这伙外行的分析质量跟此刻专案人员的预判研究是没法儿比的。

众侦查员认为，我方派遣卧底以“保密局”山东站或者总部特派员的名义前往联络，应该是有可行性的。当然不可能给他们带去经费和器材装备，可以“不日运至”等说辞敷衍，先稳住他们，把“暗杀团”一应成员的底细摸清楚再说。

如此，卧底方案的前期构思已经形成，往下该考虑打入“暗杀团”内部后怎样开展工作了吧？

且慢，问题来了！让“特派员”去找“暗杀团”的哪位弟兄呢？这位兄台又在什么地方？

此时是 3 月 30 日下午，专案二组刑警刚刚截获梁成坤寄给贾良秋的一封挂号信，已送往市局进行技术鉴定，还没来得及对信函内容进行分析。尽管信封上有寄件人梁成坤的名址，但不知道这人是不是“暗杀团”成员。目前，专案一组手头只有贾良秋一个对象，已证实他是“暗杀团”成员，至于这厮是不是该反革命团伙的头目，暂时无从知晓。即便是头目，也还有问题——他是不是“暗杀团”呈递青岛“保密局”山东站的密函中所指定的联系人？

这是专案一组遇到的一道坎。在这种情况下，“特派员”是不能贸然登门的。

次日晚上，消息传来，经技术鉴定和专案二组的调查分析，已确认贾良秋系“暗杀团”重要成员，另一给贾犯写信的梁成坤也是该团伙成员。

贾良秋那封写给褚介君的信，也落到了专案组手里。贾自小受过良好的教育，遣词造句故意拐弯抹角、十分隐晦，但侦查员还是看明白了，信中的内容是向褚介君请教，对于梁成坤的询问应该如何处理。同时侦查员注意到，写信者的语气相当恭敬。由此，侦查员认为这个姓褚的中学教员很可能是“暗杀团”的头目，至少是贾的上司。

褚介君供职学校的校长系开明知识分子，专案二组请校长出面询问了门卫校工，得知最近一段时间，社会上前来拜访褚先生的人比较多，有个星期天甚至分几拨一共来了十多人，大多是青年人。

如此看来，这位褚先生该是“暗杀团”的头目了？专案一组、二组都这样判断。当天深夜报到凌云那里，凌云也是这样认为。褚介君的地址已经掌握，那是不是可以派卧底了？凌云摇头：还不能！

又一道坎出现在专案人员面前——如果“暗杀团”给“保密局”的密函中约定了双方接头时用的暗语呢？尽管这伙反革命“自干户”缺乏反侦查经验，但缺乏经验并不等于没有任何防范意识，褚介君、梁成坤、贾良秋都有知识分子背景，即使看看侦探小说甚至还珠楼主、平江不肖生、王度庐、宫白羽等民国武侠小说作家的作品，只怕也就建立起这么一个意识了。眼下没有理由排除这伙人和“保密局”约定接头暗语的可能，我方依然不能贸然行事。因为这种机会只有一次，一旦失利，这案子就煮成夹生饭了。

凌云下令，两个专案组分别对“暗杀团”已暴露的三个对象进行秘密监视，同时专案一组着手制订卧底方案，卧底人选由上级物色。

十二、李代桃僵

此后一连三天，两个专案组按照分工，对三个目标贾良秋、梁成坤和褚介君实施昼夜盯梢，对褚介君所供职中学的唯一一部电话机进行监听。可是，这三位就像是商量过似的，还是不出门，也不再互相联系，褚介君既不往外打电话，外面也没人打学校电话找他。

物色卧底人选的工作倒是进行得比较顺利，济南市公安局李士英、凌云两位领导亲自遴选，从初选的七名人员中挑出一个名叫宫天雄的同志，由他承担卧底重任。走到这一步，可谓是“万事俱备，只欠东风”——只等弄清楚“暗杀团”与“保密局”是否约定过接头暗语。

由于接头暗语存在与否具有不确定性，我方同时也在考虑如果无法获取这个关键信息，应该怎样跨过这道坎的问题。专案一组组长吴冰琨私下给自己定的期限是务必在五天内取得突破。这几天，他一面负责对目标的秘密监视工作，一面在考虑这个问题，几乎到了茶不思饭不想，没睡过一个囫囵觉的程度，以至于脸色憔悴满嘴燎泡。眼看三天过去了，这个问题却还八字不见一撇。

这天上午，吴冰琨去市局向凌云汇报三个点的监视情况。凌云的工作之忙可想而知，吴冰琨过去后，凌云一时没工夫见他，于是坐在督察室的小会议室等候。一会儿，屋角茶几上的电话机忽然铃声大作。督察室这边规矩大，吴冰琨哪敢随便接听，只能任凭它响着。

电话铃刚刚停下，督察室一位内勤姑娘出现在门口，朝他点点头：“是老吴同志吧？有您的电话。”一边说，一边指着电话机。

吴冰琨一怔，谁找自己找到这里来了？刚想开口询问，电话铃声又响起来。原来是北坦派出所所长打来的，吴冰琨几天前在勘查白宅凶杀案现场时跟他有过接触。所长说，被害人之母白淑华来派出所了，要求跟侦查她女儿命案的警方领导见面，她有话要当面说。

白淑华自女儿被害后，终日以泪洗面，如若没有亲朋好友轮流陪伴劝慰，只怕已经寻了短见，投井上吊都有可能。几个长辈亲戚看她那副痛不欲生的样子，商量下来，为减轻她的丧女之痛，决定家里不设灵堂，也不接受吊唁，遗体立刻入殓，抬至附近尼姑庵暂寄。

如此几天过去，白淑华的情绪渐渐稳定。昨天，她让人在附近一家饭馆订了三桌酒席，邀请出事以后帮助过她的亲朋好友四邻八舍赴宴，感谢大伙儿的照顾，表示自己已经认命了，以后的日子还要照常过。明日起，就不劳大伙儿再陪伴了。过几天，选一个合适的日子把女儿落葬，入土为安。

今天清晨，白淑华起来后洒扫庭院，然后提篮前往菜场买菜。回到家里，刚吃过早饭，门外一阵铃声，平时少见的邮差登门了，送来一封平信。之前，专案组因白姜已死，就撤销了白宅对面的那个监视点，叮嘱派出所多加留意。派出所民警去过数次白宅，一是了解情况，二是安抚白淑华的情绪，三是关照她，最近如果有陌生人或者虽然相识但已有一段时间没来往的熟人突然登门，要向派出所报告，这对警方调查白姜被害案可能有帮助。现在，白淑华一看这封平信是写给白姜的，不禁一个激灵，也不拆开，直接就奔派出所，对所长说要面见调查女儿命案的那伙刑警的领导。

派出所长当时只知道白姜命案是一起刑事案件，至于“暗杀团”，他压根儿没听说过。但是，按照工作纪律，他没有拆开那封信，甚至碰也没去碰一下信封，只是把一张白纸放到白淑华面前的桌子上，让她把那封信放在上面，又找出一个大号空白信封小心翼翼装进去。然后，他拨通了市局总机，要求跟专案组长吴冰琨通话。

吴冰琨立刻赶到派出所，听了白淑华的陈述后，带着那封信返回市局，请技术人员处理。

这封邮戳显示寄自胶县（今胶州市）的平信，里面装着一张明信片，上面用毛笔写着一行汉字“祝您生日快乐”。没有表明是祝谁生日快乐，下面也没有落款具名。刑技人员疑是在空白处使用了密写剂，可是，动用了有限的几种显影药水（其中两样是临时用化学剂配制的，在当时的条件下，这已是勉为其难了），对明信片以及牛皮纸信封反复作了涂拭检测，一概无效。

吴冰琨拿着这封信去见凌云，凌云饶有兴致地端详片刻，抬眼看看吴冰琨：“老吴，你怎么看?”

吴冰琨说，先前在派出所时我问过白淑华，她说她们家在胶县没有亲朋好友，也从来没听说过白姜有同学在那里，所以觉得莫名其妙。我怀疑，这会不会是敌特方面给“暗杀团”的回复？当初白姜前往青岛跟“保密局”山东站接触，她带去的那封“暗杀团”的密函里应该不会写上成员们的名址，这是出于安全考虑，以防这封信落到别人手里。那么，“保密局”通过对他们的审查后，怎么跟他们联系呢？多半还是要着落在白姜身上。现在，敌特方寄来了这么一封信，看来他们已经完成了对“暗杀团”的审查，准备派员来济联络了。先寄来这封信，估计是传递接头暗号——其中的奥秘，应该事先跟白姜说过。至于白姜是否告知了“暗杀团”，目前不清楚，但我倾向于是告知了的。看来，白姜并非之前我们所分析的那样，对自己充任信使赴青岛的目的一无所知，多少还是有点儿察觉的。这可能也是“暗杀团”要把她灭口的原因之一。至于接头暗号，我想不大可能就是写在明信片上的这句贺词，会不会在明信片的图画里隐藏着什么线索呢?

这是不知哪里印制的一套“世界文豪明信片”中的一张“英国诗人雪莱”,正面是雪莱站在白雪皑皑的荒野上的油画,下侧印着他的名句:“冬天来了,春天还会远吗”;背面是写书信文字的信笺。吴冰琨怀疑正面的油画里隐藏着什么暗语,但凌云认为这个可能性微乎其微。两人都犯愁了,凌云说:“难不成暗语就是雪莱的这句诗?这种玩意儿咱们还是第一次遇到,一时真不好判断。这样吧,明信片放在这里,我找懂行的同志分析。”

这种分析类似密码破译,当时,警方没有这方面的技术人才,只有军方具备这方面的能力。凌云知道有一个直属华东军区司令部管辖的专门从事这方面业务的小组驻扎在济南,于是通过组织关系前往求援,获得军方的支持。二十四小时后,凌云召见专案一组组长吴冰琨,告知经军方专家研究,认为雪莱的那句诗就是“保密局”用来跟“暗杀团”接头的暗语。

案件侦破后,据案犯供称,他们呈递“保密局”的密函中确实没留名址,但梁成坤受褚介君、刘炎溪之托,跟白姜有过交代,对方收下东西(指“投名状”和密函)后,应该是会问联系方式的,你可以把自己的真实名址报给他们;万一对方没问,你在离开前务必主动告知。白姜从青岛返济后,告诉梁成坤已经如此这般跟对方说了。

褚介君、刘炎溪、叶学时策划将白姜灭口时,曾考虑过白小姐“失踪”后人家来联系时怎么办的问题。解决办法是指使那个擅长跟社会下层人士打交道的瘸车夫子成效忠与负责投递白宅区域的邮差葛昌盛联系,以一条香烟的代价获得悄然拦截白姜所有邮件的许诺。褚、刘两头目不知成效忠有自以为是粗枝大叶的毛病,这主儿跟葛某谈妥后,料想绝无问题,也就不再过问。哪知葛某日前让人举报,其抗战时有一段历史涉及中共军方情报人员在济南被捕遇害，因而进了局子，负责投递该区域的邮差已经换人了。成效忠却不知葛某出事，这期间根本没有跟葛某联系过——其实，葛某原本就不靠谱，比如他每月有两个休息日，他就没想过如果正好休息日有白姜的信件该怎么办。这一点，成效忠更是没考虑到。

对手没考虑到的问题，让我方想到了。4 月 5 日，凌云把军方破译结果通知吴冰琨后，笑问老吴有什么想法。吴冰琨尽管尚不知道葛某被捕之事，但也发现了上述“暗杀团”这个漏洞，一说，凌云指示即跟邮电局联系，了解一下邮差的情况。很快，得到了邮电局的回复，吴冰琨这才知道原先的邮差葛昌盛三天前进了局子，现关押于第三分局。

前往提审，葛交代是受成瘸子的请托，让扣下白姜的邮件。于是，专案组又掌握了“暗杀团”匪徒成效忠的名址。吴冰琨请示凌云获准后，把那封信恢复原样，加套了一个信封，二赴三分局看守所，让葛亲笔写上成效忠的住址姓名，落款名址则具邮局葛昌盛。

这封信是挂号寄出的，以正常程序于次日送至成宅。成效忠收到挂号信后，也没拆开，赶了马车径赴褚介君供职的那所中学，请门房转交褚先生。

至此，接头暗语这道坎总算解决了。事不宜迟，该请卧底侦查员出场了。

卧底人员的遴选是由李士英、凌云主持的，也是颇费心思。当时的济南市公安系统，其警员由以下三部分构成：一是接管旧警局的大约六百名中共接管干部；二是解放后新招收的社会进步青年；三是符合条件留用的旧警察。这三部分成员中，若说“工作热情洋溢”，当推第二部分；若论业务能力和对济南社会情况风土人情的熟悉，第三部分大概可以算“头挑”；而论政治素质以及保障新政权安全所需的综合能力，接管干部是无可争议的首屈一指。本案的卧底人选，首先需要的是政治可靠对党忠诚，光这一条，就把其他两部分成员给拦下了。所以，最初的遴选范围，就在第一部分成员（包括有中共地下党身份的留用警员）中。

可问题也跟着来了。尽管这第一部分成员中有各方面素质都可以胜任卧底要求的人选，但都卡在一条上——之前都曾在市局露过面。既然露过面，哪怕只有一次，也有被认出的可能，对于卧底“暗杀团”这等重要使命来说，可能就意味着前功尽弃。

李士英、凌云商量下来，最后决定像处理破译接头暗语一样，也向军方求援。地方与军方相比，后者在这方面的优势是非常明显的。早在红军时代，军方就有自己的情报系统，一步步发展到1949年时，这方面人才济济，经验也颇为丰富。解放后各地公安局政保部门中的业务骨干，大多有过人民军队情报、保卫工作的经历。这回，警方求援的对象是济南警备司令部。济南警备司令部有一个专门负责情报工作的秘密小组，跟华东军区情报部门有业务方面的隶属关系。这段时间，这个情报小组正忙于针对南京、青岛方面的情报工作，人手比较紧张，但警备司令部领导还是同意向济南警方提供支持。

宫天雄系山东烟台人氏，1942年参加八路军，至抗战胜利的三年多时间里，先后从事过武工队、侦察、敌工工作。抗战胜利后，奉组织指派潜入徐州从事情报工作。1947年1月23日，华东军区组建，宫天雄被调往军区。次年仲夏，华东人民解放军着手执行中共中央7月16日确定的“攻克济南”指示，山东军区司令员许世友下令组建情报组，潜入济南收集军事情报。宫天雄入选该组，化装残疾流浪乞丐混入济南。从7月下旬到9月下旬两个月内，他单独以及与战友配合，收集多份颇具价值的情报，因此受到表彰。济南解放后，他所在的情报组划归济南警备司令部，他被任命为该小组副组长。

凌云亲自找宫天雄谈话，相当于面试。原打算谈个二十分钟半小时，跟如今的公务员面试时间差不多，但事实上只谈了五分钟就OK了。这是一个心理素质特别强大的另类，甫一照面，貌似猥琐。凌云开腔问话："以前干过卧底吧？"

对方不住摇头，一口山东乡下土话，急赤白脸连称没有，就像日本鬼子认定他是八路一样。凌云觉得奇怪："履历材料上不是说你1947年5月间曾前往南京，在蒋匪'国防部'卧底十三天吗？"

宫天雄一个立正："报告长官！卑职不敢掠无影之功，那是在大院里扫地、门厅里擦窗，充任杂役，属于化装侦察，并非卧底。"

接着又聊了几句，这个宫天雄能在瞬息之间根据谈话内容连续变换神态表情、频频转换角色，而且能够做到无视眼前这位首长的存在，凌云对此极为欣赏，当即拍板："就是你了！"

之前李士英、凌云开始物色卧底人选时，考虑到卧底打入"暗杀团"内部后，我方外围力量须大大加强，为便于协调、控制、指挥，在发生紧急情况时能够及时做出反应，决定组建"'暗杀团'案件专案指挥部"，统一指挥专案一组、二组，以及随后从市局、各分局抽调的多名侦查员组成的三组、四组开展工作。专案指挥部由凌云担任指挥长，但凌云工作太忙，这个指挥长他只是挂个名，具体侦查工作由副指挥长主持，这位副指挥长叫穆贵根，是刚刚从山东省委社会部调来充实济南市公安局督察室领导班子的同志。

凌云拍板由宫天雄卧底后，即让他去向穆贵根报到。之后一连三天，宫天雄待在市局的一个密点，听穆贵根介绍案情，熟悉"暗杀团"已暴露成员的情况，以及商量卧底策略，等等。根据保密规定，宫天雄卧底之事只有李士英、凌云和穆贵根知道，专案一组、二组两个组长未被告知，但他们心里可能有数。

4 月 9 日，宫天雄正式开始执行卧底使命。

十三、紧锣密鼓

这天上午，随着一阵电铃声响，“暗杀团”老大褚介君宣布下课，离开二楼的教室，回到一楼的老师办公室。刚刚在自己的座位上坐下，发现摞在写字台一侧的学生作业本中间夹着一张纸条。抽出来展开一看，上面写着一行字：“午时有电话”。褚介君阅之，脸上的肌肉顿时一颤！

旧时的教书先生在自己办公桌上发现别人的留条，几乎是一种常态。学生、同事、家长、门卫等在他上课时有事没法儿告知，都会以留条方式知会。褚介君任教的学校里唯一的电话机装在校长室，在那里办公的校长本人，或者教导主任以及类似秘书的那个毕业后留校工作的男生，有时会接到找某位老师的电话。他们对全校每个老师的上课时间烂熟于心，马上知道是否可以传唤。如果正赶上这位老师在上课，就请来电人留话，或者约定下课后的接听时间，然后写张条子，让校工放到某某老师的办公桌上。

这种内容的条子褚介君之前也曾收到过。这类纸条一般是用寻常白纸写的，可是，眼前这张用的却是“大前门”烟盒纸的背面。由于之前已经收到了由成效忠转来的内装明信片的信函（即寄给白姜的那张写有暗语的明信片），褚介君意识到“保密局”那边终于有反应了，遂断定这张条子并非来自校长室，而是外面来人直接夹在作业本里的。

制造祥元馆命案后的这段日子，褚介君一直处于内心高度紧张状态。毕竟，他干的是一桩“大事儿”，如今济南已是中共执掌政权，他组建“暗杀团”跟中共对着干，那就是“造反”啊！而且这种“造反”跟寻常意义上的造反不同，制造祥元馆血案仅仅是向“保密局”递交了一份申请书，如果人家不批准，他和一干同伙制造的那宗血案也就算白忙活了。万一哪天败露，没得说是要掉脑袋的。好在，“保密局”终于有消息了。

中午，褚介君匆匆吃过午餐，即去校长室，假装查阅学生上学期测验成绩汇总，其实是在等那个神秘电话。十二点整，电话准时打进来了，那是一个嗓音略显沙哑的男子，不知是故意还是通话质量的原因，声音比较低，问明确是褚介君本人后，说：“有朋友让我转告，今晚六点半，味旺饭庄包间，可来两位。”

打电话的那位，就是卧底侦查员宫天雄，现在他的名字叫凤越山。褚介君接到电话后窃喜，便骑了一辆自行车前往刘炎溪家，跟他说了这个喜讯。后面自有便衣跟踪，至此，刘炎溪进入警方的侦查视线。刘炎溪毕竟是在国民党政府机关里混过的角色，说不知其中是否有诈。褚介君认为不可能，因为之前已有信函寄来，跟白姜从青岛回来后对梁成坤所说的一致。再说，如果有问题，那必是共党公安局盯上我了，既然如此，他们为什么不直接来逮捕我呢？

这话就显出褚老大对反间谍思路的无知了，不过刘炎溪也不反驳，他知道这位大哥的性格中有些刚愎自用的成分，轻易是无法说服他的，只有让他自己慢慢去琢磨。当下，刘炎溪只是说，那也好，反正他来接头，应该是提供行动技术培训和器材，那就得住在我们安排的地方，等于是在我们手里，如有怀疑，有的是鉴识法子。

当晚，褚介君、刘炎溪准时赴约。味旺饭庄位于济南林祥桥经四路起点，是一家中档偏上的鲁菜馆，开张两年以来，生意不好不坏，在社会上的名气也是一般，远没有老字号祥元馆响。

我方研究卧底方案时，决定把对方约至这家饭馆来见面。这倒不是出于对卧底安全的考虑，宫天雄原本是要深入虎穴的，组织上也不可能提供全方位的安全保护。这样安排，纯是出于对接头暗语的考虑。

那张由“保密局”寄给白姜的明信片，据我军方密码破译专家判断，应是为了通知那句接头暗语。只是有一点军方专家无法判断，雪莱的那句诗“冬天来了，春天还会远吗”，按说应是双方各半句。可谁先说？通常应是前往接头者即我方先说——“冬天来了”，然后，对方接下半句——“春天还会远吗”。当初白姜去青岛呈递“投名状”和密函时，对方应该跟她说清楚暗语顺序的，但我方对此一无所知。考虑到万一出现失误时有个回旋的余地，我方商量了一个接头方式。这个方式，只有在味旺饭庄才可实施。

当晚，褚介君、刘炎溪两个准时抵达味旺饭庄。门口迎客的少年学徒把他们引领去了后院。后院有四个包间，只有一个亮着灯光。褚介君、刘炎溪上前，轻叩房门。里面一声“请进”，两人推门而入。包间面积不算大，二十余平方米，正中一张圆桌，迎门靠墙放着一张硬木长椅，两端各置茶几，一个身材颀长、皮肤稍黑、身穿烟灰色华毛葛长衫的二十七八岁男子应声而起，放下手里正在看的报纸，抱拳作揖：“二位先生，初次相见，兄弟有礼了，里面请!”

褚介君朝刘炎溪看了一眼，示意“电话里正是这个声音”。于是上前作自我介绍，因为还没对暗语，也就不过报了个姓名。

对方神态从容，不卑不亢：“敝人凤越山——凤凰的凤，超越的越，山脉的山，本省烟台人氏。”

这时，跑堂送上香茶。双方在长椅上落座，褚介君扫视屋里墙壁上挂着的书画，微微点头：“凤先生一看就是雅人，选的这家饭馆也是书香之舍。”

话音刚落，外面传来一声高门大嗓："哪位朋友抬举敝人啊?"紧接着，一个体态偏胖脸面更胖的中年男子大步进门，"贵客光临，敝号蓬荜生辉!"

跑堂向客人介绍："这是我们萧老板。"

萧老板冲三人拱手施礼："三位一看就是饱学之士，想是首次光临?在下粗人，礼数不周，还望见谅。老三，去把土山酒取来。"

三个顾客面面相觑，不知这老板葫芦里卖的是什么药。萧老板给他们一一倒茶后，那跑堂拿着一个粗陋的土陶酒瓶进来了。萧老板说："在下祖上原是酿酒的，到咱这一代，酒坊走水破产，天可怜见，幸得有百坛上辈埋留的土山酒完好无损。江湖上众多朋友闻讯慷慨解囊，购酒相助，凑起本钱开了这家饭馆。如今尚存数坛原酒，萧某每年兑上自酿的白酒，拼制若干瓶自饮土酒。但凡有缘遇上文人雅客光临，对得上眼缘的，取出品尝，不收分文。"

言毕，萧老板一挥手，跑堂便把瓶口泥封开启，顿时满室酒香。众人品尝之下，皆赞不绝口。褚介君拿起酒瓶仔细端详："萧老板过谦了，酒是好酒，瓶子也设计别致，乃是一件艺术品。从落款看，应出自阁下之手吧?"

萧老板一迭声"不敢"，解释说这是他老父在世时设计制作的。刘炎溪和宫天雄也把酒瓶翻来覆去看了又看，一个说"厉害"，一个说"大开眼界"。萧老板大喜："敝号开张两年有余，这土山酒喝去七瓶，但看来有缘结交的朋友只有眼前三位!"扭头招呼跑堂，"文房四宝伺候。"

片刻，跑堂送上笔墨纸砚。萧老板笑道："不是在下脸皮厚，实是觉得今日幸运，遇到三位文人雅客。咱说过，这酒是奉送，不过呢，在商言商，生意人无利不起早，一应饭菜咱就收三位全价不打折了。在下还有个不情之请，望三位先生留下墨宝，算是酒钱吧。”

这一说，宫天雄先是愣了，不吭声。刘炎溪正盘算是否要推辞时，褚介君开腔了：“看来还真是有缘，以书画换酒，自古有之，我等今日仿效古人行事，有何不可？”

说罢，铺开宣纸，取笔蘸墨，挥挥洒洒，很快就画出了一丛竹子。褚介君祖上是专业画师，其曾祖父曾被清廷召至京城为皇室画过几幅画，据说民国时出现在海外拍卖行，拍出的价格若是以济南地面上的店铺计算，一幅画开两三家上档次的商铺不成问题。因此，他能画，而且喜欢画。另一个刘炎溪，虽然家里人没有跟书画沾边的，但这人聪明，学啥像啥，对字画也曾下过相当功夫，当下见褚介君已经画了，说声“献丑”，另取一支笔，在竹子一侧画了一角岩石。

要说国画水平，这两个还真算是业余爱好者中的佼佼者。那萧老板貌似粗拙，但显见得在这方面是有些眼力的，连连喝彩，拱手称谢。然后，就请风先生献技。

宫天雄一脸为难，说自己从未学过这一门，要他操笔作画，好比赶鸭子上架。褚介君说风先生您就给萧老板写几个字吧，看阁下的举止气质，定然是文化人，料想自幼就习练书法的。宫天雄苦笑：“那只好献丑了。”

宫天雄小时候上过几年私塾，被老学究督着临过一段时间古帖，几个字用心写出来，连书法名家也还看得下去。开笔前，他想了片刻，似在考虑内容。最后，在横幅的上半侧写下“冬天来了”四个字，停下，退后，打量着出自其笔下的墨迹，口中轻轻念道：“冬天来了……”斟酌片刻，突然把笔往架上一搁，“墨枯笔涩，写不下去了，还请褚先生给补上下句吧。”

褚介君点头：“恭敬不如从命，如此，就斗胆续貂了。”

毫无悬念，褚介君接着写下的自然是“春天还会远吗”六个字，也是念了一遍，语调跟宫天雄一致。他不愧是祖传笔功，是按宫天雄的行草体写的，而且模仿了宫天雄的笔锋特点，写毕浑然天成，宛若出自一人之手。

萧老板甚喜，吩咐跑堂把墨宝送交账房徐先生，请他明天跑一趟“雅墨斋”裱饰，配上挂轴，回头就挂在这个包间里。

就这样，宫天雄跟“暗杀团”接上了头。一会儿，跑堂送上菜肴，三人浅斟慢饮，低声交谈。宫天雄向他们亮出了身份：“国防部保密局”特派员上尉助理。见两人愕然，解释说特派员过几天将抵达泉城，他是特派员助手，内部称助理，官称“副官”，你们叫我“凤先生”即可。兄弟先到几天，是打前站的，所负职责是跟你们商量特派员抵达后的食宿安排、安全措施、训练场所、行动设想等事务。

这顿饭局时间不长，不到一小时就结束了。三人出门，马路对面已经停了三轮车、马车各一辆。褚介君告知凤先生，给他安排的落脚点是“团体”骨干成员梁成坤家，对面停的就是梁成坤家的私家马车。

梁成坤的父亲梁兴盛是旧军人，北洋时期曾做过旅长、军法处长。1928年退出行伍，三年后回济南梁公馆长期定居。近日，一向深居简出的老梁突然决定出门，说是去天津、北平转转。后来知道，他其实是受中共方面所托，秘密前往南京、上海，向在那里的原军中同袍宣传中共的统战政策，希望他们弃暗投明。老梁出门后，梁成坤便是家中当然的主人。梁成坤居住的后花园与前面有隔断，还有后门，可日夜随时进出，比较有私密性。因此，事先褚介君就已让其表兄刘炎溪跟他说过，待“保密局”方面派来联络人员后，暂时下榻于他家。梁成坤认为没有问题，一口答应。

当下，宫天雄便上了马车，随梁成坤前往梁宅。专案指挥部安排在饭馆外面的我方便衣悄然尾随。

梁成坤把宫天雄安排在后花园他单独居住的小院落里。从院门进去，是一个二十平方米的院子，穿过院子，有三间平房，正中是客厅，两侧则是两个卧室，两人各居一间。宫天雄对这个环境表示满意。两人在客厅里喝着咖啡闲聊了一会儿，各自回房安歇。

那么，褚介君、刘炎溪对这位凤先生是否放心了呢？此刻，这二人正在一家咖啡馆里，对之前的接头情况进行复盘。他们并没有发现什么破绽，凤先生所说的暗语以及双方上下句的衔接，都符合寄给白姜的那封密函的内容。可是，接头的整个儿过程，让两人都有种蹊跷的感觉。他们对特工活动再外行，也不会允许这种蹊跷持续下去。最后二人认为，还是应该进行认真核查。

具体该怎么核查呢？褚介君吩咐："你连夜通知小宝，让他明天去雅墨斋走一趟，了解一下味旺饭庄是否把书画送去装裱了；另外，萧老板如果是雅墨斋的老客户，就顺便了解一下萧老板和他那家饭馆的情况。"

两人离开咖啡馆后，各自返回下榻处。一路上，自然受到了我方便衣的跟踪。

负责跟踪刘炎溪的是新组建的侦查三组的便衣，他们当然不知道刘炎溪还接受了"连夜通知小宝"的差使，只管尾随就是。刘炎溪是坐一辆黄包车走的，行不多久，黄包车在一家旅馆前停下了，刘炎溪下车进了旅馆，三轮车则停在门口。跟踪便衣估计刘炎溪是去旅馆见什么人，或者旅馆是"暗杀团"的一个联络点，他是奉命去传递消息的。此刻，便衣也没有别的选择，只有就地隐蔽等候。

刘炎溪入内时间不长，几分钟就出来了，上了三轮车继续前行，一路到家，便衣就在其住宅周围监视。他们当然不知道，刚才刘炎溪进那家旅馆只不过是借用该旅馆的电话机，跟褚介君所说的那个“小宝”通了个电话。但便衣在工作记录本上对这一情况作了记录，次日上午，组长前来接班时查看后，立刻向专案指挥部报告了。刘炎溪去旅馆之举，由指挥部另行调查。

刘炎溪打电话通知的这个“小宝”，姓宝名源，是个十九岁的年轻人。当年济南有一家在古玩界颇有名气的店铺，名唤“宝鉴宝”，那是小宝的老爸宝满世经营的。老宝出身津门，自幼过继给号称“津门鬼工”、有一手修复古董绝技的舅舅为子，幼时耳濡目染，十五岁正式拜师，不过七八年，其对古董的鉴识水平已经名传京津。舅舅去世后，宝满世不想子承父业干修古活儿，就接受了北京一家当铺的邀请，过去做起了朝奉。十年后，因拒绝作伪，得罪了豪强，为避祸悄然潜往济南，买下一座宅子，大门上方悬挂一块黑底金字横匾：宝鉴宝。

老宝在自己家里接待登门有偿求鉴的各方来宾，也没去申领工商执照。当时工商管理比较松，官府也就不去理会。这种鉴宝中当然会遇到倒斗君子江洋大盗送去的赃物，但老宝经验丰富，应对起来游刃有余，警局江湖两不得罪，平平安安过到解放后。宝鉴宝也无所谓关门开门，有主顾来照样接待，没人来老宝则优哉游哉过自己的逍遥日子。

其子小宝沾老爸之光，长到这么大了没吃过苦头，初中毕业后没考上高中，就跟着老爸学鉴宝，烦了便去公园打拳练气功，跟刘炎溪就是在公园相识的。以刘炎溪在气功方面的造诣，小宝做他的徒弟还不够格。而且刘炎溪生性恃才傲物，通常不肯指点别人。但对小宝倒是例外，旁人都说这哥儿俩天生有缘。小宝也把刘炎溪当大哥，言听计从。那晚刘炎溪回家路上拐进旅馆，连夜给小宝打电话请他明天上午如此这般了解相关情况，后者尽管不知道这是怎么回事，还是一口答应。后来，就是因为这个电话，这位宝少爷给判了三年徒刑，罪名是“现行反革命”。

不过，宝少爷已经算幸运了，他是“暗杀团”案件中处刑最轻的一个——他只是少不更事被人利用了，他的行为也未对我方侦破案件造成严重后果。

由于宝鉴宝的原因，小宝跟全济南所有古玩店铺都熟识，味旺饭庄萧老板让账房去装裱字画的那家老字号雅墨斋的汪老板还是他干爹，根本不用找借口探听，一问汪干爹就都清楚了。

专案指挥部之所以把宫天雄跟“暗杀团”的接头地点设于味旺饭庄，是因为该饭庄的真正“老板”是中共济南市委社会部。两年前，经华东局社会部批准，中共济南市委社会部（跟济南解放后的社会部没有关系，史称“济南老社会部”）开了这家饭馆，作为我方地下情报活动的一个密点。解放后，济南老社会部的工作结束，味旺饭庄移交济南市委，人员、门面、经营方式原封不动，对外照常经营，对内继续保留原密点功能。

饭庄萧老板，名宗培，抗战中期加入地下党，一直在济南从事地下交通工作。他还真是祖传酿酒行业出身，其父也确实是在市郊接合部开酒庄的。两年前，因革命形势发展需要，组织上指令他改行经营餐饮，以开饭馆为掩护在济南市区设立密点。

萧宗培外表粗拙，其实心眼却是玲珑剔透，喜欢琢磨，很快就改行成功，完全进入角色。在饭馆包间悬挂顾客字画，是他掩护身份、便于开展工作的一个招术。像他这种角色，一旦有了主意，实施前肯定会把前前后后所有环节都考虑清楚，具体做起来一丝不苟滴水不漏。味旺饭庄尚未开张前，他就已在结交本城古玩行业的朋友了。小宝干爹开的那家雅墨斋，确实是萧老板的定点协作方。次日，饭店账房就把昨晚三个顾客合作的书画送去装裱了。

按说“暗杀团”头目褚介君、刘炎溪接到小宝的报告，心里的石头总该落地了吧？不，只落了一半，褚介君信以为真，刘炎溪却还是心存疑虑，不过他没向褚介君透露，想继续留意两天再说，他也有这个机会——褚介君是职业教师，平时从周一到周六上下午基本都排了课，尽管有多有少，但没有大段时间可供外出，只有晚上和星期天才能去会晤凤先生。而刘炎溪目前无业，时时有空，如此，陪伴凤先生就成了他的事，顺便也可以把“暗杀团”的情况跟这位特派员助理聊聊。在这种接触中，他就可以对凤先生进行观察、试探。

在饭庄接头的第二天下午，刘炎溪便去了梁公馆。他跟梁家是亲戚，与梁成坤是姨表兄弟，一向是梁公馆的常客，前几年不那么忙时，在梁家一住半月也是有的。刘炎溪抵达后，先是拜见梁成坤的母亲、他的嫡亲阿姨、梁公馆的女主人薛氏，说了一会儿话。问及梁成坤，薛氏说阿坤这几天很少外出，一直在后花园待着，说是习练你教他的气功呢。刘炎溪闻之心头一松，暗夸表弟做事缜密，把凤先生接到家里住着，竟连自己的母亲都给瞒住了。

接着，刘炎溪在后花园梁成坤独住的小院跟凤先生见面。三人喝茶聊天，海阔天空胡侃了一阵，刘炎溪使个眼色，表弟便离开了。刘炎溪开始试探：“凤先生，兄弟奉褚介君先生吩咐，前来奉上咱们这个团体的名单。”一边说，一边从袖口里掏出一页折叠着的道林纸，展开，双手送上。

这张纸上写着二十来个人名，后面注上了年龄、职业和住址。按照刘炎溪的想法，如果凤先生是前来卧底的共党便衣，其目的自然是为谋取“暗杀团”成员底细，以图一网打尽。那他此刻送上这份杜撰的名单，对方还不是迫不及待立刻拿到手里？可是，凤先生手是伸出了，却没接名单，而是拿起茶壶往自己面前的茶杯里斟茶水，那个角度正好把名单遮挡住了。凤先生淡淡地说："感谢刘兄的信任，不过，'团体'有纪律，所有同志无论职位高低，都须严格遵照命令行事。兄弟此行，所奉指令是为特派员打前站，其余一应事项未奉授权，不便接受这份名单。"

刘炎溪神情略显尴尬，只得收起名单。此后，两人的谈话内容转到了济南解放后的治安形势、政治状况等方面，由此渐渐接近核心问题，这才是"暗杀团"方面真正关心的。凤先生告诉刘炎溪，特派员不日即可抵济，据其所知，将会带来委任状、武器、器材、经费等，还有两个精谙行动的教官，对这边的新同志进行特工技能培训。见刘炎溪用探究的目光打量自己，凤先生知道这是什么意思，微微一笑："刘先生大概以为兄弟还身兼行动教官职责吧？呵呵，兄弟是搞情报出身，不谙行动术，不瞒阁下说，别看我这身板似乎还可以，但若是走在马路上跟人打架，寻常路人十有八九能赢我。"

说到这里，梁成坤进来了，说他已经吩咐家里的厨子准备菜肴，请表兄留下用晚餐。席间，三人边吃边聊，凤先生说了些原"军统"以及改组"保密局"后特工训练班训练情报特务的一些趣闻，让刘、梁二位大开眼界。

次日，即 4 月 11 日中午，刘炎溪引领褚介君前来拜望凤先生。他们带来了途中购买的卤菜和酒，梁成坤又让家里的厨子炒了几个菜，四人一起吃了一顿午餐。褚介君已经听了刘炎溪昨天跟凤先生的谈话情况，此番前来是跟凤先生商量特派员和特工教官抵济后的下榻寓所、培训场所等事项的安排。凤先生说，这正是他这个打前站的助理所要了解的内容，请"暗杀团"尽快着手物色。如果一切顺利，就通过来时上峰交代的联系方式，把用暗语起草的电稿转交济南潜伏同志发出。待收到回电，就可以知晓特派员及教官何时过来了。褚介君、刘炎溪当场就开始商议，有了一个初步打算。

这次见面，凤先生取出其随身携带的黄金十两交给褚介君，说这是团体临时拨给“暗杀团”的活动经费。

至此，“暗杀团”两个头目对这位“特派员助理”再无怀疑。褚介君遂提出一个要求，说我们这个“暗杀团”成立多日，成员都是忠于“党国”的热血青年。之前由于尚未获得“党国”认可，不敢贸然行动，唯恐鲁莽之举给“保密局”对济南的全盘计划造成不良影响。但大伙儿这些日子愈发跃跃欲试，凤先生莅临之前一天，兄弟和小刘还在商议如何予以适当安抚，让大伙儿既能保持旺盛斗志，又能静心耐性等候上命。如今凤先生代表“保密局”抵济，兄弟有一个不情之请——是否可以接见“暗杀团”全体成员，给予勉励。如此，可以起到振奋士气之效。

昨天，刘炎溪要把“暗杀团”的假名单交给凤先生时，具有丰富隐蔽战线斗争经验的宫天雄不但拒绝接受，还故意借倒茶的动作遮挡名单，以示自己不感兴趣。他判断对方此举可能是一种试探，当然也有可能是真的。但是，他并不急于获取名单——只要打入“暗杀团”内部，总有办法获取这方面情报的，比如召见骨干成员，或者执行第二方案，假戏真做，派遣第二批卧底便衣以“特派员”及“教官”身份“抵济”。他们一到，召见“一众弟兄”，届时指挥部调动军警即可一网打尽。因此，事先制订卧底方案时，宫天雄已经打定主意，万一出现这种疑似试探，不管是真是假，干脆一律拒绝。

现在，褚介君当面提出“接见全体兄弟”，宫天雄是否该点头呢？这在事先制订卧底方案时也有预案，那就是：同意！

不过，褚介君提出不能在其下榻点跟大伙儿见面，而是要另选一个僻静之处。宫天雄一口答应，让褚、刘尽快安排。从我方来说，只要有具体的见面地点，在哪儿抓都一样。

一小时后，褚介君、刘炎溪告辞而去，宫天雄和梁成坤也各自归房午休。宫天雄写了一纸汇报卧底情况的条子，随身密藏。头天，他刚入住梁公馆时，梁成坤得知凤先生已经数年未来济南，热情相邀，说要陪他到外面逛逛。下午三点多，宫天雄正盘算着怎样找借口去外面传递情报，梁成坤主动前来询问他是否有兴趣去外面转转，正中宫天雄下怀。两人结伴外出，去商埠逛到暮色初上。其间，去百货公司时，宫天雄借去洗手间的机会，把纸条递给了尾随进入的跟踪便衣许嘉新。

晚饭两人是在外面馆子吃的，返回梁公馆，两人喝茶聊了一会儿，各自回房休息。

这时，专案指挥部已经研读了宫天雄传递出去的条子，常务副指挥长穆贵根即向凌云作了汇报。午夜前，凌云转报李士英局长，两位领导对案件的进展均颇觉欣慰。

殊不料，此时此刻，躺卧床上业已入睡的宫天雄正被一个无声无息潜入卧室的黑影用手枪对准了脑门儿……

十四、天网恢恢

这个黑影，竟是休学养病的肺结核患者、梁公馆的少东家梁成坤！

这是一支勃朗宁 M1903，即著名的“马牌撸子”。事后知道，这是梁少爷的老爸，北洋军队的旅长、军法处长梁兴盛的佩枪。梁兴盛早年是神枪手，会使双枪，而且嗜枪如命，退出军界时就把两支“马牌撸子”带回家了。早些年头儿还是枪不离手，当然，真的要打也只能去郊外。梁成坤少年时经常随父去郊外游玩，老爸认为男孩子应该会使刀枪，就教儿子打枪。梁成坤对此不感兴趣，他潜意识中始终认为自己今生不会跟枪支为伍，所以并不热心，但不敢违抗老爸意志，装模作样学学而已。

梁兴盛后来患了风湿症，再去郊游不那么方便了，自然也没法儿打枪过瘾了。但他不舍得就此把手枪束之高阁，依旧每月一次拿出来认真擦拭。解放后，人民政府饬令收缴民间武器，老梁舍不得和“马牌撸子”告别，只交出一支，把另一支手枪和几匣子弹、军用匕首以及一副白铜手铐藏了起来。现在不知怎么，让梁成坤找了出来，用来对付凤先生了。

宫天雄听见动静，睁开眼睛一看，发现已被梁成坤用手枪逼住。惊问何故，梁成坤不答，只低声喝令：“不准吭声，可留性命！”说着，退后两步，扔过手铐，“自己铐上！”

宫天雄叹了口气，嘀咕了一句“恭敬不如从命”，真把手铐铐在自己的两个手腕上。

梁成坤说：“凤先生，我看你是个斯文人，也就不为难你了。你乖乖待在这屋里，到时自有人来跟你见面。我把房门锁上，外面已经有人看守住了，你也甭想从窗口出去，否则大棒伺候，只怕阁下经受不住，那就是自讨苦吃了。”

言毕，梁成坤退出房间，宫天雄在屋里听到了他锁门的声音。

梁成坤把手枪掖在身上，悄然出了梁公馆大门。负责监视的便衣忽见梁成坤深夜出门，自然警觉。这天带班的正是侦查一组组长吴冰琨，见状便叫上一个便衣，一人步行一人骑车悄然尾随。梁成坤全无警惕之意，出门后沿着马路走出百来米，遇见一辆收工的三轮车，叫停，上车吩咐车夫：“市公安局！”

静夜中说话声音容易传开，跟在后面的吴冰琨暗吃一惊，寻思这主儿怎么会奔市局去呢？难道是发现被跟踪了，故意瞎说？当下也来不及多想，骑车跟了上去。

三轮车还真往市局方向去了。吴冰琨跟到市局门口，看着梁成坤下车，掏钱把三轮车打发走，直奔大门口一侧的木岗亭，对早已警惕地盯着他的哨兵说："我要见李局长。"

岗哨自然要盘问，门卫室的一位留用老警察闻声也打开窗子探出脑袋，看是什么人夤夜求见本局一号首长。这时，吴冰琨已经赶到，招呼梁成坤："你跟我走就是。"一边说，一边朝门卫亮出证件。

吴冰琨把梁成坤带入市局，进了接待室。梁成坤再次申明"要见李局长"。吴冰琨问他有什么事，梁成坤说："我是罪人，现在前来自首检举，事关重大，只有跟李局长当面说我才放心。"

用现在的说法，梁成坤智商比较高，情商却低。他在受表哥怂恿糊里糊涂参加"鲁济勘乱建国团"时，根本没想过此举将会带来的严重后果。起初刘炎溪拉他入伙，并未提起过这个组织的正式名称，更没说过"暗杀"等破坏活动，只说大伙儿的出身都差不多，在共产党统治下料想不会有好果子吃，被收拾是迟早的事。与其等着挨刀，不如大家抱团相互依靠，瞅空子做点儿生意，发些乱世财，以便日后时局紧张了，也有条退路。梁成坤对白姜也是这么说的，白姜更是糊涂，她正恋着梁少爷，人家跟她说什么就接受什么。

青岛之行，刘炎溪对梁成坤的说法是跟"军统"（尽管已经改组为"国防部保密局"，但民间依旧沿袭"军统"的旧称谓，包括商家开发票，竟然还是用"军统"的抬头）谈生意，梁成坤信以为真。3 月 16 日清晨，刘炎溪把密函和"投名状"送来，让梁成坤交给白姜，因为封得严严实实，梁以为确实是做买卖的"样品"。

白姜从济南回来后，把一应情况告诉梁成坤，后者犹自深信不疑——白姜去青岛警察局见朱督察官时，人家看过密函，没问她什么，对她还很客气，开车把她送去的“保密局”山东站外表看似一家公司，接待者也很斯文和善。据褚、刘到案后交代，密函中对“信使”的情况作了说明，因而对方跟白姜聊天的内容，只字未提党派政治，只是在最后说到接头暗语时解释：目前青岛和济南分别是国共政权掌控，为防引起误解，回头这边派去的人跟你方要用暗语确认关系。

白姜本是捎信，这就是口信了。回济南后，也是照样一五一十向梁成坤复述的。梁成坤向刘炎溪回报情况时，表哥方才把真实情况向他稍稍透了些底。梁成坤听说近日闹得满城风雨的祥元馆三命凶案竟然是褚介君、刘炎溪发起的那个他至今尚不清楚名称的“团体”策划实施的，而且白姜此番前往青岛联络的是“国防部保密局”山东站，不由得又惊又怒，竟然当场昏厥。被刘炎溪施展气功手法推血过宫折腾醒后，号啕大哭，恨不得撞墙自尽。

他的这种剧烈反应使刘炎溪大出意外，不过，刘知道表弟是个书呆子，生气也只不过一时。于是，先让梁成坤可劲儿发泄，再做思想工作。不说其他，单说法律责任：把“团体”名称、性质、已经做了些什么、还准备做些什么说了说，又指出你小梁以及白姜参与其中起到了什么重要的作用，如果事情穿帮，共产党方面会如何处置，等等。

言简意赅地说了一番，听得梁少爷瞠目结舌，继而惊慌失措，嚷嚷着说要“退出”。刘炎溪说兄弟啊，法律你知道吗？你即便退出了，咱这个团体一旦穿帮，你所犯的事儿还是要受到追究的。就像白小姐，她根本没参加咱们这个团体，但到时候人家照样要逮她，该吃官司就吃官司，该上法场就上法场。再说，咱这个团体不是公司，一旦进入，没有退出之说！以前“军统”就是这样的，谁想退出，戴老板使个眼色人就没啦！现在人家“保密局”已经决定接纳咱们了，那就是人家管我们这一伙了，谁退出谁就是叛徒，你要退出，还不是悄悄灭了你？

见梁成坤真的怕了，刘炎溪说这样吧，等咱这个团体正式开张了，我跟褚先生说一下，尽可能不给你安排活儿就是了。白小姐没有参加团体，没她的事儿，只要关照她对青岛之行守口如瓶即可。另外，老弟你想太平的话，就有责任注意咱们这伙人的事儿不能泄露，否则，中共警方动个小指头就把咱们给灭了。

诚如刘炎溪所料，他这个书呆子表弟就这样给唬住了。本来，也就没有今晚梁成坤奔市公安局自首之事了，估计他会在“暗杀团”这条船上待下去，直到沉没。可是，他把表哥的话听进耳朵里后，真当回事了。尤其是对“严防泄密”的告诫，他自己可以保证做到，担心的倒是白姜。于是就接着琢磨，白姜如果泄密，会在哪个方面发生问题？回忆下来，所有需要保密的都已经叮咛过了。他还没想出什么来，白姜却向他透露了一件事：她把那块怀表给弄丢了。

梁成坤知道怀表的来路，料想不好，赶紧去报知表哥。刘炎溪即与褚介君等密议如何应对，先是要求白姜辞职，白姜照办。然后，又决定要灭口。这是瞒着梁成坤的，灭口过程前面已有交代。

刘炎溪对白姜之死的说法是“投井自尽”，梁成坤半信半疑。为此他特地致函贾良秋打听。贾把信函转给褚介君，褚又跟刘炎溪商量应对之策。刘炎溪根据褚的意见，去梁公馆跟表弟作了一番解释。梁成坤这时终于不“呆”了，断定白姜必是死于“暗杀团”之手。

梁成坤已经把白姜作为自己的未婚妻看待了，没想到，这么个美女说没就没了。究其原因，他有责任。但是，他认为主要责任还是在“暗杀团”，具体则是刘炎溪。如果没有刘炎溪的劝诱，他不会参加“团体”，也就不会让白姜去青岛；白姜如果不去青岛，那就不会招来杀身之祸。

当下，梁成坤决定要向“暗杀团”报仇。怎么报？反复盘算下来，只有向公安局自首检举！主意打定，正好刘炎溪过来商量“保密局”派人前来联络，要下榻在梁公馆之事。梁成坤寻思这是一个立功赎罪的机会，遂打定主意，等“保密局”的人来了再去公安局。

梁成坤如此这般坦白交代后，吴冰琨和常务副指挥长穆贵根急报主管领导凌云。凌云沉思片刻，问穆、吴二人：“下一步应该怎么走？你俩是怎么考虑的？”

吴冰琨已经有了近乎成熟的想法，当下便说了说——

梁成坤只知道“暗杀团”部分成员的姓名，掌握的地址更少，目前还不能收网。眼下要立刻作出决定的是两件事：一是宫天雄同志的去留；二是如何处置梁成坤。吴冰琨认为，宫天雄的卧底使命尚未完成，而从梁成坤的供词看，他已经获得了“暗杀团”方面的信任，这两天有望制造获取全部目标信息的机会，所以，卧底行动应该继续进行。至于梁成坤，吴冰琨的意见是立刻放他回去，他还不知道宫天雄是我方卧底（也没必要让他知道），还想检举立功哩。

可以让小梁继续发挥这份积极性，给他将功赎罪的机会：一是密切监视“特派员助理”凤先生，有什么情况及时报告，日常接触中必须小心谨慎，照顾好凤先生，凡是“暗杀团”对凤先生有任何动作或者议论，都须及时报告。至于他刚刚把凤先生铐起来的解释，就说是“奉命行事，意在试探”即可。此外，他的自首，回头我方要告知宫天雄。二是让小梁注意收集“暗杀团”的信息，从成员名址、活动情况到成员互相之间是否有横向联系等。给小梁一个传递情报的方式，比如在梁公馆附近某个旮旯的墙缝、树洞、石头下面等处，约定两个固定位置和暗号，用以交换情报。

凌云和穆贵根议了议，认为吴冰琨的想法很好。凌云嘱咐吴冰琨：“你这就去跟梁少爷谈一谈，告诉他共产党说话算数，他已经有立功行为了，希望再接再厉，肯定可以获得宽大处理。另外，老吴你以后就不要直接上一线监视了，以防被梁成坤认出，万一他绷不住露出马脚，那就弄巧成拙了。”

吴冰琨说：“那我得赶紧去跟梁成坤谈话，然后立刻叫人送他回家，宫天雄同志还被铐着呢！”

凌云笑道：“像宫天雄这样的角色，别说一副手铐，就是加上绑绳只怕也奈何不了他。梁成坤交代，他给宫天雄的茶水里下了安眠药，我估计宫天雄并未中招，凭他的身手和那份警惕，怎么会栽在梁成坤这个外行手里？”

果然，梁成坤回家后看到的那一幕，使他吃惊不小——客厅里亮着电灯，凤先生独自踞桌迎门而坐，正一边看《三国演义》，一边喝茶；手铐已经打开，端端正正摆在桌子正中。看梁成坤那副瞠目结舌的样子，他微微一笑，指指手铐：“这玩意儿，物归原主。”

梁成坤愣了片刻方才回过神来：“您……不是说不会武功吗？”

“我是不会武功，不过，开锁倒是学过，手铐应该是锁具中最容易对付的一种。”

梁成坤拱手作揖：“对不起，小弟孟浪了，这事……”

凤先生打断了他的话头：“不必解释，你这样做肯定有你的用意，我理解。这事过了就过了，双方都忘了吧。请坐，喝茶！我这是借花献佛，茶是你的，放心喝就是，这里面没有搁药。”

梁成坤听着简直头皮发麻，暗忖这凤先生厉害啊，原来他知道我下药了。那看来我潜入卧室他也是察觉的，只不过故意不作反应罢了。估计他是对我手下留情了，否则，只怕我把手枪对谁他的脑门儿也制服不了他。唉！小看人家啦！

褚介君、刘炎溪两个头目对旨在“鼓舞士气”的“特派员助理”

接见的准备热情甚高，准备进度也很快。隔日，刘炎溪就来到梁公馆，告诉凤先生说已经找到了一处场所可供接见弟兄们。

那是位于第四区官扎营的一家面粉厂的库房，位于该厂后院偏僻处，有后门，临小河。最近该厂由于原料紧缺导致部分停工，库房空着。看守库房的董老头儿是“暗杀团”一名前天才吸收的弟兄的舅舅，跟他的说辞是，几个要好朋友请了位教国术的师傅，想在面粉厂库房跟人家见面，接受师傅的当面考察，看是否有缘成为弟子。董老头儿以前曾救过老板的性命，在面粉厂面子很大，听后立刻拍板说行。

至于日期，就定在明天下午三时。褚介君学校有课，不便请假，就不过去了。不过，褚介君特地让刘炎溪转告，见面结束后大伙儿去附近的“妙味斋”聚餐，让刘炎溪先去订席。刘炎溪觉得还是先征求一下凤先生的意见为妥，此刻面禀，凤先生马上摇头：“一干弟兄过去，得三桌吧？”

刘炎溪算了算：“连同你我和褚先生、小梁，全部到场应是二十四位。”

“如此算来，即使挤着坐，也得两桌。这不是两三个人的随意小酌，即使菜肴点得有限，酒总要喝的。一喝酒，大伙儿总要说说话，那还不惹人注目？又是晚市，一旦跟其他食客发生纠纷吵起来，还不惊动官方？派出所警察或者马路上的巡逻队还不要来看看？那不是没事找事吗？我凤某届时自然一并卷入，一旦折进局子，哪里还有生还之望？这可真叫‘千里送人头’了。刘先生您说呢？”

一番话说得刘炎溪惊出一头冷汗：“幸亏先来征求凤先生的意见，否则，还真得看运气好歹了。如若运背，那没准儿就是灭顶之灾啊！”

刘炎溪离开后，梁成坤佯称要出去买东西，把这个情况写了一份情报，送往跟专案指挥部约定的密点。宫天雄待他走后，也用蝇头小字写了一纸条子，然后打开后门，佯装出去溜达，把情报藏于河边的一块石板下面。

当晚，专案指挥部举行会议，李士英、凌云均到场。谨慎分析掌握的全部情况后，最后拍板：明天下午收网！

随即着手了解现场以及周边区域地理环境，安排军警力量，物色埋伏位置，以及行动后押送案犯的交通工具和关押场所等。

次日，4 月 15 日中午，副指挥长穆贵根正准备化装前往现场检查准备工作做得是否到位，忽然有一个电话打进来。穆贵根接听后，神色突变，放下黑色电话机听筒，一边沉思，一边把手缓缓伸向另一部红色电话机。那是保密电话，在场其他人见之，立刻全部退出这间屋子，最后离开的临时秘书小杨还轻轻把门关上了。穆贵根这个电话是打给凌云的，向领导报告刚刚得到的一个消息：在北坦南街白氏住所内外执行蹲守使命的侦查二组组长杜志坚报告，发现疑似“保密局”特务前往白宅联络……

一小时前，化装走街串巷叫卖炒货的侦查二组便衣钱尚礼把担子停在距白宅大约五六十米开外的一条巷子口，吆喝着招徕生意。做了几笔小买卖后，他点了支香烟抽着，出于职业习惯，一双耳朵下意识地听着四周动静。很快，他对一个大嗓门儿女子说的话产生了兴趣。

那是家住附近的家庭妇女黄婶，人称“大喇叭”。黄婶从菜场买菜回家，途中遇到熟人驻步闲聊，说刚才她在菜场门口“聋子柳”的包子摊买包子，身后有一个顾客，掏钱买了两个肉包子，拿了包子却没走，问摊主附近有没有姓白的住户。“聋子柳”天生失聪，做买卖只管收钱递包子，无法跟别人进行言语沟通。那顾客问了两遍，“聋子柳”却没任何反应。柳婶是个热心人，见状便说附近姓白的住户只有一家，就母女俩，娘姓白，女儿随母也姓白。对方问那女儿是不是叫白姜，是医院的护士？柳婶说您说得对，不过，那闺女已经殁了。对方显然大吃一惊："殁了？年纪轻轻，怎么说殁就殁了呢？"

白姜的尸体被发现前，其母白淑华先发现住所被盗，警方来勘查时，在水井里找到了尸体。专案组断定其被害与"暗杀团"有关，做通了白淑华的工作，对外宣称白姜系"自杀"。四邻八舍遂也这样认为。现在，心直口快的黄婶对那男子说的也是这话。对方听后连说"可惜"，然后转身头也不回地走了——所去方向，正好跟白宅相反。

黄婶当时也没多想，回家路上，想想那男子似乎显得奇怪：那人显然跟白家相识，对白姜之死感到"可惜"，那看来是跟白家闺女见过面的，现在听说人家出了那么大的事儿，怎么不去白家看看，慰问一番？正这么想着，被迎面走来的一个熟人彭嫂唤住，两人驻步闲话，她就不假思索地说起了刚才的一幕。

言者无心，说说而已，七八米开外巷口那个"卖瓜子小贩"钱尚礼闻之却是一个激灵。当即挑起担子就走，七拐八弯进了设于白宅斜对面的秘密监视点，向组长杜志坚报告这一情况。杜志坚估计，那男子不是"保密局"派来欲跟"暗杀团"接头的特务，就是接头特务雇佣进行试探的临时工替死鬼。从那句对白姜之死"可惜"的感叹语判断，这主儿可能见过白姜，说不定还有过交谈。没准儿就是一个多月前白姜作为"暗杀团"信使前往青岛跟"保密局"山东站联络时，山东站接待她的几个特务之一。

杜志坚立刻作出反应。监视点一共有三个便衣，他留下另两人继续蹲守，自己直奔派出所，临时借调四名警员，分头在附近大街小巷查访那个疑似特务的男子。直到中午也没发现影踪，便向指挥部打电话报告。

穆贵根接到电话，意识到此事重大，甚至会影响到今天下午的收网行动，随即报告凌云。凌云和济南市公安局局长李士英紧急商议，两人认为杜志坚对那个男子身份的怀疑是靠谱的，此人十有八九是奉“保密局”派遣前来济南跟“暗杀团”接头的特务。出于谨慎，他唯恐白宅情况发生变化，故先在坊间打探。那么，获知“白姜已死”的消息后，他会作何反应呢？

从特务这一行的“工作思路”来判断，此人不可能仅凭坊间传言就放弃差使逃离济南，这样回去他向上司是交不了差的。所以，他有两个选择，一是设法查明白姜死讯的真实性，如果情况确凿，那还得弄明白准确死因；二是可以把白姜之死的信息搁置一旁，设法跟“暗杀团”联系。李、凌两领导研究下来，认为我方应该将这个送上门来的特务擒获，才能彻底粉碎敌人的阴谋。鉴于该敌特分子已经被惊动，目前不知踪迹，一般说来很难在原定今天下午的收网行动前抓获，考虑到收网行动有惊动该特务的可能，决定暂不收网，把原定的突入面粉厂的抓捕行动改为对“暗杀团”成员进行秘密跟踪，掌握他们的住址后再伺机收网。为防节外生枝，应通知宫天雄向“暗杀团”头目提出，“从安全计，今晚原定的餐饮安排取消，‘接见’时间应控制在一小时以内”。

查缉特务的指令迅速发出，济南全市十一个区的公安分局、七十一个派出所闻风而动，立刻派出警力，在各自辖区管段以隐蔽方式排查可疑对象。直到傍晚，专案指挥部虽然接到过十几个电话，报称发现可疑目标，可是，派员前往核查，最终都排除了。

“暗杀团”在面粉厂的“接见活动”，倒是顺利结束了。宫天雄午后接到指挥部密讯时，只知道“暂不收网”，并未得知“改收网为跟踪以获住址”的决定。但他以资深情报工作者的经验和直觉，准确判断“接见”结束后我方便衣肯定会对从这里离开的每个目标进行跟踪。考虑到便衣同志跟踪行动的顺利进行，他向褚介君、刘炎溪提出建议，为防惹眼被外界怀疑，二十多人宜分散离开，单个上路，禁止结伴而行，途中万勿生事。两个头目不疑有他，立刻点头。

如此，宫天雄离开面粉厂时也未和梁成坤同行，各走各的路。梁成坤惦记着要向专案指挥部提供“凤先生接见暗杀团全体成员”的最新情报，担心回家后再突然外出会引起凤先生的怀疑，在离开面粉厂前已跟凤先生打了招呼，说他要为母亲去裁缝铺催问定做的衣服，可能要稍晚再回家。宫天雄请他自便，说自己正好可以借机在外面溜达溜达，说不定也会晚点儿回去。

宫天雄还真是去逛街了，在商埠热闹地段转悠许久不说，还进了一家清真馆子，要了半斤酱牛肉、一小瓶烧酒，从门口报童手里买了一份报纸，一个人吃喝看报，临末还要了一碗羊杂汤面，吃饱喝足后，方才叫了一辆出租马车返回梁公馆。

他和梁成坤进出基本都是从后门走的，头天入住，梁成坤就给了他后门司必灵锁的钥匙。当下开门进入后花园，发现他和梁成坤住的小院里有灯光，寻思梁成坤已经回家了。往前走，看清亮灯的是正中那间客厅，心想梁成坤只怕还在等候俺“凤先生”吃晚饭呐。正寻思间，已蹑足悄行至门口。伸手轻轻一推，门没拴，梁成坤坐在迎门靠墙的那张木沙发上，坐姿看着似乎有些异样。宫天雄一个激灵，说时迟那时快，伸出的那只脚立刻止住，整个身子正待往门外退，只觉得头顶一阵风声，一根棍棒劈头盖脑砸了下来！

宫天雄在闪躲的同时，听风辨声飞起一脚，只听“哎哟”一声，偷袭者被踢个正着，跌翻在地，双手捂住小腹，一时站不起来。宫天雄上前一脚踩住其胸膛，对偷袭者进行搜身，并无武器，遂一把将其扯起，扔至墙角。定睛打量，那是一个中高身材、二十七八岁的汉子，一张长得还算端正的白净脸，五官紧挤一团，额头冷汗沁滴，估计被宫天雄那一脚踹得不轻。宫天雄扔下这主儿，来到沙发前，这才发现梁成坤坐姿别扭的原因——他的两个手腕被手铐反铐在沙发的木头扶手上了。

梁成坤先前已经惊得说不出话来，此刻才开腔："凤先生功夫了得！烦请给我把手铐打开……哦，钥匙在我房里博古架第二格的那个蛐蛐罐里。"

昨晚，梁成坤把宫天雄铐上去市局自首后，宫天雄自己设法开了铐。那副白铜手铐就搁在客厅桌子上，梁成坤回家后不敢收起，宫天雄也不去动它，一直就放在那里。

宫天雄也不去取钥匙，在桌上的笔筒里取了样小物件，上前稍一拨弄，就把手铐打开了，递给梁成坤，让他去把偷袭者铐上。这才在椅子上坐下，指指另一张椅子示意梁成坤落座："大学生，这是闹的哪一出？"

梁成坤比凤先生早回来大约半小时，因为要让家里人知道他已经回家了，以便有事可来后花园唤他，所以是从前门走的。进门后去见过母亲，说了几句话，就回后花园了。见小院里未亮灯，便知凤先生还没回来。行至门口掏钥匙刚把门打开，背后无声无息伸来一条胳膊，将其脖颈锁住，他就只有乖乖当俘虏的份儿了。

偷袭者就是白天在北坦南街菜场门口打听白姜的"保密局"特务，姓单名双生，"保密局"山东站上尉行动特工。那天白姜去山东站时，由副站长曾铿、情报科长毕小川出面接待，看了密函和"投名状"后，又把单双生唤来一并参加谈话。敌特方告诉白姜，如果他们对来函所说的买卖评估下来认为值得参与，会到济南她府上找她联系。鉴于目前济南、青岛各有政府管辖，两地人员来往宜小心谨慎，去之前会寄函奉告见面时双方的接头暗语，免得弄错了对象。白姜对这桩差使根本没琢磨过，反正对方跟她说什么她就记什么，她负责把话捎到就是。

山东站经过研究，认为“暗杀团”这桩“买卖”他们可以接手做做，反正所有活儿都是济南那伙“热血哥们儿”出面去干，对于山东站来说，并无风险。如果“热血哥们儿”干成功了，功劳自然是山东站的；干不成，掉脑袋吃官司也轮不到山东站的弟兄。遂电告“保密局”总部，请总部对此事进行核查，如果属实，可由本站派员对“鲁济勘乱建国团”予以指导，一应活动经费、武器、器材由总部下发。

“保密局”总部收到密电后是怎么核查的，山东站不得而知。反正不久前山东站接到了总部回复，称经核查，电述之事可行，你方即可着手进行；一应财物，将海运至青岛后由你方交予。于是，山东站就先往白宅寄了接头暗语信函，然后指派单双生密赴济南跟“暗杀团”接头，待武器和器材运抵后，对“暗杀团”一伙进行特工技能培训，并主持制订行动计划和实施方案。

单双生抵济后，出于谨慎，先去北坦南街那边打听了一下，哪知却听说白姜已经“自杀身亡”了。作为职业特务，单双生当然要把信息打听到位后方才可以回去交差。他想了又想，回忆起当初他们跟白姜谈话时曾询问过其个人及家庭情况，得知她是济南市立医院的外科护士，寻思可以去医院走一趟，也许能查到一些线索。

果然，单双生在市立医院接触了一个护士、一个杂役，又在医院门卫那里盘桓了片刻，就了解到白姜生前有个因治疗骨伤结识的男友，系梁公馆少爷。他并不知道梁成坤是“暗杀团”成员，他的想法是，梁少爷既是白姜男友，那总应该知晓白姜的确切死因吧。遂夜闯梁公馆。

梁成坤被单双生拿下后，还不知对方是何许人、为何要跟自己过不去。单双生发现梁少爷是个斯文书生，没打算难为他，进了客厅就松开了他的胳膊，只问他一件事，那就是白姜的死因。梁成坤自是大吃一惊，寻思这主儿多半是“保密局”特务了！下午凤先生在面粉厂接见

"暗杀团"弟兄时曾说过，特派员以及教官三人"不日将抵"，看来眼前这主儿就是两个教官之一了。他马上想到了要向警方报告，就在给来人沏咖啡时偷偷放了强效安眠药，想将其麻倒后抽身去外面给警方打电话。没想到，单双生是专搞这一行的，对于下药防范是内行，立刻识穿，当即出手将其制服后铐上。正待讯问，宫天雄回来了，欲施暗算，不料失利成了俘虏。

上述关于单双生身份之事是稍后通过讯问才弄清楚的。此刻，宫天雄向梁成坤发问，梁哪敢说出实情？便指指俘虏示意让其回避。但宫天雄有自己的想法，这个偷袭者身份不明，把他单独押进卧室里，万一逃跑了怎么办？正沉吟间，外面传来敲门声，接着又是叫喊声，听着像是梁成坤的母亲。宫天雄便示意梁成坤去看看是怎么回事。哪知，梁成坤一去不回，宫天雄心下狐疑，难道又遇上了什么意外？

原来，全市十一个分局、七十一个派出所查摸了大半天，仍未找到单双生的影踪，为此，专案指挥部刚才开了个会，对案情进行了分析。黄婶提到过，单双生知道白姜是市立医院外科护士，侦查员根据这个细节推测，白赴青岛跟山东站特务见面时，对方很有可能问过她的简况。由此作出推理：这个特务会不会去市立医院打探白姜的情况，从而得知其跟梁公子的恋爱情节？

如果是这样，那么他就有可能去梁公馆找梁成坤了解白姜的死因了。分析到这里，主持会议的穆贵根想到宫天雄这当口儿的处境，不禁为其着急。凌云指示：启动跟梁成坤联系的应急预案，迅即查明情况！

梁成坤自首后被当场释放，释放前由吴冰琨出面与其谈话，说到过如果有紧急情况要跟他取得联系，会派便衣以其大学同学身份前往梁公馆。现在，指挥部即指派一名解放后进入公安局工作的年轻女警，让她以梁成坤大学同学的名义夤夜登门，以"同学某某遭遇车祸，危在旦夕，请速去医院”为由出来一趟。

梁成坤到前面客厅跟来人见面，闻言假戏真做，跟母亲说了情由，要了一些钱，匆匆出门。外面，已有一辆挂民用牌照的汽车等候着了。梁成坤上车，发现车里坐的竟是吴冰琨。汽车在附近区域行驶了一会儿，梁成坤已把情况汇报清楚。吴冰琨一问单双生的长相，跟黄婶所说相符，遂断定即是正在缉拿的那个特务逃犯。

凌云、李士英接到上述情况报告后，经过反复研究，决定立刻收网。

此时，是1949年4月17日凌晨二时二十分。

同年9月23日，济南市军管会对“暗杀团”案一应罪犯作出判决，褚介君、刘炎溪、贾良秋、叶学时、阎清纲、屠一俊、贺以敏、诸葛瑛被判处死刑，立即执行；成效忠、葛昌盛、蒋诚道、何一汀、陆柏生、荣春山等分别被判处有期徒刑三年至二十年不等；梁成坤有立功表现，免予刑事处分。当时内部说法是，对梁的宽大处理与其父为解放江南潜赴宁沪奔走劳顿突发急病不治而殁也有关系。

“七彩鼠”谋杀案

一、垃圾箱里的女尸

1950年10月29日午夜前，南京市第六区与建宁路、龙江路南北相通的鲜鱼巷居民江富根中班下班回家后，照例把腿脚不便之妻收拾厨房时集中的一箩筐垃圾拎出门，到离家十多米的那口砖砌垃圾箱倒掉，却发现垃圾箱里蜷缩着一具鲜血淋漓的女尸！当下大惊失色，扔下箩筐扯开嗓门儿大叫：“来人哪！杀人啦！”

从睡梦中惊醒的居民纷纷起床，出门查看究竟。那个年月的老百姓遇到此类情况普遍缺乏“保护现场”的意识，众人蜂拥而至，有人从死者那两条长辫子和那身军绿色防水卡其布衣裤判断，这是巷末莫家的女儿，被邻居称为“二小姐”的莫家妮。

其时，南京已经解放一年半，治安形势跟初解放时相比大有好转。莫家妮的横死受到了南京市公安局的高度重视，当即组建“10·29”案专案组。该专案组由市局第四处刑警薛耀明、时炜升，第六分局第三科刑警孙嘉定、金存富、叶荫茂、蒋彩蕾（女）、陆如松组成，薛耀明、孙嘉定分别担任正副组长。

10月30日上午，专案组在第六分局驻地举行首次案情分析会，对死者的相关情况进行了详尽分析。

莫家妮，十七岁，南京本地人，无业。其父莫胜天出身古董铺鉴赏师世家，原系新街口“百汇典当”朝奉兼股东，未参加过政党帮派，是邻居和业界公认的厚道本分的生意人。当然，老莫能在典当行一干三十余年，从一个当铺学徒的人生起点一步步走到如今，自有其过人的精明。1949年初，国民党在“徐蚌会战”（即淮海战役）中遭到惨败，“百汇典当”的大股东殷百汇提出要把当铺盘出，去香港购买英国发行的股票，老莫同意把当铺盘出去，但不再继续投资，而是要把他所占的20%股份兑换成金条银洋，换句话说，他打算散伙了。殷老板二话不说，当下就把金条银洋送到鲜鱼巷莫宅。这是这对东伙兼合作伙伴的最后一次见面，当晚，殷百汇就离开南京前往上海，次日登上了从上海开往香港的英国海轮。

此后，莫胜天就做起了寓公。不久南京解放，莫胜天迎来了新旧政权交替后的第一个考验：他跟殷老板“好合好散”的故事在南京工商界尽人皆知，人们都知道他手头有一笔数额可观的金银，江南形势稳定后，南京、镇江、苏州、上海就不断有熟人或者熟人介绍过来的客人登门拜访，要求合伙做生意。老莫是朝奉出身，搞民间外交有一套，事后想想，这种外交手段的背后其实是敏锐的政治嗅觉。他以不变应万变，既不回绝，也不应允，抱着那种“今天天气哈哈哈”的态度跟人虚与委蛇作着周旋。周旋了两三个月，忽然传来一个消息，说老莫的资金已经投出去了。投给哪位了？华东军政委员会！

原来，鉴于上海解放后的经济状况和物资特别是军需物资供应的严峻，华东军政委员会出台政策，鼓励私营企业以及个人投资，跟公方合作经营若干指定的项目。老莫不知通过什么渠道跟公方联系上了，决定投资华东军政委员会下辖相关部门的煤炭经营项目。在当时许多资本家看来，这种合作有风险，不但有经济方面的风险，还有政治方面的风险——谁知道美国是否会帮老蒋“光复”？届时还不是要给老莫扣上一个“通共”的罪名？那可是要掉脑袋的！

可是，莫胜天却不在乎，把钱款投出去后，还是继续做他的寓公，与结发妻子罗惠洁过着一份低调平静的日子，直到10月29日晚上莫二小姐遇难。

莫家妮大约一米六的个头儿，身材略显丰满，五官属于标准版，说不上好看，但也找不到缺陷。如果一定要说优点，那可以往头发黑盛、肌肤白皙、声音甜美上去靠。这姑娘读到初二下学期时患上了一种怪毛病，五脏六腑每天早晚必会疼痛，持续时间有长有短，短时只有五七分钟，长时那就说不准了，一二小时有之，持续半天的也有过几回。疼痛不能说如何厉害，人照常能坐能走，也不妨碍看书写字，却是断断续续的隐痛，连绵不断。这种状况每天都要经历，不知还要持续多久，往悲观方向去想，只怕会累及终生。对于莫家妮这样一个花季少女来说，其所受折磨可想而知，甚至产生过轻生的念头，幸亏在付诸实施时被及时发现。老莫两口子自是看在眼里，疼在心里，他家不差钱，南京城里的中西名医几乎都看过，对这种病却说不出个所以然，更无法消除莫家妮的痛苦。

1950年元月初，老莫听说镇江金山寺来了一个挂单游方和尚，精通医术，专治诸般疑难杂症，治疗方法匪夷所思，所开方子上的药石也是稀奇古怪，特别是药引，简直闻所未闻。病急乱投医，老莫夫妇俩当下便带着女儿前往镇江。

这一趟走得还是值得的。那挂单和尚是一个五十多岁的老僧，说话南腔北调，听者莫名其妙，好在他倒是听得懂老莫的南京话。听完病情陈述，也不望闻问切，更不开方，看着莫家妮只是摇头。莫氏夫妇几乎快要崩溃时，方才候得老僧开腔，说此女之疾无药可医，不过若是依贫僧之言，或有回春之望。罗惠洁听了纳头便拜，和尚也不理，指指莫家妮。姑娘会意，上前数步，站在案前。莫氏夫妇愈待跟进，却被老僧一个手势制止。只见老僧取一张纸放在面前，用毛笔在上面划拉，什么内容、是画是字，都不知道。稍停，放下毛笔，把纸调了个方向让莫家妮看。莫家妮看罢，连连点头。然后，把纸撕了。

老僧究竟在那张纸上划拉了些什么，任凭老莫夫妇反复追问，莫家妮只是摇头不语。但是，莫家妮回南京后的生活方式却发生了变化。此前她已休学在家，平时除了看病也不外出，只是看书看报，结结绒线，做做女红，想吃就吃想睡就睡，作息时间没有规律；从镇江回来后，次日她就改变了作息时间，早起晚睡，下午睡两三个小时，早晚外出跑步，每次跑一个小时，天天如此，风雨无阻。说也奇怪，这样坚持了三个来月，疼痛症状渐渐减轻，发作次数也减少了。

老莫有一个结交了十多年的朋友——“神工五金行”的大股东兼经理钟必克。老钟原在上海，后到南京定居，娶妻生子后，结识了莫胜天。两人一见如故，成为挚友。一次喝酒聊天，谈得入港，就给儿女定了娃娃亲，约定日后老莫将其小女儿即二小姐莫家妮许配给老钟的独子钟延鼎。有了这一层关系，两家来往愈加密切。到了 1949 年下半年，甚至已经在商量着给两个孩子办婚事了，只是因为一个意外才推迟了。

自从二小姐生了怪毛病，老莫心里就开始犯嘀咕，不知钟家是否会反悔，又不好意思开口去问。不久前，老钟主动提出，莫家妮过年就十八岁了，钟延鼎比她大五岁，都不小了，该为他们考虑终身大事了。老莫终于松了口气，说我也有此意，只因小女身患痼疾，生怕拖累了你家公子。既然你不嫌弃，这件事如何料理，一切听你的。于是，双方决定，1950 年 11 月 1 日老莫五十大寿那天，为两个年轻人举行订婚仪式（为何是订婚而非结婚，后文会有交代）。没想到，莫家妮却在订婚前三天横遭不测，死于非命。

据南京市公安局第四处刑技人员现场勘查和法医剖检结果，莫家妮系死于他杀。她是在 10 月 29 日晚十时许外出跑步返回途中，被凶手从背后以肘弯锁住脖颈，当即昏迷。随后，凶手将其扯到巷子一侧凹进数米的垃圾箱前，从背后一刀捅入心脏。据创口判断，凶器是一把刀身狭窄、长度较短的单刃匕首，跟水果摊上常见的切水果的小刀类似。

因最初发现尸体时群众蜂拥而至，现场已被破坏，未能提取到其他痕迹，但有一个迹象引起了刑警的注意：死者身上的钥匙没了。跑步时丢失的可能性较小，刑警估计，也许是被案犯取走了。如此，不排除案犯在杀死莫家妮后准备用其钥匙进入莫宅继续作案的可能。

昨晚现场勘查阶段，刑警向老莫夫妇了解情况，这对夫妇怀疑小女儿之死跟其准女婿钟延鼎有关，自然，钟延鼎不一定直接下手，可以花钱雇凶。

钟延鼎二十三岁，其父钟必克祖籍浙江鄞县，出生于杭州，十三岁赴沪，在大隆机器厂学艺，满师后先后在大隆机器厂、富金机修厂做钳工，还曾在沪上公共租界工部局警务处干过一段时间的汽车修理工，其间，结识了公共租界北京路上的一个名叫埃弗拉的英国五金批发商，他的五金经营之路就是由此开始的。

钟必克从上海到南京筹创“神工五金行”时，在南京并无社会关系，生怕遭到当地黑白两道的刁难欺凌。好在埃弗拉先生有个好友穆迪，在英国驻中国使馆任武官助理，官不大，但在旧中国，他的一张名片足可震慑南京的黑白两道了。这穆迪还很讲义气，“神工五金行”开张那天，应埃弗拉之邀前往站台，两人把钟老板拥在中间拍了张合影，放大后在店堂正中迎门一挂，其现实法力比姜太公、钟馗厉害了不知多少倍。不久，埃弗拉又通过那位外交官哥们儿把“百汇典当”的一批到期五金洋货（多半是赃物）出售给“神工五金行”，既解决了“百汇典当”无法将这批赃物出手导致资金长期积压的窘况，又使“神工五金行”获取了利润。钟必克跟莫胜天就是在这次交易中认识的。

钟必克的经商之路比较平坦，没有遇到过什么坎坷，但在婚姻方面却大大不顺。他结过四次婚：二十二岁娶工匠同行郭某之女为妻，迎娶时祸从天降，一枚升空后哑火的大号炮仗落下来砸中新娘头部，这时炮仗又突然炸响，新娘当即死亡。一年后，与沪上一棉花店主的闺女结婚。迎娶还算顺利，不想婚后才两个月，清明节妻子去浦东祖坟扫墓，乘坐小舢板过黄浦江时失足落水，沉江溺亡。又过一年，将沪上闸北一铁器作坊老板之女浦氏迎娶回家，婚后不到一年，浦氏患恶疾不治而殁。第四次，当时老钟已经到南京开了“神工五金行”，经友人介绍，迎娶中医吕吉敏之女吕祥娟为妻。总算一切太平，婚后一年吕氏生子，就是钟延鼎。之后，吕氏又生了两个女儿。

钟、莫二人相识时，钟延鼎已经出世，老莫夫妇膝下只有一个女儿（即大小姐莫家嫒），老莫就向钟必克提出想过继钟延鼎。钟老板夫妇立即答应，于是，老莫就成了钟延鼎的过房爷。后来，老莫夫妇又生了莫家妮，遂有了娃娃亲之说。钟、莫两家交往频繁，两个孩子青梅竹马，那时他们还不知娃娃亲意味着什么，两小无猜，只以兄妹相称。随着年龄的增长，渐渐明白了其中的意思，钟延鼎经常因此被同学嘲笑，感到不好意思，来莫家的次数越来越少，只有逢年过节才携带礼物以过房儿子的名义前来拜见老莫夫妇。

钟延鼎自幼聪慧，仪表堂堂，举止得体，待人接物颇有分寸，身体也好，喜欢运动，是坊间一致公认的讨喜小伙。可能受其父遗传，小钟的动手能力颇强，书读得也不错，1945 年秋，初中毕业生钟延鼎考取了上海铁路速成技校。两年后毕业，回南京进了铁路车辆段当了一名见习技术员。1949 年春，南京解放。铁路乃是重点行业，员工被人民政府全体留用，钟延鼎转为正式技术员。

这时，莫家妮虚岁十七，系初中二年级学生。社会上还沿袭着民国旧习，男满十八、女满十六就可以结婚，也没有在读学生不能结婚的规定。老莫遂提出把婚事办了，钟氏夫妇没有意见，再问钟延鼎，小钟也表示听父母的。那就没问题了，赶紧筹备起来吧。这是 1949 年 9 月下旬的话头。没想到 10 月上旬钟延鼎突然接到铁道部上海铁路管理局南京办事处（1950 年改为上海铁路管理局南京分局）的通知，让他去上海参加为期半年的技术培训，不得已，婚事暂时搁置。

1950 年 4 月初，钟延鼎结束培训返回南京。莫胜天夫妇设宴为准女婿接风，席间，双方父母聊到何时举行婚礼，征求钟延鼎的意见。钟延鼎依旧表示一切听长辈的安排，不过同时告知，南京铁路分局给他们这批赴沪培训的三十名技术人员下达了技术攻关的任务，接下来一段时间估计比较忙碌，可能没精力准备婚事的一应事宜。两家长辈都表示理解，觉得再推迟一两个月也没关系。万万没想到，1950 年 5 月 1 日，新中国第一部民事法《中华人民共和国婚姻法》公布颁行，把男女结婚年龄均提高了两岁，而莫家妮还没到法定婚龄。

这么一来，双方父母着急了。莫家妮到年底才满十七周岁，若要等到十八岁，还有一年多呢！当时社会上有不少跟老钟老莫一样急着抱孙子外孙的主儿，纷纷想办法规避——不去区政府民政科登记，先让子女结了婚再说，到法定年龄再抱着孩子去登记，政府还不是照样得签发结婚证？尤其是老莫夫妇，面对着越来越有出息的钟延鼎和虽然病情恢复得比较有起色但在外人眼中总归是药罐子的小女儿莫家妮，心里总觉得不踏实。钟必克、吕祥娟夫妇也想早点儿把儿子的婚事办了，就跟老莫商量，是不是学着人家的样子，先斩后奏。双方父母首先达成一致，然后，钟氏夫妇再把实施“规避动作”的打算跟儿子沟通。

再说钟延鼎，培训回沪后，受命参与车辆段技术革新攻关小组，自有一番忙碌。而钟延鼎的情况又跟其他同事有所不同，在参加培训的三十名青年技术员中，他是唯一家庭出身“不咋样”（资本家）且有“海外关系”的——钟老板的老朋友埃弗拉先生（此时在香港）和曾经帮他撑门面的那位使馆武官助理穆迪先生（此时已回英国，在大学教书），他们之间依旧有书信联系。有这样的“不洁底牌”，还能够被作为人才储备力量进行培养，乃是组织上对他的信任和关爱——这是他赴沪前领导找他个别谈话时说的。钟延鼎唯有竭尽全力做好工作回报组织，为表示自己积极要求进步，还递交了入党申请书（小钟去年9月已被批准加入共青团）。

在这种情势下，钟老板夫妇这种“规避动作”自然遭到了钟延鼎的反对。钟延鼎长这么大，第一次公然表示不接受父母的安排，使钟必克非常恼火。但儿子的理由很难反驳：“公民应当遵守国家法令。况且，我在铁路局的情况你们又不是不知道。”

上海滩工匠出身的钟老板是老克勒、老江湖，具备这“二老”资格的一个基本条件是要学会审时度势，该伸头时必须伸头，该缩头时则必须缩头。钟老板是“神工五金行”的大股东、经理，以这家五金行的资产价值，别说大股东，二股东三股东也是资本家成分；他还有南京工商界尽人皆知的“洋人撑腰事件”——解放后军管会、公安局已派员约谈过数次，就是了解那两位英国先生的情况。以他的江湖经验，这当口儿自己不能出头公然违背人民政府号召，更别说违反法律了。否则，人家要收拾他只在分分秒秒之间。何况这还关系到儿子的前程。相比之下，跟老莫家攀亲之事就显得微不足道了。

于是，老钟夫妇跟儿子妥协，说可以等到二小姐满十八岁后再结婚。不过，这个让步是有条件的：二小姐是老爸看中的，而且是订的娃娃亲，这是板上砸钉子定下的事情，说什么也不能改变。婚可以暂时不结，但这门亲事不能赖掉，为使老莫夫妇放心，也为让二小姐尽快养好毛病，要在最近公开举行订婚仪式。

父子俩商量下来，决定把仪式定在 11 月 1 日。哪知，原本说得好好的事情到了上周却发生了变化。钟延鼎直接给莫胜天夫妇寄来一封挂号信，说他最近工作实在太忙，想把订婚之事往后挪一挪，待过了年再说。这等于是给兴冲冲的老莫兜头泼了一盆冷水，他便去找钟老板，把信函给对方过目。钟老板大吃一惊，连忙声明他们夫妇根本不知道此事，儿子这几天也没回家，一直在单位加班。他向老莫承诺，他会去铁路局车辆段跟儿子讲清楚，11 月 1 日举行婚礼是板上砸钉的事儿，绝不会改变。

这是七八天前的事儿，可直到 29 日老钟也没露面，更没捎来过任何消息。老莫正准备第二天去五金行问老钟究竟打算怎样，没想到女儿竟遭此横祸！这就是老莫夫妇怀疑钟延鼎跟命案有关的理由。

专案组对此自是重视，遂前往铁路局调查。铁路局是铁老大，当时又是军管行业，专案组正副组长薛耀明、孙嘉定亲自出马。车辆段分管保卫工作的军代表小甄出面接待两位刑警，此举让薛、孙颇感意外——车辆段是有保卫科的，一般外调都是保卫科接待，这回军代表亲自出面，难道是事先已经听说什么情况了？

果然，听他们道明来意后，军代表告知，今晨钟延鼎获悉莫家妮被害，主动找到保卫科，要求对自己最近的一应活动情况进行调查，他估计公安局可能会怀疑他涉案。车辆段门禁管理很严，门卫室有人员进出台账，查起来比较容易。查了门禁记录，又查了钟延鼎的出勤和加班记录，以及每天接触的同事，所有情况都表明案发期间他并没有离开过车辆段，也没接待过外人来访。所以，钟延鼎没有作案时间。此为一，还有二：一周前，钟延鼎曾给莫胜天发过一封挂号信，这是他向组织上汇报过思想情况后写的，该函内容组织上看过，写信用意也清楚。至于是什么用意，很抱歉，此刻不能向您二位透露，以后你们肯定会知道的。

军代表这么一说，薛耀明、孙嘉定心里就有数了，这个小钟看来涉及某桩需要严格保密的任务。

军代表所说的“以后”，次日就到了。10 月 31 日上午，莫胜天接到管段派出所通知，请他立刻去一趟。老莫以为是为女儿案子的事，赶去一看，在那里等候他的并非刑警，而是南京市公安局第三处的便衣。他被当场拘拿，直接押送市局看守所。

专案组很快获悉此事，一听拿人的是负责侦办政保案件的市局三处便衣，大家就都明白是怎么回事了。当天，有内部信息传到专案组：莫胜天涉嫌敌特案件（敌特分子系原“百汇典当”老板殷百汇），市局三处在侦查过程中曾找钟延鼎了解情况。考虑到小钟年轻，生怕他见到莫胜天会沉不住气露出马脚，要求小伙子待在车辆段不要外出，对家人则以“加班”为由搪塞。

二、两条线索

如此，钟延鼎涉莫家妮命案的可能性就被排除了。11 月 1 日上午，专案组刑警前往案发现场鲜鱼巷一带及正在办丧事的莫宅调查。下午，众刑警在第六分局驻地汇总调查情况——

死者莫家妮已出嫁的姐姐莫家媛向刑警孙嘉定、蒋彩蕾出示了之前老莫夫妇未曾向专案组提及的七张明信片。这是一套 1948 年私人印刷发行的“纪念外白渡桥修造四十周年”彩色明信片。根据民国政府规定，这种明信片只能以彩色图片名义制作发行，不具备直接投邮的资格，上面不能印邮票，只能印一个贴邮票位置的方框，作为明信片使用时必须贴邮票。因此，发行量很小，在社会上并无影响，集邮爱好者对此是不屑一顾的。

旧时此类明信片比较常见，也有留到解放后使用的，只要贴足邮票，邮局照样投递。让刑警感到蹊跷的是，这套七张明信片是在莫家妮被害前的 10 月 21 日至 27 日以每天一张的方式连续寄往莫宅的，收信人一栏里都写着“莫家妮小姐”，背面用于留言的空白处却空无一字，正中位置有一个直径不到一厘米的圆形老鼠图案。每张明信片上的老鼠图案颜色不同，分别是赤、橙、黄、绿、青、蓝、紫，一看便知是用同一枚印章蘸着不同颜色的印泥（经技术鉴定确认系以水彩画颜料掺以食油混合）盖上去的。

莫家媛告诉刑警，10 月 21 日莫家妮收到第一张明信片后，翻来覆去看着，不知其解。寄信人名址一栏是空白的，正中位置的老鼠图案印章，更是让人莫名其妙。原以为这事也就过去了，没想到从那天开始每天收到一张这样的明信片，除了老鼠图案的颜色不同，其余都一样。这下，莫家妮更觉得奇怪了。27 日傍晚莫家媛回娘家，她就请姐姐帮着琢磨这是怎么回事。莫家媛说会不会是哪个小伙子看上你了，用这种方式引起你的注意？莫家妮笑道，我已经有对象了，马上就要办订婚酒了，这人晚啦！

28 日，莫家妮以为还会有明信片寄来，扳着指头算还有哪几种颜色没用上的，今天的会是什么颜色，结果却没有。再仔细看那七张明信片，发现上面印着“一套七张”字样，莫家妮遂对姐姐说，这人不会再寄明信片来了，他一套明信片都用光了。

10 月 29 日晚，莫家妮照常出去跑步。没想到，这一出去，竟然就是永别！

这套明信片会不会与莫二小姐之死有关呢？一干刑警讨论下来，对“金山寺老僧”和“七彩鼠”明信片这两个情节均感到古怪，有人提出二者之间会不会有什么联系。鉴于其他方面的调查未获得有价值线索，专案组决定先解决这两个疑问。

于是进行分工，薛耀明、金存富、蒋彩蕾、叶荫茂四刑警负责对“七彩鼠”明信片的调查，这项调查分三个方面——

首先是明信片的来源，这应该去找南京市邮电局。

其次，邮戳表明，这七张明信片都是由水西门邮局寄出的，当然，这并不意味着寄信人一定是在该邮局营业厅买了邮票，然后投进该营业厅的邮筒，也可能是事先从其他邮局或杂货铺买了邮票贴好，再投进水西门邮局投送区域内的某个邮箱。但无论如何，前往水西门邮局调查是必不可少的一步。

第三，根据市局技术室的鉴定，明信片上收信人的名址笔迹系寄信人刻意作伪。从笔画、结构判断，七张明信片上的字迹出自同一人之手，原始执笔人擅用毛笔，可能是老学究一类的人物，最初写的应是比较工整的小楷。但是，寄信人将其所书墨迹通过黑色复写纸以硬笔（钢笔、铅笔或者圆珠笔）复制到明信片上。所以，名址文字的笔画、结构都隐显书法痕迹，可笔锋就不敢恭维了。其中的原因，刑警估计有两种可能，要么寄信者是文盲或半文盲，套用了从别处找来的字样；或者本身比较有文化，却故意把字描得这等蹩脚。上面所说的"老学究"也有出处，旧时几乎所有城市都有一道"特殊风景线"——邮局店堂或者门口代写书信的摊位。这也需要向邮电局营业所调查，当然，不仅限于水西门邮局。

薛耀明等刑警对上述三个方面的调查从 11 月 1 日上午持续到 11 月 3 日中午。

这套明信片究竟出自何处呢？前面说过，这套明信片其实并非真正意义上的邮品，不过是仿效明信片样式制作的一套可以作为信函使用的彩色图片，上面并未印上策划人、设计者、摄影者以及印刷厂家，甚至连定价也没有。总之，没有有关制作者信息的任何线索。不过，也没有任何做广告的意图，既然如此，那制作目的也就明确了——就是拿来出售的。明信片的出售当然跟邮电局分不开，邮局方面应该了解情况。

建国伊始邮电系统实行军事管制，刑警找到了南京市邮电局的军代表。军代表打电话唤来了报刊、邮品发行处的两位业务负责人，其中一个黄姓中年人是留用职员，对业务极为精通。一看那七张明信片，他马上说这是 1948 年印制的明信片纪念邮品的仿制品，记得是从上海发来的，一共五百套，是事先根据上海寄来的订单订的货，分发到各区邮局门市部零售。原以为不会很好卖，不料只一个星期左右就全部卖光了。想追加一些，但上海供货商说已经没货了，因为他们向南京的文具批发商也发了三百套，据说卖得也不错。之所以畅销，一是价格便宜，二是时间选得好，正好是12月，可以作为贺年卡片使用。

这个调查进行得很顺畅，但于破案并无用处，即使莫家妮收到的明信片是这八百套中的一套，也没法儿查到究竟是谁买下的。那就只好放弃了。

然后，刑警就去了水西门邮局。接待人员看了明信片上的邮戳，说确实是水西门邮局寄出的。那么，是哪个邮箱里开出来的呢？这个，邮局是有办法鉴定的：邮差前往业务辖区内的邮箱取出信函后，按规定会使用松紧带把每个邮箱取出来的信函捆扎在一起，不同的邮箱都有区别的记号，比如插入一纸上面写着不同编号的卡片，也可以不同颜色的松紧带区分。信函带回邮局盖邮戳时，则以邮戳的位置区分该信函是从哪个邮箱里取出的。此刻，人家一看七张明信片上的邮戳，随即报出寄件人投入的邮箱——竟是分别投入了七个不同的邮箱。这种反侦查手法表明，七张明信片的投寄者必定是怀着某种目的。

对原始执笔人的调查就要麻烦多了，得分头跑遍南京城所有的有代书摊头的营业门市部。当时国家经济拮据，警方的装备简陋，刑警在本市外调只有骑自行车、搭乘公交加步行。薛耀明等四刑警用了一天多时间跑遍全市各邮电营业门市部，走访了上百个代书摊位的老秀才、私塾先生、老学究之类的从业者，未能获得任何线索。

与此同时，专案组副组长孙嘉定及刑警时炜升、陆如松对“金山寺老僧”的调查也在紧锣密鼓进行之中。

金山寺位于镇江市区西北隅的金山上，始建于东晋，系江南佛教圣地。刑警向寺院负责接待挂单僧人的寮元了解到，民国时期云游和尚来寺院挂单需要出示度牒，但不必登记，过目即可。江南解放后，继续沿袭旧时做法。直到1950年7月1日，寺院才接到通知，要求对挂单云游僧的度牒予以登记，还须问明此前从哪里来，之后到哪里去。专案组要了解的那个云游僧是在元旦前后挂单金山寺的，其度牒没有登记，甚至连法名叫甚，寮元也不清楚。好在，寺里的其他僧人还是知道的。

寮元随即叫来小沙弥净云。净云时年十四岁，出家却已有三个年头儿。他生性机灵活泼，善于察言观色，说话得体，兼之长着一张稚气未脱的娃娃脸，全寺僧人都很喜欢他。净云手脚勤快，每天干完杂活儿，经常去跟挂单的云游僧聊天。寮元估计，这小沙弥应该也跟那个云游老僧打过交道。

果然，净云跟那云游老僧聊过。那老僧自报法号宝照，时年五十有六，原是郎中，因医术不精遭人哂笑，忿而出家，巧遇一名精通医术的禅师，得缘随侍在侧，一待十三年。禅师无疾而终，他遂离开寺院，四处云游。此时宝照的医术已经颇具造诣，寻常伤病手到病除，比一般所谓的名医强不知哪儿去了。可出家多年，宝照对名利反倒不感兴趣了，热衷于到处游荡，跑遍南北诸省，不分大小寺院，逢着就挂单，停留时间长则半月，短则三五天，随缘而定，遂心而离。凡遇到有人求治，必伸援手，不收分文。净云记得宝照师父是去年 12 月底来金山寺的，住了将近半月，1 月 10 日左右离开。

那么，宝照和尚在金山寺期间是否给人看过病呢？净云想了又想，连连摇头，说宝照师父平时除了随金山寺一众僧人早晚功课（指念经），白天有时去外面溜达，有时午斋也不回来吃，不知去了哪里。如果不出去，就在寺院里避风处晒太阳、喝茶、跟人聊天。

刑警又询问了其他几个和尚，考虑到出家人“不问世事”，都是分别了解的。这几个僧人都说没见过宝照给人治病之事，也没注意到其在金山寺挂单期间有过什么异样行为。如此，刑警就觉得奇怪了：莫胜天、罗惠洁夫妇说得明白，他们是慕名前往镇江，在金山寺找到这么一个游方老僧，请其给莫家妮诊疗的。难道刑警找错人了？或者莫胜天夫妇所述不实，其中另有隐情？

孙嘉定等三刑警议下来，觉得似乎不大可能。莫家妮患病是真，其一应诊疗记录都在专案组手里，那是南京地面上多名中西大夫签署的病案，不可能作假，也没有理由在这上面作假。老莫夫妇携女来镇江金山寺求医之行应该属实，此后莫家妮以跑步运动作为治疗手段并取得比较理想的效果，也是鲜鱼巷一带的邻里尽知的事实。那么，是否老莫夫妇在陈述这段情节时有意无意隐瞒了什么？这个，返回南京后有必要重新了解一下。

眼下的问题是，特地来一趟镇江，就这样无功而返太可惜了，是不是可以考虑通过另外的渠道对那个云游僧的情况予以查摸？这么一议，众人就想到了一点：宝照和尚在金山寺只待了短短半个月时间，其治病之名就从镇江传到南京的老莫夫妇那里，那在镇江本地，他的名声更应该是坊间皆知。何不从这上面着手，去管段派出所问问，看是否有什么说法？

孙嘉定、时炜升、陆如松便去了派出所。接待民警老袁是留用旧警，土生土长的镇江当地人，对金山寺的情况非常熟悉。据他说，金山寺僧人中可能有略谙医术之辈，但从未听说过和尚给人治病的，这方面并非金山寺的强项。当然，也不排除个别有两下子的云游僧人在金山寺挂单期间随缘给前往烧香拜佛的患病香客治病的可能，所以这样的消息才传到了外埠。至于镇江本地，因为知根知底，很少有人为了治病去金山寺撞运气。

那么，有没有听说过从外埠来金山寺看病的人呢？说到这里时，同办公室的另一个正在埋头写材料的年轻民警停下手里的活儿，转脸朝刑警看着。孙嘉定马上意识到小伙子有话想说，老袁也察觉了，就问小姜你听说过什么相关情况吗？

小姜是苏南行署公安处首期培训班结业后分配来镇江市公安局工作的，1950 年元旦上的班。小伙子是个踏实人，上班头天就自备了一个本子作为备忘录，每天做了些什么工作都一一简记下来。刚才听了刑警跟老袁的对话，突然想起 1 月间曾处理过一桩小事儿，似乎跟南京刑警想要了解的情况有关。

今年 1 月 4 日，他轮到值中午班，所里其他同事都去附近搭伙的工厂食堂午餐了，所里只留下他一个。忽然来了两男一女，两个男子一看相貌就是父子，另一个则是这个家庭的女主人了。年约二十五六岁的小伙子出面跟小姜沟通，先把带着的户口本递上，小姜一看，三人确实是一家子，父子俩姓沈，父亲叫沈英，儿子叫沈雄，下面还有两个弟妹，分别叫沈豪、沈姿；女主人姓张名桂花。小伙子说他们一行来自南京中华门，打算去金山寺请一位据说精通医术的挂单云游和尚给其母治疗失眠症。三人平时不怎么出门，只在南京走动，都是第一次到镇江来，下了火车就晕头转向了，雇了一辆马车说要去金山寺，哪知车夫把他们拉到附近就让他们下车了。问了路人，才知道下车处离金山寺还有两里多地，那就只好步行了。顺着路人所指的方向走了一阵，却迷了路，看见这边挂着派出所的牌子，就冒昧入内询问。当下，小姜取了张白纸，把去金山寺的路径画得清清楚楚交给对方。三人道谢离去，没有再回来，料想一切顺利。

这是个意外收获，刑警寻思，既然有名有姓还有住址，那就能够找到沈氏父子调查宝照和尚的情况了。

三、"宝照大师"

孙嘉定三人连夜从镇江火车站搭乘沪宁线夜班火车返回南京。次日，11 月 3 日，三刑警前往中华门派出所查询沈英其人，倒是一查就着。这沈英是邮电局的电工师傅，就住在派出所附近，派出所的电线电灯发生故障就是请沈师傅来修理的。沈师傅两口子听刑警说起去金山寺治病之事，不由唉声叹气，沈妻张桂花连说“上当”——

四十七岁的张桂花系家庭妇女，身体素健。1946 年冬天去河边洗衣服时，脚踩冰块一跤滑进河里。被人救上来后，尽管受了寒，但回家换了衣服喝了热姜茶，连伤风感冒也没染上。只是受了过度惊吓，此后总是噩梦不断，渐渐睡眠变差，最后发展到夜不成寐的程度，白天也只能稍稍合眼打个盹儿。如此，原先好端端的一个人，变得脸黄肌瘦，别说做家务了，连端碗吃饭手都在颤抖。张桂花到处求医，不过看的都是寻常中医，还吃了不少据称是祖传秘方宫廷御方之类的自抓中草药。如此两年下来，煎汤药的药罐不知用坏了多少个，可病情一直不见好转。为此，沈英父子四处打听哪里有良医能够妙手回春。

1949 年 12 月底，邮差老陈告诉沈英说，镇江金山寺最近有一个来自山西五台山的云游僧人，医技不凡，专治疑难杂症，不敢说手到病除，但凡是向其求治的伤者病家，均有显著疗效。老陈是个很仔细的人，他说他在送信途中经过陆家巷（1951 年改为陆府巷）口时发现墙上张贴着一纸帖子——就是如今所谓的小广告，说的就是这个内容，他生怕遗漏掉什么，干脆把这张帖子也揭下来了。说着，便从口袋里掏出来递给沈英。老沈一看，就动了心，回家跟老婆儿子一说，张桂花、沈雄母子俩都说那就去镇江走一趟，没准儿真能撞上一个能看好这毛病的郎中！

1950 年 1 月 4 日，沈英一家三口前往镇江求医，途中经过跟派出所民警小姜说的差不多，按照小姜的指点，总算寻到了金山寺。正在山门外探头探脑往里张望时，从里面出来一个小青年，看样子像是个闲汉。

此人倒是颇有眼色，只瞥了一眼就料到他们是来求医的，没等老沈开口打听，便走上前来，操着一口无法分辨是何方人氏的南腔北调："大伯，您三位是从外地过来的吧？是来烧香拜佛还是……"老沈告诉他是从南京过来看病的。对方说："是来请宝照师父瞧病的？哎，来得正是时候，宝照师父忙了一上午，正要去寺里进斋，您三位晚来一步的话，就得等到下午两点呢！跟我来。"

那人一边说一边指着寺前广场一侧，示意老沈三口跟他走。广场两侧是两排平房，都是金山寺的房产，以低价出租给小商贩，出售一应烧香拜佛用品以及素斋点心，自然也有命馆、测字摊之类。老沈三口随青年走到其中一家命馆前，这命馆并无招牌，门前插着一杆紫色绸旗，上书四个黄色隶书大字"铁口无虚"。进得门去，当堂坐着一个五十多岁身穿浅玄色僧袍的和尚，国字脸，肤色浅紫，颏下留有寸余长的银髯，青皮光头略闪光泽，头顶两排香疤赫然在目，腰板挺直，双目微合，安详端严。那青年示意老沈三个驻步，自己放轻脚步来到僧人跟前："师父，有南京施主要见您。"

那僧人睁开眼睛，起身相迎，口念佛号："阿弥陀佛！老僧宝照，恭迎来客！"

那青年转身就出去了，沈英、沈雄、张桂花恭恭敬敬向宝照鞠躬，对方合掌还礼，示意沈雄从墙角搬一个圆凳放在案前，让张桂花坐下，先切脉，又看了舌苔，凝神沉思片刻，缓缓点头："此症惊心丧魄，六神难安！"

沈氏父子闻听，禁不住浑身一颤。稍停，沈雄向宝照请教："师父，六神是不是指人的内脏？"

宝照解释说："六神，即管理人的心、肺、肝、肾、脾和胆的神灵。现在解放了，新社会提倡不信鬼神，可以直接作为这六样脏器来理解。"

一家三口听着，寻思这老和尚言之有理，大冷天失足跌落河里大受惊吓，可不是“惊心丧魄，六神难安”吗？沈英赶紧问：“请问法师，是否有治？”

宝照却不回答，闭上双眼，仿佛入定。一家三口面面相觑，半晌，沈英猛然醒悟，连忙掏出事先准备好的一沓钞票：“法师，咱们诚心求医，带了这些费用，不知是否够了？”

说罢上前奉上钞票。宝照和尚终于睁开眼睛，看了一眼，鼻腔里哼了一声。沈英以为是嫌少，又添上几张。这笔诊疗费，合计八十万元（此系旧版人民币，与 1955 年 3 月 1 日发行的第二套人民币的兑换比率是 10000∶1。下同），相当于沈英一个半月的薪水。宝照收下这笔钱款，方才开出一纸药方：“须按此方赎药觅引，连服七帖，必愈。”

这张药方上一共是四味中药：藏地麝香、南海人膘、关外黑公熊胆、西域天山白雪莲，各为五钱六分；药引是百年茶膏，注明须以苏州虎跑泉水煎之。

宝照和尚特别关照：此方必须秘藏，不得示人。服下三个月后，每日可眠三个时辰；四个月后，可眠四个时辰。请施主留下贵府地址，半年后，贫僧必登门拜访。届时另换药方，可保终生不发，不必另付诊金。

沈英三口兴冲冲返回南京后，还真不敢把药方给别人看，也没透露此次镇江之行，连对当初告知消息的邮差老陈也保密，推说镇江金山寺是去了，但没找到那个云游僧人。

然后，就是赎药了。他们不敢违反宝照的“医嘱”，所以不能把原方拿到中药店去，甚至连誊抄也不敢，只好分别去不同的中药店打听。四味药中，麝香、熊胆、雪莲都是一问便知，可那味“南海人膘”，则连问了多家中药店也无人说得清楚。后来跑到中华路上的同仁堂请教一位老药工，方知是鲨鱼中最凶猛的噬人鲨的鱼膘。

其他三味药材，除了天山雪莲（据说内地中药店铺的雪莲都来自新疆天山），都不是很容易获取：按说麝香多数药店都有，但药方要求必须是“藏地”（并非青海、西康两省的藏区）麝香，那就麻烦了。中药店一般都称出售的麝香是西藏的，其实从进货成本和运输便利来说，却是以西康、青海藏区的居多。要想获得确系藏地所产的麝香，那是有一定难度的；再说熊胆，产地没问题，可谁说得清楚是黑熊棕熊，乃至熊的公母？

老沈盘算，自己是解决不了这个难题的，只好向单位领导求助了。他在邮电系统工作，属于技术尖子，领导对其很重视。他跟部门负责人一说，问题便逐级反映上去，一直到军代表那里。军代表很干脆，说可以以南京市邮电局的名义分别向西康、黑龙江和广东的邮电局发求助公函——之所以不向西藏和海南发函，是因为当时两地尚未解放，只好请广东省、西康省的邮电同行设法通过其他渠道从产地获取了。当然，费用得由老沈掏。

这样，1 月间拿到的药方，直到 5 月中旬方才把四样药材配齐。至于药引和虎跑泉水，那倒是容易获取的。可是，张桂花按照宝照和尚的“医嘱”服药后，并无任何效果，不但照样彻夜难眠，白天打个盹儿都困难了。无奈之下，只好去向西医配安眠药。距那老和尚的“半年随访”之约已过三四个月，那主儿根本没有露过面，老沈断定遇上了骗子。国庆休假期间，他瞒着家人悄悄去了趟镇江，想看看宝照和尚是否还在金山寺前那家命馆里待着。谁知金山寺前的那两排平房已经全部拆除，原址种上了树木。老沈只好悻悻而归。

11 月 3 日晚，专案组汇总案情，组长薛耀明说这条线索还没断，应该可以往下追查。一番分析后，把目标锁定在邮差老陈撕下的那纸无头帖子上：宝照“行医”地点在镇江，却没把小广告张贴在镇江当地，而是贴到南京城里，这背后似乎隐藏着什么花头，不如去老陈撕下帖子的陆家巷那边撞撞运气。

四、追查小广告

次日，先去邮局找了邮差老陈，让他把1月间在陆家巷发现小广告的事简述了一遍，跟老沈所说无异。接着，一干刑警前往陆家巷访查，果然发现了线索。

老陈发现小广告的那个位置，旁边有一个皮匠摊头。皮匠老王四十多岁，记性不错，跟他一聊，他马上想起来了：“哦！那是西边菱角市的‘小癞痢’贴的，贴出没两个小时就被送信的邮差撕下来了，我还跟邮差开玩笑说您这是‘揭皇榜’啊。”

刑警随即去了管段派出所，一了解，确有一个人称“小癞痢”的小青年，十九岁，姓杜，名秀郎，因幼时生过癞痢头，被人起了这么一个绰号。“小癞痢”的父亲杜俊山是青帮喽啰，好像还是个小头目，在长江码头上做事。“小癞痢”依仗其父之势，自幼就是个闯祸坯子。抗战期间，杜俊山投靠伪警察局长徐仲仁，做了专职密探。战后，被国民党政府逮捕，判刑十年，南京解放后，依旧关押于老虎桥监狱。老爸被捕后，“小癞痢”不得不收敛一些，大祸不闯了，不过小偷小摸还是有的，曾被旧警察所拘押过数次。解放后倒没发现他有什么劣迹，但没有固定职业，听说是以东奔西跑“帮闲”（即临时给人搭搭手干些杂活儿）为生。

刑警请派出所出面传唤“小癞痢”。“小癞痢”交代，三年前的早春时节，他认识了家住中山北路马祥兴菜馆附近的一个名叫宗富大的老头儿，接受对方的邀请，去一家小饭馆喝了一顿老酒。席间，对方透露说自己曾做过十年和尚，法号“宝照”，度牒至今还在；后来还俗做买卖赔本，为躲债流落江湖，有缘拜一位身怀妙手医术的云游老道为师，学得一些疗伤治病的秘方。这些年，他靠给人治病弄到了一些钱钞，现在在家赋闲。以前在外面跑惯了，老是在家待着难免闲得发慌。最近他萌生了一个念头，想离开南京去苏南其他地方转转，顺便给人看病挣盘缠。因此想找一个伴当，问“小癞痢”是否有意随他出行。

“小癞痢”向往的就是这样的生活，当下一口答应。就这样，从1947年暮春到1950年1月，“小癞痢”跟着宗富大断断续续去过上海、苏州、无锡、常州、杭州、普陀山、徐州、宁波的寺院“挂单”。每次的套路都相同：宗富大在寺庙附近物色命馆、香烛小铺等，租借人家的门面作为其“行医”场所。“小癞痢”则把宗富大请人写好的小广告到处张贴，然后在山门前“守株待兔”。

这三年多，“小癞痢”跟着宗富大骗了多少人，他已经记不清了，反正每次出去，都能分得价值上百银洋的赃款赃物。今年1月间去镇江作案，是最后一次。出门之前，宗富大对“小癞痢”说，如今已经改朝换代，是共产党执掌天下，看形势今后这种活儿不能再干了，否则只怕会失风翻船，咱们干了这最后一票就收手吧。

因为是最后一票，宗富大也不管道上“兔子不吃窝边草”的规矩了，决定就近下手，把作案地点定在镇江。出于同样原因以及“钓鱼”效果的考虑，干脆就让“小癞痢”把小广告在南京市里张贴。镇江之行时间最短，第七天下午他们就返回南京了，但收获依旧可观，具体骗得多少赃款宗富大没告诉“小癞痢”，但回来后给了他一百万元人民币。

当天稍后，刑警即前往中山北路，将宅居在家的宗富大抓获。刑警本以为他会抵赖一阵儿，出乎意料，宗富大到案后，对上述罪行供认不讳。至于三年来一共作了多少次案，宗富大跟“小癞痢”一样，也说不清一个具体数字。从其家里搜出的赃款赃物，折合人民币四千余万元，按当时南京的房价，足可购置三四套普通民居。

根据二人的供述判断，宗富大对莫家妮的所谓“诊疗”，纯系骗局。不过，宗富大确实做过十年和尚，也确实旁观过精通中医的僧道法师治病疗伤，看得多了，也学了些许皮毛。所以，这种出于诈骗钱财目的的“行医”，偶尔也会起作用。他给莫家妮开的跑步处方，倒也并非凭空想象，而是亲耳听一位高僧说过。莫二小姐的病状跟高僧所说类似，他就随手拿来一用，竟然歪打正着——当然，是否有疗效，他当时并不知道。自那次之后，宗富大没再跟莫家人见过面。

起初刑警怀疑宗富大跟莫家妮被害有关，自然要对其是否有作案时间以及平时的人际交往进行调查。结果大失所望，宗并无作案时间，他的人际交往情况跟“小癞痢”所说相符，喜欢宅在家里，很少跟外人打交道。况且，从宗富大的系列诈骗犯罪事实来看，他跟莫家原本不相识，只不过是把莫家作为诈骗对象而已，没有杀人动机。

不过，其供述也有让人不解之处：他说自己给莫家妮的“跑步方子”是当面口头告知的，地点就在金山寺门前的那家小命馆里。当时在场的除了莫家妮本人，还有她的父母，根本没玩什么幺蛾子手段。可是，老莫夫妇为什么把这一幕说得如此神秘兮兮呢？又是写又是画，最后把方子给撕了，还不让莫家妮向父母透露方子的内容。如果老莫夫妇的说法是准确的，那就是宗富大在说谎了。可这种并非多么紧要的情节，宗富大有必要说谎吗？

于是，专案组便去找死者之母罗惠洁了解。这女人一周之内接连遭遇大祸，先是女儿被杀，然后是丈夫被抓，上一天刚在亲友帮助下办完大殓，此时身心俱疲，近乎崩溃。面对着刑警的询问，只是哭泣，却不开腔。刑警转而向陪伴在侧的大女儿莫家嫒了解，她的说法还是原先老莫夫妇的那个版本——她没去镇江，自然是从父母或者妹妹那里听来的。

11 月 5 日，专案组长薛耀明和刑警金存富、叶荫茂前往南京市公安局看守所向莫胜天了解情况。莫胜天把之前交代过的内容又复述了一遍，刑警问他是否属实，他再三保证是真实情况，如果不信，可以去问他的妻子罗惠洁。如此，刑警便断定背后必有隐情，就故意透露出些许信息，讲故事那样把沈英（未提及姓名）一家三口去镇江金山寺求医，在山门前遇到了一个小青年，跟着小青年去了旁边一家命馆，命馆里面是怎么个情状，那个僧人又是怎生模样等等说了一遍。莫胜天听着脸色就变了："您几位去过镇江啦？已经把人都给逮着了？"

侦查员不语，等着他继续往下说。老莫叹口气："那我也不必藏着掖着了……金山寺那个云游僧，是豫东杀人如麻的惯匪'一刀杀'裴初香啊！"

五、"一刀杀"裴初香

"一刀杀"裴初香，河南鹿邑县人氏，僧人出身，后还俗。入旧军队当过兵，曾任排长，因与连长发生争执，被营部召去接受训诫，怒而手刃营长，复又返营房杀死连长，从此流落江湖。不久，加入豫东匪伙，三年后同窝火并，自立匪帮，报号"一刀杀"。其匪伙罪恶累累，终被官府剿灭，裴初香侥幸逃脱，遂做起了独脚大盗。

裴初香为人狡诈，颇有心计。早在初创匪伙时，就具有比较长远的"战略眼光"，只在河南、安徽两省作案，不入江苏，一是为给自己留条后路，二是把江苏作为其销赃的地点。其恶名虽也传入江苏，但人们未遭其害，只是听说而已，都不知这个恶魔是怎生模样。“一刀杀”成为独脚大盗之后，劫得不少古玩字画，他就把这些古玩字画销往南京、镇江、苏州及上海等地。出于安全考虑，他坚持每地只选一个固定下家，而且坚决不去古董店铺，也不去民间自发形成的古玩交易市场，而是选择当铺。旧时当铺接手的贵重物品，都有一定比例的赃物。他们处理这些来路有问题的抵押物比较有经验，一般会存放一段时间，再通过其他途径卖出，被警方追查到的概率比较小。

对于当铺来说，跟裴初香这样的特殊客户打交道自然有好处，收购价可以压得低一些，对方也很少讨价还价。当然，也有短板——这种交易容易落在本店的账房先生、朝奉眼里，成为一个潜在把柄。如果哪天东伙不睦，完全可以事先跟警方商量好，在特殊客户登门时通风报信，警方来个人赃俱获，连抵赖的余地都没有。因此，“百汇典当”的老板殷百汇对于跟裴初香的这种合作极为谨慎，裴初香每次登门销赃，都是事先通过寄密信的方式跟殷老板打好招呼，约定时间，夜间在边门外交接。

那么，怎样看货、定价和付款呢？这方面也有讲究。“百汇典当”老板的做法是，先把接下的抵押品验看一番，如果发现疑似赝品，那就放在一边，次日把有一双祖传毒眼的头牌朝奉莫胜天悄悄请至内宅，让其复检。殷老板开当铺是半路出家，对古玩字画不懂行，起初，他是不愿接受古玩字画抵押品的，直到后来有一定古玩字画鉴赏名气的莫胜天加盟。经莫胜天掌眼之后，殷老板心里就有谱了。至于古玩字画的来路以及如何结账、具体价格，他是不会向莫胜天透露的。在莫胜天来讲，他也不想知道。老板偷偷摸摸请他干这种事情，抵押品百分之百是赃物，他自然乐得装糊涂。否则一旦穿帮，匪徒落网，他就有跟着吃官司的危险；如果匪徒逃脱，他的麻烦更大，谁知道人家会不会找他算账？

可是，这个秘密终究还是让莫胜天知道了。抗战爆发前一年仲春，殷老板刚刚收进十几件古玩字画，突然接到上海电报报丧，即赴沪去参加一个好友的丧仪，把当铺的事务分别交代给账房郁先生和莫胜天代管。当晚，郁先生告诉莫胜天，说老板让他今晚把今年第一季度的账目核查一遍，明天税务局要来查账，不能让税务官捉到差错，否则那些家伙要敲竹杠的。第一季度进进出出的典当、赎当、死当既多又繁，时间有些紧，请莫先生帮着对账。

两人加班加点，一直弄到午夜过后。那段时间，电厂发电量不足，南京城里午夜后有些区域轮流停电。黑灯瞎火的，回家不便，莫胜天只得住在当铺里了。事先，师母（指殷老板的妻子）已经为他们备下老酒和几样卤菜作为夜宵，两人便在账房的煤油灯下喝酒，忽然听见边门外巷子里传来似是夜猫子叫的口哨声。初时两人并不在意，继续喝酒，外面的口哨声又响了一阵，郁先生似是一个激灵，说看我年迈记性差到这个程度，竟把老板关照的事儿给忘记了！说着，起身便去开门。口哨声即停，片刻，郁先生引着一个剽悍男子进来，那人不知账房间里还有人，一脚跨过门槛，冷不防瞅见莫胜天，愣了一下，道声“打扰”，立刻退出。郁先生打开保险箱，从里面取出殷老板事先留下的一个小盒，走到门外交给来人。

这个深夜突然到访的不速之客，就是裴初香了。郁先生只说这位先生是殷老板的一个挚友，最近头寸紧，向老板告贷。从外埠来宁，坐的火车这会儿才到，因借款有急用，他得连夜买票返回。

对此，莫胜天根本没有在意。当然，当铺做朝奉的，对于“一刀杀”这种名头很大的惯匪肯定是听说过的，首都警察厅不时把外埠要求查缉的逃犯的通缉名单下发到旅馆、饭店、公共澡堂、车站、码头、典当等行业，“一刀杀”裴初香的名字每次都在其中。这名号比较吓人，莫胜天看过后就留下了深刻印象。不过，那天跟“一刀杀”邂逅时，他根本没将此人和那个著名的豫东惯匪联系起来。直到一年后，郁先生临终前方才对他提及此事。

1937年早春，五十八岁的郁先生突然中风，急送医院抢救，好不容易保住了性命，但也只是把死期拖了三个月。郁先生回昆山老家养病，殷老板派莫胜天前往探视，其时郁先生的身体状况已经很差了，预料到这是他跟莫胜天的最后一面，遂向莫透露了裴初香的秘密。

前面说过，殷老板对于其跟裴初香的“合作”是秘而不宣的。裴初香夤夜前往当铺取款，由郁先生转交之举，实系迫不得已——事前裴初香已跟他约好日子，而他去沪上奔丧是突发事件，不去不行，又无法通知裴初香改期，只好委托郁先生代劳。他知道郁先生生性老实，胆小谨慎，沉默寡言，向来不管闲事，应该不会产生什么想法。但殷老板没料到那天核账郁先生还叫了莫胜天帮忙，更没料到郁先生尽管从未跟裴初香见过面，却能在事后将其与惯匪“一刀杀”联系起来。那么，郁先生是怎么判断出来的呢？

作为当铺的账房先生，必须根据老板的意思做一部分假账，这是当时的行业潜规则。只要当铺暗中接受赃物抵押，就必须把这种形式上的抵押交易记载下来。匪盗拿来的赃物不可能只是一件，但账目不可能做成“同一日期一次性接受多件抵押品”，而是需要将其分解，以不同的日期入账。所以，郁先生跟所有的当铺账房一样，是精通做假账的老手。尽管账目上的日期不一样，但郁先生心里清楚抵押品到底是哪天收购的。

裴初香上门拿钱，虽然老板有一番说辞，但郁先生一看来人的那副做派——不敲门而是吹口哨，进门见到莫胜天立即回避，以及举手抬足间那份常人不及的敏捷和浑身透出的气质，立马意识到此公不是善茬儿。据郁先生长期以来对殷老板的了解，此公虽然胆子不小敢暗中收赃，但没有帮会或者江湖背景，平时交往的朋友都是有头有脸的商界人士，绝对拿得上台面，像来人这样的角色他应该是看不上眼的。因此，郁先生对殷老板所谓好友借钱之说产生了怀疑。

此后，郁先生就多了个心眼。他晚上原是睡在当铺临街楼上的，一旦殷老板让他做古玩字画类抵押品的账目，他就悄悄待在账房间过夜。账房间对着院子一侧的边门，夜深人静，外面稍有动静他就听得见，终于让他撞见了一回。那晚，边门外又响起类似夜猫子的叫声，片刻，殷老板拿着手电去开门。郁先生从门缝朝外张望，借着手电光，看清来人正是之前那个所谓借钱的朋友。由此郁先生认定，此人必是前来销赃的响马。

郁先生是个有心人，接着，他就想弄清此人的确切身份。于是，就不时跟负责鉴定古玩字画的莫胜天闲聊，了解最近接收的抵押品的情况，再根据近期报纸新闻上有关盗抢案件的报道，花了将近一年时间，终于判定那个午夜的不速之客乃是豫东惯匪“一刀杀”裴初香!

“一刀杀”的恶名对于郁先生这样一辈子谨小慎微的老者来说，实在太震撼了。这年他五十八岁，原本想在当铺待到六十岁告老还乡，知道自己的东家在跟“一刀杀”搞合作后，就犯了嘀咕，寻思姓裴的那主儿这等凶残，哪天若是跟殷老板翻脸，来个大开杀戒搞灭门，没准儿自己也会受连累跟着陪葬，这可犯不着。思来想去，还是早点儿辞工算了吧。可是，他还没提出来，就犯了中风。

莫胜天从南京赶到昆山去探视郁先生时，其家人已经从上海请来一位名医给老爷子作过诊断，说是病入膏肓，纵然华佗再世只怕也是回天乏力了，让家人准备后事。郁先生自己也预感到命不久矣，就把“一刀杀”之事跟莫胜天说了说，叮嘱莫胜天多加防范，不行的话就跳槽。

莫胜天闻之，大吃一惊。初时以为郁先生的脑子出了问题，回去后把前后情由回想了一遍，又觉得郁先生的说法不无道理。左思右想，终于作出决定：跟殷老板辞工，另觅典当去做朝奉。这时，“卢沟桥事变”爆发，中日军队开战，跟着，“八一三”淞沪会战也拉开了帷幕。莫胜天念及殷老板平日对他的厚待，这会儿提出辞工还真抹不开面子，这事就拖了下来。往下，就是上海沦陷，日军逼近南京。“百汇典当”把一应贵重细软搬的搬，埋的埋，最后只剩下一座空院落，莫胜天全家跟着殷老板去宜兴乡下逃难，半年多后方才返回南京。殷老板继续经营当铺，莫胜天正准备提出辞工，忽然听说“一刀杀”裴初香已死于战火之中。于是，莫胜天打消了辞工另觅东家的念头，继续在“百汇典当”当他的头牌朝奉，直到南京解放前夕。

1950 年 1 月初，莫氏夫妇为小女儿求医心切，带着莫家妮前往镇江金山寺。到达后的遭遇跟老沈一家三口如出一辙，也是那个“小癞痢”热情上前询问是烧香拜佛还是求医，然后把他们引进宗富大租下的命馆。莫胜天是古董鉴识专家，自有一份常人难及的眼力和记忆力。尽管十多年前在“百汇典当”账房间昏暗的煤油灯光下，只是跟“一刀杀”匆匆照了一面，但那张脸已经深深刻印在他的记忆中。此刻进得门去，一眼便认了出来，心下一凛：这厮不是“一刀杀”裴初香吗！不是传说他早已被日本鬼子杀了吗？

接下来的“问诊”过程，跟老沈一家的情形相同。莫胜天不差钱，原本是想多给些钞票的，但此刻认出宝照和尚就是“一刀杀”，抱着侥幸想法，指望对方没有认出自己，生怕多给钞票反倒会引起对方的注意，就只给了一百万元。对方也不计较，听了他们的病情陈述，给了个口头方子——跑步，就把他们打发走了。

返回南京的途中，莫胜天的思绪总是在一个问题上转来转去：“一刀杀”有没有认出自己。思来想去，不得要领，那就只有往坏处想了：如果他认出自己，接下来会怎样？答案似乎很简单。如今，他已经不干匪盗这一行了，以僧人身份云游行医，估计是“脱胎换骨”，成功洗白，料想这和尚有度牒，而且是经得起查验的。但现在他遇到了我这个知情人，以其凶残禀性，哪会放过我呢？莫胜天反复考虑下来，认为事已至此，别的路都走不通，只好放出“无意多管闲事”的信息，指望对方能够察觉，然后双方相安无事。

莫胜天的这个念头倒也并非异想天开。“一刀杀”如果打算对莫胜天下手，事先肯定要踩点，这种踩点不光是观察地形和目标的生活规律，还会对目标近期的相关情况进行了解。莫胜天只要放出信号，对方获悉后，多半会放弃灭口的打算。毕竟如今是共产党执掌天下，不能像旧时那样任性，动不动就杀人甚至灭门，只要莫胜天识相，“一刀杀”也不愿冒这个险。否则，辛辛苦苦洗白的身份就可能功亏一篑。

三口子回到南京之前，莫胜天就已经交代了妻女该如何对他人（包括大女儿等家眷）讲述镇江求医的过程，当然，莫胜天没有向妻女透露宝照和尚就是“一刀杀”这个秘密。这个版本和实际情况有很大差异，也即之前专案组刑警了解到的内容，相信“一刀杀”打听到这个情况后，会明白莫胜天释放的是一个什么样的信号。

既然知道“一刀杀”的底细，对于其开出的所谓处方，莫胜天根本没当回事。不过，因为担心这厮真的潜至鲜鱼巷踩点，莫胜天假装对宝照推崇备至，对女儿耳提面命，天天督促。莫家妮原本就温存孝顺，此刻只想把怪毛病治愈，于是坚持天天跑步。没想到，一段时间跑下来，居然真的有疗效。这下，莫胜天喜出望外，寻思这“一刀杀”还真的有两下子嘛，这么多中西名医没治好的毛病，给他漫不经心一点拨就大有起色了！难道他果真放下屠刀立地成佛啦？

这时已是初秋，距他们一家三口去镇江求医已过了大半年。莫胜天估计，要么当时宝照根本没认出自己，要么就是悄悄来打探过了，收到了他发出的信号，不打算动手了。悬着的心终于落地，莫胜天就开始张罗女儿的婚事。哪知，就在这个当口儿，莫家妮却不明不白地被一刀捅死了！

惊闻噩耗的第一时间，莫胜天马上把这事跟裴初香联系起来。那厮不是诨号“一刀杀”嘛，女儿就是挨了一刀而死的。再说，他也实在想不出，除了裴初香，还有什么人会冲他老莫家下手。当晚刑警前来勘查现场，莫胜天本打算实话实说，转念一想，万一警方不能及时将其捕获（以裴匪之作案经验，下手前肯定考虑过如何防范），他们夫妇在明处，那厮却在暗处，肯定是大大的不利。因此，莫胜天决定先装糊涂，故意把疑点栽到小钟头上。相信这个消息肯定会在坊间扩散，裴匪听说后，可能会认为自己没怀疑到他头上，也就是说，他的身份没有被自己识破，或许会暂缓下手。如此，他们夫妇办完莫家妮的丧事后，可以悄悄离开南京，去外埠亲友处躲一躲，然后用书信方式向南京警方检举裴匪。

侦查员对莫胜天的这番说法自是吃惊，随即马不停蹄直奔羁押宗富大的第六分局看守所。刚刚在提审室坐定，就听见外面传来铁链拖地的声音，须臾，两个看守员将戴着手铐脚镣的宗富大押了进来。刑警暗吃一惊：宗富大是因诈骗犯罪进来的，通常看守所对这类犯人不上脚镣，除非他在监房行凶闹事。而且，此刻宗富大是由两个看守员押解，那就更不寻常了。

专案组长薛耀明马上起身走到门外，年长的看守员会意，尾随在后。看守员轻声告诉他，半小时前，有个昨天晚上刚被羁押的同监房犯人举报，称宗富大系血债累累的豫东悍匪“一刀杀”裴初香。该人犯系裴匪同乡，老家离裴匪老家不过七八里地。他比裴匪小十多岁，早年见过裴匪，但裴并不认识他。看守所对此自是重视，立刻给宗富大上了械具单独关押，正准备通知专案组，专案组刑警已经来提审了。

接着讯问裴匪，一开口说及真实身份，他就承认了。裴匪以为专案组要调查他的历史罪行，不料，专案组感兴趣的却是他在南京解放后的活动轨迹，让他一时摸不着头脑。这段时间，他除了以游方僧人的名义招摇撞骗，并没作下什么血案。

其实这些问题专案组之前已经问过，此刻裴匪的回答依旧。于是换个角度，把话题转到他跟“百汇典当”老板殷百汇的交往上，裴匪的说法跟莫胜天的陈述完全符合。他交代说他跟“百汇典当”的交往仅限于老板，这是他一贯的做法，只有这样，才能确保安全。那次跟“百汇”的账房郁先生交接赃款，属于迫不得已。事后，他特地跟殷老板打了招呼，说这种情形下不为例，今后若是再有这种意外情况，殷老板可以在边门的门框上画个暗号表示改期。

至于莫胜天其人，裴匪并不知晓。尽管那天晚上到账房取款时两人照过面，但因光线昏暗，而且裴发现屋内有人，马上退出，只是一瞬间的事，他仅仅瞥见了莫胜天的一个模糊的侧影，对其并没留下印象。

于是，专案组排除了裴匪杀害莫家妮的嫌疑。稍后，莫家妮命案破获，“一刀杀”裴初香被南京市公安局移交给河南省公安厅。不久，裴匪被判处死刑。

六、“七彩鼠”明信片

11 月 6 日，专案组开会研究案情，商讨下一步应该怎么走。议来议去，原先掌握的值得调查的那几个方向中只有一个还没有走，那就是莫家妮被害前接连收到的那七张明信片，明信片上七种颜色的老鼠图案更使人觉得诡谲，其背后很有可能隐藏着什么秘密。退一步说，即使寄件人只是为了故弄玄虚，那也值得查一查，尤其此刻专案组几乎处于山穷水尽的境地。可是，对明信片的常规调查已经进行过了，往下该怎么查呢？

刚刚从莫家获得这七张明信片时，专案组就请市局技术室进行了鉴定，结论是：从图案判断，印章制作粗糙，所用材料可能是某种软质物质，制作者具有中等以上的美术功底，也不排除剽窃现成图案的可能。面对着这个鉴定结论，刑警有一种无从下手的感觉。

副组长孙嘉定提出，技术鉴定只是从“技术”层面进行评估，眼下我们需要的是根据鉴定结论寻找“七彩鼠”图案的来源，就“制作粗糙”这一点来说，也许是某个篆刻初学者的习作，或者是某个小作坊成批制作的儿童玩具？咱们是否可以按照这个思路，定下一个大致的方向？

孙嘉定这么一说，大伙儿都认为有道理。女刑警蒋彩蕾夏天刚从公安学校结业，可能因为自己是新手，之前专案组开会都是只听不说，这回也大着胆子开口发了言，说她过世的父亲曾经做过一阵儿童玩具文具批发生意，她记得自己小时候像是生活在童话世界，家里到处堆放着各种各样的玩具和文具，其中也有类似本案的印章，但具体是怎么一个制作过程就弄不清了，毕竟她那时只有四五岁。

众刑警都来了兴趣，有人支招说，你不是有哥哥姐姐吗，问问他们，他们也许还记得。蒋彩蕾就拨通了在长江客运码头工作的二哥的电话，二哥说父亲以前批发过这种印章，称为“生肖图章”，一套十二枚。但具体是怎么制作的，二哥也不清楚。

薛耀明说无妨，咱们可以去向干这一行的打听。随即点了刑警叶荫茂、陆如松两个，说你们去市商业局走一趟，那里应该有人知道这些情况。

叶、陆两个了解下来，得知大约在抗战爆发那年或者之前一年，南京市场上确实出现过一批十二生肖玩具印章，是一些文具店铺和摊头出售的。这种印章制作简单，用模具冲压薄橡皮成型，再用胶水粘在木头制作的带柄底座上。玩具上市后，大受中小学生的欢迎，但没多久就被官方禁止了。为什么呢？生肖印章开始销售后，在街头或者一些公共场所，凡是汪精卫的肖像或者有汪精卫署名的公告，都被人密密麻麻盖上了生肖印章中的羊的图案（汪精卫属羊）。其时汪精卫是著名的亲日派，还是国民政府中仅次于蒋介石的第二号人物。但广大爱国民众对其恨之入骨，用在其肖像和署名上盖章的方式表示对汪的蔑视。汪精卫之妻陈璧君得知后震怒，亲自出马前往首都警察厅“报案”，严令必须尽快破案，同时要求禁止市面上销售生肖印章。案子破获了没有不知道，但生肖印章倒还真的不让销售了。

专案组分析，给莫家妮寄明信片的家伙之所以要盖上老鼠图案，可能是想表明某种态度，这种态度应该和莫家妮有关；至于用七种不同的颜色，估计是为引起收信人的注意。不过，根据之前对莫宅的调查，莫家妮本人对此并没有什么反常的反应。是否之前的调查有遗漏呢？专案组决定前往莫宅复查。

这天是莫家妮被害的第九天，莫家已经殓葬了死者，举行过头七仪式。男主人莫胜天被南京市公安局三处拘捕，原本人丁不旺的莫家只有女主人罗惠洁一人，其大女儿莫家嫒的夫家距娘家不远，步行二十分钟即可，每天都会过来一两次；另外，莫家在南京本地亲戚较多，轮流前来莫家陪伴罗惠洁，晚上还有女眷留下过夜。刑警过去时，罗惠洁正由两个女性亲戚陪伴着在自家院子里晒太阳说闲话。两个亲戚见刑警登门，起身要回避，薛耀明说二位不必离开，正好一起聊聊。

话题从莫家妮小时候有些什么玩具开始，三个女人凭着印象说了说，那个时代的女孩儿嘛，无非是以洋娃娃为主。当然，莫家的经济条件不错，肯定还有其他玩具。女主人说家妮自小就有个习惯，每次玩过玩具，都会自己收拾起来放好。后来上学读书了，这个习惯又延伸到课本、文具上，从小学到初中的所有课本、作业本、成绩报告单、文具、玩具，她都保存下来了。出事后，老莫把她的这些东西理出来放在一处，准备断七时一并烧给她的。要不，您几位过目一下，看是否对查案子有用？

东西还真不少，整整装了两个木板箱。刑警把木箱里的东西小心翼翼地一件件取出来仔细查看，再一一放入箱子。正忙碌时，老莫家的大女儿莫家媛来了。她见一下子来了七名便衣，像是正在检查物品，不禁一个激灵，站在院门口不知该不该进去。蒋彩蕾唤声“莫小姐”，示意她进来，两人一起坐在条凳上，有一句无一句地闲聊。

这边刑警已经检查完了，并无任何印章；所有课本、作业本上面也没有盖章的痕迹。刑警正为白忙一番感到失望，一旁蒋彩蕾跟莫家媛的闲聊却聊出了一个使专案组感兴趣的细节。

据莫家媛回忆，莫家妮收到第七张明信片那天，她回娘家来送自制的糕点。莫家妮让她看那几张明信片，两人聊到了上面的老鼠图案。她以为是哪个小青年对妹妹有意，以这种自认为别致的方式吸引妹妹的注意，还以这个话题跟妹妹开过玩笑。姐妹俩说笑中，莫家妮曾说过这么一句话：“这个图案我好像在哪里看到过。”

当时，莫家媛根本没在意，听过算数。莫家妮出事后，刑警曾向她调查过明信片之事，她也没想起这个细节。刚才蒋彩蕾跟她聊起她们姐妹俩小时候玩过什么玩具时说到了这个图案，她这才想起妹妹说过的话。莫家媛说，她们姐妹俩的性格有点儿互补，她的胆子很小，不敢像一般孩子那样到处惹祸，但对寻常小孩儿甚至成年人都害怕的蜈蚣蝙蝠之类，却从不觉得畏惧；莫家妮从小就胆大，敢跟男孩子们到处胡闹，可是见到老鼠总是拔腿就逃，尖叫不止。那时候环境卫生状况普遍恶劣，家里、门前巷内甚至外面的马路上，青天白日也时不时有老鼠出没，所以妹妹经常受惊，有时夜晚睡得好好的，也会被梦境中的老鼠惊得哭叫不休。直到上了幼稚园，这种情况才有所改变，但见了老鼠还是退避三舍。引申开去，她对跟老鼠相关的玩具、图画甚至故事都很反感，如果吃东西时听见有人提到“老鼠”两字，即使正在吃她最喜爱的食品，也会立刻停止，冲提及者怒目相视。

专案组分析，莫家妮罹患怪病，但脑子没有毛病，思维正常，记忆谈不上出众，但从其读书成绩看来，智力属于中等偏上，她说好像在哪里见过这种老鼠图案，应该并非虚言，可能是童年时代留下的印象，只是一时想不起来。这一点，跟刑警之前了解到的十二生肖印章对得上：十二生肖印章是在 1936 年或 1937 年春出现在南京小百货市场上的，那年莫家妮四五岁。这个年龄段的小孩儿还谈不上记事，对于外界的观察通常都是不完整的，更难以全盘理解，只有那些对其产生强烈刺激的事物，方才会留有印象。但随着时间的推移，这种印象会不断淡化，如果没有外界的触发，甚至会完全遗忘。专案组刑警由此推测，莫家妮可能在抗战爆发那年接触过“七彩鼠”图案，至于是在幼稚园，还是在家里抑或其他什么地方，那就只有进一步调查了。

随即，刑警分为三拨，分头行动。

调查家庭的薛耀明和蒋彩蕾接触了莫家一应亲友三十多人，没查到什么线索。

刑警金存富、叶荫茂调查解放后已被并入小学的幼稚园，园内一共有三名教师，其中两人在十五年前该园创办时就已执教，她们说根据图案判断，这种印章应该体积很小，很容易被幼儿误吞，肯定是不允许携带入园的。

负责邻里那一拨的刑警时炜升、孙嘉定、陆如松倒是查摸到了一个情况。邻居黄家反映，鲜鱼巷有一户已经搬离的居民，是船厂秦工程师一家，老秦的妻子房春燕很喜欢孩子，巷子里的小孩儿平时都喜欢去她家玩耍，她也许知道一些别人没注意到的情况。三刑警遂前往派出所，打听到了房春燕现在的居址。

房春燕出身资本家，二十年前十八岁时嫁给表兄、船厂工程师秦富星。婚后生活美满，唯一遗憾的是不能生育，看过中西医生，一概无效。稍后也就死心了，夫妻俩嘀咕说要不日后遇到合适的就领一个吧。房春燕无业，整天待在家里闲得发慌，又特别喜欢小孩儿，经常在巷子里邻里间串门时逗人家的小孩儿玩。时间稍长，那些孩子都喜欢去她家玩耍，她常以饼干糖果等零食招待，还买了玩具和孩子们一起玩耍、做游戏。渐渐，她家就成为一处学龄前儿童的活动场所。

刑警找到房春燕时，她的情况已经发生了变化，其夫秦工程师在大前年殁于事故，她与十年前领养的一个如今十三岁的女儿相依为命。解放后，她参加了工作，做了一名幼教。刑警跟房春燕谈下来，发现她的记忆力很好，多年前鲜鱼巷那些老邻居的孩子，她大半都记得，有的甚至还能随口报出生日。莫胜天作为南京城里对古玩鉴定颇有经验的当铺朝奉，在鲜鱼巷自然尽人皆知。房春燕一听刑警提起老莫就连连点头，对于莫家妮那就更熟悉了，还真的报出了她的生日，之所以记得这么清楚，是因为她当年曾召集一帮小朋友给四岁的莫家妮举行过一场“生日派对”。

至于刑警最关心的十二生肖印章，房春燕也有印象。那是 1937 年春天的一个周日下午，其夫秦工程师在家。老秦对烹饪颇有兴趣，业余时间喜欢下厨，那天上午，他照例在厨房间忙碌。莫家妮等大约四五个学龄前儿童结伙前来玩耍，房春燕热情接待，在客堂里和孩子们一起做游戏。一会儿，秦工程师招呼妻子去厨房帮他搭把手。房春燕进去后大约五分钟，客堂里忽然响起了孩子的哭声。房春燕急忙奔出去，只见莫家妮用右手捂着左手手背，正尖声哭泣。她以为是受了伤，上前把莫家妮那只捂住手背的右手移开一看，原来是手背正中盖了一个老鼠图案的印记。

那是一个比莫家妮大两岁的男孩儿给盖上的，他带来了一个狭长的硬纸盒，里面的红色软垫上横卧着一个正方形小印章，印章前面被隔开的位置盛放着印泥。估计这是家长刚给他买的玩具，他兴冲冲地拿来向一干小伙伴显宝。平时这男孩儿对莫家妮很是友好，所以先给她盖一个。莫家妮根本不知道这是什么玩意儿，待到看清手背上的老鼠图案，浑身一颤，顿时惊哭。房春燕赶紧把她带进厨房，用肥皂给她把手洗净。再回到客堂，一干孩子早已作鸟兽散。

房春燕又哄了莫家妮一会儿，半个多小时后，莫家妮被姨妈领了回去。那个年代几乎家家都有不止一个子女，多的七八个也不稀奇，孩子摔摔跌跌哭哭吵吵根本不算一回事，没有人因此大惊小怪。事后在菜场买菜时，房春燕遇到那个小男孩儿的父亲老方，倒是说起过此事，也不过是街坊聊天的一个小内容。那户人家后来搬离了鲜鱼巷，去了哪里不清楚。

七、顺藤摸瓜

专案组认为，莫家妮对明信片上老鼠图案隐约的记忆可能就缘自上面那一幕。那么，她被害前收到的这些明信片，跟当年之事是否有关？应该说，这种猜测基本毫无根据。但此刻专案组几近山穷水尽，那就先查查看吧。

房春燕不知道那个方姓老邻居搬到了何处，但对于刑警来说，这不算难题。巷子里一户户居民问下来，很快就获知，说老方一家在南京沦陷大约一年后搬到了棉鞋营一带，后来有人曾在街头遇到过老方，说了具体地址——棉鞋营八巷，欢迎老邻居有空去坐坐。这就好办了，刑警前往棉鞋营八巷一打听，果然找到了老方。

老方是鼓楼医院的医生，其妻是护士。子承父业，当年那个把莫家妮吓哭的小男孩儿方始靖，现在是上海圣约翰大学医学院的大二学生。老方对老莫家的不幸遭遇深感震惊，料想此刻刑警来找他肯定是为了解什么情况的，主动表示愿意积极配合。刑警遂说起小方多年前持有一枚生肖鼠印章之事。不能不佩服老方的记忆力，竟然一提就想起来了，说他当年确实送给过儿子那么一枚玩具印章。那不是专门买的，有一天他路过鲜鱼巷附近建宁路上的一家书肆，给妻子买了一册印制精美的《时装画报》，店主姚先生随书赠送了这么一个小玩意儿，说是给老客户的赠品。回家后，老方就把印章送给了七岁的儿子。

刑警再去找老姚。建宁路上那家书肆早已关闭，老姚一家搬往珠江路去了。刑警登门拜访，六十开外的老姚患有严重的哮喘，用戒备的眼神打量着几个不速之客。刑警说明来意后，他方才缓过劲儿似的长吁一口气。老姚告诉刑警，当年他的书肆确实有过随书赠送小礼品的营销方式，不过，那些生肖印章并非他特意购入作为赠品使用的，而是《时装画报》的发行商提供的。这份画报定价高，书肆每期只批进十二册，全是固定主顾。发行商赠送了两套印章，老姚寻思反正是赠品，就压下了一套，只把另一套拆开，每本画报随机配送一枚。方医生是固定主顾之一，老姚还记得，但当时附送的是哪种生肖印章他就记不清楚了。

那么，另外一套赠品印章是怎么处理的呢？老姚说是留给儿子作为玩具了。

话题就转到了他的儿子姚金海身上。哪知刑警才一开口，老姚的呼吸突然急促，接着就是一连串的咳嗽，半晌才停止。但老姚已经几乎说不出话了，一边抹着咳出的眼泪，一边连连摇手，再也不肯开口。无奈，刑警只好请居委会干部去管段派出所把户籍警叫来。

向户籍警一了解，原来姚金海竟是逃犯！

别看老姚如今是病病歪歪动辄气喘的一个老头儿，早年却是附近区域一说便知的“姚少爷”。他出身举人家庭，老爸曾出资捐得过一任知县，后来又前往上海浚浦局当了一名督察官，家境富裕。这种家庭出身的下一代，不管智商高低，自幼读书写字是必须的。老姚的智商还不错，书读得可以，家里原本打算让他子承父业走仕途，可十六岁那年朝廷取消了科举，又谋划着进洋学堂求出路。不料，次年其父被浚浦局革职，继而以贪贿罪名被捕，三个月后病死于狱中。覆巢之下，焉有完卵。姚家迅速败落，姚公子断了财源，学堂上不成了，只好走自食其力之路。几经曲折，最后以开书肆谋生。

老姚夫妇四个子女，姚金海是唯一的男丁。祖辈的文化因子似乎没有遗传到他身上，他自幼顽劣，喜与不良少年结交，坊间名声不佳。十六岁上，老姚托关系给他在轮船公司找了一份客轮船员的差使，这在当时算是端了个好饭碗，亲朋好友都为他高兴。姚金海本人起初也比较珍惜这份工作，头三年干下来，颇得公司好评。可是，渐渐就出问题了。他少年时结交的那班小太保中有人做了“长江兄弟”（活动于长江上的江匪），邀其利用船员便利，暗中收集江上中小型运输船只的信息，提供给他们作为作案参考，事后分给他一份赃款。如此干了两年，姚金海正式入伙当时在长江下游小有名气的水匪江盗团伙“水雄帮”。不久，根据老大指令，由“水雄帮”花钱打通关节，姚金海在码头上谋得了一份仓库管事的差使。“水雄帮”根据姚金海提供的进出货物情报，频频作案，屡屡得手。

1948 年初，“水雄帮”五名匪徒驾舟在镇江附近江面上拦截一艘机帆船企图进行抢劫。不料，姚金海这回送出的情报有误，这条载运着棉布的机帆船上，竟然搭乘着一名宪兵少校军官的家眷。该少校日前奉调搭乘火车前往沪上上任，家眷五口及一应细软等杂七杂八的东西太多，就搭乘了这条运输布匹的机帆船。出于安全考虑，指派两名卫士随船护卫。当天深夜，行至镇江附近江面上时，事先等候在江中的“水雄帮”五匪驾舟靠拢，二话不说持枪跳帮。哪知，这伙至少已有七八年作案经历的江匪这回撞到了克星，两个训练有素而且持有美制精良武器的卫士闻声发动，五匪被悉数撂倒，无一生还。

姚金海闻知，吓得魂不附体。后续消息传来，说是五匪皆毙，这才松了一口气。但这是涉及宪兵军官家眷的案子，南京警方介入调查。首都警察厅颇有些侦查高手，从五匪埋伏于机帆船必经之道的镇江段江面情节推断，该案必跟始发码头或者发货方承运方有关，当即展开调查。姚金海见势不妙，赶紧跑路。于是，他就上了首都警察厅的通缉名单。

流落于南京周边地区，姚金海的生活成了问题。幸亏他读过书，总算在高淳县乡下谋得了小学代课老师的临时饭碗。如此一直混到南京解放，代课那所小学的出资人是当地财主，有民愤，据说抗战期间跟日伪还有勾搭，自知新政权容不得他这种货，全家逃往南方。出资人一走，学校当然办不下去了，姚金海就丢了饭碗。想想已经解放，旧警方的通缉令没有效力了，他就大着胆子回了家。这时，老姚的书肆已经关门，改行做起了邮局门前的代书人。那天回家一眼看到儿子，当即大怒，拿出一份《中央日报》扔到姚金海面前："滚！我姚家没有你这号不肖子孙！"

原来，首都警察厅把姚金海列为通缉对象后，没少麻烦过老姚。出了这种家丑，老姚自是恼怒，当下就起草了一份脱离父子关系的声明，付钱在《中央日报》刊登。姚金海无话可说，转身出门，从此再没回来过，老姚也从不关心他的下落。现在，刑警向老姚打听姚金海，老姚便以沉默作答。

不过，这个问题户籍警却有答案：姚金海去年5月初被老姚赶出家门后流落社会，先后在南京本地及郊区给商家或者个人打过工，今年2、3月间开始参与以抢劫为主的刑事犯罪活动，干的仍是刺探信息的老行当。6月，同伙在作案时被捕，将其供出，但刑警未能将其抓捕归案，目前下落不明。

根据上述情况，专案组形成了两种不同的观点——

一种认为姚金海很有可能涉及莫家妮命案。以其目前逃犯的身份，经济来源肯定颇成问题，说不定已到了连饭钱都拿不出的窘境，就想到了抢劫或者盗窃。不过，以其以前的刑事犯罪经历来看，他只是做些打听信息、踩点之类的活儿，从未直接参与暴力犯罪，没有一击必中的把握。于是，他想到了鲜鱼巷的邻居老莫家。经过打听，得知莫家二小姐早晚跑步的习惯。对于莫家妮这样一个目标，他自信对付得了，遂策划了这次行动：在巷口杀死莫家妮，移尸垃圾箱，从其身上获取老莫家的钥匙，然后潜入莫家行窃。至于后来为何没有进入莫家，可能是当时发生了什么计划外的情况，导致他不得不中止行动。

另一种观点则是：姚金海如果仅仅是为了获取钥匙，也不一定非得杀人不可，莫家妮体弱多病，把她打昏或用其他手段控制住轻而易举。再则，他的行为动机跟"七彩鼠"明信片挂不上钩。既然姚金海打算对她下手，何必事前寄出那七张明信片，这不是故意给人家提醒吗？假如莫家妮还是像童年时期那样对涉鼠物品严重恐惧，很可能就不敢外出跑步了，那不是适得其反？

组长薛耀明倾向于后一种观点，但他没有发言，因为他觉得自己的思路似乎尚需进行梳理。坐在一旁静静地听众人七嘴八舌，不得要领，就提议说今天晚了，大伙儿好好休息，咱们明天上午再开会讨论。

次日，11 月 8 日，命案发生第十一天。上午，专案组继续开会，众侦查员终于形成一致观点：本案中的“七彩鼠”情节应是姚金海所为，至于案犯制造该情节出于什么目的，似乎跟杀害莫家妮没有直接关联，不排除是为转移警方的侦查视线。

那么，凶手是不是姚金海呢？众人认为，如果寄明信片是为转移警方视线，那姚金海应该并不涉案，否则这就不是转移视线，而是引火烧身之举。

对此，薛耀明表示认同，继而提出，咱们是否先把姚金海往旁边放一放，想想还有没有其他嫌疑对象没考虑到的？于是，话题转到下一步应该朝哪个方向进行调查上——

既然案件中有“七彩鼠”这么一个引人注目的情节，生肖鼠印章是被作为作案工具（恫吓）或者道具（转移侦查视线）来使用的，那么可以据此认定，案犯了解莫家妮的童年生活，甚至对其幼时的生活细节、个性都非常熟悉。

之前的调查已经排除了莫胜天这方面的因素，莫家妮本人年纪轻轻，既无冤家仇人也没财务纠葛，可以排除财杀，其相貌平平，也不大可能卷入情杀旋涡，由此推断，她的被害并非其本人或者父母家人引发，而是另有原因。无论这个原因是什么，总归是符合凶手某方面的利益的。

剥夺莫家妮的生命，对凶手有什么好处呢？侦查员首先考虑到遗产继承问题，不过，那要到莫胜天、罗惠洁夫妇作古之后才有可能。莫氏夫妇的年龄加起来还不到百岁，身体状况都还不错，从外表看，离作古的日子还远。另一种假设，则要往“情”字上扯了，当然不是莫家妮的感情，而是差点儿与其结为伉俪的钟延鼎。钟延鼎的涉案嫌疑已被排除，侦查员此刻也不是怀疑他本人涉案。但是，是否有其他女性对他产生了暗恋，把莫家妮作为竞争对手呢？

这样，调查触角又要往钟延鼎那个方向伸了。以钟延鼎的综合分值，在外人眼里，莫家妮跟他显得不大匹配——这在建国初期社会上大力提倡“妇女翻身”、“男女平等”、“婚姻自由”的大气候中，对于一些适龄女孩儿来说更是如此。保不齐有哪个性格冲动、爱钻牛角尖的主儿，动了“争夺”的脑筋，给莫家二小姐来个定点清除。当然，不一定直接下手，可能会以花钱雇凶的方式实施。

如果这个假设成立，案犯必须具备两个条件：一是有机会跟钟延鼎接触，即使没有直接接触，她在钟延鼎周围出现的频率也比较高，而且，她的外貌条件应该明显优于莫家妮；二是她（或者她雇的凶手）对莫家妮童年的情况比较了解，或者有间接打听到的便利条件。

专案组决定先派员去跟钟延鼎聊聊，了解一下是否有其他适龄女性跟他套近乎什么的。另外，还有必要向钟延鼎的父母钟必克、吕祥娟调查，是否有人向他们提起过给其子介绍对象的话题。

当天下午，孙嘉定、金存富、陆如松三刑警前往铁路车辆段，先去了保卫科。一周前为核实钟延鼎的情况，侦查员曾经来过，保卫科长还记得这几个刑警。此番再次来访，还是为了钟延鼎，不禁让他感到奇怪，但又不便打听。听刑警说明来由，保卫科长不住摇头，单位工作人员跟周围适龄女性的关系，不在保卫科的职责范围之内，保卫科平时并不关注。不过，可以找几个跟小钟接触比较多的同事了解一下。

于是，打电话请来了两男一女三个同事。谈下来，都没听说过这方面的传闻，至于给他介绍对象，那就更不可能了。大伙儿都知道钟延鼎是攀了娃娃亲的人，这方面的话题别说跟他提了，就是想也不会去想的。老话说：宁拆一座桥，不破一门亲。把人家的亲事拆散，那是作孽啊。那么，上半年国家颁布《婚姻法》之后，是否有适龄女性动着“破除旧风俗”的念头主动跟钟延鼎接触呢？那三位说，车辆段的女性职工原本就少，而且清一色都是已婚，这种情况肯定没有。

然后，刑警又去找钟延鼎本人，钟延鼎的说法跟同事所言相符。孙嘉定三人只好无功而返。铁路单位门禁甚严，不管是公私来访、什么来头，公干的出示介绍信，私访的则由门卫跟受访人通电话确认无误方可入内，当然，不能进入生产区域。进去之前还得填写一式两份的会客单，一份留底，另一份交由来访人，离开时交还门卫。刑警出门的时候，照例向门卫交出会客单，门卫递过登记本，说劳驾得在上面签个名，注明离开时间。孙嘉定在签名时扫了一眼，发现同一页的第二行受访人一栏中也写着钟延鼎的名字，来访人的姓名是“谢柳絮”，心里不禁一动——典型的女性芳名嘛！再看时间，是今天上午九点五分来，九点二十分离开。他指着这个姓名问门卫：“上午有人来找过小钟？”

门卫说这是小钟的姨妈，来给他送咳嗽药。三刑警听说是这层关系，也没多想。

下午四点，外出调查的两路刑警在驻地碰头，汇总调查情况。孙嘉定这一路劳而无功，薛耀明负责的另一路——对钟延鼎的父母钟必克、吕祥娟的调查，也没有收获。这也是好理解的。钟家是老钟说了算，妻子吕祥娟一向是夫唱妇随。钟延鼎的娃娃亲是老钟做主跟莫胜天订下的，吕祥娟对此竭力赞同。夫妇俩立场一致，那么外界也好，家族内部也好，自然不会有人再来不识相地给钟延鼎提亲。对于莫家妮的死，老钟夫妇犹自伤感，唏嘘不已。据老两口说，两家亲戚中，跟他们同样心情的大有人在，莫家妮大殓那天，她的姨妈谢柳絮甚至当场哭昏。

孙嘉定闻听此言，忽然惊觉：谢柳絮不是钟延鼎的姨妈吗？怎么又成莫家妮的姨妈了？这女子姓谢，莫家妮的母亲姓罗，钟延鼎的母亲姓吕，她究竟是罗氏的姐妹还是吕氏的姐妹，是亲姐妹还是表姐妹？如果是表姐妹，在大殓时竟然哭昏，那端的是如丧考妣了，至于吗？

把这个情况一说，薛耀明顿时产生了兴趣：这个谢姓女子的行为举止显得反常，莫非她跟命案有关？遂决定先了解一下谢柳絮的基本情况。这对于刑警来说易如反掌。当晚七点多，谢柳絮的材料已经端到了专案组的案头——

谢柳絮，四十挂零，祖籍浙江宁波，出生于南京，系莫家妮之母罗惠洁的表妹。谢氏出身职员家庭，其父早年系洋行跑街，后来做了账房助理。她本人初中肄业文化，做过小学代课老师，十八岁嫁给为资本家老板开私家汽车的司机盛德基，次年生子，不久夭折。一年后，又生一女，取名盛静荇。抗战胜利那年，盛德基奉老板之命送一位客户回上海途中，在昆山附近遭遇强盗被害。当时汽车司机的地位比较高，属于“蓝领中的白领”，收入加外快超过银行职员。盛德基的收入足够养活妻女，结婚之后谢柳絮就已经不再工作。丈夫出了事，谢只好自谋出路，用资本家赔付的抚恤金开了一家烟纸店。盛静荇初中毕业，待在家里相帮母亲打理店务。今年9月，经母校老师介绍，在民办小学当了一名老师。

谢柳絮跟表姐罗惠洁同出生于南京，两家住得不远，步行不过半个多小时，一向来往较频繁。当然，若论经济条件，谢家跟莫家是没法儿比的。谢柳絮生性小器，对钱财看得重，常年在家，四邻八舍又都是升斗小民，论气质那就差得更远了。而罗惠洁出身小康，从小不缺钱，又嫁了莫胜天这样的老公，一向出手大方。谢柳絮瞅准了这点，对表姐巴结得颇紧，在一干亲戚中她是得利最多的一个。

谢柳絮巴结表姐，跟两个外甥女自然也刻意亲近。女儿盛静荇小时候经常跟母亲去老莫家串门，三姐妹玩耍时难免磕磕碰碰，时不时哭几声也是常有的现象。莫胜天、罗惠洁夫妇根本不当回事，不管自家女儿吃亏还是占便宜，均不闻不问。谢柳絮则不然，只要孩子发生纠纷，每次都是不问青红皂白，一概裁判自己女儿吃黄牌红牌。时间长了，盛静荇觉得颇受委屈，干脆拒绝随母去莫宅串门，宁可待在家里在奶奶膝前玩耍，表姐妹间渐渐也就疏远了。

莫家妮遇害，她以“工作走不开”为由未去吊唁。稍后大殓，她作为表姐当然不能不去。不过，据说她目睹其母在盖棺现场哭得稀里哗啦竟至昏厥时，大为惊诧，有人听见她在谢柳絮苏醒后对母亲嘀咕，说了两句“至于吗”之类的嗔怪之言，弄得谢柳絮有些尴尬。

负责调查上述情况的刑警金存富介绍完毕，薛耀明问大伙儿对此有什么想法。女刑警蒋彩蕾提出一个问题：“跟死者莫家妮相比较，谢柳絮的那个女儿是不是比较漂亮？”

金存富不解：“我们只是跟派出所民警了解情况，没问过人家的相貌如何。小蒋问这是什么意思？”

蒋彩蕾还没回答，副组长孙嘉定开口了：“刚才听下来，估计谢柳絮是个贪婪浅薄的小市民，这种人还容易自以为是想当然，如果她女儿比莫家妮漂亮，她会不会动着把女儿嫁给钟延鼎的念头？如果是这样的话，那就要把莫家妮这个障碍排除掉。小蒋，你是不是这个意思？”

蒋彩蕾点头：“谢柳絮其实是莫家妮的姨妈，钟延鼎小时候过继给莫家做儿子，又是娃娃亲，所以也就跟着莫家两个女儿一起管她叫姨妈了。她给钟延鼎送什么咳嗽药，大概是打算跟小伙儿套近乎吧?”

八、凶犯落网

次日上午，专案组兵分三路，一路去派出所调查，一路调查谢氏之女盛静荇，另一路则向莫家、钟家调查。三路调查所获情况如下——

谢柳絮的独生女盛静荇继承了其已故父亲、帅哥盛德基的体貌，颀长、俊朗、白皙，早在上初中时，就受到男生的追捧。那个时代学校师生恋算不得什么了不起的事，到初二、初三时，已有年轻男老师主动与其接近。这姑娘的性格比较淡泊，对什么事情似乎都不放在心上，倒是其母对此防范甚紧，不但放出风声说她的女儿是要嫁一户好人家的（此处的“好”是指条件优越），现在在她眼前晃来晃去的男性都不是考虑对象，而且自初二开始刻意设防，每天宁可少做些烟纸店的生意，也必亲自接送。盛静荇初中毕业后，媒人不断，也都给谢柳絮回掉了。女儿帮着料理店务时，谢氏更是严防死守，不让轻薄之徒跟她接触。

今年9月初，盛静荇当了民办小学老师之后，谢柳絮的日常生活多了一份内容，每天接送女儿上下班，还不时跟女儿的同事搭讪，主题无非是老生常谈：女儿要嫁好人家，寻常小伙儿不在考虑范围之内。同事听得烦了，有人问她是否有方向了，她的回答是：快了！

私立小学的校长是个四十多岁的女性，北洋时期北京女子师范大学出身，公认的大家闺秀。以其眼界，自然看不惯谢柳絮的这副做派。最近有一次撞见谢柳絮又去学校聒噪，忍无可忍，便问谢柳絮，听说你本人也是单身，现在新社会了，政府提倡自由恋爱，你在忙着为女儿操心时，是否也考虑一下自己？要不要大伙儿给你留心物色一位？谢柳絮对别人尖牙利嘴，在校长面前倒是老实，被校长这么一怼，支吾了两句便急急离开，之后，再也没去过学校了。

莫、钟两家及亲属对谢柳絮的看法比较一致：庸俗、刻薄、势利。两家亲属中包括钟延鼎在内，不少人都觉得谢柳絮对钟延鼎的态度令人难解。钟延鼎是过继给老莫夫妇的，从小经常去莫家，有时还被老莫夫妇热情挽留一待数日，跟莫氏姐妹一起玩得不亦乐乎。按说，一贯喜欢巴结老莫夫妇的谢柳絮应该跟表姐夫妇保持一致，像对待莫氏姐妹那样对待这个小男孩儿，可她似乎没意识到这一点，自己的孩子和莫家姐妹发生争执，她自然数落盛静荇，要是钟延鼎和莫家姐妹发生矛盾，她则不管三七二十一地指责钟延鼎。因此，钟延鼎对这个“姨妈”有点儿不待见，每次去莫家时，只要看到谢柳絮在，必会跟父母吵着要回家去。若干次下来，不但他的父母，就是老莫夫妇也看出这一点了，背后嘀咕说这孩子跟谢姨妈没缘分。这种状况一直持续到去年深秋，这才来了个九十度转变，谢氏每次见到钟延鼎时的那股亲热劲儿明显超过对莫氏姐妹的亲热。钟延鼎不止一次跟母亲吕祥娟私下说起，认为谢氏之举让人厌烦。吕祥娟不好背地里说人不是，只以“谢姨妈变了”这种说辞来敷衍——她对刑警的说法则是，她怀疑这女人的脑子是不是有毛病了。

谢柳絮对钟延鼎态度变化的时间节点比较敏感，刑警马上想起这就是莫家妮生那场怪病后的第五个月，其时老莫夫妇领着女儿遍访南京城里的中西名医，却未见任何疗效。之后，谢柳絮开始跟钟延鼎的父母接触，听说吕祥娟扭伤了脚，主动登门探望慰问，之后又经常过去帮助料理家务。

莫家妮出事后，谢柳絮是最先赶到莫宅的三个亲戚中的一个，名列第二，仅比死者的姐姐莫家嫒晚了五分钟。来了之后，不像以往那样先和女主人即她的表姐接触，而是径直跟老莫说话，主动提出该如何设灵堂办丧事购棺材等事宜。女主人罗惠洁当时几近崩溃，没太在意她说什么，事后回想，总感觉有些古怪。而在前往调查的刑警听来，这明显是“已有思想准备”嘛！

可疑之处还有：莫家妮的遗体解剖后被家属领回时，一干亲属无不号啕，连一些邻里也跟着垂泪。谢柳絮却“众人皆醉我独醒”，手里拿着一方帕子，那是给她搀扶着的表姐罗惠洁擦拭眼泪的，她自己只是干嚎，没掉一滴眼泪。这一幕被邻里看在眼里，背后曾有议论。几天后大殓，谢柳絮的表现再次吸引众高邻的眼球，竟然当场哭昏。邻居中有人认为，很有可能谢柳絮听到了之前对其没掉一滴眼泪的议论，遂演了这么一出。

当天午后，专案组在派出所开了个短会，分析了上午调查所获情况，认为谢柳絮确有涉案嫌疑，决定对谢氏就地传讯。

户籍警把谢柳絮带到后，由孙嘉定、叶荫茂两人负责讯问，蒋彩蕾记录。另外，还请派出所临时物色了两个人高马大的女治安积极分子待在外面，以防一旦谢氏耍泼，蒋彩蕾一个人对付不了。没想到这一切都是多余的，谢柳絮一进来，瞧那副阵势就先萎了，浑身颤抖。刑警命其坐下，她却吓得马失前蹄跌翻在地。刑警又是秋风黑脸几句吆喝，谢氏立刻坦白交代。这案子竟然就这么真相大白了——

这一切缘于谢柳絮太想占便宜，而且胃口越来越大。早先，他的司机老公还在世，一家三口过着相当滋润的日子的时候，她就这山望着那山高，对其表姐罗惠洁的生活羡慕不已。于是，想方设法巴结老莫夫妇，以图获得若干物质馈赠。稍后，得知表姐夫莫胜天跟其好友钟必克两个哥们儿给孩子结了娃娃亲，心里就产生了一种惆怅——她不能不把莫家妮跟自己的女儿盛静荇作比较，得出了其女优于表外甥女的结论。

当然，她对此无可奈何，看着越长越俊俏的女儿，她暗暗立下了一个誓言：日后要给女儿攀一门超过莫家妮的亲事！

一晃十多年过去，莫家忽然遭遇意外，二小姐莫名其妙患上了怪毛病。而谢柳絮尽管四下留意，却始终难能如愿，为女儿物色到一个超过钟延鼎的对象。莫家妮患病使谢柳絮产生了一个新的念头：如果钟家因莫家妮的病退掉这门婚事，那倒是给女儿提供了一个替补机会。她就开始暗中留意，同时跟钟延鼎以及老钟夫妇套近乎。反正有她跟罗惠洁的那份亲戚关系作掩护，相信别人一时是不会对其行为产生什么想法的。当然，谢柳絮也为自己留了后路，在没有吃准钟家的想法之前，她只是跟钟氏三口建立感情，不会摊牌，免得弄出一个“驼子跌跤——两头不着实”的尴尬结果。

这时候的钟延鼎，由于南京市公安局三处侦查员两次向他了解莫胜天的情况，并严嘱必须保密，遂认为老莫与敌特案件有涉，作为一个要求政治进步的青年，他隐隐有了跟莫家妮中断恋爱关系的想法，几次借故推迟婚期，就是出于这样的考虑。对此，老莫已经有所察觉，不过，钟延鼎的态度没有那么坚决，也担心自己的决定会掀起轩然大波，到时不好收场，只好采取能拖就拖的方式。老钟夫妇倒是没想太多，只以为儿子真是工作太忙，谢柳絮当然就更不可能知晓了。

谢柳絮一边保持着对老莫夫妇的巴结常态，一边对钟家下功夫，自己开着烟纸店，还要操心女儿的日常生活，这对于一个年届四十的女流来说，难免有一种身心俱疲的感觉，连做梦都渴望着最好有个靠得住的人来帮她一把。

没想到，梦想成真。两个月前，这个人突然出现在谢柳絮的眼前了！

林小发是谢柳絮的中学同窗，比谢大三岁。其父早年是开纱厂的，后因生意失利投江自尽。那年，林小发初中毕业。以他的学业成绩，考高中应该没问题，可是，经济来源断了，只好放弃学业。为谋生，他去徐州投奔舅舅。其舅是帮会人物，在徐州有些名气。他给外甥谋了个警察局的位置，林小发先去市警察教练所接受了半年训练，然后就当了一名治安警察。三年后，国民党宪兵部队到徐州招收新兵，条件比较苛刻，不但对学历、身体、品行、性格（指的是心理素质）有要求，还规定只从在职军警中招收。林小发寻思自己够格，就去报了名，笔试、面试、技能测试都一一通过，终被录取。返回南京干了两年宪兵，因违反军纪，被送军事法庭接受审判，获刑一年六个月。释放后，还没想好该干什么行当，南京沦陷。

在朋友的郊区农场躲了一段时间，局势渐渐稳定，听说城里有工厂招工，就前往一家机器厂应聘。老板听说他当过警察又干过宪兵，便要他负责工厂警卫。老板是“黄道会”人士，跟日伪关系处得很好，同时结交各方江湖人士，人称“路路通”。汪精卫汉奸政府成立后，四处招募曾在国民党军警宪特干过差使的人。林小发对此没有兴趣，遂改名换姓，并向老板提出庇护要求，老板也有意把他留下，所以那几年倒也没有人来打扰他。

抗战胜利后，“路路通”被捕，不久即被判处死刑执行枪决，机器厂被没收。林小发只好离开，恢复原名进了江南水泥厂庶务股，专跑外勤，处理各种杂务。他跟老同学谢柳絮的不期之遇，就是在这时发生的。

当年在初中读书时，林小发长得帅气，又是小开，加上多才多艺，待人热情，是颇受女生追捧的一个目标，谢柳絮自是连做梦都想着做林小开的娘子。但她的一应综合指数跟其他追捧者相比还差一截，只有知难而退。初中毕业后，大家各奔东西，彻底断了联系。不过，林小发是谢柳絮少女时代第一个暗恋情人，要想忘记可能比较难，林小发的那张脸时不时会出现在谢柳絮的梦境中。

可以想象，那天林小发骑着摩托为厂子跑业务，路过谢柳絮开的那家烟纸店，下车买烟，在柜台前与谢氏照面时，谢柳絮的情感会发生怎样的波动。于是，这对老同学的久别重逢就注入了一份新的内容。

谢柳絮与有妇之夫林小发勾搭上不久，就把自己的心事向情夫和盘托出，要求林小发为她出一个主意，把钟延鼎从莫家妮手里夺过来，而且这桩事情要做得自然贴切，顺理成章，天衣无缝，不能让老莫家对此有哪怕一丁点儿怀疑。谢柳絮许诺，只要老同学帮她想出办法解决这个问题，今后她就是林小发的了，离婚后娶她也可以，不离婚悄悄保持着这种关系也行。林小发的老婆是他当初在郊区农场时娶的一个乡下黄脸婆娘，富农的女儿，除了家里有钱财田地，就伴侣角度而言，无法跟谢柳絮相比。偏偏还是头母老虎，经常河东狮吼，为此，林小发借故工作忙，在水泥厂附近租房居住，一年回不了几次家。现在跟谢柳絮姘上了，自是觉得满意。他想把这种关系长期保持下去，就答应谢柳絮容其考虑。

一周后，林小发答复说："你的要求非常苛刻，有'鱼与熊掌兼得'的意思。兼得不是做不到，但要冒极大风险——把莫家妮干掉！如果这么做了，那咱们两个今后就真的永远绑在一起了。"

谢柳絮其实就是这个意思，当下面不改色道："那就干吧！我那外甥女生了这种怪毛病，一下子让她'出送'，倒还真是帮她提前解除了痛苦。"

林小发是干过警察、宪兵的主儿，知道说说容易，但要做到杀人后不被警方追查过来，那是需要花一番心思的，遂让谢柳絮把莫家妮自小到现在的种种生活细节、性格特点等一一细说给他听，待谢柳絮说到二小姐四五岁时曾被一枚老鼠印章吓得鬼哭狼嚎这个情节，他突然意识到，这不就是转移警方注意力的好办法吗?

那枚印章谢柳絮还保存着。十多年前莫家妮被吓哭那次，恰是谢柳絮去房春燕家把她领回的。当时房春燕跟她说了这事，她也不以为意。回到家给莫家妮洗脸洗手时，她发现那枚印章连同硬纸盒就在小姑娘的衣兜儿里放着，估计是那小男孩儿以为自己闯了祸，为表示歉意，就把印章送给莫家妮了。谢柳絮随手把小纸盒放进了自己的衣袋，回家拿给女儿玩。盛静荇却不感兴趣，她就将其扔进了针线篓里，保存到现在。这回，终于派上用场了。

接着，林小发就着手踩点，制订行凶方案。然后，再次把谢柳絮约至他的租居屋，说十天半月之内我就要行动了。从明天起，我们至少半年不能见面，也不宜通信，最好是等到你女儿跟那小伙子结婚后再说。

这天，是10月18日。三天后，莫家妮就开始收到盖有“七彩鼠”图案的明信片，收完一套七张明信片后的隔天晚上，命案发生了!

对谢柳絮的讯问结束后，专案组当即前往江南水泥厂，将正准备下班的林小发捉拿归案。林小发所作的供述，跟谢柳絮的口供吻合。稍后，从其居处搜到凶器、莫宅的钥匙和那枚生肖印章。

1951年3月9日，林小发、谢柳絮被南京市军管会判处死刑，宣判后，即押赴刑场执行枪决。

“致命天使”疑案

一、“致命天使”

1949年12月27日，成都市和平解放。中国人民解放军进驻成都，撤销旧行政区划，将原四川省分为川东、川南、川西、川北四个省级行署，成都市成为中华人民共和国川西行署驻地。1950年1月1日，中国人民解放军成都市军管会公安处接管国民党四川省会警察局（旧时对成都市警察局的官方称谓）。同年3月，成都市公安局宣告成立。按照1949年10月中央人民政府召开的第一次全国公安会议作出的关于“成都市军管会公安处、川西区公安厅、成都市公安局‘一套机构成员，三块牌子’，以利于集中领导、统一行动”的安排，以国民党四川省会警察局旧址华兴东街45号为驻地的成都市公安局，同时也是市军管会、川西公安厅的驻地，相关领导身兼三个公安机构的同等级别的职务。

与华兴东街45号紧邻的41号是一处楼台亭榭错落的深宅大院，原是国民党陆军第九十五军副军长刁文俊的公馆，坊间唤为“刁公馆”。解放后，“刁公馆”被军管会征用，作为成都市军管会公安处二室（即政治保卫室，市军管会下设的“室”相当于市公安局下设的“处”）的办公场所。早在抗战初期就已担任晋西南区党委社会工作部保安科长、副处长的资深政保精英赵方，解放后出任川西公安厅副厅长兼成都市军管会公安处副处长、成都市公安局局长，平时每天都有一段时间来此地办公。

1950年6月2日上午九时许，机要室向赵方递送了一份刚刚收到的密电。这份密电来自重庆，系西南公安部政保处处长于桑亲自起草签发的，内容大意是：接渝局递交线报，前你厅发函要求协查之要犯王成禅疑似藏匿于蓉城市区，曾有相识者亲眼目睹其在米市坝现身。特告。

看罢电报，赵方不由自语：“这家伙还真有一套，竟然敢躲在蓉城，跟我们玩‘灯下黑’啊！”

这个王成禅究竟是何许角色，竟被于桑和赵方同时关注？其时，公安机关对其底细尚不了解，唯一能确认的，就是此人在两个多月前犯下了一起毒杀我方剿匪部队伤员、护送战士、担架民工共十二人的特大恶性案件——

1950年2月5日，位于成都市东北近郊、地处龙泉山脉西北边缘和回龙山脉南侧延伸区域的龙潭寺一带发生土匪暴动。是日，由石板滩前往成都执行公务的解放军第一七八师政治部主任朱向离及警卫班战士一行九人，途经龙潭寺附近的院山寺山坡下时，被数百名武装叛匪包围，寡不敌众，全部壮烈牺牲。

稍后查明，这是由“军统”大特务、国民党成都警备司令部稽查处侦防大队大队长李干才策划、组织的反革命暴动。成都是和平解放的，该地区原驻守的国民党军队大部分成建制向解放军投诚、起义，但由于国民党潜伏特务的造谣破坏，一部分起义、投诚官兵的思想产生了波动。李干才本是潜伏特务头目，认为这是一个机会，遂纠集特务、叛匪头目巫杰、徐银生等煽动部分起义、投诚官兵哗变，并胁迫当地乡民成立了反革命武装“反共保民军”，自任“总司令”，以龙潭寺、石板滩为基地，依托袍哥势力招兵买马。

继龙潭寺反革命暴动后，川东、川南、川西、川北多地相继发生反革命暴动，我征粮工作队员遭袭杀，我军分散执勤的武装小分队被袭击，叛匪围攻区、乡政府甚至县城，我干部、群众伤亡惨重。据资料记载，我方在不到一个月时间内就损失军政人员三千多人。成都市对外延伸的七条公路，除了维系解放军后方联系的川陕公路尚在我控制之中，其余六条皆被叛匪切断。川中的叛匪之乱更是到了空前绝后的程度，因公留在成都的解放军西南军区司令员贺龙要回重庆开会，车队路过龙潭寺、简阳、内江境内时，竟三次遭遇叛匪袭击。护送部队消灭叛匪后，贺龙的车队方得以继续前行。

“龙潭寺惨案”引起了中央对全国匪患的高度重视。稍后，中共中央、中央军委就此向全国发布了“剿灭叛匪，建立革命新秩序”的指示，以及《关于严厉镇压反革命的指示》，要求各级政府立即开展对各类反革命分子的清查和镇压。全国各地闻风而动，西南、两湖、两广、两皖（即皖南、皖北两个省级行署）等匪患严重地区取得巨大战果，1950 年 4 月份，仅西南地区就歼灭叛匪 85433 人，投诚者 38676 人。经军民协同作战，截至1950年6月初，全国范围内的武装股匪大部被剿灭，共歼匪约98万人。

要犯王成禅的现行犯罪，就发生于“龙潭寺惨案”后我解放军进剿川西叛匪的第一阶段。

1950年3月13日，成都警备区（即中国人民解放军第十八兵团六十军）一七九师五三八团一个加强连在川西行署温江专员公署新都县（今成都市新都区）石板滩执行剿匪任务时，与叛匪发生激烈战斗，我方还动用了民间称为“小钢炮”的掷弹筒。在我方强大的攻势下，叛匪向山区溃逃，我军乘胜追击。战斗进行中，我方也发生一些伤亡。稍后，担架队陆续将伤员抬下，送往设在公路旁一块空地上的临时中转站，由汽车载送成都治疗。由于汽车有限，运输进度受到限制，滞留中转站的伤员越来越多，到下午四时许，中转站已经容不下不断送来的伤员了，部分伤员只得躺在担架上在公路边等候。不巧又下起了雨，只好把待在露天的伤员抬往附近老乡家暂避。

其中有一拨军民共十二人，包括三名伤员、六名担架民工和三名警卫战士（伤员中有两位是军官，一位是五三八团团部的宋参谋，另一位是纪副连长，故有警卫战士随行），下雨伊始，警卫战士指挥民工把担架抬往距临时中转站五六十米的一户老乡家躲雨。这位老乡孤身一个，住着两间用毛竹搭建的简易房。房小人多，难以容纳十二个人外加三副担架，幸亏房屋门前的空地上搭着一个原本用来堆放柴火杂物的遮雨席棚，最近本地闹匪患，储存的柴火都给蜂拥而至的土匪煮饭烧菜搬空了，正好可供伤员一行躲雨。

伤员一行过去时，主人正在屋里煮饭，不知在做什么菜肴，老远就闻到一股勾人食欲的香味。这一行十二人都还没吃晌午饭，当下闻之禁不住腹中辘辘。三名伤员伤的都是四肢，内脏不受影响，失血后正需要补充营养，三个护送战士中为首的副班长小周在请示本部上级副连长后，就去跟主人商量紧急解决伙食问题。

主人是个三十多岁、中等个头儿、体格壮实的男子，脸面黝黑粗糙，双手布满老茧，一看就是常年干庄稼活儿的当地农民。此刻，这个男子站在外间的灶台边，灶台上架着一口大铁锅，里面正煮着什么，咕嘟咕嘟冒着热气。那股勾人食欲的香味就来源于此。小周唤了声“老乡”，问你这是烧的什么好东西，竟然那么香，还有肉味儿，是逮着啥野物了吧？男子点头微笑，却不开腔。小周怀疑对方听不懂自己的外省话，就从衣兜里掏出一枚银元，指指那锅汤，示意要买下，再麻烦对方给煮一锅米饭。

那老乡见到银元，眼睛一亮，弯腰揭开灶台下面另一口锅的锅盖。小周乐了，原来那是一锅刚煮好不久尚冒着热气的大米饭。老乡显然能听懂小周的外省话，他把锅铲伸进汤锅里，捞了一铲子给小周看，里面是野兔、野鸡各一，还有一些菌菇。小周见之，又掏出一枚银元，连同刚才那枚一起放在灶台上。那时银洋是硬通货，在成都市区的饭馆里，两枚银洋可以吃到一桌大餐了。可是，这个老乡却提出还要加一枚银元，因为他这饭菜是特地为当晚要来访的几个朋友准备的，为此，他还买了三斤散装白酒哩。说着，从厨房角落里拿出一个坛子，把反扣于上面的盖子一掀，小周果然闻到一股浓烈的酒味儿。

这当口儿，别说对方开价三块银元了，就是再加两块，那也得咬咬牙。尽管这些饭菜对于包括伤员、警卫战士、担架民工在内的饥肠辘辘的十二人来说显得少了些，但众人一致认为，这是他们有生以来吃到的最有滋有味的一顿饭。

然后，“致命天使”就登场了！

所谓“致命天使”，指的是一种非常独特的菌类——鹅膏菌。相传早在两千余年前，古罗马独裁者恺撒就非常钟爱此物，因此，鹅膏菌又被称为“恺撒蘑菇”。恺撒蘑菇的学名叫橙盖鹅膏菌，遍布全球除南极以外的各大洲，在东亚，人们称其为“黄罗伞”、“鸡蛋黄蘑”等。鹅膏菌的独特之处在于其种类繁多，有的种类不但可食用，且其美味闻名天下，有的种类则含有鹅膏毒肽、鬼笔毒肽、毒伞素等环肽类毒素。这些毒素可溶于水，化学性质稳定，即使经过高温烹煮也不会失去活性。此外，毒性也各有不同，轻者引起消化道不适，出现幻觉、昏迷等症状，如果得到及时治疗，恢复较快；如果是剧毒鹅膏菌，那就不容乐观了。

那么，剧毒鹅膏菌能毒到什么程度呢？这个听起来就有点儿吓人了——只需一只，就足以将一个成年人送往另一个世界。但凡误食剧毒鹅膏菌者，除了上述消化道不适、幻觉、昏迷等症状外，毒素还会损伤肝脏和肾脏，导致脏器功能衰竭，即使及时就医，生还的希望也十分渺茫。因剧毒鹅膏菌会引起幻觉，中毒者大多感觉飘飘欲仙，没有危机感，殊不知自己已经走到鬼门关边上了，故人们又把剧毒鹅膏菌称为“致命天使”。

更让人头痛的是，有毒鹅膏菌和无毒鹅膏菌外观相似，而且经常混杂在一起生长，良莠难分。小周等十二人的这顿高价晚餐，其中与野兔野鸡混煮的那些蘑菇，正是剧毒鹅膏菌。

待他们吃完，已是暮色初降时分，雨也停了。中转站那边传来阵阵汽车喇叭声，一行人便离开老乡家，前往登车。剧毒鹅膏菌中毒后，发作时间因人而异，最快的只有十分钟，慢的则可达二十四小时甚至更久。十二名军民中，发作最快的是六个担架民工。他们都是成都市区的职业挑夫，因剿匪战事需要，临时被军方征雇，把伤员送到成都市区的六十军野战医院后，就各自回家了。当晚，六人均出现消化道不适反应，由于防范意识欠缺且受经济条件限制，他们都没去医院，而是采用旧时社会底层劳动人民常用的“催吐”、“催泻”等土法儿对付。而且，六人以及家属都没有想到过“中毒”，只以为是肠胃不适。使用土法儿治疗后，次日上午，竟然恢复了正常——鹅膏菌中毒后，大多会出现一个假愈期。此时如果掉以轻心，以为厄运已过，因而放松治疗，病情很快就会急转直下。

六名军人则是在次日上午陆续出现中毒反应的。小周等三名战士体内毒素发作后，都是腹痛难忍，很快被送往野战医院。医院里，三个伤员也相继出现了症状。医生稍一检查，马上断定是中毒。一问六人的相关遭遇，估计跟昨天那顿大餐有关，如果是这样的话，那六个担架民工多半也出问题了。医院方随即派出一辆军用卡车，载着军医前往那六名担架民工的派出机构第四区政府，民政股还没接到民工出事的消息，当下紧急出动寻找，得知那六人竟然“无事”。军医不信，坚持让他们上了军用卡车，把他们送往野战医院。途中，有两人便在车上发作了，到医院时，其中一人已经死亡。

至当天午夜前，中毒的十二人均不治身亡。

尽管军医断定十二名军民之死系误食毒蘑菇所致，却没往“故意杀人”上面去想。事后，野战医院按照规定向六十军卫生部报告当天伤亡情况，把这十二人作为“中毒死亡人员”列入。3 月 15 日，军卫生部领导在审阅野战医院的伤亡情况报告时，对一次性有十二名军民死于中毒感到震惊，致电野战医院询问相关情况，同时向六十军保卫部通报。军保卫部领导当即决定对此事进行调查。

军方跟成都市公安局联系后，由警方派出法医对中毒死亡者遗体进行解剖检验，保卫部则指派一个由三名保卫干部组成的调查组，在一个警卫班的护卫下，前往新都县石板滩事发现场——位于石板滩镇外约三里地的一个由四十多户外来流浪者组成的自然村，名字也很贴切，就叫“叫花村”。

调查组抵达时，头天临时设立的中转站已经撤销，那里原是位于该村村口的打谷场。十二名军民中毒的现场在村口外的一户单身村民家，此时已是人去屋空，凡是能够燃烧的用竹木制作的简陋家具、农具，都被搬到房后小河边烧得一干二净；厨房里的灶台、铁锅、水缸也全部被砸碎。看样子，主人是不准备回来了。调查组当时有些不解，费这么大劲儿把家里的东西烧了砸了，还不如干脆把两间毛竹简易房以及屋前的席棚一把火给烧了来得省事。稍后警方专案组分析，可能是生怕惊动了其他村民。

调查组据此认为，那个以三枚银元的高价向我军伤员一行提供饭菜的男子，应是故意杀人，疑系叛匪同伙。随即走访村民，因语言沟通不畅，加之当时的局势（村民信息面窄，估计对叛匪是否能成气候有顾虑），对军方保卫干部的询问态度冷淡，基本不予回答；即使有回答的，当地土话保卫干部也无法听懂。无奈，保卫干部只得去石板滩镇内调查，也是费了一番周折，总算获得以下情况——

镇外那个自然村是流浪者自发组成的，并不被旧政权承认，所以没有官方的村名，“叫花村”这个名字是石板滩本地镇民叫起来的。“叫花村”的村民都是外地人，早在清末，就有流浪人员在那里结庐居住，开荒种地。随着聚集的流浪者增多，有男也有女，有的组成家庭，初具村落的规模。其实，石板滩这边的居民上溯几代，也都是外来人，是清初开始实施、持续到清朝中期的“湖广填四川”移民政策期间从湖广（明清及民国时期指的是湖南、湖北）迁移过来的，称为“客家”。他们对流浪者抱同情态度，并不排斥，于是，“叫花村”就这么形成了。

解放后，新政权派来接管石板滩镇公所的干部原准备对该村村民挨家逐户进行登记，并正式给村子命名，作为镇政府下辖的一个村庄，但这个打算未来得及实施，就发生了龙潭寺、石板滩土匪暴动。

至于那个疑似叛匪同伙的投毒凶犯，人都唤其“老袁”，是前年深秋不知从何方来到石板滩的。据说刚来时，看模样似是一个跑单帮做买卖的贩子，说一口川东话，但仔细听可以分辨出夹带着外省口音。这人虽是流浪汉，但似乎并不缺钱，他一到石板滩，就买下了村口那两间毛竹简易房作为自己的居所——房子原先的主人刘至禄前往成都做工去了。然后，他就改为山民装束，经常上山采药草，简单处理后卖给中药店铺。

老袁住在村口，平时很少跟人接触，也难得进村。村民因其寡言少语，也就不大愿意跟他来往。石板滩镇是客家人一统天下，镇公所那些当差的也都是客家，他们继承老辈留下的规矩，对前来本镇的流浪者，不论暂居也好定居也好，基本采取不管不问的态度，除非新都县里有饬令下来要查什么角色，这才例行公事。所以，老袁没被镇公所方面惊动过。解放后，镇公所被新政权接管成为镇政府，由于公务实在太多，根本顾不上清查“叫花村”的人口。谁都知道，这些人的来历多半说不清道不明，真要搞登记，得从县里派一个工作组下来。

那么，老袁是否识文断字？他对政治是否关心？这个，石板滩镇上的人跟他几无接触，都说不上来，只知道他那两间毛竹简易房在公路边，解放前夕来来往往的国民党军队颇为频繁，倒是并无他跟人家有甚接触的传言。国民党军队的军纪差，按说自是要扰民（旧时对军人抢劫民众行为的“雅称”）的，但“叫花村”是穷窝子，无甚可以让这班军爷“扰”的，最多抓个鸡搬些柴火，据说老袁也有过此类遭遇，但没听见他发什么牢骚。解放后，石板滩成为起义、投诚国民党军队的一个集训点，老袁从此就不再上镇里去了。

以上内容，就是军方调查组对“3 · 13”中毒事件的调查所获得的情况，调查结论是：鉴于袁某来历不明，身份可疑，以及其外省口音，高度怀疑此人是外省潜逃来川的逃犯；其以采药为生，具备识别毒蘑菇的能力，可以排除其误采的可能；加上事发后彻底毁灭现场痕迹逃之夭夭的情节，完全有理由认定这是有预谋的故意犯罪行为。

此案受害人有十二位之多，且被害人系正在执行剿匪勤务的革命军人及协助军方的民工，后果特别严重，受到军方的高度重视。1950 年 3 月 17 日午前，由中国人民解放军第六十军军长兼政治委员王新亭、政治部主任桂绍彬联署签发的要求对“3 · 13”中毒事件立案侦查的公文及附件（即六十军保卫部的调查报告），由军方机要通讯员专送至川西公安厅亦即成都市军管会公安处、成都市公安局。当日下午，经市军管会公安处长谷志标，副处长赵方、秦传厚三位领导研究决定，由成都市公安局组建专案组对“3 · 13”中毒事件进行侦查，赵方负责督导。

当晚，“3 · 13”专案组成立。专案组由俞青竹、殷义、段富仁、詹添福、李长生、孙牧原、沙世杰等七名侦查员组成，由三天前刚从十八兵团政治部调入成都市军管会公安处第二室的俞青竹担任组长，殷义任副组长。俞、殷两人被告知，该案直接向赵方局长汇报，专案组在开展侦查工作时，可以成都市公安局、川西公安厅的名义要求各方协助。

专案组随即召开第一次案情分析会，讨论了军方调查组的那份调查报告，认同关于凶犯袁某可能是外省逃犯的判断。为获得更多关于袁某的线索，专案组打算全体出动前往石板滩进行实地查摸，但报告赵方局长后未获批准。此时，匪患形势发生了变化，刚刚得到消息，金堂县遭叛匪围攻，我剿匪部队已奉命前往解救。新都方面之前因大军压境仓惶逃窜或就地隐藏起来的大量匪徒再度猖獗，从成都至石板滩的近百里路途危机四伏，极不安全。即便有武装军人护送，只怕也会出现寡不敌众的情况，导致“龙潭寺惨案”重演。

无奈，专案组只好留在成都继续分析案情。没了其他念头，只有眼前华山一条道，七名侦查员盯着军方那份调查报告中的每个细节逐个研究，总结出了凶犯的基本特点——

第一，根据袁某初现石板滩时的穿着打扮，可以判定他之前并不从事体力劳动，也许是旧政权的公务员，或者是金融贸易、文教卫生等行业的从业者，从其熟识药草并能以此谋生这一点来看，其职业多半跟中医有关。

第二，其川东话中带有难以掩饰的外省口音，说明他是近两三年从外省来到川东，先在川东某地谋生，然后移居川西新都的。至于为什么要到石板滩“叫花村”这样一个地方定居，而且从原先的非体力劳动职业转换为爬山涉水攀崖下涧的专业采药工，估计是为了隐藏自己的身份。从时间判断，他应该是抗战胜利后方才逃至川东的。其时国民党政权正在对汉奸进行清算，由此看来，他可能是外省被通缉的汉奸逃犯。

第三，另有一种可能，袁某的川东话并非是潜逃入川后学会的，而是来川东前就会说。如果是这样的话，他就不一定是先到川东，再从川东逃至川西。从他现身石板滩的时间推算，他也可能是那些“还乡团”一度猖獗的地区中某“还乡团”的头目或者骨干分子。

次日，专案组对上述第三条内容进行了调查——这项调查不必离开成都就可以进行。成都解放较晚，又是西南重镇，之前各地漏网的政治、刑事案犯中很大一部分都将此地作为逃亡的目的地或中转站。成都和平解放后，全国各省的公安机关纷纷向成都市军管会发送协查通知，要求协助查缉逃犯。成都市公安局为此成立了一个专门部门，唤作“协办组”，负责处理相关信函、电报和长途电话，分门别类下派给下辖的几个小组分头查缉，每天都有抓获相关逃犯的消息刊登于市局一室秘书科编印的内部发行的《敌情通报》上。现在，专案组就是去协办组查阅从那些闹过“还乡团”的地区寄来的协查通知。

成都解放两个多月来，协办组保存的协查通知已有七千多份。专案组七名侦查员查阅了一天多，从中遴选出三十二份被认为可能跟袁某相关的进一步分析，最后列出了十七名疑似袁某的对象。专案组长俞青竹向赵方局长汇报了情况，要求亲自出马，化装潜入石板滩请群众辨认。这时的匪情形势较前几天越发严峻，有情报称，石板滩那边的叛匪正在准备发动第二次暴动（该情报稍后被证实），赵方局长不同意专案组冒这个险。可是，不去实地调查，专案组目前就无事可做了，一干侦查员该干什么呢？赵方建议他们这两天继续分析案情，研究侦查思路，同时，让俞青竹把协查通知上查缉对象的照片翻拍下来，送一份到他的办公室。做什么用？赵方没说。

过了三天，赵方把俞青竹叫去，递过一张做了标记的照片——专案组前几天的工作没有白干，已经进行过查证，这就是疑似凶犯袁某！

二、超级凶犯

赵方是通过什么手段获得这个情报的？直到案件破获，专案组也不知情。数年后，已经离开公安系统去地方工厂担任领导的俞青竹偶遇一位当年在市局二室从事情报工作的老战友，聊起此事，老战友透露，那是赵方局长亲自布置的一次情报行动。

当时，中央和西南军政委员会、川西行署党委都有“必须严密保护我党政军干部不受匪患侵害”的指示，正因如此，赵局长才果断否定了专案组派员前往石板滩核查袁某身份的计划。但袁某的真实身份无法确定，势必影响下一步工作的展开，赵方就想出了一个借用“他山之石”

的法子——动用原国民党特务完成此事。

在解放前夕的全国各省会城市中，成都市的国民党特务机构可能是最多的，据史料记载，其时该市共有十个有正式编制的特务机构：四川省会军警团联合办事处、四川善后督办公署特务委员会、西南军政长官公署第二处、“国防部保密局”成都站、成都警备司令部稽查处、成都警备司令部督察处、成都警备司令部乡区情报所、“中统”四川省调查处（又称“调查室”）、四川省特种委员会、中央宪兵第二团特高组。赵方物色用来作为“他山之石”的那个对象，系成都警备司令部稽查处的上尉特务刘能贤。

上尉这个军衔，听着不过是一个芝麻绿豆小特务，但在解放前的成都乃至川西地区，这样一个角色在社会上却是可以威风八面的。成都警备司令部稽查处有正式编制的特务总共不过五十人，其中九名由警备司令严啸虎直接指挥，其余分属各情报和外勤单位。同时，这五十名在编特务又是“国防部保密局”的特工，均受到重用，分别担任情报组或外勤单位的头目。赵方选定的“他山之石”刘能贤系警备司令部稽查处第三情报组组长。

当然，以区区五十名特务，是无法完成庞大繁重的特工业务的。所以，稽查处还有“额外人员”，亦即临时工。到 1949 年 10 月成都解放前两个多月时，稽查处的临时工已达八百多人。刘能贤担任组长的第三情报组只有正副组长是在编特务，其余五十六人都是临时工。这些临时工均是由稽查处各业务小组及外勤单位自行从社会上物色的地痞流氓，不支薪饷，但可打着警备司令部稽查处的招牌到处敲诈勒索。可别小看这帮人，他们都是成都或者川西本土的地头蛇，十有八九系袍哥成员，活动能量颇大，社会关系广泛。

成都和平解放后，第三情报组的副组长薛某因之前有血债民愤，很快就折进了局子。继而又被查出抗战时曾逮捕迫害过中共地下人员，那就没必要客气了，很快就给崩了。刘能贤还算幸运，一是没有血债，二是解放前半年就已开始跟中共地下党接触，提供警备司令部的内部情报，协助营救被捕的中共地下人员。成都和平解放时，他遵照我方命令，完整保留一应材料、武器，有效约束下属不得趁乱作恶，集中接受军代表接管。因此，刘能贤被定为投诚人员，得到适当优待，仅仅在集训大队学习了一个月就恢复了自由。根据刘本人的意愿，不需要政府安排其工作，而是自谋生计。

刘父是开茶馆的，家境还不错，他也不急着找工作，就待在家里赋闲。没想到赵方局长在众多同类人员的名单中选定了他，亲自召见，交代任务。刘能贤自是一口应允。当然，他并不知道我方让其前往石板滩的真实用意，只是从赵方亲自出面下达指令这一点上意识到这桩活儿肯定很重要。赵方问需要为其准备些什么，他说要带枪，还要带两个可靠弟兄（原警备司令部稽查处临时工部属）作为跟班；万一发生意外有人伤亡，希望得到人民政府的善后抚恤。赵方做出承诺，又关照他此去完成交办任务即可，万勿节外生枝。

刘能贤开茶馆的老爸是成都袍哥成员，跟四川本土一些军阀也有关系，在江湖上有些名气；而刘能贤是“军统”出身，又是在警备司令部从事情报活动的，手下有五六十号地痞流氓和袍哥分子，其能量自是了得。这两层优势，再加上他在解放后并未由中共安排工作，所以从前在成都以及周边的温江、新都等地的那些老关系（包括已经为匪的），对其仍旧非常客气。他带着两个弟兄在石板滩待了半天一夜，就完成了赵方局长交办的任务——专案组挑出的那十七个疑似对象中，果然就有袁某。

专案组终于弄清楚了此案真凶的大致情况——

袁某真名王成禅，字立僧，出生于江苏徐州府萧县（今为安徽省宿州市辖县）的一个地主家庭。王家在县城有商铺，在乡下有田地，按解放后的成分划分，就是“工商地主”。王成禅自幼聪慧，三岁认字，五岁正式启蒙，六岁已能作诗绘画。十二岁时，因对中医有特别兴趣，遂被送往南京拜师学医。待到学成，十八岁那年又去了上海，进了一所野鸡大学，做起了“洋学生”，两年后因违反校规被开除。遂回乡娶亲，留在家乡行医。其父斥资两千大洋为其开了一家中药店铺，王成禅既是老板，又兼坐堂问诊的郎中。

这家伙生性淫邪，利用看病之便与女患者行苟且之事。日久难免败露，引发“医患矛盾”，患者家属向同业公会、商会、警察局投诉报案无效，遂聚众打砸其店。王成禅从后门溜走，逃过一劫。其父王必功原是当地一霸，闻讯大怒，买通警局拘捕对手，又指使土匪将其家属杀害。

1938 年 5 月，萧县沦陷，日伪成立汉奸政府，组建“皇协民团”，王氏父子出资捐助枪支弹药，王必功得以出任“皇协民团”副司令，王成禅任“萧县政府医卫督察官”。王氏父子其实是没有见过大世面的主儿，不过是“土汉奸”，对时势的判断缺乏战略眼光，否则，在迈出捐助枪支弹药那关键一步的时候，这爷儿俩是会再三掂量掂量的。

萧县地区是中共和国民党、日伪长期进行拉锯斗争的一个舞台，早在萧县沦陷后不到三个月，中共就在当地成立了抗日民主政府，次年 11 月，成立了豫皖苏区联防委员会，1940 年又成立了皖东北抗日根据地淮上办事处、淮上行署。同时，国民党的萧县流亡政府也长期存在，活动频繁。王氏父子投靠日寇，成为民族罪人，偏偏王必功还喜欢高调行事，一边为日寇效劳，一边还施展恶霸手段残害民众。于是，就上了中共的锄奸名单，于 1943 年初的一个严寒之夜，被锄杀于萧县的一家妓院里。

我锄奸勇士原本要把王成禅一并干掉的，但连寻其两处住所，都未找到其踪迹。事后得知，王成禅当晚接待早年在南京学医时的师兄，饮酒过量，醉倒在人家下榻的旅馆里，侥幸漏网。次日，王成禅闻知其父死讯，吓得魂不附体，连丧事也没敢参加，甚至没回家去汉奸老爸灵前焚香磕头，就逃之夭夭了。不久，王成禅在乡下的老家所在地纳入中共抗日民主政府的控制范围，其家的土地房屋被分给当地贫苦民众，部分财产充公，作为抗日经费使用。

王成禅先去南京，继而赴沪，在上海一直待到抗战胜利也不敢回萧县老家，生怕国民党政府追究其汉奸罪行（战后，萧县民主政府随同专区行署撤往豫东解放区）。受一个朋友之邀，王成禅前往南京行医，其间结识了国防部的一个有些背景的少校军官陶某，从陶那里得知形势已经发生变化，国共和谈破裂，内战即将爆发。一旦开战，“中央”必欲将共产党彻底剿灭。

陶某了解了王成禅抗战时期的情况后，说此事可以帮兄台消弭。王成禅闻之大喜，表示若果真如此，就能以合法身份返回家乡，少不得要把那些分他家土地占他家房产的穷棒子一个个收拾了。陶某指点，南京政府支持以前受过共产党“迫害”被迫逃亡在外的人员返乡复仇，名曰“还乡团”，发给武器经费，助他们杀回家乡。国防部在鼓楼设立了一个报名点，兄台可去报名，若加入了“还乡团”，以前的事肯定一笔勾销了。

就这样，王成禅成为“还乡团”的一员，于1946年7月18日随同国民党军队返回萧县。他参与了多次“复仇行动”，亲手杀害二十余人，此外还有纵火、强奸等严重罪行。

1948年11月13日，萧县全境获得解放。但王成禅早在一年前就已经从当地消失，据说去了南京，也有乡人称曾在上海见到过他。1949年4月下旬南京解放后，萧县人民政府曾致函南京市军管会公安部请求协查，还派员前往南京，均未找到该犯下落。同年5月下旬，上海解放，又派员赴沪访查，依旧无果。8月，据县公安局从武汉追捕到的同系萧县“还乡团”分子段某交代，王成禅去了重庆。告知他该信息的是其表哥甄某，甄某称，曾在重庆胜利碑（即今解放碑，1947年8月竣工落成，时称“抗战胜利纪功碑”）一带亲眼目睹王成禅在路边摆案设摊替人诊脉开方，操一口流利的川语。

1949年11月底，重庆解放。12月中旬，萧县公安局派员前往重庆访查无果，便在1950年元月中旬向西南已解放地区寄发协查通知，继续查缉王成禅。这份协查通知，为成都市公安局调查“3·13”专案提供了确认凶犯身份的重要依据。

专案组经过研究，报请赵方局长批准后，兵分三路，七名侦查员分赴重庆、萧县、南京和上海进行调查。当时交通不便，旅途费时颇多，这一查整整花了三个星期，遗憾的是，最终什么结果也没查到。

最有希望提供线索的对象，是曾在重庆胜利碑亲眼目睹王成禅设摊诊病的那个甄某。此人是萧县逃亡地主，抗战时在日伪的“维持会”任职，和“还乡团”也有一腿，从其年龄、经历判断，他跟王成禅应该相识，很可能有过较密切的交往，估计两人在重庆见面时也有过交谈，甚至还一起喝过老酒什么的。当时重庆还在国民党统治下，两个“还乡团”骨干分子待在“自己人”的地盘上，喝喝酒聊聊天也算正常。可是，这条线索却没法儿查下去——甄某在武汉被捕后，押解途中企图跳长江逃跑，被警方开枪击毙。

解放伊始的川西，除了匪患严重，治安形势也相当严峻，特别是成都，刑事案件发案率居高不下。成都警方警力有限，因此，“3·13”

专案组在辛劳一个多月也未能获得突破的情况下，领导不得不让他们回到各自所属部门，参与其他重要案件的侦查。但赵方局长有言，这并不意味着“3·13”专案组已经解散，只要发现新的线索，全组同志必须重新聚合，投入对该案的侦查。

6月2日这天，赵方收到重庆市公安局发来的电报，下令俞青竹等七名侦查员立刻前往“刁公馆”集合，宣布重新启动“3·13”专案。

专案组接受任务后，就如何展开对超级凶犯王成禅的侦缉进行了研究。

侦查员不知道，差不多就在他们研究如何侦缉王成禅的那个时段，距离专案组驻地华兴东街45号成都市公安局不过五百来米的鼓楼南街那家名唤“包荐头”的荐头店（旧时对职介所的称谓）里，以荐头店店主身份为掩护的“保密局”潜伏特务包福寿刚刚接待了一名特殊主顾——他的上司、代号“穿山甲”的“保密局”中校特务。“穿山甲”向包下达的一道指令，恰恰与王成禅有关！

“包荐头”虽小，却是家老字号，打自包福寿爷爷那辈儿就已开张，传到他手里已是第三代。抗战前期，四川已成为国民政府的大后方，蒋介石自是对川中军阀政客以及盘根错节的袍哥帮会予以特别关注。于是，“军统”、“中统”悄然登场。人手自然短缺，只好就地物色，包福寿就是这样被人家看上的。

当时打的是“同心协力、精诚抗战”的招牌，包福寿的父亲有袍哥身份，他跟着父亲学得了不少江湖经验，知道凡事都要顺着“势”来。“军统”派人跟他结交，然后道明本意，他几乎是不假思索，一口答应。从此，他有了“军统”的正式编制，设档案、有代号、领薪饷、拿津贴。干的活儿其实比较简单，就是把“包荐头”作为“军统”的一个秘密情报中转站。尽管不是特工科班出身，包福寿对这项秘密工作居然适应得很快，而且干得不赖，从 1939 年到 1945 年抗战胜利，六年期间，也曾遇到过几次险情，但他从容应对，都是有惊无险。

抗战胜利后，“军统”根据蒋介石的指令搞特务复员，“包荐头”这个情报中转点被撤销，包福寿也在复员名单里。不料，世事多变，到了 1948 年秋，已改组为“国防部保密局”的原“军统”因局势不利，需要安排潜伏特务，又想起了包福寿这位“老同志”，派员前来联系，要求包福寿“归队”。

包福寿遂重操旧业，干的还是老本行——情报中转，不过，这回保密等级提高了，“包荐头”这个情报中转点的代号是“中华民国国防部保密局西南密字第 241 信箱”。本案第二次侦查开始之前，中国人民解放军西南军区的密码破译专家已经在截获的敌特密电中发现了这个代号，初步研判，认为乃是设于某公寓大楼或公私单位的内部公用信报箱，没往联络实体上面去考虑。包福寿还是像抗战时期那样，以冷漠而又认真的态度对待这份第二职业。不过，他怎么也没想到，“组织上”要让他的工作职能发生一个变化，给他这个“军统老同志”增加点儿工作量。

这天下午，代号“穿山甲”的上司以顾客身份突然出现在荐头店小小的店堂里。这是一个三十五六岁的男子，寻常市民打扮，成都其时已入夏，时有雨水，因此他手里提着一把收拢的油纸伞。包福寿之前曾与其见过一次面——1948 年秋，“保密局”派来通知包福寿“归队”的那位即是此人。

本案破获后，这位仁兄一并落网。其真名叫况锦天，曾任“国防部保密局”成都站少校特别督察官。1948 年夏，“保密局”总部根据形势对成都的特务组织予以调整，况锦天晋升中校，受命组建并负责指挥三个潜伏特务组织，其中一个就是只有包福寿一名特务的“中华民国国防部保密局西南密字第241信箱”。

“穿山甲”交代给包福寿的任务是：奉台北总部密令，“241信箱”立刻行动，在成都秘密寻访一个名叫王成禅的男子，找到后不必惊动，在“包荐头”门口挂出暗号即可。

包福寿觉得这个任务似乎没什么风险，不过，“241信箱”只有他一只独脚蟹，让他一个人干这桩找人的活儿，难度肯定不小；另外，这是必须把全部时间都扑上去的“全日制”工作，荐头店怎么办？停业？经济损失怎么算？这话跟“穿山甲”一说，上司微微一笑：“已经考虑过了，不必停业，照常营业，但可以采用开开停停的方式。你这荐头店就你一人，原本就是要时不时关了门去联系上下家的，没有人会对你产生怀疑。至于经济损失，组织上予以补贴，另外，你这属于外出活动，津贴、交通费、应酬费什么的都不会少。”

接着，“穿山甲”交代了查访对象的情况：王成禅，男，四十岁左右，身高不低于一米六五，应是豫苏皖鲁交界地人氏，会说川语，单身，职业可能是中医。此人之前曾干过“还乡团”，不知何故突然脱离，隐居于新都县石板滩镇外的“叫花村”，现已离开。今年3月13日，曾对共党军人出手，一次毒毙十二人。“组织上”估计，目前此人在成都已有职业掩护，而且有相对固定的安全居所，可按照这个思路着手寻访。

“穿山甲”向包福寿布置的这项任务是有来头的，而且来头委实厉害——超级凶犯王成禅在新都县石板滩作的案子，被混在叛匪中的“保密局”特务作为情报密呈台北总部。对于敌特机关来说，这乃是一个值得关注的消息，因此迅即送往局长毛人凤的案头。毛人凤阅后，转给其时主管台湾情治（即情报和治安）系统的蒋经国。蒋经国每天去见蒋介石，自然要把大陆的一些消息以正式或非正式（也就是闲聊）的方式报予老蒋，其中就包括这一条。蒋介石对王成禅的身份很感兴趣，追问“此人究竟是党国谍报外围组织成员还是寻常民众”。小蒋说，情报中称此人系“村民”，估摸应该是寻常民众，如若系我方谍报人员，其所在组织肯定要作为战绩上报的。

蒋介石随即让蒋经国布置下去，设法找到王成禅其人，将其送到台北。蒋经国马上领会了老蒋的意图：四川、两广、两湖、安徽等省目前多有“忠勇之士”武装反抗中共“暴政”，川西新都王成禅毒毙“镇压暴动民众”的军人及“帮凶”（即民工），其志可嘉，可以将其树为典型公开宣传，再由心战专家策划利用，以鼓舞正在大陆多地“奋勇斗争”的“忠勇之士”的士气。

“总统口谕”由蒋经国传给毛人凤，毛人凤随即着手安排落实。对于当时的“保密局”来说，要从四川把一个人平安接往台湾，并不特别犯难。从重庆到云南有抗战时已经在使用的公路，从云南越境至缅甸，那里有被解放军打败后逃至缅甸境内盘踞的国民党第八军、第二十六军残部，其占据地区修有小型机场，登机即可飞台。难的倒是要在茫茫人海中找到王成禅其人，这需要动用“保密局”在四川的潜伏特务，而且不是区区几人就可以找到目标的。

为此，毛人凤在三天内四次召集由叶翔之、王蒲臣等多名特工专家、将军级大特务参加的会议，研究如何在不暴露潜伏人员的前提下尽快找到目标的方案。根据专家建议，还特地拍发密电向当初报告“王成禅毒毙共军”情报的潜伏特务询问相关信息。回电很快就来了，却是“再无详情”。不过，不能小觑“保密局”收集情报的能力，不知通过什么途径，他们还是收集到了这个超级凶犯的基本情况。最后，毛人凤拍板决定，把寻找中心点定于成都，指令潜伏于该市的特务“穿山甲”况锦天负责该项任务。

毛人凤的这个决定是根据多名与会者的建议作出的。况锦天的军衔是中校，这种军衔在“保密局”一抓一大把，并不起眼，但其现时的职务却很重要，系领导三个潜伏特务组织的“国防部保密局西南川字第六室”主任。“第六室”拥有可以直接跟台北“保密局”总部联系的秘密电台，下辖的三个潜伏特务组织目前共计特务十九名，除了包福寿的“241 信箱”，另两个潜伏组织分别是搞情报和行动的。此外，况在解放前曾任“国防部保密局”成都站少校特别督察官，系成都站指挥、监督四川省会警察局和成都警备司令部稽查处特务活动的督察组组长，手头掌握着一些解放后尚未暴露的“保密局”特务组织外围成员或曾与“保密局”有瓜葛的留用警察及社会人士，必要时可以此为把柄，要挟对方参与现行特务活动。这部分人总共有四五十人，也是一支力量。因此，在成都的“保密局地下同志”中，可以说没有其他人比况锦天更适合承担该项任务了。

况锦天接到台北总部的密电后，不敢怠慢。作为一个资深特工，他对如何完成这个任务作了缜密考虑：首先是保全自己，为寻找这么一个家伙把自己搭上，那是愚蠢之举。想来想去，认为自己不直接出面站到一线为上策。王成禅作了这么一宗特大案件，中共军方警方肯定都在查找其下落。如果自己风风火火身先士卒冲在最前面，很有可能就让人家给盯上了。所以，最好找个代理人挡在前面。

找谁呢？自然就是他麾下的三组潜伏特务之一、“241 信箱”包福寿了。这人祖上世代操袍哥，在成都乃至全川、湖广都有人脉可用，此系访查王成禅的先决优势，让其执行该任务，成功率比较高。如果运气好找到王成禅，那功劳还是“穿山甲”的；如果运气不佳，折戟沉沙，那也损失不到“穿山甲”头上，及时切断关系就是，反正是单线联系，操作方便。

三、失之交臂

“3·13”专案组举行重新启动侦查后的首次案情分析会，讨论如何查缉超级凶犯王成禅。

此前，西南公安部政保处于桑处长签发的电文告知川西省厅（成都市局），“前你厅发函要求协查之要犯王成禅疑似藏匿于蓉城市区，曾有相识者亲眼目睹其在米市坝现身”，侦查员对这个说法进行了分析——

电文没直接说目标曾在成都米市坝现身，而是在前句缀以“疑似藏匿于蓉城市区”的说法，侦查员据此认为，重庆市公安局报予西南公安部的相关内容可能另有隐情，只是不便透露。侦探这一行，凡涉及线人、耳目的，都有一套规矩。一般说来，出于对线人、耳目的保护以及今后的使用，通常不会把获得的所有信息都通报给同行。但如果只说“曾在米市坝现身”的话，可能会使成都方面产生疑惑，在“路过成都”还是“藏匿成都”这两个选项间花费较多时间和精力进行研判，因此就作了适当提示。专案组讨论下来，决定依据“藏匿于蓉城市区”这个结论来制订访查方案。

王成禅藏匿在成都市区哪个旮旯？眼下当然不清楚。尽管其曾在成都米市坝出现过，但这个“出现”是这厮就住在那一带，还是偶尔去米市坝溜达，正好让人看见了，这就说不准了。侦查员分析下来，认为以王成禅的情况，欲想在成都市区生存下来，首先要有固定居所，其次是必须有经济来源。从之前调查到的情况判断，这主儿系萧县那一带的“还乡团”骨干分子，估计在“还乡清算”过程中是有所收获的。他初到新都县石板滩就掏钱买下那两间毛竹小屋，可以作为这一点的佐证。

不过，以王成禅的江湖经验和缜密的心计，他手头有再多的钱财，逃至成都后也不敢贸然出手。而且，解放后成都公安对户籍管理抓得很紧，像他这样一个没有户口的主儿想在当地买房租房，派出所这一关就通不过。同样的原因，即便是以访客名义在朋友家暂住也做不到，那是需要向派出所申报临时户口的，而王成禅是逃犯，没有身份证明，无法申报。

侦查员据此分析，看来王成禅在米市坝“现身”之举，并非临时溜达一圈，很有可能是在那一带落脚了。

位于北门的米市坝在旧时的成都是一个比较有名的场所。这个坝子很大，原是华光寺前面的广场，后寺院废弃，寺前坝子便成了农贸市场。最初以经营米面蔬菜为主，渐渐成气候了，就有卖唱、杂耍、看相和游方郎中等前往设摊扯场子。由于那里叫卖的东西不大靠谱，本地人又把米市坝唤作“扯谎坝”。米市坝也好，扯谎坝也好，总之这里就是一个以买卖农副产品为主，兼带杂七杂八生意的综合性自由市场。

旧时这种市场全国各地都有，通常官方并不管理，也不收税，治安问题自然也是不闻不问。川地袍哥现象普遍，各行各业都有其成员，市场秩序多半也由袍哥负责。一般来说，类似争抢摊位或因竞买竞卖引发的纠纷并不多见，一旦发生，袍哥会出面调解，时间一长，就成为一种不成文的规矩。同样的原因，扒手顾忌袍哥的势力，在这里作案也不敢太嚣张，至少白天如此。倒是晚上，商户们需要特别注意防范小偷小摸。

前来米市坝做买卖的商贩，其经营规模有大有小，并不都是只挑一个担子就过来了，其中不乏用车舟（马车、人力架子车和木船）运送数百上千斤甚至更多的货物进城来出售的。这么多货物，不可能一天就卖光，晚上就住在市场里，用芦席草苫油布临时搭个简易窝棚栖身，守着卖剩的货物过夜。市场无人管理，官府不过问，袍哥势力白天的时候可能会维持一下市场秩序，到了晚上，那就没人操心了。货物的安全，全靠货主自己盯着。于是，在市场搭建的窝棚就成了米市坝的一道独特风景。不仅是相对固定的摊贩，路过此地的小贩、艺人、游医等也经常来这儿过夜，长期驻扎在市场的固定摊贩不但不干涉，反而还会提供帮助，互通有无，几次下来混熟了，合伙做买卖甚至结拜弟兄的情况也不少见。这，就是江湖。

那么，王成禅会不会就混在米市坝这个“江湖”里？专案组认为有必要查摸一下。除此之外，北门地区的旅馆、昼夜开张的澡堂、经常运货进城停泊在附近的船只等，也要予以关注。

次日，6 月 3 日，专案组七名侦查员根据上述调查方向分头进行访查。考虑到王成禅是外埠潜逃来川西的，跟成都当地袍哥有来往的可能性极小，动用耳目打探其下落不至于打草惊蛇，在请示赵方局长获准后，动用线人、耳目进行协查。

专案组七名侦查员中，沙世杰、孙牧原两人是国民党省会警察局的留用刑警，他们自抗战时期就已跟中共地下组织有接触，受地下党委托提供过多方面的情报。其中老沙还是革命烈属，他的嫡亲弟弟是川大学生，中共地下党员，1948 年被捕牺牲。沙世杰在旧警局刑侦大队时，因侦查刑案需要，曾奉命物色过三个耳目。这一行的规矩是，谁建立的耳目关系，就由谁掌握使用。成都解放后，老沙和这三个耳目的联系还一直保持着。组建“3・13”专案组时，组织上考虑到可能需要动用耳目，就把沙世杰从刑侦大队临时借到二处参加专案侦查。

这天上午，一干侦查员分头行动，专案组长俞青竹把三张从协查通知上翻拍下来的目标照片交给沙世杰，让他交给耳目，请他们协助查找。俞青竹则单独前往米市坝一带的管段派出所。

所长老刘跟俞青竹是同乡战友，少年时就在一起耍了，此次一起随军南下接管成都警局后，两人都很忙，这还是第一次见面，自有一番寒暄。老刘听俞青竹道明来意，说你们这个专案组一成立，我就从内部简报上看到了。前两天跟所里同志闲聊时提及此事，这才想起一晃儿两个多月过去了，一直没听见下文，估计办案不顺。现在既然有情报说目标曾在米市坝露过面，那敢情好，我这边于公于私来说都理应全力支持，具体怎样配合，请老兄发话。俞青竹说情况尚不明朗，咱只能走一步看一步，眼下能做的，就是访查管段内的旅馆、大车店、公共澡堂等可以过夜的场所，看是否能摸到线索。老刘遂唤来朱、张两个留用老警员，说这二位是这边的老土地，不但地头、人头两熟，经验也足够丰富。

俞青竹把相关情况跟老朱老张说了说，那二位则介绍了本管段这方面的场所情况，三人排了排访查顺序，随即投入工作。

与此同时，由专案组副组长殷义和侦查员段富仁、詹添福负责的第二路对米市坝市场的访查也在进行中——

当时还沿袭旧例，有赶场日，按季节或三天一次，或五天一次。逢到赶场日，整块坝子全是市场，熙熙攘攘，热闹非凡。解放后，人们的经济条件有所改善，即便不是赶场日，坝子上也有很多商贩摊子。这天是阴历四月十八，虽不是赶场日，但还是有人出摊，在各摊位间穿梭往来的顾客也颇有一些。三侦查员进入市场后，先是貌似悠闲地转悠了一圈，熟悉一下市场的环境，把摊主也都扫溜了一遍，没发现跟照片上的王成禅相似的对象。然后，开始分头访查，每人一个方向，一个个摊子挨着把照片亮出来，问摊主是否见到过这么一张脸。

这种做法，在米市坝市场其实算不上稀奇事儿。解放前，警察、私家侦探缉拿案犯，或大户人家寻找私奔儿女，经常来这么一手；解放后，外埠公安来成都查缉逃犯，也经常光顾米市坝，有的还把印制的通缉令张贴于市场周围房屋的墙上，甚至是市场内一些常年留驻的大摊位搭建的简易芦席棚的蒿墙上，但因为露天，蒿墙的墙面又不平整，一般两三天就脱落了。现在，三侦查员用这个方式进行访查，摊主们都见怪不怪，不过，一个个看下来，最后都是摇头。

米市坝外围并无围栏或篱笆之类，各个摊位看似杂乱，其实也不是毫无章法乱搭乱建，其间自然形成通道，最外围的摊位之间的空当儿，就是类似市场的“门”。殷义让一溜摊位的摊主看过照片后，发现自己已经来到了“门”口，即摊位间可供人车通行的一个空当儿，也就是刚才进入市场的位置。一眼扫去，老殷发现“门”外多出了三个地摊，刚才进来时是没有的。于是，便上前查看。

这三个摊位分踞两侧。一侧两个，一个是卖小型竹器的，另一个是卖草药的，一男一女两个摊主都在三十岁上下，可能来自同一个村子，因为两人正用相同口音的川西土语聊着什么；另一侧是个五十来岁的小老头儿，一头黄中夹杂着灰白的头发乱蓬蓬的，好似废弃的鸟窝。那人蹲在地上，面前放着一个用竹篾编制的鱼篓，手里拿着一根长长的竹烟杆，正慢吞吞地抽着，脸上露出惬意的神情。见殷义朝自己这边看，他蹲在原地不动，抬脸咧着少了两颗门牙的嘴巴朝殷义笑笑。殷义被对方眼中闪出的那道常人没有的神光所吸引，暗忖这小老头儿不简单，应该是练家子，而且是长年习练内功的人，否则不会有这样的眼神。

这时，一旁那个摆草药摊头的男子开始向殷义兜售商品：“这位先生，买点儿消火祛湿的草药回去吧，已经入夏了，家里留着备用。”

殷义这几天有些喉痛，寻思买些金银花泡水喝或许有效，就过去买了些，付完钱出示照片，问对方是否见过此人。男摊主看照片的时候，卖竹器的女摊主也把头凑过来，但他们都表示没有印象。女摊主说我们平时是在春熙路卖货的，这几天那边在修路，不让摆摊，这才来米市坝。您去问问那位大爷，他经常在这里摆摊子。一边说，一边示意对面那个眼露神光的小老头儿。

殷义便走到小老头儿跟前，出示照片。小老头儿见之，微微一怔，接着缓缓摇头："不认识。"

对方细微的表情变化被殷义捕捉到了："老大爷，您再看看。"

小老头儿稍稍犹豫，继而点头："恭敬不如从命。"

他把照片拿在手里，重新审视。这回看得比先前仔细，一边看，一边下意识抬起另一只手在乱蓬蓬的头发里抓挠。殷义寻思没准儿有戏，便从口袋里掏出香烟，刚要递过去，忽听一个童声尖呼"大爷"，跟着不知从哪里冒出一个八九岁的男孩儿，手里倒提着一条半大不小的灰褐色花斑蛇，瞬间已经奔到近前："我抓着一条蛇！"

小老头儿的目光从照片上移开，瞥了一眼，漫不经心道："很好！放篓里吧。记着，欠你六千元（此系旧版人民币，与 1955 年 3 月 1 日发行的新版人民币的兑换比率是 10000∶1。下同）。"

说完，小老头儿继续看照片，拧眉沉思，似在苦苦回忆是否在哪里见到过这张面孔。但殷义的注意力却已经转移到那个小孩儿身上——确切地说，是转移到小孩儿手里倒提着的那条毒蛇上！

殷义有过在战场上出生入死的历练，也有深入敌后化装侦察，面对日伪枪口和刺刀从容不迫的那份定力，但唯独对蛇虫见之憷头，甚至想着心跳就会加快。之前，他见小老头儿蹲在那里守着一个鱼篓，想当然以为是个渔夫，是来市场卖鲜鱼的，哪知这老儿竟然是来米市坝做毒蛇买卖的！此刻，小男孩儿一手拎着毒蛇，一手拨弄着竹篓的盖子试图打开。殷义看得提心吊胆，对其是否能如愿有所怀疑，脑子里随即闪过一个念头：千万别把这竹篓弄翻了……

结果是担心什么来什么，端的是"说时迟那时快"，就在殷义一闪念间，竹篓果然被小男孩儿弄翻了，里面盛着的毒蛇（估计也有少量无毒蛇）顿时争先恐后钻出来。农贸市场的地面湿度古今中外都差不多，不分晴天雨天，只要开门营业，必定是湿漉漉的。米市坝又是清一色的泥地，蛇类动物在这种地表上的移动速度非常快。转眼工夫，二三十条毒蛇四下乱窜，由于速度快，移动中五彩斑斓的花纹显得诡异而又恐怖，卖草药和竹器的男女小贩惊叫连连，拔腿就逃，路人以及市场里的其他商贩也都大惊失色。

纵然身经百战，殷义这当口儿却也傻了，事后跟战友提起这段经历，说他当时有一种条件反射式的赶紧躲开的冲动。在场人员中，只有摊主小老头儿镇定如常，他把照片朝殷义手里一塞，说声“没事”，伸手从怀里掏出一把剪成碎末的混合干草药，随手一甩，呈扇面形撒在地上，伸脚把倒翻在地的竹篓勾回来，与此同时，嘴里发出尖厉的怪啸。说也奇怪，那些被殷义这个北地汉子称为“长虫”的爬行动物竟然纷纷回转身来，仿佛那些草药碎末对它们有不可抗拒的吸引力。小老头儿抄起竹篓，出手如电，手指频频戳点七寸，被点中的长虫无不就地瘫软，被他一条条收进竹篓。

这一切发生得快，结束得也快，也就不过两分钟。目睹这一幕，殷义对小老头儿这一手暗自惊叹，在场的路人以及摊贩更是议论纷纷。那小老头儿收起竹篓，双手抱拳冲大伙儿转着圈儿作了个罗汉揖表示歉意，然后走到殷义跟前，说照片上这张脸他看着似乎眼熟，可实在想不起曾在哪里见到过，抱歉了！

就在这时，市场另一侧“砰”的一声枪响，随即传来喧哗之声。殷义一个激灵，莫不是段富仁、詹添福他们遇到了情况？想着，拔腿便往市场里跑。

市场另一侧的段富仁、詹添福确实遇到了情况——

他们两个分头沿着一排摊位挨个儿向摊主出示王成禅的照片，询问是否见过这个人。段富仁来到拐角处的最后一个摊位，那是一个卖小板凳、水桶、储物盒、木如意之类小型木器的摊子。摊主不在，可能是临时有事暂离片刻。段富仁寻思，那就先去对面那排摊位吧，回头再过来请该摊主辨认。刚要转身离开，摊主回来了，是个二十二三岁的愣头青，可能以为段富仁是顾客，还没走近就扯着嗓门儿吆喝："想买什么？喂，别看别人啦，说的就是你！"

段富仁甫一转身，那小子一愣，睁大眼睛上下打量片刻，脸色倏变："你……你是……"

"我是公安局……"

下面的话段富仁还没说出来，对方二话不说，挥拳便是一个冲天炮。要不是段富仁练过武术，身手灵活躲闪得快，闹个满脸桃花开也说不定。那厮一拳砸空，拔腿就逃。段富仁来不及多想，紧随其后，却被不知从哪里冒出来的三个身强力壮似是一个模子里压出来的青年男子拦住。段富仁遂掣出手枪，朝天鸣枪警告。不远处另一侦查员詹添福闻声拔枪冲过来，和段富仁一起把那三个小子逼住。段富仁正要去追袭警的那厮，却见殷义已经押着那主儿过来了。原来，这愣头青逃窜的路线正是殷义赶来的方向，见有人慌不择路抱头鼠窜，料想跟鸣枪有关，便当场拿下。

三位侦查员把这四个小子押到市场一角，喝令抱头蹲下，就地讯问。原来，这四个是江湖哥们儿，最低一档的地痞。解放前都是不务正业游手好闲的混混儿，解放后地痞混混儿没了市场，就凑了些钱钞批了些小木器合伙做起了生意。这种生意自然别指望能挣多少钱，根本不够他们的花销。于是就策划抢劫，最近半月已经作案三起。昨晚三人刚去三官堂街抢了一户资本家，四人分赃后各自回家。那个挥拳袭警的家伙蔡某到家后方才发现，他带去的那个准备盛装赃物的布提兜竟然落在苦主家里了（因取了苦主一口小皮箱，所以没用上）！这个布提兜是蔡某之父春节前去桂王桥北街“益康堂国药店”购买补品时人家赠送的促销礼品。

蔡某为此一夜无眠，今天上午过来后跟三个同伙一说，观点不一，有说“不碍事”的，也有和蔡某一样颇为担心的。为首那个姓牛的“大哥”认为小心无大错，建议蔡某等三个昨晚持刀进入苦主家跟人家打过照面的暂时去乡下找个旮旯躲一躲。至于米市坝的摊子，由他守着就是。牛某昨晚担任望风，没跟苦主打过照面，只要一口咬定自己在家睡觉，再让家人作证，料想无事。

刚才四人不在摊子上，就是在附近角落抽着香烟密议此事。没想到刚议到这里，发现摊位前有人驻步在瞅商品，以为来了主顾。旧时做生意有点儿讲究，其中一条是每天的第一位主顾必须尽可能拉住，哪怕平进平出甚至小赔些许也要争取成交。所以，蔡某就过来应酬了。哪知一看来人是公家人模样，寻思准是布提兜之事穿帮，人家找上门来了，就有了之后袭警逃窜的一幕。

简短讯问完毕，侦查员去附近找了个有电话机的公司，通知管段派出所派人过来将这四人带走，三侦查员则继续访查目标，结果令人失望——所有辨认照片的摊主都说没见过此人。

其实，不但米市坝市场的摊主十有八九见到过目标，就是侦查员中也有见过此人的。那就是副组长殷义——他刚刚打过交道的那个捉蛇的小老头儿，正是超级凶犯王成禅！

四、线索难觅

王成禅在 1946 年 7 月怀着对家乡“穷棒子”和中共民主政权的刻

骨仇恨，以“还乡团”骨干分子的身份杀回萧县老家后，大开杀戒，犯下了累累罪行。原以为以国民党的那份力量，以及背后有美国政府的援助，内战打败中共料想不成问题。到时候，他的仇如愿报了，还可以凭着立下的功劳弄一个什么官儿做做，重新过一份滋润日子。哪知世事难料，老蒋这么不争气，把一盘好好的棋下得惨不忍睹。

那段时间，王成禅对时事政治极为关心，每天看报纸听广播，深更半夜还收听中共广播电台的广播，又有一颗受过大学教育的脑袋，在“还乡团”那些土豪中属于“众人皆睡我独醒”的状态，终于提前意识到国民党大势已去。如此，原先指望的“个人前途”就成为一个肥皂泡了。“独醒”的王成禅遂作出决定，带上“复仇”所得的金银珠宝，遁身江湖，找个安全地方先待下来再说。于是，一夜之间，王成禅就在萧县地面上消失了。

从此，王成禅开始了他的流窜之旅。不过，这还算不上逃亡，他所到之处都是国民党统治区，而国民党政府已经撤销了对其汉奸罪行的追究，所以他是安全的。

王成禅先是去了重庆，那是一个他从未到过的陌生城市。但他对川东话倒并不生疏，在上海就读野鸡大学的时候，同寝室的一位同学夏某就是重庆人，两人一见如故，迅速成为哥们儿。王成禅有语言方面的天赋，没事就跟那哥们儿学说四川话，到两人分手时，他已能说一口流利的川东话了。

到重庆后，王成禅没去找那同学，而是租了房子暂住。身边有金银珠宝，吃喝不必发愁，但不是长久之计。他想融入当地社会，就发挥自己的中医特长，在胜利碑摆了个摊子给人治病。这个过程中，他结识了一些也在胜利碑设摊谋生的朋友，以川人居多。王成禅经常跟这些朋友喝酒饮茶摆龙门阵，听说了四川各地的许多轶闻，川西新都石板滩“叫花村”的情况就是这样得知的。

往下的形势发展，还真是让王成禅给估测着了。国共内战，国民党空有美国的强大援助，在战场上竟然节节败退。王成禅在山城待了年余，连使用假名的户口也在当地哥们儿的帮助下在警局给上了，而且在给警察送了两条烟后，时间往前提了两年多。这样，即便重庆由“国统区”变为解放区，他也经得起新政权的审查。哪知，1948 年 10 月，他跟大学同学夏某不期而遇。

那天下雨，王成禅等几个哥们儿摆在胜利碑街头的中医摊、蛇药摊、算命摊之类，生意都很清淡，几人便坐拢一起喝茶摆龙门阵。已是国民党重庆市政府官员的夏某，就是在这当口儿打着一把雨伞路过的。王成禅的摊子上支着一把大伞，上写“一脉搭准，妙手回春”，夏某就是被这句广告词吸引，驻步打量摊主。

时隔多年，两个情同手足的兄弟在此地邂逅，自有一番感慨。夏某把王成禅请往附近的咖啡馆叙旧，两人有扯不完的话语，话题开了一个又一个。看看暮色已降，又从咖啡馆移至饭馆。夏某这时已是市社会局的一名处长，手中有权，临别时让王成禅明天去社会局找他，他可以给他介绍一份工作，肯定比街头行医体面得多，而且收入丰厚。

如此，王成禅隐身重庆的希望落空了。他经常收听解放区的广播，知道国民党败局已定，老蒋纵然有再世诸葛亮襄助，也是回天乏力，别说重庆，整个中国也必将由中共控制。届时，官居处长的老同学自己是否能够得以保全也还难说，由其提携的自己哪有平安之福？再说，如若要当官或谋份体面职业，他当初离开“还乡团”后干脆去南京托朋友找门路不就得了，还用得着跑到重庆来？看来，要想隐居避祸，还得跑远些。去哪里为好？王成禅想起了跟山城这边的哥们儿摆龙门阵时听说过的川西新都石板滩。

说走就走，次日他就离开了重庆。

来到石板滩后，王成禅凭着一口基本达标的川语，顺利成为“叫花村”的一名村民。尽管手头有钱，但总得有一份职业遮人耳目。中医当然是不能做了，就采药出售吧。他在重庆时，跟那个卖蛇药的哥们儿崔某学得了治蛇伤抓毒蛇的本领，两人经常去野外采药抓蛇。崔某惊叹这位哥们儿的聪明，说他学啥像啥。于是，到石板滩定居后的这段日子，他上山采药时也留意抓蛇。

1950 年 3 月 13 日的那宗特大凶杀案，并非临时起意。王成禅对共产党、“穷棒子”有一种与生俱来的刻骨仇恨，从理论上来说，这就是阶级仇恨了。2 月上旬“龙潭寺惨案”拉开了土匪暴动的序幕，石板滩这边的土匪紧接着热烈响应，“叫花村”也有部分村民参与，有人还邀王成禅参加，被他拒绝了。对于这个受过高等教育、双手早已沾满人民鲜血的汉奸、“还乡团”骨干而言，他内心对这种暴乱极为支持，但他更清楚，美式装备的国民党正规部队尚且被打得溃逃台湾，眼下这些土匪、反水降卒难道还能扭转局势？所以，他不想参与。

乡下消息闭塞，他只有在去新都县城或者成都市区出售药材时才能获得一些信息，得知此番石板滩与龙潭寺两地作为反革命暴动首发地，上了北京的报纸。根据他对中共行事路数的了解，意识到不能再在石板滩隐藏下去了。回头暴乱被镇压下去后，龙潭寺、石板滩两地肯定会受到中共彻彻底底的清查，“叫花村”聚集了太多的不明身份者，那更是重中之重。王成禅遂决定离开。这还是他在 2 月下旬时的想法。

王成禅具有狡兔三窟的思维，当初他从重庆悄赴川西时，先在成都市区逗留。趁其时蓉城还是国民党统治区，便到处转了转，发现天府之国名不虚传，物产丰富，物价上涨幅度比重庆要小，可能因为时局原因，房价不涨反跌。他就通过一个有着袍哥身份的房产经纪人，在化成寺街一条无名小巷买了一个带两间旧平房的独立小院。经纪人是个老江湖，一眼就看出他是从外地过来意欲在川西定居的对象，便主动询问是否需要帮助办理户口，王成禅求之不得，即掏钱作为打点费用。

在成都市有了户口，王成禅离开石板滩才能够有一种说走就走的洒脱。这一离开，肯定就不会再回来了，王成禅寻思，何不趁眼下一片混乱之机杀几个共党分子以泄心头之恨。有了这个想法，他马上制订方案，很快就想出了一条毒计——

解放军的剿匪势头很旺，看来很快就能控制局势。届时，肯定不会容忍叛匪逃窜躲藏、死灰复燃，那就要进山剿匪。这些暴乱匪徒对本地地形了如指掌，在力量不如对手的情况下，必会采取埋伏方式对付剿匪部队，部队的伤亡是少不了的。打仗当然不可能带着伤员，那就要把伤员从前方撤下来。以眼下的交通条件，以及叛匪打一枪换一个地方的路数，解放军伤员不可能迅速送往成都救治，也不会往新都县城送（一是新都医疗条件有限，二是从石板滩去新都比去成都的距离还多几公里），估计会在石板滩设临时急救点、包扎所之类。在这种条件下，后勤肯定跟不上，那就会向当地百姓有偿索求饮食。

王成禅的主意是，眼下这个季节，山上、野地里蘑菇疯长，其中不乏含有剧毒的致死毒菌。由于品种繁多，当地老乡尚且难以分辨，每年都有中毒不治身亡的，何况这些北方来的军人。王成禅是中医，尽管不能辨别所有毒蘑菇，但还是识得几种的，何不以毒蘑菇为菜，连同米饭一起提供给剿匪部队。这种情况下，即便一中毒就发作，也缺乏就地救治的条件，况且也无人知晓救治方法，待送到成都，只怕已经来不及了。

打定主意，王成禅即着手准备，3 月 13 日，终于候得机会，一下子毒害了我军民十二人，然后连夜逃离石板滩。

逃往何处？事先已有计较，玩“灯下黑”，进了成都市区，回到了他位于化成寺街的“家”。平时他一月大约进城两三趟卖药，每次都会回“家”待一两天。房屋位置处于闹市中的冷僻之处，没有近邻。再说，他是有户口的，当然既不姓王，也不姓袁，而是使用了“彭作仁”的化名。

王成禅知道，如今成都已是共产党的天下，跟国民党时代大不一样，其中一个大变化就是“群众的眼睛雪亮”，不但街道、居委会，连那些贫贱百姓也会主动向派出所报告他们认为可疑的对象。尽管不愁吃喝，他还是不敢待在家里饱食终日无所事事，寻思得找点儿事来做做。

干什么行当好呢？做郎中肯定不妥。在石板滩干了那么大一个案子，别说成都市了，就是全川只怕都已知道，警方肯定会四处侦缉，他不能有些许蛛丝马迹引起外界的注意。左思右想，最后决定走个冷门儿，那就是捕蛇出售，做蛇贩子。成都有几家抗战时逃难过来的广东人开的粤菜馆，菜单中有以蛇为主料的菜肴，另外蛇胆酒也有一定的需求。但川人对捕蛇缺乏兴趣，食材货源一直得不到保证，不得已时，厨师甚至亲自出马去郊区捕蛇，以满足食客的需要。王成禅寻思，他可以在这方面玩一个障眼法。

于是，他就做了蛇贩子，不但自己捕蛇，还从山民手里收购。没几天，他就发现这一行选对了，除了可以作为自食其力的幌子，还使得不管是邻居、路人、群众、干部，抑或军警，只要看见他手里提着捕蛇夹子以及那个散发着特殊腥味儿的装蛇竹篓，无不退避三舍，不敢靠近。居委会干部为避免登门，连隔三差五总要召开的群众大会也懒得通知他了。自发现干这一行有这个好处后，王成禅也就不主动向那几家粤菜馆送货上门了，篓里有货，就去附近米市坝支个摊子，等饭馆厨师过来购买，免得带着这副工具招摇过市惹人注目。

以上只是身份和职业的掩护，想要有效躲过军警的缉查，还有非常重要的一条，那就是设法改变自己的容貌，也即如今说的整容。

整容这个词汇出现的时间不算长，但整复体表缺陷的手术可追溯到古代，《晋书》上就有修复唇裂的记载。公元前六至七世纪印度的史料中，也有鼻再造与耳垂修复的记载。19 世纪，欧洲有了整形外科从业人员，皮肤移植的成功则为整形外科向专业化发展起到了推动作用。20 世纪初，整形外科手术多用于治疗一战中面部遭受损伤的人员。在近现代中国，整形外科作为一门学科起步比较晚，直到 20 世纪 40 年代末，恐怕也没几个人听说过。

王成禅对通过西医改变容貌不抱希望。但改变一下自己的容貌，于他来说又极为重要，怎么办呢？西医找不到，那就中医吧。可是，中医是没有整容业务的。但王成禅却说：有！

在哪里？是谁？

远在天边，近在眼前——王成禅就是！

可以说王成禅真是大胆，也可以说这等同于狗急跳墙，但不跳就是死路一条，跳一跳，没准儿还有生机，反正伸头缩头都是一刀，他决定自己动手整容。他没学过整容技术，就连见也没见过，但他学过化妆，而且是正式拜过老师的。

当年他在大上海读大学时，学校里组织话剧社、京剧团，学生可以自由报名。王成禅虽然对唱戏听戏一概没有兴趣，但他对参加这些社团的女生感兴趣，于是就说自己在萧县老家曾学过化妆，积极报名参加。野鸡大学当时没有美术专业，倒还真是缺化妆师，立刻就批准了。好在这两个业余剧团从成立到演出之间有几个月的空当，王成禅便急电萧县老家让速邮钱钞若干，收到后即按照《申报》上的广告信息，前往公共租界静安寺路请一位英国专业化妆师一对一面授。学了两个月，王成禅又经这位洋师傅介绍，去大世界帮演出艺人义务化妆作为实习。王成禅少年时学过画画，加上人又聪明，三个月下来倒也可以出师了，在学校剧团一直混到因违反校规被学校开除。据说他离开之后，那个话剧社因找不到化妆师而倒闭了。

王成禅根据画画时学到的诀窍，对人脸结构进行了分析，发现了若干容易被识别的共同特点，其中有的跟后来专门研究人脸识别的刑侦专家运用的原理竟然相符。他就选择在“让眼睛炯炯有神”、“脸颈部肤色变深表皮起皱打褶”这两点上做文章，意在改变人们对其面容的注意点，达到蒙混过关的目的。于是，就开始大胆尝试。肤色变深表皮起皱打褶对于他这个正规执业中医来说，不算难事，弄些中药连喝带研粉加“料”（秘方需要的非中药类其他物质）涂抹就可以了。“眼闪发光”要想速成本来是一个难题，旧时艺人练眼神颇为麻烦，要日视太阳夜盯香火，没数百甚至上千天的苦练根本甭想。至于武术高手的那份眼神，则跟内功有关，通常没有二十年以上的刻苦修炼是闪不出神光的。可是王成禅却有左道旁门，他当年在大世界“实习”时用三十枚大洋从一个年过六旬的老化妆师那里获得一张秘方，方子上的东西市面上有售，现在淘宝网上也有卖，将此物煮水后每日熏洗双目，一般只消两个星期即可使眼睛炯炯有神。一段时间后，其效果会逐渐消弭，到时则可再次使用，效果依旧。王成禅就是用此秘方解决了眼神问题的。

王成禅早在策划作案时就已经对自己作案后被军警方追缉的情况作了估计，认为会有以下四点——

首先是会认为他是土匪方面设在石板滩的暗桩，3 月 13 日瞅准机会下手制造毒杀案件后，就逃窜至土匪那里去了。所以，对他的追缉很有可能只不过是停留在设立案卷上，待日后剿匪结束再对其下落进行调查。当然，也有可能会将其情况从军方下达给各剿匪部队，要求部队在剿匪中留意缉拿他——但这种可能性比较小，因为以王成禅在“还乡团”的经验，四川此番参加暴动的土匪中，肯定不乏全川各地乃至外地逃亡来川的巨匪恶霸、亡命大盗、漏网特务之流，这部分人的罪行肯定不比他王某人小，如果军方人人都下通知缉拿，那是不现实的。毕竟剿匪部队的力量有限，必须全部扑在剿灭土匪上。

其次是军警方可能在土匪内部安插有内线，他们通过内线会了解到他其实跟土匪没有关系。因此，他的逃窜去向应该是川西或者川中其他地区的野外，这一点他们会根据自己之前是以采药为生而推断出来。那他们暂时就拿他没辙，处置方式和上一种情况不会有什么区别。

再则就是会估测他可能会躲到附近一些县城，这就会由川西公安厅出面，向全区各地公安局下达通缉令之类的缉拿文书。当然，也会考虑到他可能躲藏在成都市区，会进行侦查。不过，警方手头应该只有唯一一条线索：即他是以采药为生，推测会把所采得的药材卖给新都县城和成都市内的一些中药店，所以，专案警员会走访成都市内的中药房调查线索。但他已经改行做警方怎么也想不到的蛇贩子了，切断了跟中药店的关系，平时走路也是绕过那些卖过药材的中药铺子。因此，警方对他也应该没辙。

最后一个估计，可能会是他藏匿于成都市内，但改行了，不过不知改做什么了。所以，会采取广泛查摸的方式进行寻查。这一点，王成禅寻思倒是需要注意防范的。

王成禅寻思，如果自己暴露，那最大的概率多半会是在米市坝。但凭他的那份化妆术以及变中医为蛇贩子的遮眼大法，即使对方有孙大圣的火眼金睛，只怕最初也只不过是轻度怀疑，不会二话不说就下手捉拿他。不过，如果真是被撞上了，那将是生死全在一念间。对手的能耐不能小觑，有资格成为侦缉像他这样一个超级凶犯的专案组成员的，都是人精。所以，光凭他主观抓住机会只怕还不行，必须分散对手的注意力。王成禅想了两天，经过反复权衡，最后决定利用人为制造“蛇祸”来制造脱逃机会。于是，他就在已经物色的几个捉蛇卖给他的小叫花中，选中了一个最机灵聪明的。那个小叫花绰号“小糊涂”，真名连他自己也不知道，因为他打记事起就已经跟着一群比他稍大的小叫花在乞讨了，料想应是父母双亡的孤儿。王成禅用了一点点钱和食品就收买了这个八岁男孩儿，关照他只要看见自己出现在市场，就拿着抓到的蛇躲在暗处看着他；如果没有抓着蛇，就在他收摊离开时过来取一条放在毛竹筒里封住。一旦见他发出暗号，就立刻拿蛇过来“卖”，然后故意把蛇篓子撞翻。完事后，迅速离开即可。

王成禅准备的这一招还真给他制造了一个脱身的机会。

初解放时的警方基层侦查人员，来源一般有三种：有解放区公安工作经验以及之前曾在部队里有过军事侦察实践的接管干部、留用刑警以及当地解放后从社会吸收的进步青年（稍后，各省都创建了公安学校，招收学员，学习半年一年后分派至本省警务单位）。从业务技能水平来说，这三类成员中的留用警员的平均水平可能占先，但若论尖子，还是在第一类接管干部中。不过，总的来说，当时的侦查人员普遍都缺乏现代化的技能培训，根据地的保卫干部培训班也好，解放后的公安学校乃至旧时的警校也好，其教学内容都有所欠缺。比如辨认脸容，通常是忽略掉的，全凭学员参加工作后自己在实践中一边琢磨一边运用。跟王成禅不期相遇的侦查员殷义也是这样，他根本没想到这个目闪神光、脸面黝黑、皱纹褶痕密布的蛇贩子竟然就是警方正在苦苦寻觅的超级凶犯。

当天晚上，专案组聚在一起汇总各自的调查情况。赵方局长在听了殷义的汇报后，马上让正要接着汇报的另一位侦查员暂停，随即向殷义提了几个关于现场情况的细节问题。这位 1926 年入党、抗战伊始就已是中共晋西南区党委社会部领导的资深保卫干部听了汇报后，稍稍沉思片刻，说："此系反常！"

反常在哪里？赵方认为，殷义对蛇贩子双目神光显露的判断肯定不会有错，因为殷义自己就是武术世家出身，少年时便开始练拳练内功，对练家子自然是见得多了非常熟悉。但是，刚才他向殷义了解下来，这小老头儿徒有"双目如炬"的神采，行为举止中却缺乏相应的功力体现，也没有武功高人的那份气场。于是，赵方便怀疑这主儿是在玩障眼法：根据萧县那边的通缉令所称，王犯曾学过绘画，接受过专业训练，尤其擅长画人物肖像，其水平连当地专业画师也自叹不如。所以，该犯知道人的脸容最难改变的是眼睛，为了不露出马脚，他很可能用什么手段把一双眼睛变得目光如炬。这样，人见之肯定会注意其眼神，也就不会留意其五官和照片是否相似了。

还有一点，就是那个蛇篓突然倾翻的现象。从殷义所见的那小叫花子往竹篓里装毒蛇一幕判断，既然小叫花子能手擒毒蛇，他就应该知道怎样防范毒蛇逃窜，而且，打开竹篓盖子往里面放蛇他也不会是第一次干，否则，这个蛇贩子也不会叫他自己操作的。然而，经其手一拨弄，竟然就把蛇篓弄翻引发一场毒蛇大逃亡。这一幕当时看似是个意外，但仔细分析起来——这好像是事先安排好似的。

经赵方这么一分析，专案组的侦查员都觉得颇为符合逻辑。组长俞青竹决定重新进行调查。说干就干，连夜行动吧！

当下，全组出动，直扑米市坝。那里没有夜市，但却有一些固定摊位的摊主是待在搭建的简易棚子里过夜的。侦查员赶去，把已经睡下的十多个摊主一个个唤醒，先表示歉意，然后说明来意，请求他们配合提供相关情况。这些摊主都表示理解，一群人便搬了木墩子、石块砖头之类的在市场空地上围坐一圈，开了个座谈会。

专案组了解到以下情况：蛇贩小老头儿是大约在今年清明时开始在米市坝出现的，他似乎是懂这边“蛇鹰蝎子不能入场”的规矩的，头天来就没进场，在外面路边蹲着。他是米市坝市场的第一个蛇贩子，沉默寡言，从不跟人搭腔，倒是那些小叫花子不知怎么的跟他蛮合得来，捉蛇卖给他，他除了付钱，还时不时带些吃食来让他们分享。川人不大吃蛇，所以他在米市坝基本就是只进不出，据说收来的毒蛇是去卖给几家粤菜馆子的。由于小老头儿不是每天都来市场，即使来了也不跟人搭腔，所以他已经出现两个来月了，这边的小贩连他姓啥都不知道，更别说名字、籍贯等其他信息了。

侦查员认为从上述情况看来，小老头儿显然是十分可疑的。他们向小贩打听那些小叫花子夜间住在何处，决定来个夤夜拜访。小贩说那七八个小叫花子都是在附近那座破败的土地庙过夜的。

专案组随即夜访土地庙，把那些小叫花子给堵在庙里，也给开了个座谈会。小叫花子都是精灵，开始不肯配合，侦查员吓唬他们这里不说去局子里说。没想到他们竟都满不在乎，站起来就要跟侦查员走，说进局子也蛮好的，有免费的饭吃了。侦查员让这帮小爷弄得哭笑不得，只好好言劝之，这才得到配合。小叫花子们于是轮流说了说情况，果然如专案组之前的推断，那小老头儿以食品、零钱收买了“小糊涂”，说如若有“江湖对头”来找他麻烦时，需要他救驾，具体做起来很容易，只要把事先准备好的毒蛇从竹筒里取出，过来说要卖给他，自己往竹篓里放的时候故意把篓子弄翻即可。

至此，小老头儿便被专案组定为“3·13”凶案嫌疑人。成都警备司令部、成都市公安局连夜联合发出布控缉拿令，全市出动大批军警进行布控查缉。可是，一连折腾了两天，逃犯却杳无影踪！

五、紧锣密鼓

这两天，对于“包荐头”的店主、秘密身份系“中华民国国防部保密局西南密字第241信箱”的包福寿来说，也经历着前所未有的忙碌和紧张。他自6月2日接受“穿山甲”的指令寻觅王成禅的信息以来，一直在成都市内四处转悠。打自1939年他开始为“军统”效力，就结识了一帮三教九流的朋友，最近他假装闲着无事喝茶饮酒摆龙门阵，设法把话题往找人上面扯。但这显然纯属撞运气，就像在街头“六合彩”摊头摸彩一样，理论上来说是有希望摸得到的，但实现的可能性却是微乎其微。

这个情况，对于“穿山甲”来说，有一种火燎眉毛的紧迫感。“保密局”台北总部已经连续两次来电催问此事的进展情况，由此可见毛人凤的急迫程度。于是，他决定另派人员寻觅王成禅，至于包福寿，则暂时不改变原先指令，还是让其全城寻访。

那么，再派谁来寻找王成禅呢？况锦天决定让其嫡亲外甥屠亚杰出面具体操办此事。

屠亚杰，二十六岁，出身富商家庭，其父系自贡盐商，袍哥首领。屠亚杰高二时辍学报考成都空军机械学校，被录取。次年，他因酒后殴斗伤了一个将官的公子，尽管当时况锦天已是“军统”上尉，可也保不了外甥，屠亚杰被判了三年徒刑，交原籍警察局执行。回到老家，凭其老爸的势力，当地警局没让屠亚杰坐一天牢，而是让他去刑侦队做了一名没有编制的便衣。后来，况锦天担任“保密局”成都站督察组组长，负责对省会警察局和警备司令部稽查处特务活动的监督。于是，他就把外甥从自贡唤来省会，但没给屠亚杰委任什么职务，干的也是鸡毛蒜皮的零星活儿。但舅甥俩心里明白，屠亚杰是况锦天的私人助理，干着监督“保密局”那班正式特务的秘密使命。屠亚杰干得很到位，以至于那些被暗中监督的特务们竟然没有一个知道自己在被监视。成都解放前夕，况锦天受命潜伏，仍旧让外甥跟着他干。在成都解放前九天，况锦天突然“失踪”，屠亚杰也随之消失，舅甥俩去了设在玉带桥的一幢大楼内的“大旺星贸易公司”，这家公司早在抗战后期就已经注册成立，档案显示多年来一直在正常运作。其实，这是当时“军统”秘密设置的一个备用密点。现在，况锦天改名换姓成为公司经理，屠亚杰也改了名字担任庶务科长。这家公司就他们两人，做的是皮包生意。这在旧时也算正常，比那些注册在自己家里的私人公司还强一些，毕竟还有个经营地点。

现在，况锦天决定把寻访王成禅下落的活儿交给屠亚杰负责。当晚，他把情况跟外甥一说，屠亚杰表示没问题，一定努力去做。不过，他提出一个条件，如果我完成了这桩活儿，也不要奖赏，更不要编制头衔什么的，只要让我护送这个姓王的奔重庆上云南去境外，最后径赴台北就行了。到了台北，我找什么工作，也不用劳您老费心。没准儿我很快就会离开台湾，去香港、澳门或者美国都有可能。您看这么办行不行？况锦天听着，寻思这小子倒还颇有心机，他想去国外过一份太平日子。当下沉思片刻，正色答道：“水往低处流，人往高处走。从私情上来说，我当然愿意你离开大陆，不过，这是公务，我说了不算数，还得向总部请示获准后才行。不过应该不是难事，确实可以以护送的名义向上申报。这样吧，你只管去办此事，只要把目标找到了，啥都好说!”

舅甥之间的这笔交易就这样谈成了。

另一边，专案组侦查员经过分析，对三个方面进行调查：一个是根据之前调查所获的“袁某（即王成禅）以采药为生”的信息，查其在出售药材时所接触的中药店的情况；另一个是走访成都市内那几家购蛇为食材的粤菜馆；第三则是追查王成禅在成都市内的落脚点。

经查，成都市内的粤菜馆中只有一家跟貌似王成禅的蛇贩子有关系，说是从清明节时开始的，王成禅大约三至五天送一批蛇来，其中有毒蛇也有无毒蛇，以毒蛇居多。王成禅话不多，说川语，因为跟店方几乎没什么交流，所以店家也不知道他的川语是否纯正。这人对钱似乎看得并不重，卖蛇从不侃价，给他多少他就收多少；粤菜馆有时有卖剩下的卤菜、点心，老板好心要送他一些，他从不肯收，态度却很客气，总是连连道谢。这人从来不跟别人说自己的事，曾有厨师随口问他住在哪里，他笑言“住在庙里”——这显然是谎话，因为侦查员问过那帮小乞丐，“老先生”是否如他们一样以破庙为家。小乞丐们一致摇头，说他们对全成都的破寺庙破道观了如指掌，“老先生”根本没有住在庙里。

那么，王成禅会不会是住在有僧人的正规寺庙里呢？专案组向市佛教协会请教，得到的回答是绝对不可能！像他这种以捉蛇杀生为业的角色，天底下没有哪座佛教寺庙会向他提供住宿的，甚至连进都不会让他进。

粤菜馆调查无果，专案组考虑到凶案发生前王成禅可能以采药为生，接着就开始清查中药店。从当时王成禅居住在石板滩的地理位置判断，他可能去石板滩所在地的县城新都，也可能来成都市售药，石板滩镇距这两地的距离差不多。专案组鉴于当时匪患的情况认为，王成禅来成都卖药材的可能性大些，况且从石板滩到成都市也容易搭到便车。另外，从米市坝小贩反映的情况看来，王成禅很有可能在成都市内有落脚点。

专案组七名侦查员全体出动，这回不分别调查了，先集中盯着成都市的中药店进行调查。根据王成禅在米市坝卖蛇这一情况，大伙儿认为王成禅出售中药的店家也会选在附近。于是，专案组将对中药铺的调查圈定在以米市坝为中心的方圆两公里的范围内。侦查员用了一整天时间分头走访，跑遍了划定范围内的所有中药店、药材批发行和专门收购药材的地摊贩子，却没有什么有价值的发现。

6月6日晚上，专案组继续分析案情。赵方局长在工作间隙也抽空来参加。大伙儿热烈讨论，形成两种观点：一种认为王成禅出售药材的店铺在专案组划定的范围之外；还有一种观点则是认为侦查范围应该没错，只不过咱们查得不细，可能漏掉了一些药铺。这当然都是一些推断，双方谁也说服不了谁。赵方局长一到，大伙儿就都住嘴了，吃起了领导送来的新鲜樱桃。专案组长俞青竹没吃，而是向赵局长汇报了白天大伙儿的调查情况，以及正在讨论的两种观点。

有侦查员笑问："赵局长，您怎么看这个问题？"

赵方笑言："我的思维没你们反应快，还没来得及琢磨呢，大伙儿先吃樱桃，让我想想。"

过了一会儿，赵方表达了自己的看法：成都和平解放前后各行各业都有由于各种原因关门歇业的现象，在专案组划定的调查范围内，是否有中药店或者收购药材的摊贩歇业不干的呢？这一点需要专案组继续调查确认。

专案组次日便向刚刚由市药材同业公会改组的药材行业协会进行调查，查询在以米市坝为中心方圆两公里范围内是否有中药店铺在解放前后歇业关闭。另外，专案组希望协会提供该范围区域内收购药材的地摊从业者的情况。药材行业协会的接待人是个年届六旬、干瘦如柴却又精神矍铄的秃顶老头儿，他思维反应很快，听闻来意后，他几乎想都没想就开始摇头。他的头摇摆幅度小，但摇的时间却很长，如果这一幕发生在现在，没准儿侦查员会以为这老头儿嗑了摇头丸。幸亏他一边摇着头一边总算开腔了，他说摆地摊的人是没有资格加入协会的，他们也不需要办理营业执照，所以也不必跟协会打交道。至于中药店，老头儿说在他的记忆中解放后这个区域里也没有歇业的，连打算歇业的都没听说过。侦查员听老头儿说到此，正大失所望，谁知突然出现了峰回路转——老头儿说："不过，有家制造成药产品的作坊半月前倒是歇业了。他们熬药时没留心，走水了，一场大火把整个作坊烧了个精光。没办法，只好歇业。唉!"

侦查员问明地址，随即就去找这个作坊的主人老方。一问，王成禅果然是把采得的药材都卖给他家了。不过，王成禅跟这家作坊主接触时，举止言行与跟粤菜馆接触时一样，老方也无法向专案组提供什么更有效的信息。侦查员正要告辞时，来了两个伙计，他们是来跟老方商议是否把火场废墟清平整后重振旗鼓之事的。老方对向警方提供线索之事很是热心，便对这两位说，侦查员是来了解以前总来卖药材的那个"老袁"的，你俩知道什么情况吗？专案组的运气来了，其中一个姓黄的伙计说那人有点儿怪，不喜欢说话，像个哑巴一样，不过，他说自己是石板滩的，我却听说他在成都这边有家。

老黄说了一个情节：去年秋天，当时成都还没解放，这个老袁来作坊卖药材。一如既往地闷声不响，倒茶递上他也只是接过来放在一边，照例不喝。过了秤，付了钱，他冲众人点点头，说声"走了"就出门了。也是巧，正好有一个朋友老马来作坊找老黄说事。进来后听大伙儿在议论刚刚离开的那个老袁，说这人卖药材很大度，不像其他采药人那样对给价、称重斤斤计较。老马听后插话说我知道这人，就住在我家附近。

侦查员窃喜，便问那个老马的地址。老黄说是说了，不过又补充了一句：他已经去世了。就是2月龙潭寺闹土匪暴动时，他去那边走亲戚，途中遇到土匪，二话不说就开枪把他给毙了。

不过，专案组已经知道了老马的住址，既然他生前说过王成禅住在他家附近，那去找管段派出所就是了。

派出所的户籍底卡上当然是找不到王成禅或者老袁的姓名的，不过，可以根据王成禅的特征在老马家附近访查。专案组已经考虑到多年前的照片跟逃川后的王成禅的样貌不同，所以在照片的基础上综合了米市坝以及粤菜馆、中药作坊三方人员的口头描述，形成了王成禅的画像。6月8日傍晚，专案组终于确认了王成禅在成都的藏匿点，就在距离米市坝大约两公里的化成寺街的一条无名小巷尽头的两间旧瓦房里。随即，专案组先将该地址秘密监控起来，同时指派侦查员由管段派出所配合，走访了这条街上上百家街坊邻居。几个侦查员一直忙碌到晚上九点多，除了多人确认曾见到王成禅有的还跟他搭过一两句话语外，并未获得其他信息。与此同时，专案组长俞青竹在派出所查阅户口底卡时，向多名留用警员和已经离开的国民党时期的旧警员了解情况，试图了解王成禅解放前买下化成寺街那两间瓦房以及买通警署篡改户籍的情况。但派出所对其房屋买卖情况并不知晓，至于户籍登记，据当初经办的一名旧警员姚某说，是旧警察分局致电警署头目让办理的。那头目解放前夕已经举家逃离成都，目前不知去向。

当天午夜，专案组全员出动，带了由派出所联系的一个街头锁匠，悄然前往化成寺街王成禅的窝点。对于专业锁匠来说，打开瓦房大门上挂着的老式黄铜锁根本不在话下，按照专案组的要求，他在不损坏锁体和内芯的前提下，就像使用原配钥匙一样，轻而易举地就把锁打开了。专案组副组长殷义一马当先，左右手各持手电和手枪，用脚顶着大门轻轻往里推开。一股腥味儿扑面而来，手电光下，只见屋里体长不同颜色各异的毒蛇满地乱窜。殷义生性惧蛇，当下轻呼一声，连忙后退。他后面的侦查员詹添福眼疾手快，随即把大门拉上关紧。有侦查员提议去找木棍铁锹什么的把它们灭了，组长俞青竹说不行，因为此次来是查看这个窝点，必须保持原状。这些毒蛇肯定是王成禅故意留在家里的，为的就是帮他看守门户。如此看来，他这屋里有可能藏着什么贵重的东西。如果这个猜测不错，那他倒是没逃远，还会回来的。

专案组决定进屋查看。可是那些毒蛇该如何解决呢？有侦查员提议连夜去请粤菜馆厨师来，让他帮助把毒蛇抓起来放在一旁，待专案组查看过屋里情况后再放出来。众人想想这倒是个办法，可以一试。但侦查员孙牧原却提出了另一个主意：去消防队借高筒雨靴穿着入内，这样就不怕毒蛇的进攻了。大伙儿说这个主意好，于是立刻派人前去消防队办理此事。

穿着高筒雨靴入内查看的是俞青竹、段富仁、孙牧原三位。王成禅的这个住所跟他在石板滩“叫花村”的草屋一样，屋里几无陈设，只有寥寥几件貌似捡来的破旧家具。一张只有一半的写字台上有两个抽斗，都未上锁，里面放着旧鞋子、破布、空酒瓶之类的东西。有一个酒瓶里还钻了一条像是竹叶青的小蛇。侦查员想起案发伊始，军方调查组去石板滩查看犯罪现场时发现，王成禅逃跑前把灶头拆毁了，当时分析他可能在灶膛里藏了赃物浮财之类。如果这个猜测是准确的，那么他会不会把赃物浮财转移到这边的灶膛里了呢？三人一议，认为有必要检查一下。

搬开灶上的铁镬，扒开灶膛表面的柴灰，露出下面的砖头。侦查员撬开砖头，发现里面不像老百姓家的灶头那样填的是土，还是砖头。侦查员便知有戏，于是继续往下撬，一连撬起四层砖头，底下露出一个陶瓷坛子，坛口用数层防水油布封扎得严严实实。侦查员把坛子起出来，打开一看，里面是若干金条、数种黄金首饰、珍珠玉石和一沓美元。后经银行估价，黄金、首饰及珠宝折合案发时的旧版人民币市价一亿七千余万元，一沓美元是四千美元。据王成禅落网到案后供称，这些钱财大部分是他以“还乡团”骨干分子的身份返乡反攻倒算作案所得，小部分是家庭及个人的积蓄。

专案组由此作出判断：王成禅并未远走高飞逃之夭夭。因为他若要远走高飞的话，盘缠是必不可少的，哪怕冒险也会回来取走。所以狡兔三窟，这厮很有可能在成都还有一处藏身之地，或者他是暂时藏身在某个江湖朋友的住处。不管这两种可能是哪一种，王成禅都一定会伺机溜回来，查看这边窝点的情况；如果决定逃离成都，他一定会把埋藏的赃物浮财取走的。

于是，经报请赵方局长批准，专案组决定对化成寺街的这处窝点进行秘密监视。

6 月 9 日下午，鼓楼派出所向专案组报来一个情况：有群众反映，鼓楼南街“包荐头”店主包福寿近日行为反常，荐头店连日处于歇业状态，包福寿则从早到晚一直在外奔波。此人解放前跟袍哥等帮会人士常有来往，故目前此举疑似不轨，结合川西时势，很可能有通匪之嫌，希望政府予以注意。派出所长说，这个反映情况的群众是一位烈属老大爷，本人是民主进步人士、统战对象，成都解放伊始川西行署领导登门拜访人士名单中的一位。言下之意是，此公反映的情况，不管是疑之有据还是捕风捉影，都必须认真对待。可能正是这个原因，所长才亲自来市局向专案组通报这一情况。

俞青竹随即向赵方局长当面报告这项情况。赵局长当下指示：专案组可着手对被举报的这个包姓荐头店主进行外围调查。

俞青竹当即叫上侦查员段富仁、詹添福前往鼓楼派出所，了解包福寿的情况。派出所方面说，目前掌握的情况并未发现此人有什么政治历史问题，解放后也一切正常，给外界的印象是一个自食其力的寻常小业主。至于最近根据市局指令调查“3·13”凶案案犯线索时此人的表现，户籍警因布控工作需要曾去找过包福寿，向其出示了案犯照片，包福寿答应留意，但后来没有跟户籍警联系过。这也正常，因为派出所向辖区内的旅馆、澡堂、私营医院等协助布控对象都打过招呼了，事后也都没有回应。

侦查员对是否需要立刻去找附近居民或四周商铺老板了解包福寿的情况反复作了考虑，最后认为还是暂不行动为好，以防打草惊蛇。俞青竹与副组长殷义交换了意见，决定抽调人手立刻对包福寿进行秘密监视。专案组一共只有七名侦查员，李长生、孙牧原、沙世杰三人受命日夜监督化成寺街王成禅的窝点；还剩下俞青竹、殷义、段富仁、詹添福四人，从中抽出三人负责跟踪包福寿，留下组长一人作为调度兼机动人员。俞青竹进行调度的第一个电话就是往市局第四处打的，向处长蔡洪要求借调四名忠诚可靠并通晓警务业务的警员，蔡洪一口答应，连夜派了四名警员过来。这四人，属于专案组的外援力量，只承担专案组下达的任务，并不参加专案组的业务会议。俞青竹寻思，增援力量已经到位，眼下闲着也是闲着，倒不如把他们派去替换蹲守王成禅窝点和跟踪包福寿的侦查员。跟殷义交换意见，后者表示同意，但是提议说对包福寿的跟踪可能三人不够，不如原班侦查员不换，另加派两名外援过去。俞青竹点头同意。

接下来，专案组 6 月 10 日、11 日连续两天对包福寿进行了跟踪，只见他整天在外面四处奔波，跟袍哥帮会的人士接触，也不知嘀咕些什么。10 日傍晚，包福寿前往东大街“净仁素菜馆”，与一男子共进晚餐。侦查员在该男子离开时对其进行了跟踪。

6月12日，包福寿破例没出去，一上午都待在荐头店里接待顾客。俞青竹接到电话，皱眉沉思良久，自言自语道："这不对头啊？"

然后，俞青竹又接连接到两个电话，报来两条信息：一是包福寿10日晚请酒款待的那个男子的身份已经查明，系留用警察，名叫李真璋，原国民党省会警察局内勤科员，解放后被留用，调到第一分局看守所当了一名看守员；二是中午成都市公安局第一分局看守所有一个犯人利用外出看病机会成功脱逃。这个逃犯姓王，名字不详，年龄在四十岁左右。

专案组闻讯，高度怀疑该逃犯疑似正在追缉的超级凶犯王成禅。于是，俞青竹在报告赵局长获准后，即以市局名义跟二分局局长王效伟联系，说因侦查"3·13"凶案需要，拟派侦查员以"市局调查组"名义前往分局调查越狱案，请予配合。王局长自无二话，立刻同意。

稍后，专案组殷义、詹添福、李长生三侦查员以"市局调查组"名义前往二分局展开调查。

六、《捉放曹》

如果专案组对二分局发生的这起在押人犯脱逃案没有作出反应，二分局上下对这个逃犯大概不会引起重视，因为他实在太寻常了。

上一天中午，二分局辖区内的桂王桥北街发生了一起路人斗殴纠纷。起因很普通：一对青年夫妇逛街，女的被一个匆匆奔跑的少年蹭了一下，打了个趔趄，没有摔倒。女子本人脾气很好，没多说什么，让少年以后要小心点儿。而那丈夫却不依不饶，一把揪住少年就抽耳光。路人看不过去，上前劝阻。男人却是谁劝骂谁，于是犯了众怒，被几个路人合揍了一顿。此时正好有警察路过，叫停后问是怎么回事。动手的路人中有个浑身酒气的中年男子对警察此举表示不满，对着警察指手画脚，嘴里呜里哇啦也听不清说的是什么。那民警是个刚从为期三个月的速成公安培训班结业的青年，还没学到老警察那份“圆滑”，见状脱口而出：“你是哑巴吗?”没想到此语一下激怒了对方，冲民警迎面就是一拳。民警虽然快速躲闪，但眉骨上还是挨了“半下”。哑巴力量颇大，这“半下”就形成了一个裂口，民警顿时挂彩。

于是，在众人协助下，中年男子当场被拿下。分局治安股长签了一纸拘票，把人送进看守所羁押。看守所跟押解民警有一个手续交接，一看拘票觉得有些意外：姓名栏里只写着一个王字，年龄、籍贯、职业、住址什么的一概空白，案由倒是有的：袭警。押解民警解释，这主儿是个哑巴，估计还是文盲，开拘留证时问他姓什么叫什么，他只是摇头，递过空白纸让他自己写，只见他握笔生疏笨拙，划拉了三横，看了又看，然后又在中间画上了一竖。又看，可能认为一竖画得有点儿歪斜，不满意。于是又重写了一遍，仍不满意，还想重写，被阻止了。让他继续往下写出名字，他又是摇头又是打手势，嘴里呜里哇啦。没办法，这表上就只填了一个姓氏。

看守所把这个王姓人犯收押后，因其所犯事儿很小，也就没当一回事。办理收押手续的看守员就是解放后被从市局“谪”到二分局做看守警的李真璋，同事都唤他“老李”。老李把该人犯递进监房时，对同监的人犯说这是个哑巴，残废人，别欺负他。看守员的话就是指示，一干人犯对此人还算客气。

当日无话，晚上也没事。到了今天中午，事儿来了。中午看守所开饭时，打自昨天下午进来后就没怎么吃饭的哑巴可能是饿过头了，装着饭菜的搪瓷盆一到手里，他就立刻狼吞虎咽埋头大嚼，刚吃得几口，哑巴突然扔下饭盆筷子，双手捂住腹部，脸色苍白，连连打嗝，然后出现喷射性呕吐。监房里顿时大乱，一干人犯大叫：“出事了!”“中毒啦!”“政府救命啊!”这天中午在监区当值的是看守所副所长老郭，听见叫声赶紧进监房前的走廊查看。见情况不对，还真像是食物中毒，于是立即吹响警哨，喝令全体人犯停止进食，等候处置。

分局看守所并无狱医，看守所随即向对面公安部队营房求助，请部队卫生员过来，同时又把在押的一名西医开出监房随同诊断。结论是：疑似食物中毒，但看情况似是该人犯单独中毒，而非集体中毒，因为百多号人犯中出现中毒症状的就他一个。那么，该如何处置呢？意见是：立刻送医!

于是，看守所就指派三名警员，从监房里开出一个曾从事黄包车夫职业的人犯，把哑巴从监房里抬出来，往所里那辆用来买粮食买菜买煤块的架子车上一放，便往附近的一家医院拉。

到了医院，哑巴已是恨不得整个身子蜷作一团，额头上不断沁出豆粒大的汗珠，嘴里连唔唔声也已经发不出了。看守员李真璋、吕国平用医院的担架把哑巴抬进急诊室，另一个看守员小朱则负责看着拉车的人犯和架子车（人犯是铐在车上的）。

医生的论断是：不管是不是食物中毒，但肯定是“病从口入”跟饮食有关。怎么治呢？先灌肠，再打点滴。

这是一家私营医院，对收费抓得很紧。因为这个急诊对象有些特殊，所以医生算是网开一面，先抢救然后再让去挂号并支付诊费药费。仨警员中，吕国平是接管干部，是看守所三个组中的第二组组长，钞票是他带着的，于是他就去付费，让老李留在急诊室看着人犯。这时，又来了一个车祸急诊伤员，医生护士都忙着去救治此人了。李真璋去小解，返回时在急诊室门口与付完费的吕国平遇个正着，吕国平见老李擅离岗位，急问：人犯呢？老李说在里面呢，没事儿，他连坐都坐不起来，还怕他跑了？

可是，两人走到急诊室一角被布帘子遮着的那张病床时，床上已经没人了！窗子已被打开，窗台上遗有清晰的脚印。

两人随即追了出去，可逃犯已经杳无影踪。

以上就是俞青竹三侦查员从二分局了解到的情况。俞青竹此刻最为关心的是该人犯是否就是超级凶犯王成禅，于是立即前往设在分局后院的看守所。三人分别找看守警、同监房人犯谈话，都说这人是个哑巴，折进局子后没开过腔。当时看守所管理模式基本沿袭解放前旧警局那一套，加上经费有限，一般人犯收押进来，既不拍照，也不按手模指印，只是由看守警做一个基本信息登记。而这个“哑巴”人犯在治安股开的拘票上除了姓氏外，其他都是一片空白，进了看守所也就没法儿给他补全。侦查员了解下来，这人的年龄、身高、脸型特征倒是跟王成禅比较相似。

专案组进行了分析，几番讨论后，形成两种意见，一种是倾向于“哑巴”人犯就是王成禅，其理由是除了年龄、身高、脸型特征跟王成禅相似外，其“哑巴”的特征也显得很可疑，很有可能是因为他说川西话在成都人听起来会觉得不纯正，他生怕露出破绽，所以故意装成哑巴。而从其“袭警”行为判断，这个凶犯可能因为喝多了酒，头脑失控，冲动之下对民警动手。另一种意见则认为此人不是王成禅，因为根据之前对于他的调查情况分析，这家伙是一个心思特别缜密、智商不低的角色，处在被追缉的状态下，他应该既不会在外面喝酒，更不会喝得超量，做出袭警这样的愚蠢举动。

俞青竹提议大伙儿开动脑筋，转换角度再度讨论。继续往下捋，焦点集中到看守员李真璋身上。之前侦查员跟踪“包荐头”店主包福寿时，发现这个家伙正在跟李真璋接触，两人在饭馆喝酒，其间交谈甚密，神情举止显得鬼鬼祟祟。然后，次日“哑巴”就“酒后袭警”折进局子，自称姓王，跟着就伪装病情，成功脱逃。而且该人犯在入所搜身、医院脱逃这两个节点上都跟李真璋相关。这似乎就不能用“偶然”、“巧合”来解释了。

当天夜间，赵方向专案组下达命令：立刻逮捕包福寿和李真璋。

包福寿原本就已受到专案组的秘密监控，李真璋也已经进入我方的视线，中午发生“哑巴”脱逃案后，押解该犯前往医院的三名看守警随即被一分局领导下令暂时限制自由，待在看守所不准离开，等待接受组织的审查。现在，专案组遵照赵方局长的指令，连夜出动，将包福寿、李真璋一并逮捕。

连夜讯问，包、李两犯竟然都是零口供。

次日中午，经过一番准备的侦查员再次上阵，一番政策攻心下来，包福寿终于作了交代。

包福寿接受任务后，一连数日扑在上面，但他跑遍全城，问过上百名朋友，他们都说不知道此人。有人问起是怎么回事，他只好以跟荐头店业务有关系而予以搪塞。几天下来，他终于意识到这活儿自己没法儿干，自己虽然是特务，“工龄”还不短，但一向做的只是情报中转，对于其他特工业务自己根本不知道应该怎样去做。

“穿山甲”见他一连数日没在荐头店门口挂出表示活儿已经干得有些眉目，希望约见的暗号，便推断任务没什么进展。于是，就在6月11日以邮寄广告的方式向包福寿下达指令：当晚六时三十分前往东大街“净仁素菜馆”，该馆店堂右侧七号雅座会有自己人“老梁”在等候，对上接头暗语后，由你做东点酒菜，席间，瞅个空当以“组织”名义向他下达“次日开始执行‘大鹏行动’”的指令。这句话就是这次跟“老梁”见面的唯一任务。

11日包福寿跟“老梁”见过面之后，再也没接到过“穿山甲”的联系指令，他也没再跟“老梁”见过面。

由于包福寿跟“老梁”见面是在警方接到群众反映之后，此时他已经受到专案组的监视了，所以两人在“净仁素菜馆”喝酒是被侦查员监视到的。当然，此刻侦查员还是问了问“老梁”的体貌特征，确与李真璋相符。

这时，在另一间屋里接受讯问的李真璋还跟第一轮讯问时一样，坚持“零口供”。侦查员为了让他打消负隅顽抗的主意，决定让包福寿去跟他打个照面。

殷义等三个口干舌燥的侦查员对李真璋说，咱们歇一歇吧。此时，包福寿已经站在门口招呼“老梁”了。李真璋没有思想准备，看着包福寿脱口而出：“你也进来啦？难道你已经招啦？”

包福寿点头：“老梁，识时务者为俊杰啊！”

包福寿离开后，李真璋提出要抽烟。侦查员满足了他的要求。这主儿一连抽了三支香烟，最后下决心似的用劲儿点了点头说：“真所谓‘时也，运也’，时运如此，李某就认栽了吧！”

说完，李真璋的神情倒还真像放下了思想包袱似的，显得非常轻松，从他的说话语气中也能听出来：“不瞒诸位说，李某这回就是吃了重义气的亏，抹不开面子答应了朋友的请求，帮他演了这么一出《捉放曹》！”

俞青竹一个愣怔：“《捉放曹》？什么意思？”

“那个袭警的是我一个哥们儿的表兄老任，会说话，哑巴是他故意装的。那挨了半拳的警员，跟这出戏没关系，他是我临时利用一下的。小伙子每天那个时间点要从分局步行回家去吃午饭，他家就在附近。我就让老任提前待在那里，瞅个机会故意寻事。跟人吵开了就等着那警员路过，小伙子肯定要管闲事。这时老任就动手，尺度是把这警员弄一个轻伤。那天中午我在分局看守所当值，老任进来由我搜身。事先让他随身藏一些劣质烟丝，我故意‘没搜出’，然后今天中午开饭前他就把烟丝吞下了，再一进食，就生‘急病’啦！今天我不当值，但这种‘急病’肯定要送医院，那就得叫警员押呀。像我这种从市局谪下来的留用警察，肯定要摊上押送就医的苦差使的，所以就顺理成章去了医院。然后我就故意在看押他时去上厕所，老任就翻窗跑了。老任演这一趟戏，酬劳是五万元人民币——这钱自然是朋友掏的。”

侦查员对这一番供述的反应，那就不单单是愣怔了，而是震惊：竟有此事！

李真璋还是那副神情语调：“老任从医院逃跑后，直接去了我给他事先安排好的一个窝点，就在医院后面巷子里，银杏树下，门牌是 27 号，您几位这就可以去看看嘛！”

于是，副组长殷义和三个侦查员即刻前往。一会儿打来电话：“逃犯已经抓住了！”

这边，俞青竹还在跟李真璋聊天，问你的朋友请你演这么一出戏是啥意思呢？回答是这个不清楚，人家没说，我也没问，这是道上的规矩。那么，朋友是什么身份？这个，不大说得准。早先吧，人家是“军统”，胜利后（指抗战胜利）听说又为毛人凤效力。这边解放后，他是否跟“保密局”脱钩了我就不清楚了。他向来喜欢玩神龙见首不见尾那一套，听说是在做西药生意，通过印度那边走私紧俏西药贩到北方去，很赚钱的。您问他住哪里？那我就不知道了，还是这个规矩：人家不说，咱也不问。就说名字吧，朋友说他姓景，名益仕，字降鑫——我称他老景，其实年龄没我大，他也应了，其实，谁知道是真是假呢！

稍停，李真璋问俞青竹：“俞组长，您说兄弟我一时糊涂，江湖义气为重，犯了这案子，政府会怎么处置?”

“老李，你是懂这一行的，你自己对此是怎么想的?”

李真璋的神色变得凝重了，说共产党办事我看不懂，难以琢磨。要说这出“捉放曹”吧，我寻思不算了不得的案子。不过，我不知道老景为什么要请我帮这个忙。没想到竟然会惊动您俞组长，那看来就是大事儿了。人民政府有将功赎罪的政策，我想立功，不知是否可以给我这个机会。

“立功？啥事儿？说来听听。”

李真璋说还是老景那小子的事儿，他让我帮着在我家里藏了些武器弹药、电台和特工活动器材什么的。

这当然引起了俞青竹的兴趣：“说下去!”

“是，是！如今我折进局子已经一个昼夜了，不知老景是否已经意识到我出事了。要不，咱先把那些东西起出来，俞组长您再安排个守株待兔什么的，回头老景若是亲自或者派人过去取，正好把他们拿下——这好歹也是一份功劳不是？到时候还要烦请您老向上边儿美言，让兄弟折掉点儿罪。”

这时，殷义等人把“哑巴”老任押到了，俞青竹立刻讯问，果然，“哑巴”不哑了，说话还挺流利，所供述的情况跟李真璋交代的相符。

俞青竹把先前李真璋所言内容跟殷义说了说，两人研究下来，决定这就全组出动，押着李真璋去其住所搜查。

专案组一干侦查员谁也没有料到，他们竟然上了李犯的一个大当!

七、自投罗网

李真璋是个鳏夫，一干侦查员抵达他位于岳府街的住所，用李真璋的钥匙开门而入。三间平房，分别是卧室、客厅、厨房。屋子面积不算大，但收拾得很干净，家具摆设不多，却件件实用。李真璋因为是涉案人犯，所以进门后无语，乖乖站在离大门最远的那个角落。刚才过来时，因为生怕遇上发现情况不妙赶来转移武器弹药、电台器材的老景，所以没给李真璋扣上手铐。现在，要照规矩行事了，侦查员取出手铐将其铐上。

这当口儿，殷义已经将三间屋子粗粗浏览过了，问道："你说的东西藏在哪儿了？"

李真璋被手铐扣住的双手抬起指指天花板："喏，藏在上面——就是天花板里，那上面是连通三间屋子的一个暗阁，借用人字形屋顶的坡度形成的空间，相当于一个库房，当初还安装了电灯，收拾得很干净的，就是有点儿闷。入口在卧室，打开靠墙那口大橱的橱门，橱柜顶上的板是活络的，往旁边推移，露出入口门，往上推，就开了。"他见俞青竹要指派侦查员行动了，又说，"且慢，我先要把我自己藏匿的一支手枪和两匣子弹交出来，就在卧室写字台右侧第二个抽屉里，钥匙是……"殷义把那串钥匙递过去，让他找出来。

两个侦查员进卧室打开那个抽屉，果然有一支勃朗宁手枪和两匣子弹。主人对家具尚且收拾得那么洁净，手枪肯定是保养得很到位的。

俞青竹说："老李，你还藏匿有其他什么违禁品吗？主动交出算是坦白，就像这支手枪一样，不作犯罪行为记录进卷宗。"李真璋摇头，说其他东西没有了。那暗阁上的那些东西，是老景的，跟我没有关系。当初藏好后，他就把钥匙拿走了。

"什么？那暗阁入口还有锁？"

"是的，当初买下这套房子后是一个做五金生意的朋友给我介绍的营造行，是他跟营造老板帮我鼓捣的，所有的五金材料，锁具、插销、拉手、铰链、螺钉、洋钉什么的，都是从店里送来的，还有钢板。”

“钢板？什么意思？”

“不好意思！当时朋友说没准儿你以后要把这暗阁作为藏身点躲一躲，所以入口要弄得牢固些，那个位置的推门、框架的木板里面都是包着钢板的。”

“那人家放一把火不就彻底解决了？”

“呵呵，那是那个朋友的想法，他说反正藏在里面，别人要想立时三刻把入口突破是有难度的。我反正不花钱，也就随他去折腾了。”

这么一说，侦查员就明白了一点：没有钥匙，靠硬砸会很麻烦，况且里面藏的是武器弹药、电台和特工活动器材，显然不适合硬砸。

如此看来，只有找锁匠来对付了。于是，就派了一名侦查员去街头找个锁匠过来。

专案组一干人过来除了要起出武器弹药、电台和特工活动器材，自然也要对李宅进行搜查的。尽管李真璋说他没有藏匿除了手枪以外的其他违禁物品，但规定的程序肯定要走一遍的。俞青竹说咱们趁这个空当儿，先履行搜查程序吧，李长生待在这里看着李真璋，其他人分头搜查。

客厅里只剩下李长生和李真璋两个人，站在角落里一直没动过的李真璋提出他的腿站得有点儿酸了，是否可以坐一会儿。李长生寻思，原先坐着的嫌犯如果要求站起来，没准儿是别有企图，然而站着的嫌犯要求坐下则是正常之念，于是就同意了。李真璋道谢后就在站立位置旁边的那张三人沙发上坐了下来，然后说刚才俞组长问我时我忘记说了，这墙壁里面有一个小型保险箱，里面藏的也是老景的东西，钥匙他也带走了。他一边说，一边抬起戴铐的双手指着沙发对面墙上挂着的一幅山水画轴：“就在那幅画的后面。”

李长生不知这家伙有诈，条件反射地转身伸手撩起画轴去看。墙壁上还真有一框竖式木质移窗，他把手指按在下侧那块窗板边沿正中的凹槽里，往上一推，里面果然露出一个墨绿色的保险箱。就在这时，李长生忽然听见背后有轻微的动静，立刻警觉，一个急转身。果然，坐在沙发上的李真璋那戴铐的双手里竟然握着一把枪，正欲推弹上膛！

李长生蓦地一惊，急从怀里掣出手枪，同时往侧边跨出一步，身体猛地自动倒地。已经占了先机的李真璋不知这是怎么回事，微微一怔。就这一两秒的时间，精通地趟拳术的李长生已经同时做出两个动作：开枪射中李真璋的膝盖，致使对方的子弹发生了偏差；另一个动作则是以单手撑地（这是地趟拳的高难度招术），蹽腿飞袭，李真璋手中的枪随即被踢飞。这时，在卧室、厨房搜查的俞青竹、殷义等侦查员已经冲了出来，一起把李真璋制服。

李真璋的这支手枪是怎么拿到手的呢？原来，这主儿是条老狐狸，分别把私藏的两支手枪放在卧室写字台抽屉和客厅沙发靠右侧扶手的坐垫下面。他算定按照之前“坦白交代，将功赎罪”态度，专案组多半已经放松警惕了，只要自己主动交出一支枪，侦查员应该不会料想到他还藏着一支。然而，只要拿到其中一支枪，即使被扣着手铐，也能跟这几个侦查员拼一把，有希望脱逃成功。

这时，请的锁匠来了。可是，打开天花板入口木门的锁上去一看，里面什么东西也没有。接着又打开了客厅墙壁里嵌着的那个小型保险箱，里面有几件首饰、两块手表和一封银洋。

随即，侦查员将已经包扎止血的李真璋送医，膝盖挨枪，性命肯定无虞，但这条腿算是报废了。李真璋从被制服后开始，又恢复了零口供。不过，稍后随着其他涉案人员的被捕和招供，以及相关查证结果，李真璋的罪行被锁定了——

这主儿早在抗战前期就已是“军统”特务，受命利用警察身份收集反共情报。1940 年春，国民党特务利用“抢米事件”策划了针对中共的一个阴谋，李真璋参与收集针对中共早期党员、其时担任重要职务的车耀先、罗世文的情报，其提供的数份情报系车、罗被捕的直接因素之一。（车、罗此后被长期关押，1945 年国共重庆谈判时，毛泽东、周恩来向蒋介石提出释放他们，遭到拒绝。次年两人被国民党杀害。全国解放后，周恩来亲笔为二烈士写了碑文。后来出版的小说《红岩》中的英雄人物许云峰，即以罗世文为原型塑造。）抗战胜利后，“军统”搞复员，李真璋遂不再兼职特务。由于此后其长期低调，成都解放前夕，“保密局”制订潜伏计划时未将其列入“归队”名单。

但此次“穿山甲”况锦天要执行“保密局”最高指令，因为包福寿无能而只好让外甥屠亚杰代替自己出面。屠亚杰当初从自贡回到成都后，成为况锦天的私人助理，帮老舅做一些机密零碎事儿，其中就有整理抗战时期“军统”成都站编制“临时工”特务名单简历的信息资料。屠亚杰是个心思缜密之徒，一边整理，一边琢磨这些成员中是否有值得结交的朋友，并把这类人的资料誊抄一份私自保存着。一段时间后，他就开始打着况锦天的旗子，跟这些人中的一部分接触，合伙干歹事儿。李真璋因行事低调，在当地警特两界中均无名气，而且生活作风也比较严肃，干警察做特务也不营私舞弊，否则他在解放后不可能被新政权留用。屠亚杰觉得跟他对不上路，所以从未联系过。可是，这回情况不同了，屠亚杰跟老舅谈下来，如若帮着找到王成禅那主儿，他就可以远走高飞去海外定居了。因此，屠亚杰就充分发挥其主观能动性，想到要动用所有能够用得上的“助力因素”，李真璋就是被他选中的一个。屠亚杰向老舅献上了一个精心策划的方案，经况锦天反复斟酌后决定全盘采用。于是，屠亚杰就去找李真璋。可以想象，像老李这样的旧警察老特务中的高冷角色，哪会答理屠亚杰这种家伙。这也在屠亚杰的意料之中，解决方法已经写在呈递老舅的方案中获得批准了。他只消祭出十年前李真璋在“抢米事件”中扮演的角色以及后果，李就只有乖乖听命的份儿了。屠亚杰还许诺，事成之后，如果李真璋因此而暴露，可以随其一起作为护送王成禅的人员前往海外，万一台湾一时去不了，则可暂时到缅甸国民党残部建立的反共基地，过一段时间再飞赴台北。而后来屠亚杰、况锦天被捕后，在二人的供词中显示，他们的真实想法是：如果出境受阻，人多不便，则可见机行事，将其灭口。

李真璋的智商不低，心计也不弱，但他是科班出身，讲究正统，缺乏跟江湖黑道打交道的经验。他没想到当初“军统”成都站头目反复保证过的“绝对严守机密”（指其与车耀先、罗世文被捕有关的罪行）竟然是一句空话，连屠亚杰这样的小混混儿都掌握了这等机密，当下真有一种痛心疾首之感。答应参与屠亚杰的“营救行动”（关于该行动，后文有交代）之后，李真璋立刻做如何脱险的考虑。专案组之后跟他打交道时所有遭遇的情况，都是他事先做“最坏打算”时策划安排好的。他佯装坦白，引诱侦查员出动前往其宅“起出一应特工活动器材”，则是铤而走险困兽犹斗的最后一搏，因为他知道自己只要被捕，历史罪行必定会将其送上断头台。如今功亏一篑，最后一搏也以失败告终，于是他干脆回到零口供状态。后来，李真璋被判处死刑，因其罪涉车、罗著名烈士，未与况锦天、屠亚杰等犯一起在成都伏法，而是押往两位烈士就义的山城重庆执行枪决。

零口供案犯不多，而一案两度零口供的更是罕见了。所以，李犯的行为甫一出现，立刻引起专案组的重视，随即开会分析这一反常现象。大伙儿把这起《捉放曹》前后一分析，顿悟：这主儿是在玩声东击西之计吧？再联想到包福寿所供称的他先是奉“穿山甲”之命寻访王成禅，后又突然接到密令让他去“净仁素菜馆”跟化名“老梁”的李真璋接头，虽然没说跟寻访王成禅有关，而只是作为“组织”出面传达一个指令，但从特务活动的职能来说，这显然已经是“跨专职行为”了。

“穿山甲”为何要这样做呢？显然是企图吸引我专案人员的注意力，把专案力量引到有疑似王成禅迹象的“哑巴逃犯”身上去，让王成禅得以避开我方的追查。分析到这里，专案组怀疑王成禅的安危可能已经受到敌特方面的重视，他们可能要据此做文章。

继续分析：根据之前所获信息显示，王成禅虽然是犯下严重罪行的反革命“超级凶犯”，但他跟国民党方面并无联系，他从华东潜逃来川是来做“隐士”的。因此，敌特方如果要寻访他，其难度不亚于我方专案组，甚至难度更大。根据李真璋之前的交代，他“受朋友之托执行代号‘大鹏行动’的《捉放曹》，从捉到放就是一个昼夜”。这说明，指使李真璋演一出《捉放曹》声东击西的敌特分子对王成禅的准确藏身点已经掌握。这个窝点应该不像化成寺街无名小巷那样方便前往，找到王成禅后就能轻易将其转移走，而是颇有难度，这个难度包括两个方面：一是此地敌特分子难以轻易进入；二是王成禅本人可能也不便贸然离开。

这种场所是哪里？

段富仁和另一个侦查员几乎是同时脱口而出：“监所！”

俞青竹和殷义交换了一个眼色，缓缓点头道：“对！”

看来，王成禅真的折进看守所甚至监狱里去了。敌特方已经获得该信息，并且已经做好“营救计划”，为确保计划实施成功，就想出了声东击西之策，企图转移我专案人员侦查视线。“穿山甲”让包福寿对李真璋下达的行动方案，显然之前是跟李真璋交代过的，让包福寿下达的不过是实施时间。这个时间只需要一昼夜，如此看来王成禅很有可能已经被敌特从某个监所“安全转移”出来了。

俞青竹说事不宜迟，必须马上查明情况。殷义、孙牧原两位立刻去打电话查询，我去局秘书室查看最新情况上报记录，其余人就地待命。

很快，专案组就获得了调查结果：全市各分局看守所和市局看守所以及监狱都问遍了，均未收押过与王成禅年龄相貌等相符的人犯，近日也没有发生过在押人犯脱逃案件。

唉！这是怎么回事呢？难道之前的分析有误？殷义稍一沉思，忽然一拍桌子："会不会是在管训大队？"

管训大队是军方特地为剿匪军事行动而设立的一个专门收容投诚叛匪（“叛匪”系当时对国民党起义部队中重新反叛的军人和当地土匪的合称）的临时机构，辖属于成都警备司令部。此刻专案组分析认为，王成禅在逃离米市坝后意识到成都必被严密布控，有一种插翅难逃的恐惧，万般无奈之际，只好使用逆向思维，干脆自投罗网前往军方管训大队“投诚”，随便报个假名，伪称系贫苦群众，一时糊涂，受骗上当，参加了当地大户发起组织的暴动，现迷途知返，悬崖勒马，逃离匪部前来成都向大军投诚云云。管训大队对于前来投诚的对象采取欢迎姿态，自然不会问长问短，先把人安顿下来再说。反正营地是有武装军人看守着的，里面还有工作人员予以管束，每天组织政治学习、队列训练，然后就要交代各自情况了。一句话，进来了再想离开，没门儿，得把历史、现行都交代清楚，审查无误，再根据各人的罪行、觉悟程度、是否立功等综合情况作出裁决，获准从宽处理的方可离开，前往给安排的工作单位或者回乡自食其力去。

这样一个处所，对于王成禅来说，在走投无路的情况下，先以“投诚”的名义躲过追捕未尝不可。以后如何，则再说了。一干侦查员听了殷义的判断，都表示赞同。

于是，当即调查！

专案组的这个判断是准确的，王成禅确实藏匿于管训大队。那天，他逃离米市坝后先潜回化成寺街无名小巷的窝点，当时，他对是否要逃举棋不定，因为他如果放弃这处窝点，以后很可能就再也没有机会重新设置了。成都是内地最后一个获得解放的省会城市，逃离成都的话，今后不管逃到哪个城市，任他智商再高、心计再密，也许运气好可以买到房子，但过不了户落不了户口，也将无法入住——派出所必定找上门来。因此，若是让他果断放弃这里，还真是心有不舍。王成禅左思右想，最后决定先找一处相对安全的地方暂时栖身，待躲过风头后再做计议。于是，他便主动向管训大队投诚。临离开窝点时，他把一篓蛇都放出来了，一是替他看家，二是作为对付潜入者的武器。他这房子虽然旧，但并不破，他早把所有窟窿缝隙都用水泥堵得严严实实——这是蛇贩子的必守底线，否则，四邻八舍是不会让你住下去的。

王成禅以叛匪伙夫的名义去向管训大队投诚，那里也要登记审查。他说自己不识字，遂口头陈述，由工作人员记录。然后，要过两关，一是坐在那里，军方干部拿一沓已经收集到的四川各地的叛匪头目、鼓动策划的特务、惯匪悍匪骨干分子的照片，逐张对照；二是如果过了对照关，则在晚点名时把当日投诚人员请上台向全体学员介绍，干部带头鼓掌表示欢迎——这是让全体管训对象辨认，甄别身份真假。王成禅顺利过了这两关，就成为新学员了。因为他是“伙夫”，就把他安排去伙房劳动。

军方抽不出足够的干部来进行管训大队的日常工作，所以一开始就跟地方上商量，要求派员协助。成都市军管会就从公安系统抽调了六十名留用警察过去。寻找王成禅的屠亚杰就将主意打在了这六十名留用警中的两个人头上。

要说屠亚杰的脑子，跟超级凶犯王成禅倒是有一比，他接受任务后，闭门不出一天多，对王成禅去向的可能性作了周密分析，最后得出结论：如果说王成禅还在成都，那他很有可能玩灯下黑，不是“隐”在看守所，就在军方的管训大队。屠亚杰把这个研究成果汇报给老舅，况锦天听了外甥的一番分析，沉思良久，缓缓点头道：“有这个可能!”又沉思一会儿后问，“下一步你打算如何走?”

屠亚杰说：“听说管训大队向成都军管会公安处借了六十名留用警员去协助管理了，那就是干底层的活儿，直接跟那些学员打交道。好比看守所、监狱里的狱警，不是官儿，但手中却有权，学员都服他们。我想先走这一条线，通过他们中的熟人帮着查一下，看目标是否真在那里。”

所谓熟人，其实屠亚杰并不知道有没有，不过，他想六十名留用警员中总有一两个是他潜在的“熟人”——当初“军统”、“保密局”在成都警务系统安插、发展了多少特务和外围人员啊！之前，他以私人助理的身份给老舅整理材料时，悄悄记下了一部分“有功之士”的获奖简况，于是，这部分人就是他屠亚杰的“熟人”了。现在，他打算先查一下目前在管训大队的那六十个人中是否有此类“熟人”。

具体调查的活儿，是由况锦天掌管的情报特务去干的。先查六十人的名单，交由屠亚杰从中甄别。一看，六十个人中有六个人是隐瞒历史混过甄别后得以留用的。接下来，屠亚杰就自己悄然出马了。也就不过一天的时间，他就把选中的两位——钟秀水、潘雪生给控制了。命两人刺探下来，从“入营”时间以及其他特点要素综合判定，那个新来的“伙夫”乐见谷应该就是屠亚杰要找的那位“朋友”。

况锦天闻之大喜，随即放下手头所有事务，亲自与屠亚杰商议“营救方案”。有“熟人”为内应，让王成禅从管训大队脱身不难，但如果脱身后引起军方、警方的警觉，反过来进行倒查，那就有可能暴露王成禅的真实身份了。这等要犯，军警必定会控制交通要道，全城布控，如若真发生这样的情况，那王成禅的安危就难说了。所以，需要设一个声东击西之计，把当局的注意力引开。于是，就有了“哑巴”主演的那出《捉放曹》了。

6月8日，屠亚杰以“抢米事件”四字就轻而易举约见了他从未见过面的“熟人”——李真璋。见面后，如愿以偿以致命把柄使李被迫同意执行“大鹏行动”计划，具体时间听候通知。然后，屠亚杰又搞定了管训大队中的另一个“熟人”，负责伙房学员管理的费凡良，让费向“乐见谷”摊明情况，约定6月12日中午助王成禅脱身。

6月12日中午，王成禅在内应相助下，顺利逃离管训大队。由于前一天晚上费凡良等屠亚杰的“熟人”已经做了铺垫——借口“乐见谷”干活儿时损坏了公物还顶撞工作人员，予以上铐惩罚，所以，王成禅的逃跑原因被认为是对此处分感到委屈，因而逃跑。管训大队军方干部也未予以追究——不就跑了个伙夫吗？他既是主动投诚的，那没准儿想通了还会自己回来的。所以，对当事人老费也没有追究责任。当然，也没人对此引起警觉从而启动倒查了。

不过，让况锦天、屠亚杰舅甥俩没有想到的是，他们的“大鹏计划”不但白搞了，反倒因为李真璋的狗急跳墙之举提醒了我专案组，从而追查到了王成禅的下落！

本来，况锦天、屠亚杰制订的方案可能会侥幸得逞，王成禅脱逃后，一出管训大队就得到了况锦天安排的特务的接应，随即乘坐马车逃离。半小时后，换乘三轮车，然后又换乘黄包车。最后则是步行，抵达了事先安排好的一处安全窝点。

可以想象况锦天对这桩任务的重视程度，考虑得也非常周到。按照计划方案，次日清晨屠亚杰等三个特务将驾驶一辆外地套牌的军用卡车，护送王成禅前往重庆。可是，屠亚杰把计划跟王成禅一说，王却不愿意立马离开成都。

“请教先生，此为何故?”屠亚杰问道。

王成禅摇头不语。再问，干脆闭上眼睛。

屠亚杰不解，又不敢发火。无奈，只好去公司禀报老舅。

况锦天是老特务，见多识广，寻思必有原因。当下稍一沉思，对屠亚杰说先缓一缓吧。你们三个待在这边陪护他，注意，一是不能让他离开，哪怕动粗也必须得给我留住人；二是除此以外的事情，须待他客气，把他当菩萨供着就是。明天上午我会过来的。

次日上午十点，况锦天过来了。昨天他让报务员向台北“保密局”总部发密电报告“已得手”，午夜后收到回电，语多褒赞，命将“王义士”妥送约地。屠亚杰上午已经又跟王成禅谈了一个多钟头，没得到回音。见况锦天亲抵，窃喜，便向王成禅作了介绍。况锦天屏退屠亚杰等三特务，亲自跟王成禅谈话。也不对自己的身份以及“组织”名头作介绍，只说他是台北方面的朋友，受委托寻访到阁下后妥送境外，那边会安排飞机把您接往台湾的。

王成禅见况锦天气度不凡，又亮出了“台北”、“境外”、“飞机”等敏感关键词，大出意外，怔怔地想了一阵，说我在成都这边还有一桩事儿要办，办完即可走。况锦天便问是啥事儿，是否可差遣刚才那三位弟兄去代办。王成禅摇头，说必须我亲自去办。况锦天再问是什么事，王成禅说我有东西要取，取后即可离蓉。况锦天说这个可以，东西在哪里？王成禅生怕说出了是大额钱财，对方起贪心把自己给黑了，所以佯称是先父遗骸，所以必须亲手奉归。况锦天不知真假，只好答应，但提出必须要有人保护，而且得后半夜前去。王成禅想了想，同意了。

再说专案组那边，在去管训大队查明王成禅已脱逃后，立即商量对策。大家认为，鉴于化成寺街王成禅窝点始终无人去过，估计王犯并未逃离成都。因此，除在九条出城公路设卡严查，以及全城布控并发动群众协助查找此人外，应加强力量继续对该窝点进行蹲守。

当王成禅由屠亚杰、郑思安、齐光三特务陪护着于6月14日凌晨二时许潜至化成寺街，一入无名小巷就被军警两头儿堵住。三特务还没来得及反应，就有军警越墙跳屋从天而降，把四人一网打尽。当晚，根据屠亚杰的供述，又将况锦天和报务员何晓成逮捕。次日上午，根据况、何两犯的口供，又挖出了况锦天辖下的两个潜伏特务组织的情况，除三人侥幸漏网外，其余特务均被擒获。

1950年7月23日，中国人民解放军川西军区军事法庭宣判“3·13”凶案凶犯王成禅死刑；况锦天、屠亚杰、包福寿、郑思安、齐光等反革命分子，分别被判处死刑、无期徒刑和二十年至七年不等的有期徒刑。

一枪二命疑案

一、古城凶案

本文所要讲述的一枪二命疑案，发生于无锡市著名的南长街上的“大福客栈”。

南长街坐落于古运河畔，沿街的民居建筑具有浓厚的江南特色——粉墙黛瓦、花格木窗、方砖铺地、屏门隔断、前店后坊。“大福客栈”是一座业已具有百余年历史的老建筑，早年是一个周姓商人开的洋货批发行，四开间门面，三进院落，颇为气派。周家在此经营两代五十年，虽然也经受过太平天国战乱，但总算挺过来了，而且把事业发展到了海外。转眼到了庚子年，北方掀起一股排洋浪潮，周家人一看不对，寻思卖洋货只怕得倾家荡产性命不保，遂决定举家移居海外。于是，这套院落便以低价卖给了从外埠来无锡定居的商人修来福。修氏的来路有些可疑，说话南腔北调，是个久闯三关六码头的老江湖，没有人说得清他的老家在哪儿。后来有传言说他是东北胡子，年纪大了金盆洗手隐居江南安度晚年。

修老爷子买下这座宅院后，没有马上开店，过了三四年，也即1904年，方才开了一家客店，名曰“大福客栈”。此举使人大跌眼镜，须知南长街乃无锡的繁华地段，在这条街上一般都是开商铺，修来福开的却是客栈。道理上倒是没错，随便在哪个城市经营旅馆业都不会没有生意，问题是在南长街开旅馆，那就属于糟蹋黄金地段了。可修老爷子对此毫不在意。

“大福客栈”的生意一般。不过，由于是自己的房产，不必付租金，钱钞肯定是赚到了，只是相比经营其他行业有较大差距而已。人们对此议论纷纷，都觉得修老板没眼光，甚至还有富商把修老板作为反面例子教育后辈。消息传到修来福耳朵里，老爷子也不以为忤，照样乐呵呵地晨去茶馆、日间下棋，入夜躺下一觉到天明。数年后的一个大年夜，修老板喝酒过量，心脏病发作猝死，“大福客栈”传到了修来福的儿子修则持手里。那年修则持已经四十岁，孙子都抱上了，但人们还是呼其“小修老板”。小修的经营之道与其老爷子如出一辙，二十年后的死法儿也一样——喝高了心脏病猝死。

修则持殁后，三儿子修留满接棒做了“大福客栈”的老板。修留满生在无锡长在无锡，已经彻底融入了这座古城，不但说一口跟世世代代土生土长的市民毫无二致的吴侬软语，连饮食方面也完全被无锡人同化。第三代修老板的生意经也接受了当地人的理念，不再像其祖辈那样粗疏怠惰，同行都认为他是个精明能干的生意人。到抗战全面爆发那年，“大福客栈”已经成为无锡旅馆业中的知名品牌。

进入上世纪四十年代，“大福客栈”走了背字儿，接二连三遭遇恶性案件，从1940年春夏之交到1949年秋，竟有十一名旅客在这家客栈丢了性命，而且清一色全是死在三进院落中的后院。先是两个逃婚私奔的男女青年，入住当夜吞服“山奈”（氰化钾）双双自杀身亡；然后是一对嫡亲同胞“太湖兄弟”（江南民间对太湖湖匪的称谓）因分赃不均火并而死；往下死的七位有男有女，有结伴有单身，身份有贵有贱，死法儿各不相同。1949年11月初死的那个，是个有“还乡团”血债的逃亡地主，于半夜三更悬梁自尽。

第一对来自上海的私奔男女轻生后，该客栈就被外界称为“凶宅”。修留满为避免传言影响旅客入住，干脆登报声明“大福客栈”的客房分布，强调系三进有砖墙木门分隔的独立院落，事故发生于后院，已经请政府（此指汪伪政权）卫生科派员消毒并作检验，确认无恙方才重新营业。店方考虑到该事故可能对旅客产生的心理影响，决定自即日起推出优惠措施：凡入住后院客房的旅客，一律打五折，永久有效。

除了登报声明，修老板还在客栈大门两侧墙上打出同样内容的彩色广告。这一步产生了预期的效果，消息传开去，有人便对这家客栈产生了兴趣，一是贪图打对折，二是好奇心驱使，点名要住后院，甚至上海、杭州、苏州、镇江、南京等地的小报记者也纷纷前来采访，付费入住，实地体验。如此，已经冷清下来的生意又红火起来。

没想到，一年后又发生了“太湖兄弟”火并事件。修留满多半有其东北胡子出身的祖父的基因遗传，对付这种状况有了经验，当下请画匠把客栈大门两侧墙上的声明重新描绘了一遍，只稍许作了改动——加上新发生的那起“太湖兄弟”火并身亡血案。果然，一年前的记者又来了，客栈的入住率不降反升。

一直到1948年，每当发生此类案件，修老板总是照方抓药。1949年4月23日无锡解放后，人员流动逐渐减少，旅馆业生意普遍不景气，“大福客栈”也不例外。过了半年，情况也无好转。11月2日，那个悬梁自尽的逃亡地主入住后院时，该院所有客房均是空房。发现地主的尸体后，公安局来人勘查现场，还把修留满叫到派出所去做了一份笔录。这回，修留满再没心情请画匠来更新广告了。

出乎意料的是，到1950年初，随着治安形势的改观，人民群众生活水平的提高，社会上人心逐渐安定，人们愿意开始走动了，旅馆业的生意竟然有了好转的迹象。1950年春节前，修留满请了个泥水匠，把客栈大门两侧墙上的彩色广告给铲掉了，恢复了原先一贯的粉墙本色。

一晃儿三个月过去，5月20日傍晚时分，“大福客栈”来了两个三十岁出头的男子，一个拎着一个七八成新的黑色粗帆布旅行包，另一个提了一口褐色小皮箱，看上去沉甸甸的不知装着什么东西。茶房老朱迎上前去还没开口，一股老酒味儿扑面而来。

这几天账房龚先生家里有事请假，接待旅客都是修老板代理。还是奉行旧时旅馆待客的规矩，先请坐，再上茶奉烟。闲聊数语，这才拿出旅客住宿登记簿登记入住。这两个操一口江南吴语的旅客出示的是盖有昆山县玉山镇“立昌粮行”店章的出差证明，名字分别叫花祥至、薛和福，系粮行职员，前往无锡跟粮商洽谈收购新小麦生意。两人对无锡很熟悉，甚至知道“大福客栈”有永久打对折的后院客房，直接言明就住后院，第二天一早离开。

两位旅客入住后院客房不久，天色突然黑了下来，随即电闪雷鸣，狂风大作，大雨倾盆。这种状况足足持续到晚上十点多，风雨才渐渐止住。按照旅馆业的服务规矩，晚上住店旅客如果没有提出什么服务要求，茶房是不会去打扰他们的。这天晚上，“大福客栈”三进院落入住的四十多个旅客，都是早早休息，一夜无话。

次日，5 月 21 日上午八时许，修留满见后院入住的两位旅客还没来退房结账，一颗心不由得又忐忑起来，吩咐茶房老朱去后院看看。老朱这一去就发现那两个旅客躺在血泊中，躯体都已僵硬。

无锡市公安局城南分局长街派出所接到“大福客栈”的报案，当即派警员出警，同时上报分局。因是二命大案，城南分局立刻向市局报告，市局则急报苏南行署公安局。很快，无锡市公安局局长刘中和城南分局局长顾亭率领刑警赶到现场。

负责现场勘查的是苏南行署公安局刑技鉴识师林琰。林琰早年留洋，曾在伦敦苏格兰场从事过刑技鉴识工作，回国后供职于国民党首都警察厅，是一位颇有名气的刑技专家。南京解放后，苏南行署公安局局长黄赤波设法将其从南京挖了过来。

“大福客栈”后院有一百多平方米，靠墙建有六间客房，院子两头各有木门，分别通向客栈后门和第二进院子，前后门都装有司必灵锁。昨天傍晚那两个客人花祥至、薛和福住在中间右侧的一个房间，约十五平方米，两侧靠墙各有一张单人床，床前各置床头柜；房间中间有一张四方桌和四张被江南人称为骨牌凳的木凳，两个屋角放着衣帽架和面盆架。两具尸体躺卧在桌边，根据发现时的位置，花祥至被编为 1 号尸体，薛和福被编为 2 号尸体。勘查发现，1 号尸体颈部中枪，子弹洞穿脖颈，从 2 号尸体的右耳下侧射入头颅，从其左侧太阳穴穿出，打在砖墙上，又弹落在床上。这种一枪二命的情况在战场上时有发生，但在刑事案件中却极为少见，在场警员见之皆感吃惊。

桌上放着一个茶壶、三个杯子，杯子里的茶水都是满的，估计还没有喝过。刑技人员据此判断，花、薛两个受害人入住客房后，接待了一个从后门进入的客人。三人围桌而坐，茶还没喝上一口，突然发生了争执。来访者——这里暂且将其称为3号——拔出手枪，花、薛两个还没来得及作出反应，便扣动了扳机。不知是事先算准了角度还是碰巧，一颗子弹要了两个人的性命。

刑技人员在现场提取到了三个人的脚印，认定两个受害人的足迹后，剩下的肯定就是凶手的了。根据脚印推测，凶手身高在一米七左右，穿一双崭新的“双钱牌”橡胶底跑鞋。

那么，一枪二命究竟属于巧合还是故意为之？林琰首先测量了墙上的弹痕高度，估算出大致的弹道，再结合两个死者的创口、二人的身高、中弹时所坐的位置，测算凶手开枪的距离和角度，却难以得出确切结论。不过林琰强调，即便一枪二命是巧合，凶手也应是一名使枪行家。

现场勘查还未结束，苏南行署公安局局长黄赤波抵达“大福客栈”，听取了刘中、顾亭两位局长的简略汇报。三级公安局长交换意见后，决定立刻由行署公安局、市局、分局抽调精干刑警组建专案组，尽快侦破“5·21”案件。

二、分析案情

专案组由赵资清、冯安国、诸伯纯、孔同钧、周长寿、殷暮生、蒋省文、乐常富、伍仙生等九名刑警组成，分别来自苏南行署公安局、无锡市公安局和城南分局刑警队，赵资清、冯安国分任正副组长。

5月21日下午四时，专案组举行首次案情分析会。武工队出身的专案组长赵资清把一干组员作了简单介绍后，随即进入正题，先由副组长冯安国向大伙儿通报尸体检验以及凶器的鉴定结论——

花、薛两人死于枪弹伤，并且死于同一颗子弹，经鉴定，凶器系日本造九四式半自动手枪。法医认定，该案发生于5月20日晚八点到九点之间，这跟“大福客栈”方面提供的登记入住时间相吻合，也与入住后不久即电闪雷鸣大雨倾盆的情形联系得上。

客栈后院的六间客房，当晚只有两名被害人入住其中的一间。之前刑警在客栈勘查时，向老板、茶房和入住中院、前院的旅客询问昨晚是否听见过什么动静，回答如出一辙，都说雷声和风雨声太大，而且为了防止雨水溅入室内，都关上了窗子，谁也没听见后院传来过枪声。

尸体解剖还发现，两人在死前大约两小时喝过度数较高的白酒，下酒菜中有牛肉、虾等，还吃过桃子。虾应是无锡当地特产，即久负盛名的“太湖三白”中的白虾，而花、薛所食的桃子，估计是本地种植的水蜜桃。这也是江南水果中的一个著名品种，不过5月中下旬并非采摘上市的最佳当口儿，桃子的果皮还不能一撕即落，不讲究的食客连皮吃也是有的，两个死者中的花祥至就是如此。

冯安国说完上述情况之后，赵资清让大伙儿发表意见。一番热烈讨论下来，众刑警对现场进行了还原——

两个被害人的皮鞋很干净而且干燥，他们入住后应该没有离开过后院，而凶手遗留于现场的鞋印并无泥浆污水痕迹，客房内外也并无雨伞留下的水渍，可以推测凶手也是在下雨前抵达客栈的。也就是说，两个死者在入住客栈前先在某家饭馆用餐，入住客栈后不过十来分钟，凶手就到了。

由于“大福客栈”后院长期以来名声在外，对于住后院的旅客，除了入住时由茶房引领从前院进入，之后旅客进出一律从后门通行。后门装着司必灵锁，客栈在给入住旅客办理手续时会给旅客一把钥匙，退房时归还。旅客的进出尚且如此，来访者当然也是从后门进出了。一般说来，两被害人不可能精确预见到从用完晚餐到办理完毕入住手续的准确时间，因此，刑警认为凶手可能是与花祥至、薛和福共进晚餐后一起抵达客栈的，只不过凶手没在客栈前台露面，而是待那二位办完手续，从后门进入的。

客房中间那张方桌上放着一壶茶水及三个茶杯，茶杯中的茶水是满的，表明两个被害人和凶手都没有喝过。刑技人员从茶杯上只提取到死者花祥至的指纹，茶壶、床头柜上的茶叶罐以及墙边的那个热水瓶的竹编外壳上，也只有花祥至的指纹。按说凶手抵达后院客房后，作为主人的两个被害人自然要沏茶让座，花、薛两个的衣服口袋里都装有香烟和火柴，让座沏茶之后，跟着就应该是递烟点火，并把床头柜上的烟灰缸拿到桌上，但现场并未发现吸烟的迹象。

由此，众刑警认为，花、薛之前与凶手一起用餐时，正在谈某桩对于他们来说显然非常重要的事情，估计谈得比较融洽，否则凶手也不可能随后来客栈。可是，到了客栈，双方的谈判情势却出现了急转直下的变故，于是凶手二话不说，抬手就是一枪，只用了一颗子弹就把花、薛给了结了。

刑警继而对这个突发变故进行了分析。三人在饭馆里谈的多半是某项交易，饭后去客栈一手交钱一手交货，要么是一方甚至双方根本没有诚意进行这桩交易，谈着谈着图穷匕见，杀人越货；要么是双方都诚心要成交这笔买卖，但买家在验货时发现货物的质量有问题，提出异议，双方发生争执，买家大怒之下，遂拔枪让子弹解决这场纠纷。刑警认为，本案可能是上面所说的第一种情形。

那么，交易的会是什么货物呢？从凶手随身携带枪支而且是使枪好手这一点来看，其真实身份应该是职业盗匪，这种角色当然不会做正儿八经的合法买卖，所以，两个死者携带的箱子里装的不外乎武器或金银赃物，在座大多数刑警认为武器的可能性更大。

据“大福客栈”方面反映，花祥至、薛和福两人入住时所携行李除了那个帆布旅行包，还有一口褐色小皮箱，由薛和福提着，看上去沉甸甸的。在勘查现场时，这口箱子已经不翼而飞。刑警出于慎重，曾问过第一个进入现场的茶房老朱。老朱说没有注意到，发现尸体时他简直吓懵了，跑到中院连声呼喊“出事了”，中院、前院的旅客纷纷围上来询问，有好事胆子大的甚至打算去后院一看究竟。“大福客栈”屡出事故，茶房老朱早已积累了不少经验，坚决阻止。这时，老板修留满闻声赶到，命人急报派出所，自己则进入后院，守在发生凶案的那间客房门口保护现场。如此看来，除了两个死者和凶手，并无他人进入现场，那口小皮箱应该是被凶手带走了。

案情分析会进行到这里，专案组接到从近百公里外的昆山县城玉山镇发来的一份加急电报，内容是：玉山镇上有私营“立昌粮行”，但据了解，该粮行并无花祥至、薛和福其人。另，该粮行去年 12 月曾遭土匪打劫，被劫物品中有盖着店章的半本店笺。该案至今未破，亦无相关线索。

专案组据此认为，花、薛两人真实身份可疑，鉴于其中一人身上有刺青，疑似黑道角色，该案黑吃黑的可能性显著上升。

这时已是晚上七点，大伙儿一边吃着食堂送来的馒头，一边研究侦查方案。晚饭吃完，侦查方案也形成了。用赵资清的说法是，“活的死的都要查”。活的指凶手，对其的调查有两个方向，一是查饭馆，二是查他从后门进出“大福客栈”时的目击者；死的就是花祥至、薛和福（这两个显然是假名，暂且用之），除了饭馆，还可以薛和福的文身作为切入点，只要查清两个死者的真实身份，就有希望顺藤摸瓜追查到凶手的线索。

三、查觅线索

5月22日上午，专案组对“5·21”案件的相关调查正式铺开。调查分三路进行——

第一路由冯安国、乐常富、伍仙生三刑警调查凶手进出“大福客栈”的情况。三刑警了解到，按照“大福客栈”定下的规矩，凡是拜访后院旅客的来访者，均须从客栈后门进出。后门不设门房，访客一般都是到后院喊门。当然，也有访客不知道这个规矩，入住旅客也没跟人家有过交代，还是走客栈在南长街的前门。遇到这种情况，前台就会告知对方，应从客栈旁边的小巷绕至后门。有时访客是老年人或者小孩儿，那就由茶房引领穿过小巷，用钥匙开了后门让他们入内。

三刑警认为，凶手从后门进入客栈时应该还没下雨，但在行凶之后，外面已经风雨大作了。他很可能没带雨伞，这时出门，只怕还没走出小巷立刻会被淋成一只落汤鸡。尽管南长街上多半没行人冒雨赶路，但两旁还有开着大门的住家或尚未打烊的商店，这个突然出现的路人肯定会引起他人注意，况且他还提着一个沉甸甸的小皮箱。凶手作为一个资深老江湖，心理素质绝对一流，肯定会选择守着两具尸体待在现场。等到风停雨住，已是夜里十点以后，家家户户熄灯睡觉，街上也难能有行人，凶手此时离开，警方就很难找到目击者了。

这么说来，此番调查就没指望了？那倒也不是。之前分析过，毕竟是非法交易，两个受害者在前台办手续，凶手出于谨慎不愿露面。而花、薛两人办理登记入住手续，怎么也要花上十几分钟，这段时间，凶手在干什么？当然是等候。他在哪里等候？因为心里有鬼，他不可能就在客栈大门外待着，况且凶手或许早有黑吃黑的打算，那就更不愿让人留下印象了。既要避免在“大福客栈”门前停留，又不能走得太远，他会去哪里呢？最大的可能就是假装偶然路过，进入附近某家店铺随意逛逛。

如此，冯安国三人就有了访查方向。三人来到南长街“大福客栈”那个路段分头走访，果然，乐常富在通往客栈后院的那条小巷口的一家杂货店打听到一个信息。店主告诉他，差不多在花、薛二人登记的那个时段，有一个二十七八岁的男子进过他们的店铺。该男子瘦高个子，举止斯文，操吴地方言，身穿七八成新米黄色细帆布猎装、藏青色卡其裤子，头戴一顶宽檐帽（似与猎装配套），一副白面书生的模样。进店后，男子买了一包“飞马”香烟和一盒火柴。拿到手后立刻拆开香烟，抽出一支点燃，随意浏览着店堂里的其他商品。店主的老婆补充了一个细节，那主顾曾抬腕看过手表，然后又瞥了眼墙上的挂钟。当时老板娘还说了一句，挂钟慢了四分钟。那人微笑点头，没吭声。一会儿，他就离开了，那支香烟还没抽完。至于是往哪个方向去的，店主夫妇都没留意，后来也没有再见过此人。侦查员判断，此人很有可能就是那个凶手。

第二路刑警周长寿、诸伯纯、孔同钧访查花、薛用餐的饭馆，专案组长赵资清指定，该组由周长寿负责。周长寿是旧警校出身的资深刑警，原在南京首都警察厅刑侦大队供职，南京沦陷后拒绝日伪警局的留用，返回无锡家乡做小贩谋生。其间，新四军太湖游击队曾将其发展为秘密情报员。抗战胜利后，周长寿进入无锡旧警局当了一名刑警，继续协助中共地下党的秘密情报工作。无锡解放后，老周被无锡市公安局留用，属于领导信得过的刑侦业务骨干。

周长寿是土生土长的无锡人，又做过全城到处叫卖的小贩，还兼职中共的秘密情报员，可想而知他对无锡的熟悉程度。既然两死者吃的晚餐中有牛肉、白虾两道菜，那就据此把“大福客栈”周边的馆子调查一番吧。也不是每个馆子都要去查，据法医鉴定，两死者这顿晚餐是在下午五时左右开始的，这就把名菜馆排除了。当时无锡但凡有点儿名气的饭馆，对晚市都非常注重，招牌菜肴都须由当家大厨亲自操持，不到晚上六点钟不会开门迎客，即使开门了，也是只上茶不上酒菜——大厨还没准备好哩。

一番查摸下来，侦查员在附近清名桥畔的“丰盛馆”查到了线索：5月20日下午四点五十分许，有外貌衣着如花祥至、薛和福的两个男子携另一男青年前往该馆用餐。那个男青年的容貌、穿着、口音，跟刑警乐常富在杂货店了解到的“白面书生”相同。“丰盛馆”的跑堂对该男子印象比较深，三人用餐完毕，他掏出三张一万元（此系旧版人民币，与1955年3月1日发行的新版人民币的兑换比率是10000∶1。下同）的钞票分别递给三个跑堂，说是小费。

刑警查看了“丰盛馆”账台保存着的菜单，三人点的菜不多：牛肉、油爆虾、竹笋笃肉、油焖茭白，一瓶“玉泉春”，主食是每人一碗鳝丝面。餐费共计三万五千四百元，是花祥至会的钞。

三人用餐的座头位于店堂最靠里的角落，他们来得早，当时整个儿店堂就他们一桌，很清静。不过，三人说话声音很低，跑堂上菜时，他们就停止说话，只顾喝酒吃菜。跑堂对这种情况见得多了，也不以为意。

三刑警离开“丰盛馆”，没走几步就发现对面巷口有一个水果摊。过去一看，摆摊的是一个五十来岁的乡下老头儿，蹲在路边，面前摆着两个竹箩筐，装的都是水蜜桃。没有秤，是论个卖的，一口价，顾客还不能自己挑选。周长寿掏钱买了几个，三刑警边吃边跟老头儿搭讪，问明他已连续进城六天了，每天都是这个位置。刑警估计花、薛等三人前天傍晚也是在这里买的。一问，老头儿竟还记得。

那个“白面书生”出手挺大方，当时已经准备收摊了，还剩下十来个桃子，都是箩筐底下的，没上面的熟，老头儿就说打对折便宜点儿一起卖。“白面书生”立刻掏钱。点检下来，一共十四个，三人中的两个分别提着旅行包和皮箱，拿不下，而老头儿带出来盛装桃子的简易竹网篮已经用光了。正担心对方反悔不买，那“白面书生”却把头上的宽檐帽摘下来，把桃子装进去了。正要离开，来了两个小叫花，没等他们开口，“书生”就给了他们一人两个。老头儿说完上述情况，给了那人一个评价：那是个好人！

第一第二两路的调查证实了之前专案组的估测，并锁定了凶手的一些基本信息——苏南人，二十七八岁，瘦高个儿，肤色白净，举止斯文，宛若书生。这是一个收获，但凭此尚不能顺藤摸瓜往下追踪。不过很快，由专案组长赵资清主持的第三路调查有了稍后被证明有价值的收获——他们查到了本案两个死者的真实身份！

外出调查前，赵资清和殷暮生、蒋省文交换过意见。三人聊下来，认为要调查薛和福、花祥至两人的真实身份，算不上一桩特别犯难的事儿。既然花、薛两个并非守法良民，很可能跟杀害他们的凶手一样，也是横行江湖的惯匪大盗之流，那就应该向他们的同道调查。去哪里找他们的同道呢？一是江湖——那些尚未落网的匪盗，多半仍在江南水乡地区作案，苏南行署公安局、无锡市公安局下发的《敌情简报》上应该有刊载；二是看守所——其中部分匪盗“运气不佳”业已落网，正等着接受人民政府的审判。此刻，刑警跟还活跃在江湖上的对象“无缘相见”，那就只好去看守所撞运气了。

为提高效率，本市六个看守所，每个侦查员分摊两个。殷暮生去城东、城中分局，蒋省文去城南、城西分局，赵资清去市局和城北分局。

这桩活儿在初解放时的看守所可以说是常见一幕，几乎每天都有外调人员由看守员陪同着进入监区，拿着通缉犯的照片让在押人犯辨认。上午，三侦查员各跑了一个看守所，都是交了白板，没发现任何线索。下午，赵资清去了市局看守所，殷暮生、蒋省文则去了另外两个分局。

三点多，赵资清由看守所长陪同来到“大刑犯监区”。之前看守所长关照过，这里关押的多是死囚（当时的死刑宣判都在公审大会上宣布，宣判后立即执行，没有上诉之说），每个人都有命案在身，其中有些惯匪杀人如麻，这些人根本不相信检举揭发会折抵自己的罪行，对将功赎罪不抱希望，因此也不会认真辨认照片，当场拒绝也有可能。果然，走遍该监区的十几个监房，那些死囚对于赵资清出示的照片均是不理不睬。

赵资清寻思这是白折腾一趟了，正准备回去，刑警蒋省文打来了电话。蒋省文在城西分局看守所获得了一个线索——

一个曾在太湖“天佑帮”匪伙当过厨子的黄姓人犯在辨认花祥至的照片时说，这人解放前曾来过“天佑帮”的水寨，每次来都跟帮主尤老大喝酒。他的酒量不错，不过酒风不咋样，喝多了喜欢说大话，答应帮尤老大办几桩犯难的事，说得比唱得还好听，可事后再也不提。尤老大就把此人列为“不待见”一类，吩咐今后不许此人进水寨。尤老大说过这人的姓名，但厨子已经想不起来了，不过可以肯定这人不姓花，名字里也没有“花”字。最后厨子还说，详细情况问尤老大就清楚了，帮主也被抓进来了。

蒋省文还想继续问，忽见一旁陪同的看守员朝他使眼色，只得打住。离开监区，看守员告知，尤老大已于前一天移押市局看守所。根据惯例，料想这几天要开公审大会，这厮已被列入处决名单了。于是，蒋省文立马给赵资清打了电话。

市局看守所长证实此言不谬，赵资清随即请看守所长把这个尤老大开出来。

尤老大名叫尤应鑫，四十二岁，无锡当地人，渔民出身，后不知从哪里弄到了一支火药枪，就兼职猎户。全面抗战爆发，他又从国民党败兵那里获得了不少枪支弹药，遂纠集一伙人做起了湖匪。这人喜欢结交朋友，江湖上人头甚熟，黑道呼其“路路通”。解放后，因他以前曾与中共新四军太湖游击队有过联系，就有干部托人给他捎信，劝其向人民政府自首，争取获得宽大处理。尤老大不但不听，还继续打劫作案，甚至袭击军方运输物资的船只。军方迅速作出反应，查明“天佑帮”下落后直接出动部队，将十九名匪徒悉数捕获，移交警方。

这还是两个多月前的事儿。近日，苏南行署党委下达通知，要求行署各专区、市县为配合剿灭江南匪盗的宣传造势，举行公审大会，处决一批罪大恶极、民愤极大的犯罪分子。无锡市军管会在研究死囚名单时，决定将“天佑帮”帮主尤应鑫列入。昨日，尤老大便被移押至市局看守所。

尤老大江湖经验丰富，知道这种移押不会是好事儿，自己罪行累累，光有据可查的人命就欠了十六条，料想必死无疑。先前赵资清去“大刑犯监区”让一干人犯辨认照片时，他一眼就认出了照片上的人。但他寻思这份功劳立了也无用，他的罪行太重，这点儿功劳绝对折抵不了，所以对着照片只是摇头。没想到，先前那个便衣不知用了什么手段，竟然识穿了他的花样。

提审前，赵资清跟尤老大一案的承办员老姜通了电话，得知尤老大的母亲尤庄氏还活着。尽管是匪眷，但她是穷人出身，给有钱人家当过多年丫鬟。后来尤老大“发迹”，人家不敢再雇佣她，这才用仅有的一点儿积蓄做本钱，当了个沿街叫卖的小贩。尤老大是个孝子，“发迹”后几次三番要把母亲接去享福，尤庄氏不肯；送钱来让她花，不受。不过，老太太毕竟没有那份跟土匪儿子一刀两断划清界限的觉悟，她的说法是，不管老大（尤应鑫在家里的排行也是老大）是好人还是歹徒，总归是我儿子，只要金盆洗手，我就允许他踏进家门。她希望有生之年能看到这一幕，如果可能，尤老大最好的归宿就是去寺院庙宇做一名出家人，真正立地成佛。

这是老姜向尤庄氏了解相关情况时老太太亲口所言，还要求把这个口信捎给儿子。老姜当然不可能捎这个口信。现在，赵资清决定由自己来捎这个口信。

提审时，赵资清转述了其母的嘱咐。尤老大嗤之以鼻，扯淡！人都要枪毙了，还怎么立地成佛？升天成佛倒差不多！赵资清也不跟他辩论，接着说了说他母亲目前的生活状况，特别强调，老太太是个虔诚的佛教徒，为了给这个儿子赎罪，不知捐了多少香火钱。尤老大做过多年太湖匪帮的头目，脑子不笨，很快明白了赵资清这一番提点的意图。思忖片刻，就主动提出了条件：他想用照片上那个人的信息跟警方交换一套僧衣，准许他穿着僧衣去刑场。

这桩“交易”赵资清做不了主，立刻去看守所长办公室给无锡市公安局局长刘中打电话请示。刘局长当即拍板：“答应他！这个人犯明天就要执行了，我让秘书科立刻去搞一套送来。他的身高大约多少？还得配罗汉鞋吧，脚码多大?”

一小时后，一套僧衣、僧鞋连同袜子送到了看守所。刘中局长考虑得很周到，特地吩咐秘书科弄一套七成新的，尽量避免因此而产生的议论。后来此事果然被人提出来做文章，不过这时赵资清已经调离公安系统，回北方老家工作，文章总算没做成。

次日，尤老大就是穿着这身僧衣伏法的。其时，专案组刑警已经在常州“花祥至”的老窝进行调查了。

尤老大在拿到僧衣后，向刑警提供了以下情况——

所谓的“花祥至”，真实姓名叫柴兴贵，武进人氏，出身于地主家庭，家境富裕。抗战全面爆发那年，柴初中毕业后报考第三战区速成军官学校，被录取。不料刚发榜，“淞沪会战”就开打了，第三战区这所速成军校也就没开张。不过，第三战区司令部在报纸上刊登了一则启事，声明已被录取的学员，可以前往指定地点向接待处报到，将被作为特例招收的军人分派至各个不同的岗位服役，待遇等同于排长。柴兴贵瞒着家人前往报到，被分派到第三战区驻苏州办事处。由于是战时，立刻配发了制服、枪械等一应见习军官的装备。

两个多月后，上海沦陷，苏州一片混乱。柴兴贵还没想好是跟部队开拔还是偷偷溜回家时，遇到了早年在他家干活的长工老赵。老赵两年前就投奔“太湖王”匪伙，因为跟匪伙老大王阿牛搭着点儿亲戚关系，受到了重用。他之前已经知晓柴少爷在第三战区苏州办事处当差，此番前来是奉王老大之命搞武器的。跟柴兴贵一嘀咕，柴不但愿意提供相关信息让“太湖王”搞到武器，还主动表示想参加匪伙。于是，这个十九岁的青年就成了“太湖王”匪伙的文书，对外则称为王老大的副官。

其实，这时柴兴贵想回家也回不了。他的老家武进（辛亥革命后，原“八邑名都”常州府被废，常州城区一度称为“武进市”，解放后，城乡分设常州市和武进县）遭受日军空袭，全家大小七口均死于轰炸。从此他对日本鬼子恨之入骨。此后几年里，他一有机会就鼓动王老大抗日。王老大是个莽汉，自小听多了“岳飞抗金”、“朱元璋诛鞑子”、“戚继光抗倭”之类的说书，虽是盗匪，民族气节尚在，即使小柴不怂恿，他也想见机下手袭击小股日军。针对日军搞了几次埋伏之后，日军开始对“太湖王”匪伙重视起来，几次组织围剿。1942 年春，“太湖王”匪伙遭日军突袭，几乎全军覆没，自王老大以下四五十人全部战死，只有柴兴贵等六人侥幸逃生。

柴兴贵吓破了胆，再也不敢加入其他匪伙了，逃回常州（此处沿用民间习惯称谓），卖了乡下的田地，置房娶妻，过起了寻常百姓的生活。为谋生计，他开了一家只有一个门面的五金商店。但是，柴兴贵喜欢结交朋友，场面上的应酬开支不小，五金商店的收入经常入不敷出，就寻思着搞兼职。他是匪伙出来的，江湖上的事儿见多识广，三教九流的朋友不少，于是做起了军火买卖掮客。利用经营五金店的便利，他跟伪军、特务、土匪、强盗之流建立起关系，帮助他们互通有无，把日伪的枪支弹药鼓捣给土匪强盗，从中获利。渐渐有了些积蓄后，他自己也囤积些武器弹药，待合适的机会加价出售。

抗战胜利后，原以为这种生意也该结束了，哪知反而迎来了一个供不应求的局面。国民党方面收拾了汉奸之后，又把目标对准了各种江湖匪盗，黑道上对于武器弹药的需求量大幅上升。而此时的军警宪特保安团跟日伪时期的伪军汉奸特务一样，借一次次军事行动的机会，谎报军火损耗，不断获取补给，通过柴兴贵卖给匪盗。

尤老大就是这样跟柴兴贵认识的。但尤老大觉得小柴这人不实诚，来往一段时间后就主动降温，中断了联系。至于另一张照片上的薛和福，尤老大说他确实没见过。

常州与无锡毗邻，以前尤、柴有来往时，尤老大曾去过柴兴贵在武进县城区北大街的前店后宅的老窝。5 月 23 日，专案组全体出动前往常州，此行一帆风顺，获得了不少有价值的线索。

最近，常州警方接到群众举报，称柴兴贵解放后与其武进县第六区洛阳镇的外甥郎虎扣往来频繁。郎系柴的堂外甥，却比舅舅大一岁。因郎虎扣当过日伪区公所通信员、保安团班长，这个信息立刻引起了常州警方的注意。无锡刑警听着心里一动，便出示了“薛和福”的照片，对方惊呼：“这就是郎虎扣——他也死啦?!”

接下来，就是对柴兴贵的五金商店进行搜查。这家店铺虽说只有一个门面，进深却比较大，加之五金商品林林总总既多且杂，形状也不像其他商品那样有规则，整个儿店堂里里外外堆得到处都是，连房梁上也拴着金属配件和钢管。这就苦了一干刑警，待到搜查完店堂，已是个个沁汗。接着又搜后面的宅院，在库房里发现了一口崭新的保险箱。

当时保险箱通常是由五金商店出售的，不过，在这家只有一个门面的五金店铺里竟然有保险箱出售，倒是出乎刑警的意料。刑警想把保险箱打开，可是没有钥匙，问了柴兴贵的妻子苏流英，答称她一个妇道人家从来不管丈夫的事。刑警怀疑这个女人可能是在包庇丈夫（她尚未知晓其夫死讯），稍后得知，她说的是实情。

不过，苏氏也算不上守法良民，热衷于参加后来被政府取缔的反动会道门组织“圣女会”的活动。“圣女会”由清一色的女性信徒组成，背后是一个名叫裴淑慧的披着宗教外衣的女特务在策划指挥。苏流英能说会道，竟被委任为“舆论科长”，专门负责制造、散布谣言。后来镇反时，“圣女会”被一网打尽，苏流英领刑七年，死于监所。

找不到钥匙，刑警只好通过常州警方找来一位锁匠，费了一番工夫，总算把这口保险箱给鼓捣开了，里面竟是大半箱枪支弹药，另有民国时巩县兵工厂生产的手榴弹三十颗，均是新货。此外还有一个本子，这些军火系何时进货、何方提供、何时出货、下家是谁、出货数量、库存数量等，都记录得清清楚楚。刑警最感兴趣的是最新的一条记录，日期是 1950 年 5 月 17 日，下家一栏里写的是“无锡游云涛，要货八支九四配六百四十发子弹”。

这些武器当然得连同保险箱一起拉走，拉走前需要清点登记。这个程序履行下来，又有新发现——已经记入账目的那八支手枪、六百四十发子弹，竟然未曾出货。刑警遂作出判断，柴兴贵与其外甥郎虎扣此番去无锡洽谈军火买卖，未把枪弹带去，只是在箱子里装了些废铜烂铁，差不多够这批货的重量就是了。至于其动机是出于谨慎，还是想玩一招黑吃黑，那就不得而知了。

照此看来，那个游云涛很有可能就是杀害柴兴贵、郎虎扣的凶手。他特地带上手枪去“谈买卖”，而且进门连茶都没喝一口就下手，足以表明其原本打的就是黑吃黑的主意。只是，游云涛过于自信了，没考虑对方是否会玩“虚晃一枪”，以至于连货都没验看就贸然下手。

如此，就给专案组提供了一个机会：柴、游双方此番可能是第一次打交道。如果游云涛是老客户，通常是不会起这种黑心的。那么，双方一个在无锡，一个在常州，他们是怎么搭上关系的？又是怎么达成这桩买卖意向的？江南解放已经一年，社会治安形势已经不允许在茶楼饭店随意提这种买卖的话头了，其他场所比如旅途邂逅，双方更不可能触及这种敏感话题。所以，刑警推测，柴兴贵和游云涛之间应该是有一个介绍人的。

这个介绍人是谁？侦查员向柴妻苏流英以及邻居打听。苏流英自然还是那句老话，邻居则说，大约一周前，柴兴贵曾接待过一个操一口无锡话的中年男子，两人看起来关系熟稔，互相称呼“牛哥”、“小柴”。有人那天还看见柴兴贵、郎虎扣和这位“牛哥”在附近“富兴饭庄”一起喝酒。刑警即往饭庄查询。柴兴贵常去该饭庄用餐，店东伙计与其都是熟人，大伙儿还记得此事，并提供了那个“牛哥”的外形口音衣着等特征。

于是，刑警再次找苏流英谈话。苏流英表示并不知晓“牛哥”其人，更不知道丈夫接待“牛哥”之事，5 月 14 日她去杭州、上海旅游了，是会里（指“圣女会”，当时尚未取缔）组织的，有证明人。刑警作了调查，证实苏流英没有说谎。无奈，刑警只得回无锡去查访这个“牛哥”了。

四、“恶僧”高徒

专案组怎样访查军火掮客“牛哥”，容下文再作交代，此刻咱们先说说制造“一枪二命”大案的凶手游云涛的情况。

“游云涛”其实是这个二十七岁的冷血青年最近才为自己起的化名，他的真实姓名叫白漫涛。尽管一口吴侬软语，但他并非苏南人氏，而是出生于太湖南侧浙江省长兴县雉城镇的一个工商地主家庭。七岁时，举家迁往苏州，十三岁时，全家又前往上海定居。其父白苦翁投资纱布（旧时对棉纱和布匹的合称）生意赚了大钱，见好就收，将资金入股百货业、制造业，成为沪上小有名气的一个资本家。

白漫涛幼时正逢“齐卢战争”（又称“江浙战争”、“甲子兵灾”，发生于江苏督军齐燮元与浙江督军卢永祥之间，也是第二次直奉战争的导火索），父母家人逃难，其由奶妈携往太湖畔的长兴县夹浦镇避乱。“齐卢战争”只打了四十天就结束了，但白少爷却在奶妈家一待就是五年，这小孩儿竟似着了魔似的，怎么也不肯离开这个风景优美的小镇。直到其父决定举家迁往苏州，这才不得不离开，临走时，他与奶妈约定，此去苏州就要上学了，今后每年寒暑假都会来夹浦过。当时以为不过说说而已，哪知白漫涛小小年纪竟是言出必践，之后多年，果真冬夏两季都会到夹浦待完整个假期。白少爷的这份表现，令其老爸夸赞不已，认为这小子有情有义，一诺千金，日后必成大器。

资本家白苦翁压根儿想不到，白漫涛对夹浦小镇的执着并非出于对奶奶的依恋，而是另有原因。湖州地面当时有一个被称为“恶僧”的江洋大盗，作案次数不多，但只要出手，必定大有收获。他组织的每次行动，都是在令人难以料到的时间、地点，针对人们意想不到的对象下手。举凡太湖、内河、陆地、城市、乡镇、农村乃至公路，都是他进行犯罪活动的舞台；风高月黑固然是作案的良机，月朗星明的夜晚他也照样出动；严冬酷暑刮风下雨、台风侵袭暴发洪水，也难以阻挡他作案的脚步。此人总是从头到脚一套玄色僧衣，手持两支德国大镜面二十响匣枪，从不开口说话，而是以口哨作为信号指挥属下。

其交通工具也令江湖黑道十分惊讶：木舟一律双橹快船，也有机器助力的机帆船，有一次甚至还开着从日军水关据点偷来的汽艇；陆行工具则是自行车、三轮车、摩托车、汽车样样都有。所有交通工具，都是在作案前即时窃得，用毕丢弃。

1931 年到 1941 年这十年间，除去偶尔几次把军方、警方、政府的运输船只作为目标时发生枪战打死过几人，“恶僧”匪伙很少伤人性命。尽管如此，这个匪伙肯定会引起官府的重视，但“恶僧”具有很强的反侦查手段，国民党军警、日伪部队都曾组织过公开或隐蔽的侦缉行动，却连些许线索也没查摸到。

其实，对于长兴人来说，这个“恶僧”他们并不陌生，夹浦镇上的居民还经常从他这里买鲜鱼活虾。他，就是渔夫姚三进。姚三进的身世无从知晓，县城、镇上人知道的只是这个貌不起眼的渔夫有一手百发百中的投掷鱼叉的本领，但凡出手，必有收获。只有白少爷知道老姚不但精飞叉，还擅长用枪，更是一个武林高手。

老姚跟白少爷奶妈的丈夫老陶是多年酒友，打自“齐卢战争”期间白漫涛随奶妈来夹浦镇避难，就已经认识这个小孩儿了。虽是江洋大盗，姚三进平时对人却极和善，他和老陶经常喝酒，不知怎么，白漫涛跟他很是投缘，两人成了一对忘年交。白苦翁举家从苏州迁往上海前夕，白漫涛特地从苏州赶到夹浦镇，跟奶妈一家和忘年交老姚告别。那是一个天挂银盘的晴好夜晚，老姚特邀白少爷与其一起驾舟出湖夜捕。他们在湖上待了一整夜，待白漫涛回来时，已是老姚的黑道弟子了。

姚三进是个特立独行之徒，这从他策划实施的抢劫案中就可以看出来。在对待收白少爷为徒这件事上，也是这样，他根本不按照规则出牌，即使传授武术、射击也是这样。白漫涛去上海后，要在公共租界上教会中学。教会中学校规甚严，每年只有寒暑假才有空到夹浦镇跟他见面。据此，他对白少爷的学艺方式作了调整，武术只教实战精华，不教套路；射击只让弟子习练臂腕力量、整体协调和定力，开始半年并不让他接触枪支，还特地关照，连玩具枪都不许碰。

白漫涛完全遵循他自创的那套教学方法，没有一丝一毫走样。次年寒假，白漫涛如约赶到夹浦镇。姚三进考虑到应该有一个隐蔽安全之处向白少爷传授技艺，遂结束了他多年来以船为家的生活，佯称患上了关节炎，举债买下了镇外一座多年来无人问津的破屋，自己动手稍稍修缮，作为传授技艺的处所。

就这样，白漫涛跟着姚三进从十三岁学到十七岁。整整四年折腾下来，徒手格斗已经能够以一敌三，手枪射击则可日射飞鸟夜击香火——这是每年寒暑两假夜去太湖日赴山野苦练而成，姚三进财力雄厚，又有黑道关系，购置子弹不成问题。

按照姚三进预先的打算，接下来他就要向白少爷传授江湖经验和黑道规矩了。白漫涛为此放弃了进高中的机会，中考故意落第，以便能经常跟师父在一起。但这时日伪政权对太湖地区的控制越来越严，白漫涛久住夹浦镇，难免引人注意；其在上海的居住地虽位于租界，但日本人的势力不断渗透，如若长期不在家居住也不妥。姚三进考虑再三，决定不再让白漫涛来夹浦镇了。

那么，往下的传授又该如何进行呢？姚三进自有办法。他交给白漫涛一件信物，让白少爷回上海后去找柏先生。

柏先生名叫柏明厉，据说跟姚三进是师兄弟关系。不过，这位柏先生与白漫涛想象中的形象、气质大相径庭。明明只有三十五岁，看上去却至少四十五，精瘦，咳嗽的时间比说话还多，如果不是脸色还算健康，白漫涛真怀疑自己遇到了一个痨病患者，而且已经到了中晚期。

柏明厉是个行事精细一丝不苟的主儿，他反复验看了白漫涛呈递的那件信物，又问了些姚三进的生活细节，终于确认了白漫涛的身份，认可了这个师侄。他对白漫涛说，我那位师哥是个死脑筋，一旦盯上某个目标，就会一直做下去。不过，他生性谨慎，天生低调，装龙像龙，装鼠像鼠，作为幌子的职业又非常合适，所以可以长期无祸。但这世上没有什么是一成不变的，他可能已经意识到应该改变一下了，所以，就找了个借口把你白少爷“派司”（系洋泾浜英语，“Pass”的谐音，传递之意，旧时沪上将“交办事情”称作“派司”）给我了。我不会教你什么功夫，但是，从长远看，你跟我学学江湖规矩还是有必要的。你不必问怎么学，我的教法儿跟师哥不一样。你现在操何营生？还没工作？很好，要找一份，不过不要动用你家老爹的关系，我也不会提供帮助，必须自己想办法。这就是我给你上的第一堂课，看你的悟性了。

白漫涛毕竟是被姚三进看中的一块理想材料，天资不弱，当下想了想，说我可以做买卖墓地的经纪人，向租界当局领一张执照，凭执照就可以顺利进出上海，跑遍周边郊区以及苏杭等地没有问题。这份职业最大的好处是自由，这样，我就可以经常来您身边聆听教诲了。

柏明厉听着频频点头：“孺子可教！”说着，取出一张名片递给白漫涛，“你留着，或许有用。”

白漫涛双手接过，定睛一看，暗吃一惊——柏先生竟然供职于沪上谈虎色变的“七十六号”汪伪特工总部，具体干什么上面没印，白漫涛也不敢问，但他猜测多半是搞情报的。后来他还得知，柏先生在南市老城隍庙设了个看相卜卦的摊头，打出的广告语是“笑谈天下大小事，言定生死祸福运”，名号“一口准”。

就这样，白漫涛由这位师叔代师传艺，一直到抗战胜利前半年。这几年里，确如柏明厉所言，他从来没有教过白漫涛什么本领，但细细想来，却又是时时在影响着白少爷。白漫涛有时会去老城隍庙“一口准”摊头上坐坐，看柏先生给人看相、卜卦、测字，听他跟人闲谈，渐渐就发现了他是怎样收集以及传递情报的。柏明厉喜欢带着白少爷下馆子、逛妓院、进戏院以及飙车，还曾带他去极司菲尔路（今万航渡路）七十六号汪伪特工总部里面转了转，说是让他开开眼界。

1945 年春节，白漫涛随父母一起去白家在外地的一位世交家过年，初七返沪当天，即去大西路（今延安西路）给柏明厉拜年，房东却说柏先生已在年前退房离开了，去哪里没说。白漫涛随即直奔极司菲尔路七十六号，跟门卫说要找柏明厉柏先生，人家的回答却是“没有这个人”；再想进一步说明自己与柏的关系，大门口另一侧岗亭里的日本兵已经呜哩哇啦吆喝着端起三八大盖了，他只得离开。

柏明厉就这样无声无息地消失了。在这之前三年，姚三进遭人暗杀。其时姚三进已经收手，却不知怎么被太湖湖匪“无敌鼋”彭铁夫给盯上了。有一天姚三进去长兴城里会朋友，彭铁夫匪伙指派的杀手趁机下手。事后，长兴日军将姚三进的头颅割下，悬挂城头示众。

不久，抗战胜利。一日，白漫涛在报纸上刊登的“通缉汉奸罪犯名单”上看到了柏明厉的名字和照片，暗忖柏先生的失踪可能跟时势有关，他早在半年前就已经觉察到日本人必败，所以赶紧先开溜了。这才是真正的老江湖啊！

白漫涛自此不再作闯荡江湖之想，听从老爸安排，改行做了白家占一半以上股份的一家机修工厂的庶务。不久，娶妻丁氏，次年，生一女。

原以为自己这辈子就这样过下去了，哪知，转眼到了1950年4月初，有一封信函寄到了白家，一看信封上的笔迹，白漫涛不由心里一动：这不是柏先生的字吗！

拆开一看，还真是柏明厉写给他的。内容很短，没有抬头，也没有落款、日期，只是没头没脑的一句话："可往你我以前去过一趟的地方转转"。白漫涛马上领悟，以前和柏先生去过一趟的地方，那就是极司菲尔路七十六号了，其他两人结伴前往的什么饭馆、妓院、戏院、寺庙之类，都不止一次。难道柏先生住在极司菲尔路七十六号？不管他，先去看看再说吧。

上海解放后，极司菲尔路七十六号由军方接管，以"易居"方式与虹口一资本家作过渡性交换，为期三月。自1945年春节那次之后，白漫涛再没去过"七十六号"。收到柏先生那封信当晚，白漫涛骑了一辆摩托车前往。他把摩托车停在附近一条弄堂里，步行溜达过去。还没到门口，正好遇到一个看上去像是附近居民的路人，遂假装借火点烟跟人家搭讪，得知该址的现状，寻思也许柏先生跟那个资本家有交情，眼下借居此地。

正准备上前按门铃，又觉不妥——柏先生以往的历史我不大清楚，只知道他供职于"七十六号"，抗战胜利后还上了国民党的通缉令，想来并非寻常喽啰。而共产党对于汉奸的处置，比旧政权更加严厉。柏先生是个极为仔细之人，他如果确实居住在此，以其性格，怎么会把我叫到这种地方见面呢？这不是连累我了吗？这并非柏先生的行事风格。

这么一想，白漫涛就不敢去按门铃了。他站在大门口，一边抽着烟，一双眼睛左右张望，像是在等人，眼角余光却在扫视大门两侧墙上的涂鸦——“七十六号”因当年“魔窟”之恶名，人人谈之色变，寻常市民哪敢靠近？抗战胜利后，人们不再恐惧，来这里看新鲜甚至在墙上随意乱写乱画的大有人在，白漫涛寻思，柏先生会不会用这种方式给我留言呢？

还别说，白漫涛的这个思路竟然跟柏明厉对上了，一支烟抽完，他果然发现了柏明厉的笔迹：“长兴西山姚氏罹难于此，难忘仇恨!”白漫涛马上领悟，记得以前喝酒时柏先生提及苏州西山，似是对那里极为熟悉。看来，柏先生是让他去苏州西山见面。

五、策划作案

西山又称西洞庭山，是太湖数十个岛屿中最大的一个，民国时设立西山镇，下辖太湖诸岛。解放后设立西山区，归吴县管辖。1950 年 7 月，为配合剿匪，成立太湖区行政办事处，隶属苏州行政区。1951 年 6 月，剿匪结束，太湖区行政办事处撤销，西山仍属吴县。

西山镇不大，白漫涛少年时曾在苏州住过六年，学校春游以及老爸组织家庭旅游时都曾来过西山，此刻权当旧地重游。在街上转悠了一会儿，感到有些饿了，他便信步走进一家面馆。要了碗羊肉面正吃着，忽见门外进来一个精瘦男子，正是柏先生!

两人换了副角落里的座头，点了酒菜小酌。柏明厉说了自己这几年的经历，白漫涛听着，不得不对柏先生佩服得五体投地。

柏明厉告诉白漫涛，他是浙江鄞县人氏，很早就离开家乡去外地拜师学艺。后来去了上海，不务正业，但日子过得非常滋润。这份经济实力当然跟他所学的本领有关，只要看姚师兄的“偶尔所为”就知道了。当然风险也大，所以必须有“狡兔三窟”的准备。早在全面抗战爆发前，柏明厉就在西山镇上买了房子，娶了个当地渔家女为妻。自己虽在上海混，但每月会寄钱回来，每年也会回来一两次。

日伪时期，他虽是汪伪特工总部的特务，但在西山这边从来不曾露出过半点儿口风。日伪吴县警察局对其“自己人”的身份毫不知晓，将其作为家在本地外出工作的良民，发给“良民证”。同样的原因，他在上海的所有社会关系包括“七十六号”的同僚，也不知他在吴县还有个家。知道他这个秘密的，以前只有一个人——夹浦镇渔夫姚三进；现在也只有一个人——沪上“宏茂机修厂”的庶务白漫涛。

接着，柏明厉就说到了自己1945年春节前的突然消失。根据国际国内形势，他预见到日本人撑不了多久了，那就需要对日本战败后自己的处境有一个准确评估。这个问题的答案显而易见。他是“七十六号”的情报特工，并未担任什么职务，但他的“工作成绩”出类拔萃。他主要负责国际情报的收集，这种情报，名义上是“七十六号”在做，其实即使汪精卫、周佛海都无权过问，李士群、丁默村更是靠边站。柏明厉的直接上司是日本大本营驻沪特别站少佐副站长山田济夫，他只接受山田的指挥，也只向山田汇报相应工作。柏明厉收集的相关情报曾数次受到大本营的称赞，电告驻沪特别站对柏明厉予以特别嘉奖。山田对这个中国下属另眼相看，称其为“柏桑”。

柏明厉自然明白，以自己这样的“战绩”，如果落在“还都”后的国民党政府手里，必定凶多吉少。所以，他决定提前悄然谢幕。这对于他来说，操作起来比较简单——他在苏州有家，回家去过寻常百姓的生活即可。

1945年春，柏名厉回到西山镇后，摆了个算卦的摊头，平安无事一直到苏州解放。苏州解放后，他干脆连算命摊头都不摆了，待在家里干起了另一个行当——看病。天晓得他是什么时候、从何处学得的一手中医诊脉开方的医技，诊疗水平竟然还不错。当时中医执业不必领执照，医术资格也不用考试，只要向区政府卫生股备个案即可。因为收入有限，工商税务也不来过问。当然，柏明厉做得也很低调，家门口不挂任何牌子，如果不是本镇居民，根本不知道这里住了个郎中。这当儿镇上已经有了派出所，但那是为剿匪而设，本镇居民只要不跟湖匪有涉，警察不会登门。

那么，柏先生怎么想起要跟白漫涛取得联系呢？这是因为西山镇上突然来了一个让柏明厉心惊肉跳的游客——钟伯生。

这个无锡人年岁跟柏明厉差不多，干过多种营生。一般说来，这种人都是心眼玲珑剔透脑子活络的角色，甚至聪明得有些过头，于是成也聪明败也聪明。钟伯生就是如此。他干得最好时是肉食批发行老板，生意在无锡、苏州、常州三地同时铺开，把这三个城市的同行压得连杀他一家的心思都有。他想继续把生意往上海、南京发展，为此，还在报上打出广告，一次性付款预订了十五天的整版。消息传开，沪上同行还没做出反应，南京那边已经忍不住了。有个帮会大佬刚刚介入这个行业，闻讯大怒，下令要把姓钟的灭了。

柏明厉在江湖上虽然默默无闻，但消息极其灵通，南京大佬一开口，当时还在镇江的他就知晓了。因为钟伯生跟他有过一段不错的交往，所以立刻包了辆汽车，派人连夜赶到无锡去报信。钟伯生随即逃离无锡，躲到上海郊区亲戚家避风头。稍后，还是柏明厉帮他在上海找了份工作，让他有个安身之处，又托人跟南京那个大佬斡旋，收回了追杀令。至于无锡的产业，那当然不能指望了。此后，钟伯生一蹶不振。上海沦陷后，柏明厉跟日本人勾搭上，就把钟伯生收罗麾下，让他做做跑腿送信的听差角色。

当时，柏明厉手里有四个喽啰，日本人不给开薪饷，那是属于柏明厉私人雇佣的，报酬也由柏明厉支付。后来，四人中的三个因被怀疑跟某方特工暗通款曲，被柏明厉设计让姚师哥给干掉了。钟伯生没被柏明厉列入暗杀名单，但他得知那三位在去湖州出差夜游太湖时“发生意外，死于湖匪之手”后，其天生的那份聪明就发挥了作用——如果往下柏先生指派他去外地出差，会不会也发生类似的不测之祸？保命要紧，他干脆来了个不辞而别。

钟伯生回到了无锡老家，以前的产业已经没有了，也没了当初创业时的那份雄心壮志，但日常开支总要解决，于是做起了掮客。这人头脑活络，别人做掮客也就盯着一行，他却可以同时兼做三行，收入还过得去。

今年3月19日，钟伯生到苏州谈了一笔生意，心情舒畅，一时兴起，打算去郊区转转。稍近之处早已不知转悠过多少次了，西洞庭山倒是多年未去，就奔西山镇来了。也是无巧不巧，平日里一直宅在家里坐堂问诊的柏明厉，这天恰好因事出门，不意跟钟伯生当街劈面相遇了。

柏明厉属于那种绝顶聪明的角色，苏南、上海解放将近一年来，他的脑子里就没有停止过对政治形势的思考。他有一台十七灯调幅收音机，经常在深夜收听海外广播，对当前局势的了解远比寻常百姓透彻。最近一段时间，他经常盘算，像他这样的角色，待在太湖中的这个小岛上能否躲得过去？如果躲不过去，那又该怎么办？离开苏州乃至江南，对于他来说，是可以做到的。但是，去哪里安身呢？多年前想到的“狡兔三窟”，其实只有上海、苏州两窟。当时还洋洋得意，现在看来，这是偷懒。此刻，随着钟伯生的一声“柏先生”，柏明厉吃惊之余，更是懊恼得无以复加——这就是偷懒的报应啊！

如今该怎么办呢？用在“七十六号”时的思维，那肯定就是灭口了。但现在已经不能轻易动用灭口手段了。再说，柏明厉觉得钟伯生此刻与自己的不期而遇，似乎包含着天意，是老天爷在提醒他：你已经处于不安全的状态中了，危险随时可能来袭！

确实，西山镇虽然是太湖中的一个小岛，但对于长江三角洲的人们尤其是上海市民来说，有都市千金难买的那份安静，乃是游览胜地。随着新政权的日渐稳固，经济逐渐向好，老百姓口袋里有了些钱钞，吃穿问题解决了，就会想着旅游了。再说，报载上海市总工会已经筹划着在苏杭一带开办工人疗养院了。如此，西山的游人将络绎不绝。柏先生在上海滩混了多年，结识的三教九流不计其数，《申报》、《中央日报》都刊登过国民党政府对他的通缉令。今天能和钟伯生相遇，明天后天、这月下月，又怎能保证不再出现这种情况？钟伯生还算好的，当街招呼。如果遇到其他人，没准儿悄然避开，然后直接就奔镇派出所去邀功啦！

柏明厉寻思，这里是待不下去了，只有设法离开苏州。去哪里？如今全国各地的户口管理都一样严密，连亲友之间的偶尔来往都设了“申报临时户口”这道坎儿，更别说长期居住了。那就只有去海外了。

主意既定，随即开始盘算一应环节。柏明厉马上意识到，最大的障碍就是钱。像他这样的角色，手里只要有“黄白绿”（指黄金、银洋、美钞），偷渡去海外不成问题。可是，在这方面他缺乏远见，以往挣得的钱钞不少，却没有未雨绸缪的意识，只顾挥霍，1945 年春潜回西山镇时身边只有十两黄金、一支日本造九四式手枪（子弹只有随枪的六发）。这点儿资本，显然是无助于他远走高飞的。

柏明厉一夜无眠，反复权衡，最后作出决定：一是尽快远走高飞，即刻开始打听外逃偷渡的黑道信息；二是动用“非常手段”解决经济问题，拉上已经分别五年多的白少爷和眼前这个“老部下”钟伯生一起行动，先由白、钟出面搞枪，得手后自己带着他俩作案；三是确定作案目标，应是上海或者南京的殷实大户，最好是那种历史有问题（比如有血债或曾跟日本人勾结）但尚未暴露的对象，这种人一般不敢报案；四是具体步骤：指派钟伯生去物色提供枪支弹药的上家，再由白漫涛玩一招黑吃黑把货劫来，他自己则赴沪杭宁一带打听是否有可能从江苏、浙江沿海雇船逃窜至国民党军队占领的岛屿——时隔多年，国民党方面只怕已经没有兴趣再追究他的汉奸罪行了，再说只要有足够的钱钞打点，天大的事儿也可以化于无形。

对于柏明厉的安排，钟伯生心里不一定乐意，但他和柏明厉是拴在一根绳上的蚂蚱，没有选择余地。而白漫涛是他的师侄，甚至说是徒弟都不过分，年轻人血气方刚，一身本事从没有真正施展过，眼下正是个大显身手的机会，再者，白漫涛也有把柄掌握在柏明厉手里，不怕他不听话。柏明厉遂开始行动。

4 月 8 日，白漫涛赶到西山镇，跟柏明厉见面。当晚，柏明厉又跟白漫涛密谈，要言不烦，先问白漫涛是否还记得某年某月某日跟姚三进夜游太湖之事。白漫涛蓦地一惊，寻思此事柏师叔怎么会知道，当时只有自己和姚师父在场啊？

那晚，在姚三进的授意下，白漫涛开枪击毙了三个师父的仇家，这是师父对他的说法，白漫涛一直信以为真。而此刻，柏明厉却告诉他，那三个家伙就是柏明厉在“七十六号”时的三个喽啰，因与某方特工暗通款曲，遂假手姚三进和白漫涛将他们除掉了。

白漫涛不笨，马上追问：“您说那三位跟某方暗通款曲，这某方指的是哪个方面？”

柏明厉的语气变得有些沉重：“那三个家伙暗通款曲的是哪一方，

我没法儿调查，也不想调查。当时我获得的信息是，他们三人在出售我获取的情报。而那段时间，我收集情报的主要目标是苏俄以及由苏俄主持的共产国际。这事一旦让日本人知道，我肯定会有杀身之祸，只好把他们灭口。此事是我委托姚师哥代劳的，没想到师哥竟然让你结果了他们。”

白漫涛顿时傻眼。这三个家伙原来不是师父所说的什么“仇家”，而是柏先生的属下。这倒还在其次，问题是，听柏先生的意思，他们出售的情报跟苏联或者共产国际有关。如果柏先生所谓的“出售”是故意曲解，实际上是无偿提供，那他们就是在为共产党做事，没准儿就是地下党也难说啊！现在是共产党执掌天下，这事若是捅出来，再长一个脑袋也不够杀呀！

这正是柏明厉希望达到的效果。接着，他又说起了在西山镇上被钟伯生一眼认出的情节，但并未提及钟的姓名和具体身份，只说这位老兄知道他曾为“七十六号”效力，还夸赞这老兄够朋友，否则若是直接奔派出所，师叔我这条性命料想也就了结了。这件事之后，我就反复琢磨，以往做过的事还有哪些漏洞，越想越不踏实。比如说太湖上的那三条人命，按理说，这事是由我而起，姚师哥是按我的布置行事，如今也就你我两人知晓，应该不会泄露。可转念一想，也不尽然。那条用来月夜游湖的木船是你师父租用的，船主是一对渔家夫妇，他们的船上去五个人（姚三进、白漫涛及柏明厉的三个下属），可是只回来了两个，难道他们一点儿想法都没有？那对夫妻当时不过二十多岁，现在满打满算也就三十出头，肯定还活着。如今共产党的手段你也见识过，动不动就搞什么公审、揭发、检举之类，那对夫妇要是把此事说出去，公安一旦认真起来，这事是经不起追究的啊……

柏明厉以一声长叹刹了车。往下的意思，对于白漫涛这种聪明角色来说，就是尽在不言中了。沉默片刻，白漫涛开口了，说师叔我明白您的意思了，咱俩眼下有危险了，一旦东窗事发，脑袋就不保了。师叔既然把我召来，料想已经有了应对之策，但请告知，师侄自当全力以赴。

柏明厉不言语，取一张白纸，用铅笔在上面划拉了几下，推到白漫涛面前。白漫涛一看，是一只展翅高飞的大鸟正飞向远方的海岸，于是恍然，抬手指指东南方向，也没吭声。

柏明厉遂向白漫涛道出了他的计划，问白漫涛是否有胆量作此一搏。此刻白漫涛跟当初随姚三进在太湖上月夜杀人时的情形有所不同，年龄大了几岁，阅历有所增长，而且已经有了妻小，按照柏明厉的计划行事，父母妻女和上海滩的优裕生活都得抛弃了，心中难免不舍。但他长期跟姚三进、柏明厉之类的亡命徒厮混，不知不觉间沾染上了江湖黑道的那种冷酷，凡事都不看得特别重，留得青山在，不怕没柴烧。

柏明厉点点头，说那好，你明天就回上海，从工厂辞职，理由是不想在这个职位上虚度青春，趁着年轻多见见世面，多挣点儿钞票。至于辞职之后以什么职业为掩护，我的建议是重操旧业，干墓地坟园买卖中介，这个职业的优势是可以自由活动，还不引人注目。然后，你就在上海等我的消息，我会给你寄一封信，你按信上的时间地点跟人见面。对方可能会来两个人，带着我们弄“黄白绿”时所需的手枪和子弹。我跟人家说好以黄金购买，不过，如果我们有黄金，那也就不需要买枪了不是？所以，这不过是一个噱头。你直接把货拿回来就是，如果对方反抗，那就干掉了事。

说着，柏明厉拿出一把日本造九四式手枪：“白少爷知道我是不用枪的，这把手枪是我在‘七十六号’的老上司山田济夫的贴身佩枪。三十四年（此指民国三十四年，即 1945 年）春节前我准备悄然脱离‘七十六号’，山田不知道，还乐呵呵地请我喝酒。我把他灌醉了，临走时顺手牵羊拿了这把枪。可惜弹夹里只有六发子弹，你凑合用吧。白少爷的枪法是姚师哥亲授，我是绝对信得过的。”

就这样，白漫涛开始了他的亡命之旅。柏明厉是老特工，跟白漫涛、钟伯生两人搞单线联系，所以，白漫涛并不知道钟伯生；同样，钟伯生也不知道白漫涛。

白漫涛返沪后，按照柏明厉的交代行事。过了几天，果然有一封信封上写着“内详”的信函寄达，让白漫涛于5月20日下午四时许前往无锡市南门南禅寺山门前跟花祥至、薛和福洽谈“生意”。

是日，白漫涛依约前往，与来自常州的花、薛两人会面。先去饭馆吃了晚饭，餐后前往南长街“大福客栈”。双方各自心怀鬼胎，白漫涛是奉师叔之命玩黑吃黑，不付一文把枪弹掠走；常州那对舅甥毕竟是专门做军火买卖的，黑吃黑不好意思玩，但也不是善茬儿，他们是想坐地涨价，先收钱，再把下家带到常州去拿货。

双方在“大福客栈”后院客房坐定，茶没喝一口，烟没抽一支，直奔主题，一方要先验货，另一方则要求对方先亮一亮购枪的黄金。白漫涛的经历堪称传奇，很多同龄人不但从未经历，甚至连听也没听说过、想也不敢想，却缺乏这方面的周旋经验。再说，他原本就是铁定要黑吃黑的，也就懒得再跟对方纠缠，黄金拿不出，东洋杀器却是拿得出的，当下假装取黄金，伸手从怀里掏出的却是手枪！

白漫涛原本的打算是掏枪镇住对方，然后把那个褐色小皮箱掠走。哪知，手枪刚从怀里掏出来，还没端平，竟自动发射了。这就形成了自下而上的射击角度，而且无巧不巧，竟然一枪两命。

这种情况通常被称为“走火”，其原因固然跟白漫涛在等候花、薛二人办理入住手续时提前把子弹上膛有关，更主要的则是那支日本造九四式手枪天生的设计缺陷。这是日本于战前投入生产的一款半自动手枪，该款手枪的保险装置设计不合理，位于枪身左侧上方的保险阻铁杆只要受到很小的压力，上膛的子弹就会被击发。上膛的手枪即便是放在枪套里，也非常容易走火伤到自己。据说，许多配备九四式手枪的日本军人都有过走火的经历。

白漫涛是神枪手不假，但他在跟姚三进练习手枪射击时，使用的是当时的著名品牌“马牌撸子”（即柯尔特 M1903 式手枪），对日本的九四式并不熟悉，更不了解其容易走火的弊病，由此产生了失误。这个失误，跟他们稍后的灭亡也是有关系的。

外面的电闪雷鸣、狂风暴雨掩盖了枪声。白漫涛寻思，这当儿拎着这么一口皮箱出去显然不妥，就坐等雨停后再滑脚，也没检查一下皮箱里的东西，更是做梦也想不到自己白白杀了两个人，获得的其实是一口装着废铜烂铁的箱子。

六、“牛哥”落网

回过头来，再看专案组的调查情况。

从常州返回无锡的次日，5 月 24 日上午，专案组举行案情分析会。众人对赴常州调查的一应情况作了总结，认为要查觅那个斯文书生模样的凶犯游云涛，还是得从那个疑似这桩军火买卖的中介人“牛哥”入手。根据在常州获得的线索显示，“牛哥”来自无锡，因此，专案组宜集中力量在无锡当地查摸此人。接下来，刑警对“牛哥”的相关情况进行了分析——

柴兴贵、郎虎扣这对从事军火买卖的舅甥，郎虽然比柴大一岁，但他解放前没有当过土匪强盗，只是一个加入过帮会的地痞，他的涉案应该是受舅舅柴兴贵的拉拢。而柴兴贵的情况就不同了，这人在江湖上比较兜得转，是倒腾军火的老手。此次跟游云涛的买卖，应该是柴兴贵出面找“牛哥”牵的线。

据柴妻苏流英说，“牛哥”其人她之前从未见过，也没听丈夫提起过。柴兴贵嗜酒，平时即使不外出，一个人待在家里也要喝两盅，只要喝了酒，就成了话唠。作为妻子，苏氏自然没少听丈夫唠叨。好在这种唠叨听起来还不算太枯燥。柴经历的事情多，简直称得上千奇百怪，每次唠叨的内容基本不重复，苏氏估计其中也有些吹牛的成分，把他人的经历移花接木到自己身上。在苏流英的记忆中，丈夫这些年来提及的那些人名或绰号中，并无“牛哥”。据此刑警认为，“牛哥”很有可能以前跟柴兴贵并不相识，是为这次军火交易才搭上线的。

解放后人民政府严禁私藏枪支弹药，一旦发现，必定重判。在这种形势下，柴兴贵没有理由平白无故相信“牛哥”——若是警方放出的“倒钩”，那岂不中招了？“牛哥”之所以能与柴兴贵搭上线，恐怕还须有柴兴贵信得过的人介绍。联系到苏氏说丈夫大约一周前曾去过无锡、当天就回家的情况，估计柴很有可能就是在那次无锡之行中遇见了某个可靠朋友，跟他提起了“牛哥”受托帮人买军火之事。于是，二人就此搭上关系。

至于“牛哥”这个称谓的由来，刑警认为有几种可能：其一，此人姓牛；其二，此人的名字或小名中有个“牛”字；还有一种可能，这家伙在江湖黑道上比较厉害，因此得了这么个绰号。不过，在江南方言中，一般不以“牛”来形容某个人厉害（此指旧时的江南方言，如今情况已经有所改变）。如果这种可能性存在，最先以“牛哥”称之的该是北方人——这也从侧面说明了此人的人脉和活动能力比较突出。

于是，往下的侦破思路也就形成了。一是通过刑警掌握的“耳目”暗中收集非法军火交易的相关信息，寻找“牛哥”的线索；二是放出风声，佯称手头有军火出售。专案组认为，既然游云涛从柴、郎舅甥那里购枪不成，说不定还要请“牛哥”继续帮忙联系，这就有可能把“牛哥”引出来。一旦找到新的卖家，游云涛没准儿还想玩一回“空手套白狼”，这就是自投罗网了，对于刑警来说当然是求之不得的大好事儿。

当天下午，两路人手都安排下去，却一直没有任何反馈。5 月 26 日傍晚，专案组再次碰头，检讨之前的案情分析是否到位。有人提出，会不会是目标隐藏得很深，尽管“牛”，但久未现身，江湖上已经很少有人闻其“威名”了？也有人想到了另一种可能，“牛哥”这个称谓，也许跟柴、郎舅甥化名花祥至、薛和福一样，都是为了这次交易随意起的名字，一次性使用，用过算数。还有刑警提出，尽管这个“牛哥”是无锡人，但他的活动舞台并非无锡，而是在苏南其他地方，甚至上海南京。

这么一说，众人都沉默了。稍停，专案组长赵资清说，目前我们没有理由排除以上这几种可能。这样吧，已经十点了，今天的会就开到这里，大伙儿这几天连日辛劳，抓紧时间休息，明天上午咱们继续开会讨论。

5 月 27 日上午，案情分析会还没举行，专案组成员周长寿就从其住所附近的城北分局胜利门派出所给赵资清打来电话，说其掌握的耳目“小钉子”一大早就奔到他家密报：“牛哥”找到了！

“小钉子”姓丁，原本是个扒手。出道半年多，学艺不精，时不时失风。建国伊始，公安机关对扒窃作案沿袭旧时做法，通常处罚较轻（这跟当时人们手头拮据，案值低也有关系），教育一番放人，即使关押也不过几天，逮捕判刑的案例很少。小丁被抓的次数多了，感到没有面子，寻思着要干一票大的，遂把一个从浙江来无锡出差的团级干部作为作案目标，没想到再次失手，当场被抓。

那干部倒是很通情达理，先问小丁是否吃过饭了，小丁摇头，就带他去面馆一起用餐。餐后，把小丁带到市局，交给局长刘中，说我了解过了，这是个贫穷人家出身的孤儿，无以谋生才做了扒手，这样的孩子人民政府要挽救，给出路，化消极因素为积极因素。刘局长赞同，就把案子交给刑警队，刑警队领导将其分派给周长寿处理，转达了失主的话，让老周一并处置。

周长寿问明情况后打了份报告，处罚当然是免了，还给小丁介绍了一份修车学徒的工作，而且修理的是汽车，这在当时被坊间视为“高精尖技术”。小丁自是感激不尽，向老周表示，今后有什么吩咐，赴汤蹈火在所不辞。老周寻思，这个小丁常年流浪，在社会上结识的三教九流比较多，倒是可以发挥一下作用的，就向领导提出建议，是否可以将其发展为刑警队的耳目。领导也正有此意，当下拍板，说这个关系今后就交给你掌握了。此后，小丁在工余时间还是经常跟那班狐朋狗友厮混，打探到相关信息就报知老周。

这次周长寿参加“一枪二命”专案的侦查，在请示组长赵资清后，动用了小丁这个耳目。事后得知，专案组一共动用了四个耳目，小丁是其中之一。

小丁对做耳目的热情虽然很高，但一段时间做下来并无建树，打听到的信息数量可以排名第一，却没有一项靠谱。不过，这天的情况似乎不同，小丁言之凿凿地对老周说：“您要找的那个‘牛哥’，我已经打听到了。他住在城中区光复门圆通路靠近县前东街的那条小巷里，我的一个朋友李鑫昨天刚把偷得的一支短枪通过‘牛哥’卖给曹老二了！那支枪，我是亲眼所见，还在手里拿过；子弹也在手里捏过，是真货，一共三十六颗，散装的。小李子把枪和子弹一共卖了一百一十三万元，昨晚请我下了馆子，看了一场戏，散场后又去吃了夜宵，下半夜去澡堂泡澡喝茶，又打了个盹儿，早晨我才脱身，这不就赶紧过来向您报告了。”

小丁说到了曹老二，周长寿听着心里一动。前天，老周翻阅市局秘书科每天编发的油印《敌情简报》，曾见过一则短讯，说据情报显示，太湖惯匪、从昆山县公安局看守所越狱的逃犯曹老二逃窜来锡，该犯生性残暴、血债累累，要求沪宁沿线及太湖水域沿岸公安机关多加留意，提防该犯以各种手段获取枪支后作案。该信息只有警方内部知晓，现在小丁报告的情况中涉及该匪，那看来多半是靠谱的。于是，老周立即给专案组长打了电话。

当下，老周向小丁问明李鑫的住址，赵资清即派专案组刑警直扑过去。那主儿昨晚在澡堂打了个盹儿，此刻正在家里睡回笼觉，被刑警摁个正着。马上提审，很快就弄清了以下情况——

李鑫与小丁同龄，不过，这小子比小丁幸运得多，出生于商人家庭，其父是开布店的，其母是小学老师，子女四人，他最小，上面是三个姐姐。那年头重男轻女现象普遍，李鑫自小受到的宠爱可想而知。可惜好景不长，他十岁那年，老爸病故。其母在郊区乡村小学执教，次年早春的一天，无锡日伪警察局的数名密探忽然冲进小学，以私通新四军的罪名将其逮捕，李母在被押解至无锡市内的途中跳河自尽。如此，十一岁的李鑫就成了孤儿。他的三个姐姐都已出嫁，两个嫁在苏州，一个嫁在无锡。三个姐姐的公婆、丈夫都是好心人，均提出让李鑫住过去和他们一起生活。李鑫却拒绝了，说他一个人能过日子。

李鑫一个人倒还真能生活下去，不过交友不慎，轧的淘伴（江南方言，一起玩耍的小伙伴之意）乱七八糟，干脆学也不上了，全城乱窜，伺机偷窃、行骗，也给黑道人士有偿刺探消息。几年下来，歹事儿没少干，但都是小偷小摸，够不上立案，旧警局也懒得去料理他。

解放后，李鑫我行我素，只是转移了作案地点，原先是清一色盯着陆上对象下手，现在发展到水上了。他这个“水上”跟“太湖兄弟”不同，并非结伙打劫，而是伪装钓鱼客，留意来往游客或者渔民，当他们的船只在太湖或者无锡内河岸边停靠时，趁人家不留意，把钓钩伸到人家船上，眨眼间就把东西给钓走了。昨天出手，李鑫窃得了一支短枪，系德国造伯格曼 M1896，因枪身较长，所以被他称为短枪而不叫手枪。

这支枪是装在一个带拉链的帆布挎包里的，挂在一条渔船后甲板的芦席篷里，船上像是无人。李鑫瞄个正着，鱼竿一甩，就把沉甸甸的挎包顺了过来。找个没人地方打开一看，竟是一支短枪和用一方蓝布包着的子弹。他知道枪支与其他赃物不同，不能在身边久留，就找上了头脑活络信息灵通的同道好友小丁。

小丁这两天正盘算着为老周打听“牛哥”的下落，觉得这是一个机会，遂对李鑫说，咱无锡地面上有个专做枪支买卖的朋友，人都唤他“牛哥”，你如果找到他，准保能出手。不过呢，找到“牛哥”之后，暂且不急着给他看货，免得人家把价钱压得太低。我先去帮你打听一下市价，等我回音再跟人家谈生意。

李鑫跟小丁虽是同道兼朋友，但并不一起活动，路数不同，小丁费尽周折也没打听到的“牛哥”，居然让他轻而易举就找到了。李鑫比较听小丁的话，依嘱先不去跟“牛哥”接触，而是跑来告诉小丁。小丁给警方做耳目，一直没能取得什么傲人的业绩，这回他学乖了，并不急着向老周报告，而是提醒李鑫，须核准对方的身份。稍后，李鑫告诉小丁，那人肯定就是你说的那个“牛哥”，听说他不但买卖手枪，卡宾枪机关枪生意都做，还有手榴弹，简直是个军火贩子啊！

小丁说，那你跟他约见，我在附近盯着，不管生意是否谈成，你跟他分手后我都跟上去，看他住在哪里。万一他拿了货不付钱放你鸽子，咱们就约几个弟兄登门拜访。如今解放了，他害怕的就是张扬，一张扬就会惊动公安。咱是光脚不怕穿鞋的，哪怕一起折进局子，他受到的处罚也比咱重。没准儿公安把他解放前的事儿查出来，枪毙也难说！

李鑫依计行事，这一跟，小丁就掌握了“牛哥”的住址。

当晚十时半，“牛哥”落网，跟他一起落网的还有暂时躲藏在他家里的逃犯曹老二。

七、杀人灭口

“牛哥”并不姓牛，而是姓钮，名建文，三十八岁，曾是无锡内河轮船公司的职工，小火轮上的轮机匠。这份职业他干了十九年，中间还曾跳槽到一家私营轮船公司，在横穿太湖南北的小火轮上干过五年。其间，钮建文勾结“太湖兄弟”，帮他们夹带军火、赃物，有时也帮助“军统”、“忠义救国军”以及受国民党操纵的土匪武装运送物资、伤员，自然都是有偿服务，他自己是没有什么政治立场的。同样，也曾给新四军、太湖游击队、中共地下党办过事儿。

时间稍长，钮建文做出了门道，夹带军火的同时，还做起了军火中介，甚至自己出钱垫付货款，把武器弹药从甲地偷带到乙地加价出售。无锡解放后，内河轮船公司被军方接管，钮建文因各种不良记录，被列入“不予留用”的名单，从此失业。他跟刑警解释，我没了饭碗，但总要活下去的，只好继续做做这种中介买卖。

刑警此刻对钮建文的其他情况一概不感兴趣，盯着要问的就是“一枪二命”案件。哪知，一听刑警的话头，这家伙叫起了撞天冤，说他跟该案“绝对不搭界”！刑警问他最近去过外地吗？答称没有。

刑警再问：“好好想想，有没有去过常州？”

钮建文还是摇头。

“5月15、16、17、18日四天，你在干什么？有谁可以作证？”

钮建文一边想一边回答，说那四天自己在干啥干啥，地点何处，有谁作证。他知道警方肯定要去调查的，遂把证人的姓名、住址一一作了交代。

审到这当儿，专案组刑警都有一种大事不妙的预感。只得先把人犯晾在一边，布置向证人调查以及搜查钮宅。

这些活儿一口气干到傍晚，尽管在钮宅搜出了两支驳壳枪、若干子弹和十几颗手榴弹，但大伙儿根本乐不起来。十来个证人都证实钮建文那四天确实待在无锡，并未外出。至于“牛哥”之称，最早其实是“钮哥”，传来传去，可能有人听岔了，就成了“牛哥”。

钮建文提供的那些证人里，有一半以上是经常行走于法律边缘的“问题人士”，他们中有两人告诉刑警，苏南江湖上确实有一个被称为“牛哥”的人，操无锡口音，不过，这人似乎不大露面，他们也只是听说，从来没有见过。

如此，钮建文虽然到案了，还逮着了惯匪逃犯曹老二，专案组也算是有功劳的，但跟“一枪二命”案件却无关系，大伙儿都有点儿闷闷不乐。

5月29日上午，专案组举行案情分析会。这次，不但城南分局局长顾亭到会，连市局正副局长刘中、杨堤也来了。会议开始不久，喜欢稍有空闲就“微服私访”的苏南行署公安局长黄赤波正好来“闸差”（江南方言，意即以突然方式检查工作），听说专案组正在研究案情，便坐下不走了。

大家讨论下来，认为若要取得突破，还是要在“牛哥”身上打开缺口。此人既然被称为“牛哥”，到底和“牛”字有什么关系呢？是前面已经分析过的，姓氏或者名字（包括小名）中有“牛”字，还是在江湖上名气大、办事能力强，因而被称为“牛哥”？抑或就是一个临时用一下的化名？

大伙儿七嘴八舌议了一阵，却不得要领。黄赤波听着，一直没有说话，片刻，捅了下旁边坐着的无锡市公安局副局长杨堤。杨堤 1924 年 9 月出生于江苏省青浦县，十四岁参加新四军，十五岁入党，从 1938 年至 1950 年，历任新四军政治部组织部、军法处科员，淮安县委、建阳县委社会部长兼保安科长，盐城县委社会部长兼公安局长，华中公安处、华南行政公署公安局科长，无锡市公安局副局长（稍后任局长），是一位年轻的“老公安”，头脑灵活、思维敏捷，一线办案经验丰富。故黄赤波局长示意他发表见解。

杨堤的见解很简单：可以在牛贩子里查查线索。

他这么一说，众人都有一种茅塞顿开的感觉。旧时，耕牛系农家除土地房屋以外最重要的财产，也是强盗土匪实施犯罪时的一个重要作案目标。各地江湖都有专门抢劫耕牛的“专业户”，他们结伙作案，或登门抢劫耕牛，或拦路袭击牛贩子。当时的牛贩子并非阿猫阿狗只要有资金作本钱就能干的，除了资金，还得像私盐贩子那样有保护自己的能力。私盐贩子对抗的是官府，耕牛贩子对付的则是匪盗。除了必须具有强壮的体魄，通常还会些武术，自然也持有武器。各种武器中，最有效最可靠的那就是枪支，而且最好是军用枪支。所以，太湖地区的牛贩子，往往同时兼做枪支弹药买卖的中介人，或者直接参与贩枪。精明能干的牛贩子，会在买入若干耕牛的同时，联系好枪支弹药的下家，把枪支弹药随耕牛一并运往目的地。这些枪支弹药，也是他们用来对抗可能遇到的抢牛匪盗的武器。

杨堤副局长的见解获得了众刑警的一致赞同，专案组长赵资清立刻布置盯着这一条进行调查。这一查，果然查到了线索——

城西区棚下街有一个名叫钟伯生的市民，生于1913年，属牛，从事过多种行当，其中一行就是牛贩子，抗战前期做过三年，其间贩卖过枪支弹药。后来改行做肉食批发，生意做得不错，不料得罪了帮会大佬，被迫放弃店铺逃往上海。抗战胜利那年，钟伯生返回无锡，在朋友的帮助下，做起了西药和小百货中介兼零售生意，是否同时还兼做枪支买卖，尚不清楚。

5月31日上午，专案组刑警全体出动，直奔棚下街钟伯生的住所。可是，钟伯生不在家。刑警在其家中并未搜出任何违禁品，但注意到客堂的桌子上放着几个常州特产大麻饼和芝麻糖的包装盒。经向钟伯生的妻子、儿女了解，得知这是前些日子钟伯生去常州办事时带回的。

刑警对于“常州”自然颇感兴趣，要求对方回想具体是哪天。钟妻和两个子女回忆下来，说是5月15日，这与之前刑警在常州外调时所获的情况相符。钟妻还说，丈夫是那天上午出的门，下午三点多回家的，带回了大麻饼和芝麻糖，还给她买了一条真丝围巾。刑警问她钟伯生去常州办啥事儿，答称老钟没说过，她也没有问。平时钟伯生外出办事，不管去外地还是就在无锡本地，事先事后都是从来不说的，她也从来不打听。这已成为夫妻俩相处的默契。就像今天，上午吃过早饭后，她去菜场买菜，出门时老钟还坐在客堂里的藤椅上看报纸，等到她回来时，大门已经锁上了，也不知道他去了哪里，今天是否回家。

专案组刑警离开钟宅后，赵资清随即让冯安国安排便衣对钟宅进行秘密监视，目标一旦返回，立刻实施抓捕。

但一直到下午五点，钟伯生也没回家。专案组刑警不禁纳闷儿，钟伯生早饭后出门这一溜达，时间怎么这么长啊？大伙儿正嘀咕时，管段派出所来了一位民警，对专案组长赵资清说，所长请您去一下。赵资清马上意识到十有八九出事儿了。

果然，到得迎龙桥派出所，尹所长已经一脸焦急地等着了："老赵，出事了！你们蹲守的那个目标死了！"

半小时前，派出所辖区学前西街上的"太平旅社"郑老板心急火燎地来到派出所报告：旅社客房里死了一个人，是他的表弟钟伯生！

郑老板跟钟伯生是姨表兄弟，两人相差三岁，自幼关系就不错，十年前他盘下这家旅馆时手头拮据，钟伯生还资助他一百大洋。后来他连本带利还款时，钟伯生坚决不收。有了这层关系，两人亲情友情的厚度想不增加都难。抗战胜利那年，钟伯生从上海回到无锡，为了生计，时不时从事一些灰色交易。郑老板就对表弟说，你以后跟江湖上的朋友谈买卖，如果在其他地方不方便，可以到"太平旅社"来，不必登记，也不收费，有空着的客房进去就是，准保太平无事。

这为钟伯生的地下买卖提供了很大方便。解放后，钟伯生此类买卖谈得少了，但有时也会过来。郑老板很江湖，照样按老规矩办。

却说今天中午，钟伯生忽然去了"太平旅社"，随其过去的还有一个精瘦老者，花白头发，颏下一部长髯，看年纪估计在五十又几。钟伯生没把那人给表兄介绍，朝迎门水牌瞥了一眼，说后院 3 号房空着，咱就去那里坐坐吧。

郑老板像以往一样，亲自充任茶房，往后院送好茶好烟，吩咐伙计杂役一律不准前往打扰。钟伯生又掏出十万元的钞票递给表兄，说我们还没吃午饭，劳请备一点儿酒菜。郑老板自无二话，立刻照办，叫茶房小康去外面买了几味卤菜、一瓶好酒，又叫旅社厨师炒了两盘时鲜，也是自己亲自端送后院。

然后，按照老规矩，郑老板自己也不进后院了，免得打扰了表弟谈买卖，况且还要防止被他们疑为有意偷听谈话，回头万一出了什么差错不好解释。

大约一小时后，那个老者离开了，经过前台时，向郑老板拱手示谢，说多谢阁下，咱们的事儿谈完了，酒也喝得尽兴。老朽有事先走一步，钟先生说他昨晚没睡好，喝了酒正好睡一觉，请伙计不要打扰，等他醒了再去收拾房间。郑老板自是诺诺连声。转眼间，老者已经飘然出门。

钟伯生平时偶尔也会到“太平旅社”小憩，通常睡个把钟头，最长也不会超过两小时。这天却是意外，那老者离店时，郑老板记得墙上的那口挂钟正好敲了一下，是下午一点半。这会儿已经四点半了，钟伯生竟然还没起来。郑老板涉足旅馆业多年，经历得多，当下隐隐觉得不对头，也没叫茶房杂役，就自个儿貌似悠闲地背着手溜达到后院。

后院不大，只有四间客房。这当儿正是农忙季节，也是旅馆业的淡季，后院已经一连数日没有生意了。三间客房上着锁，只有暂用的那间虚掩着房门。郑老板推门进去，只见表弟仰面朝天躺在右侧那张床上。本来，郑老板也不想打扰，表弟多睡一会儿又有什么呢？可是，四下一打量，不由吃了一惊——中午表弟和客人小酌过，按说桌上应该是残羹剩菜杯盘狼藉，但眼下他见到的却是一张收拾得干干净净的空桌子，连四张骨牌凳也像杂役打扫过客房那样整整齐齐放到桌子下面去了。扭头再看，不单是杯盘碗筷，其他物件诸如热水瓶、茶壶茶杯、烟灰缸，甚至抹布扫帚拖把也都不翼而飞！郑老板饶是见多识广，这当儿也慌乱起来，当即急趋床前，定睛一看，钟伯生一动不动，满脸青灰，显见得已经一命呜呼魂归黄泉了！

郑老板报案后，专案组刑警及市局刑技人员先后赶到，现场勘查以及法医对钟伯生尸体解剖检验结果如下——

钟伯生身体表面并无明显伤痕，致死原因是后脑勺遭受钝器猛烈击打。法医分析，所谓的“钝器”，应该是拳头。显然是那个无名老者出其不意对钟伯生下手，一拳毙命，由此判断，凶手不但会武术，而且是武术高手。

凶手具有很强的反侦查意识，他在作案之后，即移尸床上伪装熟睡状态，然后以最快的速度、最便捷的方式消除了现场的所有痕迹，把杯盘碗筷、热水瓶、茶壶茶杯等全部扔进后院一角的水井，然后把用来消除现场痕迹的抹布扫帚拖把等也投入井里。因此，刑技人员在现场只发现了事后进入客房的郑老板和赵资清的足迹，没有发现其他（包括死者本人）的任何痕迹。以上世纪五十年代的刑事鉴定水平，这种处理方式就足以让警方束手无策了。

凶手作案后，不但从容处理了现场，还非常镇定地从大门离开，跟老板打招呼，佯称钟伯生在睡午觉，以拖延尸体被发现的时间。由此可见，此人不但是武术高手，同时也是犯罪老手。

这个家伙，自然就是来自太湖西山镇的柏明厉了。

八、凶徒伏法

柏明厉怎么到无锡来了呢？这自然跟白少爷的失手有关。

白少爷下手之后，待在现场静候雨停，这才拎着那口褐色小皮箱离开客栈，直奔无锡火车站，上了一列从北方开往上海的列车。当时的火车速度较慢，抵达上海北站再乘坐黄包车回到家里，已是下半夜两点。他生怕惊动家人，没敢撬锁开箱检点“战利品”。直到次日上午，家里只有他一人时，白漫涛方才打开皮箱。只一看，气得差点儿喷血！

柏先生曾关照过他，得手后不必赶往西山告知，也不要以信函电报等方式传递信息。如此小心谨慎，为的是防止引起镇上人的注意。这当儿正赶上军方进剿太湖湖匪，西山镇上的军警以及居民中的积极分子对外来人员比较留意，不能让人家发现丝毫疑点。

白少爷面对着自己遭遇的这一幕滑铁卢，一时不知如何是好。真是世事难料，柏先生这么厉害的一个人，虑事之周详，手段之老到，连姚师父都自叹弗如，没想到这回竟也出了差错，什么都虑到了，就是没想到对方竟玩了这一手。现在应该怎么办？如果按照柏先生事先交代的不联系，柏先生就会以为他已经得手。万一哪天突然出现在自己面前，说已经选定了下手目标，咱们开始行动吧，到那时我该怎么说？

如此，白漫涛一连两天举棋不定，最后终于决定还是赶到西山镇去，当面向柏先生说明情况。当然，柏先生所虑也没错，西山镇虽然不过是弹丸之地，但在这个阶段却是敏感焦点，外人还真是容易受到注意。所以，他去那里，得有一个合理合法的理由。正好上一天他经营墓地坟园中介生意的执照批下来了，遂以寻找商机为由前往。

苏州被称为“上海滩后花园”，相距很近。白漫涛说走就走，从沪上北火车站买票上车，一个多小时就赶到苏州了。从苏州火车站赶到太湖西洞庭山，倒是花了不少时间。待赶到西山镇，已是晚餐时分。他先去找了家旅馆，用在“宏茂机修厂”当庶务时留下的出差介绍信登记住宿，然后上街去一家小饭馆吃了晚饭。饭后，他在街上溜达，经过柏明厉的住宅门口，大门虽然敞开着，柏先生却没露脸，也没见病家进出（其时柏为防止再发生被老相识撞见的意外，业已停诊），白漫涛自然也不好贸然而入。他寻思着，大不了在镇上住几天，总有机会遇见柏先生的吧。

这一待，就是三天。白漫涛每天清早去茶馆，跟人打听是否有人要出让土地（当时尚未土改，土地可以自由买卖），陵墓坟地也要。以前他干过这一行，熟门熟路，谈起地皮生意来头头是道，在其他茶客眼里，这上海小伙儿比以前镇上专司此职、不久前刚刚去世的陆先生还专业。逢到有人提供合适地段的信息，白漫涛就请他们喝茶吃点心，许诺若是成交，会给他们回扣。他指望这么一来，镇上来了个上海人要买地的消息会传开。西山镇就这么大，早晚会传到柏先生耳朵里去的。

既然装，就要装得像，他甚至还真的跟着人家下乡去实地查看，掏出笔记本画了草图，以步丈量，匡算面积。这当儿，别说寻常百姓了，就是专案组侦查员遇到他，心中也不会存疑。

可是，白漫涛的这些努力全都白费了。柏明厉待在自己家里，就是不出门。他正忙着制订行动方案，先抢劫何处何家富户，第二目标是谁，第三目标是哪位……如果中间发生意外，又该如何脱身；还有住宿问题应该如何解决，介绍信如何获取；作案目的达到之后，该选择沿海的什么地方作为出发地，诸如此类。可以想象，这段时间柏明厉的脑细胞消耗量，根本无暇顾及镇上的各种小道消息。

等到第三天傍晚，白漫涛几乎失去耐心。他在离柏宅不远的一家小酒馆前驻步考虑，是不是干脆直接闯进柏家算了。就在这时候，忽见柏先生手提一个用竹蔑编织的提篮缓步而来。白漫涛一看便知，他是来这家小酒馆买卤菜回去作为下酒菜的。与此同时，柏明厉眼光一扫，也瞟见了白少爷，但目光并未在白漫涛身上停留。白漫涛也不吱声，直接步入店堂，选了副靠窗的双人座头，随意点了两个冷菜、二两散装白酒。接着，柏明厉也迈着秀才式的方步进来了，在卤菜橱窗前看了看，然后选了背靠白漫涛的一副座头坐下。半小时后，白漫涛招呼跑堂结账，起身出门。又过了一刻钟，柏明厉也招呼跑堂结账，把要带回去的几样卤菜一并算入。

在旁人眼里，这二位绝对是素不相识的陌生人。其实，他们已经完成了信息的传递——白漫涛事先已经准备好了纸条，刚才柏先生经过他身边时，就把纸条递过去了。

这天晚上对于柏明厉来说，乃是一个愁肠百结的不眠之夜。不过，到天明时，他已经厘清了思绪：武器肯定是少不了的，这回我得亲自出马了，先去一趟无锡，跟钟伯生见个面，让他设法打听谁有武器弹药出售。至于如何下手，那就不劳他操心了，相信老子总归有法子把货弄到手！

于是，柏明厉用当初在“七十六号”为日本人收集情报时使用的暗语给钟伯生写了一封信，约其5月31日中午十一时在无锡城西迎龙桥见面。

这天清早，柏明厉即离开西山前往苏州火车站，搭乘火车赶到无锡已是中午十时许。出了火车站，他叫了一辆三轮车去往城西迎龙桥方向，吩咐车夫从钟伯生家所在的棚下路走。出于谨慎，他想先查看一下钟宅的情况，必要时就在这里下车，跟钟家的街坊邻里搭讪，探听钟伯生是否平安无事。但他终究还是没有下车——三轮车经过钟宅时，他正好看见专案组刑警进入钟家。尽管穿的都是便衣，但一看气质就知道他们是何许角色了。

要说柏明厉还真够镇定沉着，他照样去了迎龙桥，不过没上桥，而是进了桥畔的一家茶楼，在二楼临河窗前占了一副座头，放下窗框上的遮阳竹帘，透过帘子缝隙观察桥上的情况。十一点差两分，桥头出现了钟伯生的身影，柏明厉遂断定钟伯生还不知道自己已经暴露。

换了其他人，也许就一走了之了。但柏明厉知道走是解决不了问题的。钟伯生大概率逃不过警方的布控，他一被捕，必然会供出自己。如此，自己就回不了西山镇，而且也无法实现跟白漫涛商量好的外逃计划。所以，柏明厉决定将钟伯生灭口！

于是，柏明厉装作什么也没有发生，出了茶楼和钟伯生见面。钟伯生提议去附近的“华阳饭店”边吃午饭边聊，柏明厉已经打定主意要下手灭口了，寻思“华阳饭店”肯定不是合适的下手之地，便说饭馆里人多眼杂，不方便，最好找一处僻静地方。钟伯生便说了其表哥开的“太平旅社”，就在学前西街，离这里不远。

往下的事儿，前面已有交代。柏明厉的武功不一定及得上姚师兄，但若要一拳干掉钟伯生，还是轻而易举的。钟伯生就这样着了老上司的道儿，才喝了一杯酒，就稀里糊涂丢掉了性命。

柏明厉将钟灭口后，当然顾不上解决枪支来路问题了，疾奔火车站去了苏州，当天就回到了西山镇。

又是一个不眠之夜，早上起来，见镇上一切正常，柏明厉总算松了口气。没了钟伯生，枪支还是要继续搞，目前倒是可以先消停几天，等无锡那边的风头过去，再与白漫涛取得联系，商量如何下手。

紧绷的弦暂时松下来，伴随而至的就是疲乏。柏明厉让妻子炒了几个菜，开了一瓶好酒，吃喝过后躺下酣然沉睡。躺下时，是6月1日上午十时许，柏明厉这一觉睡得很沉，如果不是被刑警的枪口顶住脑门，那还真不知要睡到何时哩。

专案组刑警怎么这么快就掌握了杀人凶手的下落呢？昨天晚上法医、刑技人员忙完后，专案组刑警接着开会研究案情。其时他们根本还不知道什么“七十六号”特务柏明厉，只是考虑钟伯生之死是否跟制造“一枪二命”案件的那个“白面书生”游云涛有关，决定对钟伯生生前的活动情况进行调查。

6月1日一早，专案组刑警全体出动，前往钟家所在地挨家挨户走访。这回专案组算是撞到好运了，刑警孔同钧在走访钟家的近邻李大爷时，老人无意间说到了一个情况——

大约是3月中旬的一天，那天下着小雨，他坐在门口凉棚下喝茶看《说岳全传》，见钟伯生坐着三轮车从外面回来，一手打伞，一手提着一个一看便知是装河鲜水产品的湿蒲包。本来这事也就过去了，赶巧那个三轮车夫老罗是李大爷以前住在城东周山浜时的老邻居，两人多日不见，李大爷自然要招呼老罗喝杯茶稍歇。老罗告诉李大爷，刚刚是从火车站接上的客，您这位高邻，我一看他提着的蒲包上特有的竹篾扎索，就知道是从苏州西洞庭山回来的，跟他随口扯了扯，他带回的果然是西山特产。

要说线索的获得，就这么简单。专案组正副组长将此情况一分析，想起之前也是这个钟伯生从常州回来时带了当地特产大麻饼和芝麻糖，3月间那天从苏州西山回来，莫不是也跟倒卖军火有关？“太平旅社”郑老板东伙反映，那个五十多岁留一部长髯的杀人凶手说一口苏州话，会不会就住在西山？这么想着，冯安国就提议是否有必要跟西山镇派出所发个电报了解一下，该镇有没有长相特征如此这般还留着一部长髯的老者。赵资清想了想说，与其这么费周折，倒不如直接去西山走一趟，老冯，你带几个同志出这趟差。

专案组四名刑警冯安国、诸伯纯、孔同钧、周长寿立刻出发。到得镇上，先去派出所，一说那么一副长相的老者，所方说倒是有个人可能符合条件，名叫柏明厉，不过不是老者，也就四十多岁，长相显老，加上头发花白，又留着一部长髯，乍一看就以为是个老头儿了。要不，把他传唤来所，您几位跟他聊聊？冯安国经验老到，说照昨天无锡发生的那起凶杀案的情况来看，这个凶手是练家子，功夫还不错，反侦查意识也强，咱们还是直接登门吧，免得惊到了他，被他钻空子开溜了。

这么一说，派出所方面也不敢大意，所长率数名民警，全副武装协助无锡同行执行抓捕。

就这样，柏明厉在睡梦中被手枪顶住了脑门。睁眼一看，自己躺着的这张床周围站满了警察。这种情势下，他纵然有天大的本领，也是徒唤奈何了。

柏明厉被押解镇派出所后，刑警就地讯问。这主儿不含糊，零口供！

刑警随即在派出所协助下就地进行调查。刑警分析，钟伯生3月份既然来过西山镇，他就得住宿，柏明厉没向派出所申报过临时户口，那就有可能是住镇上旅馆了。于是，连夜调阅镇上三家旅馆的住宿登记。

其实，钟伯生那次来西山并没有住旅馆，而是住在了柏明厉家里，只是没有去派出所申报临时户口而已。警方在旅馆的调查本该一无所获，却意外发现了白漫涛的线索。就在几天前，白漫涛还来过一趟西山，使用原供职的上海“宏茂机修厂”的出差介绍信登记住宿。他那个白姓在江南比较罕见，在旅馆的登记本上显得特别突出，刑警就对这个人留心了。加之白漫涛之前为引起柏明厉的注意，故意在茶馆等公共场所露面，给人留下了比较深的印象。刑警向见过他的人打听其外貌特征，跟“一枪二命”案件中的凶手相符。

6月2日晨，白漫涛在上海寓所被捕。押解无锡后，交代了一应罪行。至此，柏明厉的零口供也就零不下去了。

1950年9月23日，无锡市军管会判处柏明厉、白漫涛死刑，立即执行。

图书在版编目（CIP）数据

“投名状”之谜 / 东方明，魏迟婴著. -- 北京 ：群众出版社，2025. 01. --（啄木鸟）. -- ISBN 978-7-5014-6435-7

Ⅰ. I247. 5

中国国家版本馆 CIP 数据核字第 20245GL623 号

“投名状”之谜

东方明　魏迟婴　著

策划编辑：杨桂峰
责任编辑：张璟瑜
装帧设计/封面插图：王紫华
责任印制：周振东

出版发行：群众出版社
地　　址：北京市丰台区方庄芳星园三区 15 号楼
邮政编码：100078
经　　销：新华书店
印　　刷：天津盛辉印刷有限公司

版　　次：2025 年 1 月第 1 版
印　　次：2025 年 1 月第 1 次
印　　张：19. 75
开　　本：787 毫米×1092 毫米　1/16
字　　数：234 千字

书　　号：ISBN 978-7-5014-6435-7
定　　价：68. 00 元

网　　址：www. qzcbs. com
电子邮箱：qzcbs@ sohu. com

营销中心电话：010-83903991
读者服务部电话（门市）：010-83903257
警官读者俱乐部电话（网购、邮购）：010-83901775
啄木鸟杂志社电话：010-83904972